만년

晩年

세계문학전집 382

만년

晩年

다자이 오사무

유숙자 옮김

민음사

차례

잎

선택된
황홀과 불안
이 두 가지 내게 있으니
── 베를렌[1]

죽을 생각이었다. 올해 설날, 옷감을 한 필 받았다. 새해 선물이다. 천은 삼베였다. 회색 줄무늬가 촘촘히 박혀 있었다. 여름에 입는 옷이리라. 여름까지 살아 있자고 생각했다.

노라[2]도 다시 생각했다. 복도로 나와 등 뒤의 문을 쾅 소리 나게 닫고 생각했다. 돌아갈까.

내가 못된 일을 하지 않고 귀가하면, 아내는 웃는 얼굴로 맞아 주었다.

───────────

1) 폴 베를렌(Paul Verlaine, 1844~1896). 프랑스 시인.
2) 노르웨이 극작가이자 시인 헨리크 입센(Henrik Ibsen, 1828~1906)의 희곡 『인형의 집』에 나오는 여주인공.

그날그날을 질질 끌리다시피 지내고 있을 뿐이었다. 하숙집에서 외톨이가 되어 술을 마시고 혼자 취해 살그머니 이불을 펴고 자는 밤은 유독 견디기 힘들었다. 꿈조차 꾸지 않았다. 지칠 대로 지쳤다. 무엇을 하건 귀찮았다. 『재래식 변소를 어떻게 개선할 것인가?』라는 책을 사서 진지하게 연구한 적도 있다. 그는 당시, 종래의 인분 처리가 영 마뜩잖았다.

신주쿠의 인도에서, 주먹만 한 돌멩이가 느릿느릿 기어가는 걸 보았다. 돌이 기어가고 있네. 그저 이렇게 생각했다. 하지만 그 돌멩이는 그의 앞에서 걸어가는 꾀죄죄한 아이가 실에 매어 질질 끌고 있는 것임을 금방 알 수 있었다.

아이에게 속아서 쓸쓸한 게 아니다. 그런 천재지변조차 태연히 받아들인 자신의 자포자기가 쓸쓸했다.

그렇다면 나는 평생 이런 우울과 싸우다 죽게 되겠지, 생각하니 자신의 처지가 애처로웠다. 푸른 논이 단박에 뿌옇게 흐려졌다. 울었다. 그는 허둥거렸다. 이처럼 값싼 순정적인 일에 눈물을 흘린 게 조금 창피했다.

전차에서 내릴 때 형이 웃었다.

"되게 풀 죽어 있군. 야, 힘내!"

그러고는 류의 작은 어깨를 부채로 탁 하고 때렸다. 땅거미 속에서 부채가 무섭도록 희끄무레했다. 류는 뺨이 붉어질 만치 기뻤다. 형이 어깨를 때려 준 것이 고마웠다. 늘 적어도 요만큼이나마 허물없이 대해 준다면 좋겠는데, 하고 덧없이 바랐다.

찾아간 사람은 부재 중이었다.

형은 말했다. "소설을 시시하다고는 생각지 않아. 내겐 그저 좀 미적지근할 뿐이야. 단 한 줄의 진실을 말하려고 100페이지의 분위기를 꾸미거든." 나는 어렵사리 거듭 깊이 생각하면서 대답했다. "정말이지 말은 짧을수록 좋아. 그것만으로 믿음을 줄 수 있다면."

형은 또, 자살을 제 흥에 겨운 짓이라고 꺼렸다. 하지만 나는 자살을 처세술처럼 타산적인 것이라 생각하고 있던 참이었으므로, 형의 이 말이 뜻밖이었다.

다 털어놔. 응? 누구 흉내지?

물 흘러 도랑을 만든다.

그는 열아홉 살 겨울, 「슬픈 모기」라는 단편을 썼다. 잘된 작품이었다. 이는 동시에 그의 삶의 혼돈을 푸는 중요한 열쇠가 되었다. 형식은 「히나인형(雛)」[3]의 영향이 뚜렷했다. 하지만 마음은 그의 것이었다. 원문 그대로.

이상한 유령을 본 적이 있습니다. 제가 초등학교에 들어간 지 얼마 안 된 때라, 어차피 환등처럼 뿌예졌을 게 틀림없습니다. 아니에요, 그럼에도, 그 푸른 모기장에 비친 환등 같은 흐릿한 추억이 기묘하게도 제겐 해가 갈수록 한층 또렷해지는 느낌입니다.

---

3) 아쿠타가와 류노스케의 단편 소설.

누이가 시집을 가던 아, 바로 그날 밤의 일입니다. 혼례 날 밤의 일이었습니다. 게이샤[4]들이 우리 집에 많이 와 있었고, 예쁜 동기(童妓)가 예복이 터진 데를 기워 주기도 했던 걸 기억합니다. 아버지가 캄캄한 별채 복도에서 키 큰 게이샤들과 씨름을 하신 것도 그날 밤의 일이었습니다. 아버지는 이듬해에 돌아가셨고 지금은 우리 집 응접실 벽의 커다란 사진 속에 들어가 계시는데, 저는 이 사진을 볼 때마다 으레 그날 밤의 씨름을 떠올리게 됩니다. 아버지는 약한 사람을 못살게 구는 일은 절대 하시지 않는 분이니까, 그날의 씨름도 틀림없이 게이샤들이 뭔가 큰 잘못을 저질러서 아버지가 혼내려고 하셨던 것일 테지요.

이래저래 생각해 보면, 혼례 날 밤이 틀림없습니다. 참으로 죄송하게도 온통, 마치 푸른 모기장의 환등 같은 상태이다 보니, 어차피 만족하실 만한 이야기가 못 됩니다. 그냥 꿈 이야기, 아니에요, 그럼에도 그날 밤 슬픈 모기 이야기를 들려주실 때의 할머니의 눈, 그리고 유령. 이것만은 그 누가 뭐라 말씀하시건 결코 결코 꿈이 아닙니다. 꿈이라니 어리석은 일. 보세요, 이토록 생생히 눈앞에 떠오르는걸요? 할머니의 그 눈, 그리고.

그렇습니다. 우리 할머니만큼 아름다운 할머니도 그리 많지 않습니다. 작년 여름에 돌아가셨습니다만, 임종 때의 얼굴

---

4) 요정이나 여관 등에서 술자리 시중을 들며 손님의 주문에 따라 노래와 춤으로 좌흥을 돋우는 여자.

이 어찌나 고우셨는지요. 백랍 같은 두 뺨에는 여름 숲 그림자도 비치는 듯했습니다. 이처럼 아름다우셨는데도 인연이 멀어, 평생 이를 검게 물들이지 않고[5] 지내셨습니다.

"내 만년 흰 이를 미끼로, 100만 재산이 모인 게지."

도미모토[6]로 숙달된 그윽한 목소리로 생전에 자주 이렇게 말씀하시곤 했으니, 아무튼 여기엔 흥미로운 내력이 있을 테지요. 어떤 내력일까? 따위 촌스러운 탐색은 그만두세요. 할머니가 우시겠지요. 우리 할머니는 너무나 너무나 멋쟁이셔서 단 한 번도 가문(家紋)이 수놓인 비단 겉옷을 벗으신 적이 없었습니다. 선생님을 방으로 부르셔서 도미모토 연습을 시작하신 것도 상당히 오래되었을 테지요. 저 역시 철들고 나서는 온종일 할머니의 「오이마쓰(老松)」나 「아사마(淺間)」 따위 흐느껴 우는 듯한 애조 띤 가락에 넋을 잃을 때가 더러 있었습니다. 사람들은 은둔 게이샤라고 놀렸는데 할머니 자신, 이 말을 들으시고 아름답게 웃으신 것 같습니다. 어째선지 저는 어릴 때부터 이 할머니가 너무 좋아서, 유모에게서 벗어나면 곧장 할머니 품속으로 뛰어들곤 했습니다. 그도 그럴 것이 어머니는 편찮으신 탓에 자식들을 별로 돌보지 못했습니다. 아버지도 어머니도 할머니의 친자식이 아니라서 할머니는 좀처럼 어머니에게 놀러 가시지 않고 온종일 별채 방에만 계셨기 때문에, 저도 할머니 곁에 늘 붙어 있느라 사흘이고 나흘이고 어머니

---

5) 에도 시대 결혼한 여자는 이를 검게 물들였다.
6) 음곡에 맞추어 낭창하는 옛이야기인 조루리(浄瑠璃)의 한 파.

얼굴을 못 보는 일이 허다했습니다. 그래서 할머니도 제 누이보다 저를 훨씬 귀여워해 주시고 매일 밤 이야기책을 읽어 주셨습니다. 그 가운데서도 야오야 오시치의 이야기[7]를 들었을 때의 감격을 저는 지금도 생생하게 맛볼 수 있습니다. 그리고 할머니가 장난스레 저를 '기치자, 기치자'라 불러 주셨을 때의 그 기쁨, 램프의 노란 등불 아래서 고즈넉이 이야기책을 읽으시던 할머니의 아름다운 모습. 그래요, 저는 빠짐없이 잘 기억하고 있습니다.

유독 그날 밤의 슬픈 모기 이야기를 신기하게도 저는 잊을 수가 없습니다. 그러고 보니 분명 가을이었습니다.

"가을까지 살아남은 모기를 슬픈 모기라 한단다. 모깃불은 피우지 않는 법. 가여우니까."

아아! 그 한마디 한마디를 고스란히 저는 기억합니다. 할머니는 잠들면서 이렇듯 울적하게 말씀하셨는데, 그래요, 저를 안고 주무실 때면 으레 제 두 발을 당신의 다리 사이에 끼워 따스하게 덥혀 주시곤 했습니다. 어느 추운 날 밤, 할머니는 제 잠옷을 죄다 벗기시고 할머니 자신도 눈부실 만치 고운 맨살을 드러낸 채 저를 안고 누워 따뜻이 덥혀 주신 적도 있었습니다. 그만큼 할머니는 저를 애지중지하셨습니다.

"웬걸. 슬픈 모기는 나인데. 허망해……."

이렇게 말씀하시면서 제 얼굴을 뚫어지게 바라보셨는데 그

---

7) 오시치라는 소녀가 큰불이 나서 절에 피난했다가 기치자라는 소년을 만나 사랑에 빠졌다. 불이 나면 소년을 만날 수 있다고 생각한 오시치는 방화를 저지른 죄로 화형에 처해졌다고 한다.

토록 아름다운 눈이 또 없습니다. 안채에서 열린 떠들썩한 혼례도 쥐 죽은 듯 잠잠해졌으니 아무래도 한밤중이었을 테지요. 가을바람이 살랑살랑 덧문을 스칠 때마다 처마 끝의 풍경이 힘없이 울리던 것도 어렴풋이 떠올릴 수 있습니다. 네, 유령을 본 것은 바로 그날 밤입니다. 퍼뜩 잠에서 깬 저는 쉬할래, 라고 말했습니다. 할머니의 대답이 없기에 잠이 덜 깬 채 주위를 둘러보았지만 할머니는 계시지 않았습니다. 무섬증을 느끼면서도 혼자 살짝 이부자리를 빠져나가 반들반들 검게 빛나는 느티나무로 된 긴 복도를 지나 쭈뼛쭈뼛 변소 쪽으로 걸어가는데, 발바닥만 선득하니 몹시 차가웠습니다. 그럼에도 여전히 졸려 마치 깊은 안개 속을 흐느적흐느적 헤엄치고 있는 기분, 그때입니다. 유령을 보았습니다. 기나긴 복도 한쪽 구석에 하얗게 쓸쓸히 웅크리고 앉은 모습이, 아주 멀리서 본 탓에 필름처럼 조그맣게, 그렇지만 분명히 분명히, 누이와 오늘 밤의 신랑이 자고 있는 방을 엿보고 있었습니다. 유령, 아니에요, 꿈이 아닙니다.

예술의 미는 결국 시민을 위한 봉사의 미다.

꽃을 지독히 좋아하는 목수가 있다. 방해다.

그러고 나서 마치코는 눈을 내리깔며 이렇게 속삭였다.
"그 꽃 이름을 알아? 손끝을 대자마자 톡 터지면서 지저분한 즙이 튀어나와, 순식간에 손가락을 썩게 만드는 그 꽃 이름을 알았으면.”

나는 코웃음을 치고 바지 주머니에 두 손을 찔러 넣은 채
대답했다.

“이런 나무 이름을 알아? 이 잎사귀는 질 때까지 푸르지.
잎사귀 뒤쪽만 바싹 메말라 벌레한테 먹혔어도, 그걸 슬쩍 감
추고 질 때까지 푸른 척해. 그 나무 이름을 알았으면.”

“죽어? 죽는다고? 네가?”

정말 죽을지도 모른다고 고바야카와는 생각했다. 작년 가
을이던가, 어쨌건 아오이의 집에 소작 쟁의가 일어나면서 이
런저런 말썽이 아오이의 신변에 닥친 모양인데 그때도 그는
약을 먹고 자살을 기도해 사흘 내내 혼수상태에 빠져 있었
다. 또한 바로 요전에도, 내가 이렇듯 방탕을 일삼는 것도 결
국 내 몸이 아직 방탕을 견딜 만해서겠지. 거세된 남자가 되
기라도 한다면 비로소 나는 모든 감각적 쾌락을 피하고 투쟁
을 위한 재정적 지원에 전념할 수 있다, 라는 생각에 사흘 남
짓 줄곧 P시의 병원에 다니며 전염병동 옆 시궁창 물을 떠 마
셨다고 한다. 그런데 설사만 찔끔 하고 실패였어. 그 일에 대해
나중에 아오이가 뺨을 붉히며 이렇게 이야기하는 걸 듣고, 고
바야카와는 인텔리 냄새를 풍기는 이 유희를 더없이 불쾌하게
느꼈다. 하지만 그 정도로까지 골똘히 생각한 아오이의 마음
이 적잖이 그를 감동시킨 것도 사실이었다.

“죽는 게 제일 나아. 아니, 나뿐만이 아냐. 적어도 사회 진보
에 마이너스 역할을 하는 녀석들은 전부 죽는 게 나아. 아니

면 너 말이야, 마이너스가 되는 녀석이든 뭐든 사람은 대개 죽어선 안 된다는 무슨 과학적인 이유라도 있어?"

"바, 바보."

고바야카와는 아오이가 하는 말이 갑자기 바보처럼 느껴졌다.

"비웃진 말고. 이봐, 그렇잖아? 조상을 받들어 모시기 위해 살아 있어야 한다든가, 인류 문화를 완성시켜야 한다든가, 그런 대단한 윤리적 의무로써만 우리는 여태껏 교육받았어. 아무런 과학적인 설명도 해 주지 않았지. 그렇다면 우리 마이너스 인간은 모두 죽는 편이 나아. 죽으면 제로야."

"바보! 뭘 지껄이고 있어. 도대체가 넌 너무 뻔뻔스러워. 하긴 사실 너나 나나 생산적인 일과는 도통 거리가 먼 인간이지. 그렇다고 해서 결코 마이너스 생활을 한다고 생각지 않아. 넌 대체 무산 계급의 해방을 바라는 거야? 무산 계급의 대승리를 믿어? 정도의 차는 있지만 우리는 부르주아지에 기생하고 있어. 그건 확실해. 하지만 부르주아지를 지지하는 것과는 전혀 의미가 달라. 프롤레타리아트 하나에 대한 공헌과 부르주아지 아홉에 대한 공헌이라고 넌 말했는데, 뭘 가리켜 부르주아지에 대한 공헌이라는 거야? 굳이 자본가의 주머니를 두둑이 채워 준다는 점에선 우리든 프롤레타리아트든 마찬가지야. 자본주의 경제 사회에서 사는 게 배반이라면, 투사는 어떤 신선이 되는 거지? 그런 말이야말로 극단주의라는 거야. 소아병이라는 거야. 프롤레타리아트 하나에 대한 공헌, 그걸로 충분해. 그 하나가 고귀한 거야. 그 하나만을 위해 우리는

잎

힘껏 살아 있어야 해. 그리고 그게 훌륭한 플러스의 생활이지. 죽다니 바보짓이야. 죽다니 바보짓이야."

태어나 처음으로 산수 교과서를 손에 쥐었다. 작고 새까만 표지. 아아, 그 속에 나열된 숫자들이 얼마나 아름답게 눈에 스미던지! 소년은 잠시 책을 만지작거리다가 마침내 맨 끝 페이지에 해답이 죄다 적혀 있는 걸 발견했다. 소년은 눈살을 찌푸리며 중얼거렸다. "무례한데."

밖은 진눈깨비, 어째서 웃고 있나 레닌 동상.

숙모가 말한다.
"너는 얼굴이 못생겼으니 애교라도 잘 부려야지. 너는 몸이 허약하니 마음이라도 착해야지. 너는 거짓말을 잘하니 행실이라도 올발라야지."

뻔히 알면서도 그 고백을 다그친다. 이 얼마나 음험한 형벌인가.

보름달 저녁. 반짝이다 무너지고, 넘실대다 무너지고, 용솟음치고 몸부림치는 파도 속에서 서로 떨어지지 않으려 붙잡은 손을 견디다 못한 내가 일부러 뿌리쳤을 때, 여자는 순식간에 파도에 삼켜지며 드높이 이름을 불렀다. 내 이름은 아니었다.

나는 산적. 네놈의 긍지를 빼앗으련다.

"설마 그런 일이야 없겠지, 없겠지만 말이야, 내 동상을 세울 때 오른쪽 발을 반걸음만 앞으로 내밀고 느긋이 몸을 살짝 젖히고, 왼손은 조끼 속에 오른손은 쓰다 망친 원고를 구겨 쥔 채로, 그리고 머리를 달지 말 것. 아니 아니, 아무런 의미도 없어. 참새 똥을 콧등에 맞는 게 싫어. 그리고 받침돌에는 이렇게 새겨 줘. 여기에 남자가 있다. 태어나, 죽었다. 일생을, 쓰다 망친 원고를 찢는 데 썼다."

메피스토펠레스는 눈처럼 쏟아져 내리는 장미 꽃잎에 가슴과 뺨과, 손바닥이 불타 왕생했다고 적혀 있다.

유치장에서 대엿새를 보낸 어느 한낮, 발돋움을 하고 유치장 창문으로 밖을 내다보니, 안뜰은 초겨울 햇살을 가득 받아 창가의 배나무 세 그루가 모두 군데군데 꽃망울을 터뜨렸다. 그 아래에서 순경 이삼십여 명이 교련을 받고 있었다. 젊은 순경부장의 호령에 따라 다들 일제히 허리춤에서 포승을 꺼내거나 호루라기를 소리 내어 불기도 했다. 나는 그 풍경을 바라보며, 순경 한 사람 한 사람의 집에 대해 생각했다.

우리는 산속 온천장에서 무작정으로 혼례를 올렸다. 엄마는 연신 쿡쿡 웃었다. 여관 여종업원의 머리 모양이 이상해서 웃는 거라고 엄마는 둘러댔다. 기쁘셨으리라. 배우지 못한 엄

잎

마는 우리를 화롯가로 불러 모아 훈계했다. 넌 이제 열여섯이
니까, 라고 말하다 말고 자신 없어졌는지 더욱더 배우지 못한
신부의 얼굴을 들여다보며 응? 그렇지 않니? 하고 동의를 구
했다. 엄마의 말이 틀리지 않았건만.

아내의 교육에 만 삼 년을 허비했다. 교육이 된 무렵부터 그
는 죽기로 마음먹기 시작했다.

병든 아내여 밀려드는 구름 참억새.

새빨간 연기가 구불구불 뱀처럼 하늘로 올라가, 퍼지고 하
늘하늘 흐르다 꿈틀꿈틀 출렁거리다 빙글빙글 소용돌이치다
가 순식간에 불길이 지지지지 걷잡을 수 없어지고 땅 울음 크
게 울리며 산을 오르기 시작했지. 산꼭대기까지 대낮처럼 환
해졌지. 활활 타오르는 수천수만 그루 겨울나무 숲을 누비며,
사람을 태운 새까만 말이 바람처럼 내달렸지. (고향 말로)

단 한마디 알려줘! 'Nevermore'

하늘이 파랗게 맑은 날이면 어디선가 고양이가 찾아와, 마
당의 애기동백 아래서 졸고 있다. 서양화를 그리는 친구는 페
르시아 고양이 아니야? 하고 내게 물었다. 나는 버려진 고양이
겠지, 하고 대답해 두었다. 고양이는 아무도 따르지 않았다. 어
느 날 내가 아침 식사를 위해 정어리를 굽고 있는데, 마당의

고양이가 깨나른하게 울었다. 나도 툇마루로 나가 야옹, 했다. 고양이는 일어나 조용히 내 쪽으로 걸어왔다. 나는 정어리 끄트머리를 하나 던져 주었다. 고양이는 도망칠 태세를 갖추면서도 먹었다. 내 가슴은 물결쳤다. 내 사랑은 받아들여졌나니! 고양이의 하얀 털을 쓰다듬어 주고 싶어 마당으로 내려갔다. 등 털에 손이 닿기 무섭게, 고양이는 내 새끼손가락을 뼈까지 아작 깨물었다.

배우가 되고 싶다.

옛날의 니혼바시[日本橋]는 길이가 70미터쯤 되었는데, 지금은 50미터정도밖에 안 된다. 그만큼 강폭이 좁아졌다고 볼 수 있다. 이렇듯 옛날에는 강이건 사람이건 지금보다 훨씬 컸다.

이 다리는 까마득한 옛날 1602년에 처음 놓였는데 그 후 십여 차례 변경되었고, 지금 것은 1911년에 완공되었다. 1923년 대지진 때는 다리 난간의 청동 용 날개 장식이 화염에 휩싸여 새빨갛게 불탔다.

내가 어렸을 때 좋아한 목판 도카이도[東海道] 53역 주사위 놀이는 여기가 출발점이고, 무가의 하인 몇 명이 제각기 긴 창을 들고 이 다리 위를 걷고 있는 그림이 한가로이 그려져 있었다. 원래 이 정도로 번화했을 테지만, 지금은 아주 쇠락하고 말았다. 어시장이 쓰키지로 옮겨진 후로는 이름마저 시들해져, 현재는 대부분의 도쿄 명소 그림엽서에서 사라졌다.

올해 12월 하순 안개 짙은 어느 날 밤, 이 다리 옆에서 외국인 여자아이가 여러 명의 거지 떼로부터 혼자 동떨어져 우두 커니 서 있었다. 꽃을 판 것은 이 여자아이다.

사흘쯤 전부터 해 질 녘이면 꽃 한 다발을 들고 전차로 이 곳에 찾아와, 도쿄시의 동그란 문장(紋章)에 달라붙어 장난치 는 청동 사자상 아래서 서너 시간쯤 말없이 서 있다.

일본 사람은 영락한 외국인을 보면 틀림없이 백인계 러시아 인이라 단정 짓는 고약한 습성을 지녔다. 지금 이 짙은 안개 속 에 해진 장갑을 민망해하며 꽃다발을 들고 서 있는 어린아이 를 보고도, 일본 사람 대부분은 아, 러시아 사람이 있네, 하고 대뜸 중얼거릴 게 틀림없다. 더구나 체호프를 읽은 적이 있는 청년이라면 아버지는 퇴직한 육군 이등 대위, 어머니는 오만한 귀족, 하고 제멋대로 넘겨짚으며 잠시 걸음이 느려지리라. 또한 도스토옙스키를 들여다보기 시작한 학생이라면 아! 야, 넬리! 크게 외치고는 허둥지둥 외투 깃을 세울지도 모른다. 하지만 그뿐, 더 이상 여자아이에 대해 깊이 탐색해 볼 생각은 않는다.

그러나 누군가 한 사람이 생각한다. 왜 니혼바시를 골랐을 까? 사람 왕래가 드문 이런 어둑한 다리 위에서 꽃을 판다는 건 바람직하지 않은 일인데도, ─ 왜?

이 의문에는 간단하면서도 대단히 로맨틱한 해답을 줄 수 있다. 이는 그녀 부모의 니혼바시에 대한 환상에서 유래한다. 일본에서 가장 번화한 좋은 다리는 니혼바시가 틀림없어, 라 는 그들의 평온한 판단에 다름 아니다.

여자아이의 니혼바시 꽃 장사는 너무도 보잘것없었다. 첫째 날엔 빨간 꽃 한 송이가 팔렸다. 손님은 무희다. 무희는 이제 막 벌어지려는 빨간 꽃봉오리를 골랐다.

"피겠지?"

난폭하게 물었다.

여자아이는 분명히 대답했다.

"핍니다."

둘째 날엔 주정뱅이 젊은 신사가 한 송이 샀다. 이 손님은 잔뜩 취하고서도 슬픈 표정이었다.

"아무거나 괜찮아."

여자아이는 어제 팔다 남은 꽃다발에서 하얀 꽃봉오리를 골라 주었다. 신사는 훔치듯 슬쩍 받아 들었다.

장사는 이것뿐이었다. 셋째 날, 즉 오늘이다. 차가운 안개 속에 오래도록 줄곧 서 있었지만, 아무도 돌아봐 주지 않았다.

다리 맞은편에 있던 남자 거지가 목발을 짚으며 전찻길을 건너 이쪽으로 왔다. 여자아이에게 텃세를 부리며 트집을 잡았다. 여자아이는 세 번이나 고개를 숙였다. 목발 거지는 새까만 콧수염을 질겅거리며 생각했다.

"딱 오늘만이야."

나직이 말하고 다시 안개 속으로 빨려 들어갔다.

여자아이는 곧장 돌아갈 채비를 했다. 꽃다발을 흔들어 보았다. 꽃집에서 팔다 남은 꽃을 얻어 팔러 나온 지 벌써 사흘이나 지난 터라 꽃은 상당히 시들었다. 묵직하니·고개를 떨군 꽃이, 흔들릴 때마다 함께 머리를 떨었다.

그걸 살짝 겨드랑이에 끼고 근처 중국 국수 포장마차로, 추위에 어깨를 움츠리며 들어갔다.

사흘 밤 계속 여기서 완탕을 먹는다. 이곳 주인은 중국 사람인데, 여자아이를 어엿한 손님으로 대했다. 그녀는 이것이 기뻤다.

주인은 완탕피를 말면서 물었다.

"팔렸습니까?"

눈이 동그래져서 대답했다.

"아니요. ……돌아갑니다."

이 말이 주인의 가슴을 쳤다. 귀국하는군. 틀림없어, 하고 멋지게 벗어진 머리를 두세 번 가볍게 저었다. 자신의 고향을 생각하며 솥에서 완탕 건더기를 건져 냈다.

"이거, 아니에요."

주인한테 건네받은 노란 완탕 사발을 들여다보며, 당혹스레 여자아이가 중얼거렸다.

"괜찮아요. 챠슈 완탕. 내가 대접하는 거예요."

주인은 완고하게 말했다.

완탕은 십 전인데 챠슈 완탕은 이십 전이다.

여자아이는 잠시 머뭇거리다 이윽고 완탕 사발을 내려놓고, 겨드랑이의 꽃다발에서 큼직한 꽃봉오리가 달린 걸로 한 송이 뽑아 내밀었다. 주겠다는 거다.

그녀는 포장마차를 나와 전차 정류장으로 가는 도중, 시들시들한 나쁜 꽃을 세 사람에게 건넨 걸 아프도록 후회했다. 느닷없이 길가에 쭈그리고 앉았다. 가슴에 십자를 긋고 알아들을 수 없는 말로 격렬하게 기도하기 시작했다.

마지막에 일본어 두 마디를 속삭였다.

"피어라. 피어라."

안락한 생활을 할 때는 절망의 시를 짓고, 납작 꺾인 생활을 할 때는 삶의 기쁨을 써 나간다.

머지않은 봄?

어차피 죽는 거다. 꿈결 같은 멋진 로맨스를 한 편만 써 보고 싶다. 남자가 이렇게 기원한 것은 그의 생애에서 필시 가장 울적한 시기였다. 남자는 이런저런 생각 끝에, 마침내 그리스의 여자 시인 사포에게 황금 화살을 쏘았다. 가여워라, 그 향기로운 재색이 지금까지도 전해지는 사포야말로 이 남자의 자욱한 가슴을 설레게 하는 유일한 여성이었다.

남자는 사포에 대한 책을 한두 권 펼쳐, 다음과 같은 사실을 알게 되었다.

사포는 미인이 아니었다. 피부가 검고 입이 튀어나왔다. 파온이라는 아름다운 청년에게 죽도록 반했다. 파온은 시를 이해하지 못했다. 사랑의 투신을 하면 설령 죽지 못하더라도 그 애타는 가슴속 그리움이 사라진다는 미신을 믿고, 레우카디아곶에서 성난 파도를 향해 몸을 날렸다.

생활.

만족스런 일을 끝내고

한 잔의 차를 마신다
차 거품에
아름다운 내 얼굴이
수도 없이
비치네

어떻게든, 되겠지.

추억

1장

해 질 녘 나는 숙모와 나란히 문간에 서 있었다. 숙모는 누군가를 업었는지 포대기를 두르고 있었다. 그때의 어스름한 거리의 정적을 나는 잊지 못한다. 숙모는 내게, 임금님이 돌아가셨단다, 가르쳐 주고는, 살아 있는 신, 하고 덧붙였다. 살아 있는 신. 나도 흥미롭게 중얼거린 듯하다. 그리고 나는 뭔가 무례한 말을 한 모양이다. 숙모는 그런 말을 하면 못써, 돌아가셨다고 해야지, 하고 나를 나무랐다. 어디로 돌아가셨어? 나는 알면서도 일부러 이렇게 묻고 숙모를 웃겼던 생각이 난다.

나는 1909년 여름에 태어났으니까, 메이지 천황 붕어 때는 네 살이 조금 넘은 나이였다. 아마 같은 무렵의 일인 듯한데, 나는 숙모와 둘이서 우리 마을에서 20리 정도 떨어진 어느 마을의 친척 집에 가서 본 폭포를 잊을 수 없다. 폭포는 마을 근처 산속에 있었다. 파릇파릇 이끼가 돋은 절벽에서 폭 넓은 폭포수가 하얗게 떨어지고 있었다. 낯선 남자의 목말을 타고 나는 폭포를 바라보았다. 무슨 신사가 옆에 있어 그 남자가 그곳의 갖가지 에마〔繪馬〕[1]를 보여 줬지만 나는 점점 쓸쓸해져서 가차, 가차, 하고 울었다. 나는 숙모를 가차라고 불렀다. 숙모는 친척들과 멀찍이 움푹 팬 땅에 양탄자를 깔고 떠들썩하다가, 내 울음소리를 듣고 황급히 일어섰다. 그때 양탄자가 발에 걸린 듯 마치 꾸벅 절하는 것처럼 크게 휘청거렸다. 사람들은 그걸 보고 취했어, 취했어! 숙모를 놀려 댔다. 나는 멀리 동떨어진 데서 이 모습을 내려다보며, 너무 분하고 분해서 더욱 크게 고래고래 울음을 터뜨렸다. 또 어느 밤엔 숙모가 나를 버리고 집을 나가는 꿈을 꾸었다. 숙모의 가슴이 현관 쪽문을 가득 가로막았다. 빨갛게 불어난 커다란 가슴에서, 땀방울이 뚝뚝 떨어졌다. 숙모는, 네가 싫어졌어, 사납게 중얼거린다. 나는 숙모의 젖가슴에 뺨을 대고 그러지 마요, 애원하며 하염없이 눈물을 흘렸다. 숙모가 나를 흔들어 깨웠을 때, 나는 이부자리에서 숙모의 가슴에 얼굴을 비비며 울었다. 잠이 깬 뒤에도 나는 여전히 슬퍼서 한참 동안 훌쩍거렸다. 하지만 이 꿈에 대해 숙모에게도 아무한테도 이야기하지 않았다.

숙모에 대한 추억은 여러 가지 있지만, 그 무렵 부모님과의 추억은 공교롭게도 하나도 가진 게 없다. 증조할머니, 할머

---

1) 발원할 때나 소원이 이루어졌을 때, 신사나 절에 말 대신 봉납하는 말 그림 액자.

니, 아버지, 어머니, 형 셋, 누나 넷, 남동생 하나, 그리고 숙모와 숙모의 딸 넷이라는 대가족이었음에도, 숙모를 제외한 다른 사람들에 대해서는 내가 대여섯 살이 될 때까지 거의 몰랐다고 할 수 있다. 옛날 널찍한 뒷마당에 큰 사과나무가 대여섯 그루 있었던 모양으로 잔뜩 찌푸린 날, 이 나무에 여자아이들 여럿이 올라간 모습이나, 그 마당 귀퉁이에 국화꽃 밭이 있어 비 올 때, 역시 여러 명의 여자아이들과 우산을 같이 쓰고 국화꽃 피어 있는 걸 바라본 일 등을 어렴풋이 기억하지만 그 여자아이들이 내 누이나 사촌들이었는지도 모른다.

예닐곱 살이 되면 추억은 또렷하다. 나는 다케라는 하녀에게 책 읽는 것을 배워 둘이서 여러 책을 함께 읽었다. 다케는 내 교육에 열심이었다. 나는 몸이 허약한 탓에 누워서 많은 책을 읽었다. 읽을 책이 없어지면 다케는 마을의 일요학교 같은 데서 어린이책을 부지런히 빌려 와 내게 읽도록 했다. 나는 묵독을 익혔기 때문에 아무리 책을 읽어도 피곤하지 않았다. 다케는 또 내게 도덕을 가르쳤다. 절에 자주 데려가, 지옥, 극락의 그림을 보여 주며 설명했다. 불을 지른 사람은 시뻘건 불이 이글이글 타오르는 바구니를 짊어졌고, 첩을 둔 사람은 목이 두 개 달린 푸른 뱀에게 몸이 휘감겨 괴로워하고 있었다. 피연못, 바늘산, 무간지옥이라는 하얀 연기가 자욱해 바닥을 알 수 없이 깊은 구덩이, 도처에서 창백하게 야윈 사람들이 입을 작게 벌려 울부짖고 있었다. 거짓말하면 지옥에 가서 이처럼 도깨비들한테 혀가 뽑힌다고 들었을 때는 무서워서 울음을 터뜨렸다.

절 뒤편은 높다란 묘지이고, 황매화나무 산울타리를 따라 수많은 솔도파(率堵婆)[2]가 숲처럼 서 있었다. 솔도파에는 보름달만 한, 자동차 바퀴처럼 검은 쇠바퀴가 달린 게 있었다. 그 바퀴를 달각달각 돌려 이윽고 그대로 멈춘 채 움직이지 않으면 그걸 돌린 사람은 극락에 가고, 잠시 멈출 듯하다가 다시 달그락 거꾸로 돌면 지옥에 떨어진다고 다케는 말했다. 쇠바퀴는 다케가 돌리면 좋은 소리를 내며 한바탕 돌다가 어김없이 조용히 멈추었지만, 내가 돌리면 간혹 되돌곤 했다. 가을쯤인 걸로 기억하는데 어느 날 혼자 절에 가서 어느 쇠바퀴를 돌려 봐도 죄다 약속이나 한 듯 달그락달그락 거꾸로 돌았다. 나는 울화통이 터지는 걸 억누르며 수십 번이나 집요하게 계속 돌렸다. 날이 저물었기 때문에 나는 절망하고 그 묘지를 떠났다.

부모님은 그 무렵 도쿄에 살고 계셨던 모양으로, 나는 숙모를 따라 상경했다. 나는 꽤 오래 도쿄에 머물렀다고 하는데, 별로 기억에 남아 있지 않다. 도쿄의 별택으로 이따금 찾아오신 할머니를 기억할 뿐이다. 나는 이 할머니가 싫어서, 할머니가 올 때마다 울었다. 할머니는 내게 빨간 우편 자동차 장난감을 하나 주었지만, 도무지 재미가 없었다.

이윽고 나는 고향의 초등학교에 들어갔는데, 이에 따라 추억도 완전히 바뀐다. 다케는 어느 사이에 보이지 않게 되었다.

---

2) 죽은 사람의 공양을 위해 경문 구절 따위를 적어 묘지에 세우는, 위가 탑처럼 뾰족하고 갸름한 나무판자.

어느 어촌으로 시집을 갔는데 내가 따라갈까 봐 염려해선지 내게 아무 말도 않고 돌연 사라졌다. 그 이듬해인가 추석 때, 다케는 우리 집에 놀러 왔지만 어쩐지 서먹서먹해했다. 내게 학교 성적을 물었다. 나는 대답하지 않았다. 다른 누군가가 대신 알려 준 모양이다. 다케는, 방심은 금물이야, 라고 말했을 뿐 달리 칭찬도 하지 않았다.

그즈음, 숙모와도 헤어져야 하는 사정이 생겼다. 그때까지 숙모의 둘째 딸은 시집가고 셋째 딸은 죽고 맏딸은 양자로 들인 치과 의사와 결혼했다. 숙모는 맏딸 부부와 막내딸을 데리고 먼 도시로 분가했다. 나도 따라갔다. 겨울이라 내가 숙모와 함께 썰매 한쪽 구석에 웅크리고 있자니, 썰매가 움직이기 전에 내 바로 위의 형이 사위, 사위, 하고 나를 놀려 대며 썰매 덮개 밖에서 내 엉덩이를 몇 번이고 쿡쿡 찔렀다. 나는 이를 앙다물고 이 굴욕을 참았다. 나는 숙모의 양자가 되었다고 생각했지만, 학교에 들어가게 되면서 다시 고향으로 돌아왔다.

학교에 들어간 뒤로 나는 더 이상 아이가 아니었다. 뒤편 빈터에는 온갖 잡초가 무성했는데, 어느 화창한 여름날에 나는 그 풀밭 위에서 남동생 보모에게서 숨 막히는 일을 배웠다. 내가 여덟 살 정도였고 보모도 그 무렵 열네다섯을 넘지 않았으리라. 클로버를 우리 시골에서는 '보쿠사'라고 부르는데, 그 보모는 나와 세 살 터울인 남동생에게 네잎보쿠사를 찾아와! 하고 내쫓고는 나를 껴안고 데굴데굴 뒹굴었다. 그 후로도 우리는 곳간이나 벽장 속 같은 곳에 숨어 놀았다. 남동생이 엄청 거추장스러웠다. 벽장 밖에 혼자 남겨진 동생이 훌쩍훌쩍 울음을 터뜨린 탓에, 내 바로 위의 형에게 우리가 들켜 버린 적도 있었다. 형은 동생한테 듣고 그 벽장 문을 열었다. 보모는 벽장에 동전을 떨어뜨렸다고 태연히 말했다.

거짓말은 나도 줄곧 했다. 초등학교 2학년인가 3학년 히나마쓰리[3] 때 학교 선생님에게, 집에서 오늘은 히나인형을 장식하니까 일찍 오라고 했어요, 라는 거짓말로 수업을 한 시간도 듣지 않고 귀가했다. 가족에게는, 오늘은 삼짇날이라서 학교는 쉬어요, 하고 인형을 상자에서 꺼내는 일을 공연히 거들기도 했다. 또한 나는 새알을 좋아했다. 참새 알은 곳간 지붕 기와를 벗겨 내면 언제든지 많이 손에 넣을 수 있었지만, 찌르레기 알이나 까마귀 알은 우리 지붕 위에 없었다. 타오르는 듯한 녹색 알이나 재미있는 반점이 있는 알을, 나는 학교 친구들에게 받았다. 그 대신 나는 친구들에게 내 장서를 다섯 권, 열 권씩 모아 주었다. 모은 알은 솜으로 싸서 책상 서랍에 가득 넣어 두었다. 바로 위 형은 나의 비밀 거래를 눈치챈 듯, 어느 날 밤, 내게 서양 동화집과 또 하나 무슨 책인지는 잊어버렸지만 그 두 권을 빌려 달라고 했다. 나는 형의 심술이 미웠다. 나는 그 두 권 모두 알에 투자해 버렸고, 형은 내가 없다고 하면 그 책의 행방을 추궁할 작정이었다. 나는 틀림없이 있을 테니까 찾아 볼게, 라고 대답했다. 나는 내 방은 물론 온 집 안을 램프를 들고 찾아다녔다. 형은 나를 따라다니며, 없지?

_____

3) 여자아이의 건강한 성장을 기원하는 명절로 음력 3월 3일에 지낸다. 제단에 일본 옷을 입힌 작은 인형을 진열한다.

하고 웃었다. 나는, 있어! 하고 완강히 우겨 댔다. 부엌 찬장 위까지 기어올라 찾았다. 형은 마침내, 그만해, 라고 했다.

학교에서 쓴 내 작문도 죄다 엉터리였다고 할 수 있다. 나는 나 자신을 얌전하고 착한 아이로 지어내 쓰려고 노력했다. 그러면 언제나 모두에게 갈채를 받는다. 심지어 표절도 했다. 당시 걸작이라며 선생님들이 치켜세운 「동생의 그림자놀이」는 어떤 소년 잡지의 1등 당선작이었던 것을, 내가 고스란히 훔친 거였다. 선생님은 내게 그걸 붓으로 정서해서 전람회에 내도록 했다. 나중에 책을 좋아하는 한 친구에게 이 일이 탄로 났을 때, 나는 그 친구가 죽기를 바랐다. 역시 그 무렵 「가을밤」이라는 글도 모든 선생님들께 칭찬을 받았다. 공부하다가 머리가 아파서 툇마루에 나가 마당을 내다보았다, 달빛 좋은 밤 연못에는 잉어와 금붕어 떼가 놀고 있었다, 나는 그 마당의 조용한 경치를 정신없이 바라보다가 옆방에서 어머니와 여자들 웃음소리가 왁자하게 들려와 퍼뜩 정신을 차리니 두통이 나았다, 라는 소품이었다. 여기엔 진실이 하나도 없다. 마당 묘사는 분명 누나들 작문 노트에서 뽑아 낸 것이고, 무엇보다도 나는 머리가 아플 정도로 공부한 기억이 도통 없다. 나는 학교를 싫어했고, 따라서 교과서 따위를 공부한 적은 한 번도 없었다. 오락 책만 읽었다. 집에서는 내가 책만 읽고 있으면 공부를 한다고 여겼다.

그런데 내가 작문에 진실을 써 넣으면 어김없이 결과가 좋지 않았다. 부모님이 나를 사랑하지 않는다는 불평을 썼을 때는, 교무실로 불려가 담임 선생님에게 꾸지람을 들었다. '만약 전쟁이 일어난다면'이라는 제목을 받고는, 지진이나 천둥, 화재, 아버지, 이보다 더 무서운 전쟁이 일어난다면 우선 산속으로라도 도망가자, 도망갈 때 선생님과 함께 가야겠다, 선생님도 인간, 나도 인간, 전쟁이 무서운 건 마찬가지겠지, 라고 썼다. 이때는 교장 선생님과 교감 선생님, 두 사람이 붙어 나를 조사했다. 무슨 생각으로 이걸 썼나? 하고 묻기에, 나는 그저 재미 삼아 썼습니다, 하고 대충 얼버무렸다. 교감 선생님은 수첩에 '호기심'이라 적었다. 그러고 나서 교감 선생님과 나는 논쟁을 조금 벌였다. 선생님도 인간, 나도 인간이라고 썼는데 인간은 모두 똑같은가? 하고 그가 물었다. 그렇게 생각한다. 나는 머뭇머뭇 대답했다. 나는 대체로 입이 무거운 편이었다. 그렇다면 나와 교장 선생님은 똑같은 인간인데 어째서 급료가 다른가? 라는 그의 질문에 나는 잠시 생각했다. 그리고 그건 일이 다르기 때문이 아닌가, 하고 대답했다. 철테 안경을 낀 얼굴이 갸름한 교감 선생님은 내가 한 말을 곧장 수첩에 적어 넣었다. 나는 전부터 이 선생님에게 호의를 가지고 있었다. 그리고 그는 내게 이런 질문을 했다. 네 아버지와 우리는 똑같은 인간인가? 나는 난처해져 아무런 대답도 하지 않았다.

아버지는 굉장히 바쁜 사람이라, 집에 있는 경우가 드물었다. 집에 있어도 아이들과 함께하지 않았다. 나는 아버지가 두려웠다. 아버지의 만년필이 갖고 싶으면서도 선뜻 말하지 못하고 혼자 이리저리 고민한 끝에, 어느 날 밤 이부자리에서 눈을 감은 채 잠꼬대하는 척하며, 만년필, 만년필, 하고 옆방에서 손님과 대화 중인 아버지에게 나직이 호소한 적이 있는데,

당연히 아버지의 귀에도 마음에도 들어가지 않은 듯하다. 나
와 남동생이 쌀가마니가 빼곡히 쌓인 널찍한 쌀 곳간에 들어
가 재미있게 놀고 있자니, 아버지가 입구를 가로막고 서서, 이
녀석, 나와! 나와! 하고 호통을 쳤다. 빛을 등진 탓에 아버지의
커다란 모습이 새까맣게 보였다. 나는 그때의 공포를 생각하
면 지금도 언짢아진다.

어머니와도 나는 친해질 수 없었다. 유모의 젖을 먹고 자
라 숙모의 품에서 성장한 나는, 초등학교 2, 3학년 때까지 어
머니를 알지 못했다. 남자 일꾼 둘이 내게 그걸 가르쳐 주었는
데, 어느 날 밤 곁에 누운 어머니가 내 이불이 들썩이는 걸 수
상히 여겨, 뭐 하는 거니? 하고 물었다. 나는 너무나 당황해서,
허리가 아파 안마하는 거야, 라고 대답했다. 어머니는, 그럼 문
질러야지, 두드리면 어떡해, 하고 졸린 듯 말했다. 나는 말없이
한참 동안 허리를 어루만졌다. 어머니에 대해서는 쓸쓸한 추
억이 많다. 나는 곳간에서 형 양복을 꺼내 입고 뒤뜰 화단 사
이를 어슬렁어슬렁 걸으며, 내가 즉흥적으로 작곡한 구슬픈
노래를 흥얼거리다 눈물지었다. 나는 그 옷차림으로 회계 보
는 일꾼과 놀고 싶어져 하녀에게 불러오라고 했지만, 일꾼은
좀처럼 오지 않았다. 나는 뒤뜰의 대울타리를 신발 끝으로 툭
툭 건드리며 그를 기다렸으나, 끝내 기다리다 지친 나머지, 바
지 주머니에 두 손을 찔러 넣은 채 울음을 터뜨렸다. 내가 울
고 있는 걸 발견한 어머니는, 어찌 된 일인지 그 양복을 벗겨
내고는 내 엉덩이를 찰싹찰싹 때렸다. 나는 살이 도려지는 듯
한 치욕을 느꼈다.

나는 일찍이 복장에 관심이 많았다. 셔츠 소매에 단추가 달려 있지 않으면 용납할 수 없었다. 하얀 플란넬 셔츠를 좋아했다. 속옷의 깃도 하얘야만 했다. 목 언저리에 그 하얀 깃이 아주 조금 엿보이게 주의했다. 추석날 밤엔 마을 학생들이 다들 멋지게 차려입고 학교에 오는데, 나도 해마다 으레 굵은 갈색 줄무늬가 있는 플란넬 기모노를 입고 가서 학교의 좁은 복도를 여자처럼 나긋나긋 종종걸음으로 달려 보곤 했다. 나는 이렇게 멋 부리는 것을, 다른 사람이 알아채지 못하게 은근슬쩍 했다. 가족들은 내 용모가 형제들 가운데 제일 시원찮다, 시원찮다 했고, 그토록 못생긴 남자가 이렇듯 멋을 부린다고 알려지면 다들 비웃을 거라고 생각했기 때문이다. 나는 오히려 복장에 무관심한 척했고, 게다가 어느 정도는 성공한 것 같다. 사람들 눈에도 내가 둔감하고 촌스럽게 보였을 게 틀림없다. 내가 형제들과 밥상 앞에 앉아 있을 때, 할머니와 어머니는 내 얼굴이 못생긴 것에 대해 진지하게 자주 이야기하곤 했는데, 나는 아무래도 분했다. 나는 내가 멋진 남자라고 믿었기 때문에, 하녀 방에 가서 형제들 중 누가 제일 멋진 남자일까? 하고 넌지시 물어보기도 했다. 하녀들은 맏형이 최고, 그다음이 오사무짱이라고, 대체로 말했다. 나는 얼굴을 붉히면서도 조금 불만이었다. 맏형보다 멋진 남자라고 말해 주길 바랐다.

나는 용모뿐만 아니라 손재주가 없다는 점에서도 할머니의 마음에 들지 않았다. 젓가락 쥐는 법이 서툴러 식사 때마다 할머니에게 주의를 받았고, 내가 절을 하면 엉덩이가 올라가 보기 흉하다고 했다. 할머니는 나를 똑바로 앉히고 몇 번이고 절을 시켰지만, 아무리 해도 할머니는 잘한다는 말을 하지 않았다.

할머니도 내겐 버거운 상대였다. 마을의 극장 무대에 도쿄의 자쿠사부로 극단 이름이 내걸렸을 때, 나는 공연 기간 동안 하루도 빠짐없이 구경하러 갔다. 그 극장은 아버지가 지었기 때문에, 나는 언제든지 공짜로 좋은 자리에 앉을 수 있었다. 학교에서 돌아오자마자 나는 부드러운 기모노로 갈아입고, 작은 연필을 끝에 매단 가느다란 은줄을 허리띠에 늘어뜨린 채 극장으로 달려갔다. 난생처음 가부키[4]라는 것을 알게 되었고, 나는 흥분해서 교겐(狂言)[5]을 보는 동안에도 몇 번이고 눈물을 흘렸다. 그 공연이 끝난 뒤, 나는 남동생이나 친척 아이들을 모아 극단을 만들어 직접 연극을 해 보았다. 나는 전부터 이렇게 여럿이 벌이는 행사를 좋아해서, 하인들이나 하녀들을 모아 옛날이야기를 들려주거나 환등과 활동사진을 보여 주곤 했다. 그때는 「야마나카 시카노스케」와 「비둘기 집」, 「갓포레[6]」 등 세 가지 교겐을 늘어놓았다. 야마나카 시카노스케가 계곡 옆 어느 찻집에서 하야카와 아유노스케라는 부하를 얻는 대목을 소년 잡지에서 뽑았고, 내가 각색했다. 소인은 야마나카 시카노스케라 하는 사람입니다만. 이처럼 긴 대사를 가부키의 7·5조로 고치는 데 고심했다. 「비둘기 집」은 몇 번을 거듭 읽어도 그때마다 눈물이 흐르는 장편 소설로,

---

4) 일본의 전통 연극.
5) 일본 연극 막간에 상연하는 희극.
6) 속요에 맞춰 추는 익살스러운 춤.

그 가운데 특히 애처로운 장면을 2막으로 마감했다. 「갓포레」는 마지막 막에서 늘 자쿠사부로 극단 단원이 총출동해 이 춤을 추었기 때문에, 나도 똑같이 했다. 대엿새 연습하고 마침내 그날, 서고 앞 널찍한 복도를 무대로 삼아, 작은 가로닫이 막도 설치했다. 낮부터 그런 준비를 했는데, 그 가로닫이 막의 철사에 할머니가 턱을 긁히고 말았다. 할머니는, 이 철사로 나를 죽일 작정이냐! 어설픈 광대 흉내는 그만둬! 하며 우리에게 욕을 퍼부었다. 그래도 그날 밤 역시 하인과 하녀를 열 명 남짓 모아 그 연극을 했지만, 할머니의 말을 생각하면 내 가슴은 무겁게 짓눌렸다. 나는 야마나카 시카노스케나 「비둘기 집」의 남자아이 역을 맡고 갓포레 춤도 추었지만 전혀 흥이 나지 않고 견딜 수 없이 쓸쓸했다. 그 후에도 나는 때때로 「소도둑」, 「접시 저택」, 「슌토쿠마루」 등의 연극을 했는데, 할머니는 그때마다 못마땅해했다.

나는 할머니를 좋아하진 않았지만, 잠 못 드는 밤에는 할머니를 고맙게 생각했다. 나는 초등학교 3, 4학년 무렵부터 불면증에 걸려 밤 2시, 3시가 되어서도 잠들지 못한 채, 툭하면 이불 속에서 울었다. 자기 전에 설탕을 먹으면 된다, 째깍째깍 시계 소리를 세라, 물로 발을 차게 해라, 자귀나무 잎을 베개 밑에 깔고 자면 좋다 등등, 온갖 잠드는 법을 가족들이 일러 주었지만 별로 효능이 없었던 것 같다. 나는 잔걱정이 많은 편이라 시시콜콜 들추어내어 신경을 쓰다 보니, 한층 잠들기 힘들었으리라. 아버지의 코안경을 몰래 만지작거리다 똑, 하고 유리를 깨 버렸을 때는, 며칠 밤 내내 잠을 설쳤다. 한 집 건너 이웃 구멍가게에선 책 같은 것도 더러 팔았다. 어느 날 나는 거기서 여성 잡지의 그림을 보다가 그중 노란 인어 수채화가 몹시 갖고 싶어져 훔치려고 가만히 잡지에서 뜯어내다가, 오사코, 오사코! 하는 젊은 주인에게 들키는 바람에 그 잡지를 가게 바닥에 툭 내던지고 집까지 달아난 적이 있는데, 이러한 실패 또한 나를 영 잠 못 들게 했다. 나는 또 이부자리에서 까닭 없이 화재 공포에 시달렸다. 이 집이 불타 버리면, 하고 생각하니 도저히 잠들 수 없었다. 언젠가 밤에 내가 자기 전 변소에 갔을 때 그 변소와 복도 하나를 사이에 둔 깜깜한 회계 방에서 서생이 혼자 활동사진을 비추고 있었다. 흰곰이 얼음 절벽에서 바다로 뛰어드는 모습이 방 맹장지 문에 성냥갑 크기로 어른어른 비쳤다.

나는 그걸 엿보고 서생의 그런 심정이 견딜 수 없이 슬프게 느껴졌다. 잠자리에 들어서도 그 활동사진을 생각하면 가슴이 두근거려 어쩔 줄 몰랐다. 서생의 신상을 생각하거나 또 그 영사기의 필름에서 발화되어 큰불이 나면 어쩌나 싶어 하도 걱정하는 바람에, 그날 밤은 새벽녘이 되도록 한잠도 이루지 못했다. 할머니를 고맙게 여기는 건 이런 밤이었다.

우선 밤 8시 무렵 하녀가 나를 재워 주고 내가 잠들 때까지는 하녀도 내 옆에 같이 누워 있어야 했는데, 나는 하녀가 딱해서 잠자리에 눕자마자 잠든 척한다. 하녀가 살며시 내 잠자리에서 빠져나가는 기척을 느끼며, 나는 오로지 잠들 수 있기를 기도한다. 10시경까지 이불 속에서 이리저리 뒤척이다가, 나는 훌쩍훌쩍 울면서 일어난다. 그 시간이면 가족들은 모두 잠들었고 할머니만 깨어 있다. 할머니는 불침번을 서는 할아범과 부엌의 큼직한 화로를 앞에 두고 이야기를 나누고 있다. 나는 잠옷 바람으로 그 사이에 끼어들어, 뚱하니 그들의 이야기를 듣는다. 그들은 으레 마을 사람들 이야기를 했다. 어느 이슥한 가을밤, 내가 그들이 소곤소곤 주고받는 이야기에 귀 기울이고 있자니, 멀리서 해충 쫓기 축제의 북소리가 둥둥 울려 퍼졌는데, 그걸 듣고 아아, 아직 깨어 있는 사람이 많구나, 하고 굉장히 마음 든든해했던 것만은 잊지 않고 있다.

소리에 대해 떠올린다. 내 큰형은 그 무렵 도쿄의 대학에 다녔는데, 여름 방학에 귀향할 때마다 음악이나 문학 등 새로운 취미를 시골에 퍼뜨렸다. 큰형은 연극을 공부하고 있었다. 어느 지방 잡지에 발표한 「빼앗기」라는 단막극은 마을의 젊은 이들 사이에서 평판이 좋았다. 그걸 완성했을 때 큰형은 여러 남동생, 여동생 들에게도 읽어 주었다. 다들, 모르겠어, 모르겠어, 라며 듣고 있었지만 나는 이해했다. 막이 끝날 즈음, 어두운 밤이구나, 이 한마디에 담긴 시(詩)까지 이해할 수 있었다. 나는 거기에 「빼앗기」가 아니라 「엉겅퀴」라는 제목을 달아야 한다고 생각했기 때문에, 나중에 형이 쓰다 망친 원고용지 귀퉁이에 내 의견을 작게 적어 두었다. 형은 아마도 그걸 알아채지 못했으리라. 제목을 바꾸지 않고 그대로 발표해 버렸다. 레코드도 상당히 수집했다. 아버지는 집에서 무슨 향응을 베풀 때면 어김없이 멀리 떨어진 도시의 게이샤를 불렀다. 나도 대여섯 살 무렵부터 그런 게이샤들에게 안기기도 했던 기억이 있는데, 「옛날 옛날 그 옛날」이나 「그것은 기노쿠니의 밀감 배」 같은 노래와 춤을 알고 있다. 그래서 나는 형의 서양 음악 레코드보다도 일본 음악에 좀 더 일찍 친숙해졌다. 어느 날 밤 자는데, 형 방에서 좋은 음색이 흘러나오기에 베개에서 머리를 들고 귀를 기울였다. 이튿날 나는 아침 일찍 일어나 형 방으로 가서 손에 잡히는 대로 이것저것 레코드를 걸어 보았다. 그리고 드디어 나는 찾아냈다. 간밤에 나를 잠 못 들 만치 흥분시킨 그 레코드는 「란초(蘭蝶)」[7]였다.

하지만 나는 큰형보다 둘째 형과 많이 친했다. 둘째 형은 도쿄의 상업 학교를 우등으로 마치고 바로 귀향해, 우리 은행에 근무하고 있었다. 가족들은 둘째 형 또한 차갑게 대했다. 나는 어머니나 할머니가, 가장 못생긴 남자는 나, 그다음으로 못생긴 건 둘째 형이라 말하는 걸 들은 적이 있기 때문에, 둘째 형이 인기가 없는 것도 용모 탓이려니 생각했다. 아무것도 필요 없어. 그저 남자다운 용모로 멋지게 태어났더라면. 그렇지? 오사무. 반쯤은 나를 놀리다시피 중얼거린 둘째 형의 농담을 나는 기억한다. 그러나 나는 둘째 형의 얼굴이 못생겼다고 진심으로 느낀 적이 한 번도 없다. 머리도 형제 중에서 좋은 편이라고 믿는다. 둘째 형은 거의 매일 술을 마시고 할머니와 싸웠다. 나는 그럴 때마다 몰래 할머니를 미워했다.

막내 형과 나는 서로 반목했다. 이런저런 내 비밀을 이 형이 손에 쥐고 있었기 때문에 언제나 거북살스러웠다. 게다가

_____

7) 아내 오미야와 유녀 고노이토, 두 여자 사이에서 고뇌하다 결국 고노이토와 동반 자살하는 란초의 이야기. 샤미센 반주에 맞춰 독특한 억양과 가락으로 이야기한다.

막내 형과 남동생은 생김새가 비슷했는데 사람들에게 아름답다고 칭찬받았다. 나는 이 두 사람에게 아래위로 압박당하는 느낌이 들어 견디기 힘들었다. 그 형이 도쿄의 중학교에 가게 되면서 나는 겨우 마음이 놓였다. 남동생은 막내인 데다 얼굴이 곱상해 아버지에게도 어머니에게도 사랑받았다. 나는 줄곧 남동생을 질투했고, 이따금 때렸다가 어머니한테 혼났고, 어머니를 원망했다. 내가 열 살이나 열한 살쯤이었던 것 같다. 내 셔츠와 속옷의 솔기에 참깨를 흩뿌린 듯 이가 꾀었을 때, 동생이 그걸 보고 피식 웃었다는 핑계로 문자 그대로 동생을 흠씬 패 버렸다. 하지만 나는 역시 걱정이 되어, 동생 머리에 생긴 혹 몇 개에 약을 발라 주었다.

나는 누나한테는 귀여움을 받았다. 제일 위의 누나는 죽고 둘째 누나는 시집가고 남은 누나 둘은 각각 다른 도시의 여학교에 다니고 있었다. 우리 마을에는 기차가 없었기 때문에 30리쯤 떨어진 기차가 있는 도시로 왕래하려면 여름에는 마차, 겨울에는 썰매, 봄눈이 녹을 무렵이나 가을 진눈깨비가 내릴 때는 걷는 수밖에 없었다. 누나들은 썰매 멀미를 해서, 겨울 방학 때도 걸어 돌아왔다. 나는 그때마다 목재가 쌓여 있는 마을 어귀까지 마중을 나갔다. 해가 뉘엿뉘엿 저물어도 길은 눈의 빛으로 환하다. 이윽고 이웃 마을의 숲 그늘에서 누나들의 초롱불이 언뜻언뜻 나타나면 나는 야아! 소리 지르며 두 손을 흔들었다.

큰누나의 학교는 작은누나의 학교보다 작은 도시에 있었기 때문에 선물도 작은누나의 것에 비해 늘 보잘것없었다. 언젠가 큰누나가, 별거 아니야, 하고 얼굴을 붉힌 채 말하며 선향 불꽃 대여섯 다발을 바구니에서 꺼내 내게 주었는데, 나는 그 때 가슴이 옥죄이는 듯한 느낌이었다. 이 누나 역시 가족들에게 얼굴이 못생겼다는 소리를 연신 들었다.

이 누나는 여학교에 들어갈 때까지 증조할머니와 둘이서 별채에 기거했기 때문에, 증조할머니의 딸이라고만 내가 생각했을 정도였다. 증조할머니는 내가 초등학교를 졸업할 무렵 돌아가셨는데, 하얀 기모노 차림에 자그마하니 오그라든 증조할머니의 모습을 납관 때 언뜻 본 나는, 이 모습이 이후에 오래도록 내 눈에 들러붙어 있으면 어떡하나 걱정되었다.

나는 머지않아 초등학교를 졸업했지만 몸이 허약하다는 이유로 가족들은 나를 고등소학교에 일 년간 다니게 했다. 몸이 튼튼해지면 중학교에 보내 주마. 형들처럼 도쿄의 학교에 다니면 건강에 나쁘니까 훨씬 시골의 중학교에 보내 주겠다고 아버지가 말했다. 나는 중학교 따위 그다지 들어가고 싶지 않았지만, 그래도 몸이 허약해서 유감이라고 작문에 써서 선생님들의 동정을 불러일으켰다.

이 무렵 우리 마을에서도 읍 제도가 시행되었는데 그 고등소학교는 우리 읍 부근의 대여섯 마을과 공동 출자해 만든 것으로, 마을에서 5리나 떨어진 솔숲 안에 있었다. 나는 병으로 줄곧 학교를 쉬었지만 그 초등학교의 대표였기 때문에, 다른 마을의 우등생이 많이 모이는 고등소학교에서도 1등이 되도록 노력해야 했다. 하지만 나는 거기서도 여전히 공부하지 않았다. 이제 곧 중학생이 된다는 나의 긍지가, 그 고등소학교를 더럽고 언짢은 곳으로 느끼게 만들었다. 나는 수업 중에 주로 연속 만화를 그렸다. 쉬는 시간이 되면 성대모사를 해 가며 친구들에게 설명해 주었다. 그런 만화를 그린 수첩이 네댓 권이나 모였다. 책상에 턱을 괴고 교실 바깥 풍경을 멍하니 바라보며 한 시간을 보내기도 했다. 내 자리는 창문 옆이었는데, 그 유리창에는 파리 한 마리가 납작 짜부라진 채 오랫동안 달라붙어 있었다. 그 파리가 내 시야의 한쪽 귀퉁이에 어쩌다 큼지막하게 들어오면, 나는 꿩이나 산비둘기인 줄 알고 몇 번이나 화들짝 놀라곤 했다. 나를 사랑하는 친구들 대여섯 명과 함께 수업을 빼먹고 솔숲 뒤에 있는 늪 언저리에 드러누워 여학생 이야기를 하거나, 다들 기모노를 걷어 올리고 거기에 어렴풋이 자라기 시작한 털을 서로 비교하며 놀았다.

그 학교는 남녀 공학이었지만, 그래도 내가 먼저 여학생에게 다가간 적은 없었다. 나는 욕정이 강해서 그걸 힘껏 억눌렀고, 여자에게도 아주 겁쟁이가 되었다. 그때까지 두세 명의 여자애가 나를 좋아했지만 언제나 모른 척해 왔다. 아버지의 책장에서 미술전 입선 화집을 꺼내서는 그 속에 감춰진 하얀 그림에 뺨을 붉히며 들여다보거나, 내가 키우던 토끼 한 쌍을 자주 교미시켜 수컷의 등이 봉긋하니 둥글어지는 모습에 가슴 설레며 그렇게 나는 참았다. 나는 허세가 심한 탓에 그 안마에 대해서조차 아무에게도 털어놓지 않았다. 그 해로움을 책에서 읽어 그만두려고 온갖 고심을 했지만 허사였다. 그사이 매일 먼 학교까지 걸어 다닌 덕분에, 내 몸도 살이 붙었다. 이마 주변에 좁쌀 같은 작은 뾰루지가 생겼다. 이것도 창피했다. 나는 여기에 호탄코[實丹膏]라는 약을 새빨갛게 발랐다. 큰형이 그해 결혼했다. 혼례 날 밤 남동생과 나는 새 형수 방에 살그머니 가 보았는데, 형수는 방 입구를 등지고 앉아 머리를 올리고 있었다. 나는 거울에 비친 신부의 희끄무레하게 미소 띤 얼굴을 얼핏 보자마자, 남동생을 끌고 도망쳐 나왔다. 그리고 나는, 대단한 것도 아니잖아! 하고 한껏 허세를 부렸다. 약을 발라 빨간 내 이마 때문에 공연히 풀이 죽어 한층 반발하고 말았다.

겨울이 다가오면서 나도 중학교 수험 공부를 시작하지 않으면 안 되었다. 나는 잡지 광고를 보고, 도쿄에 여러 가지 참고서를 주문했다. 하지만 책을 책장에 늘어놓기만 했을 뿐, 전혀 읽지 않았다. 내가 시험을 보기로 한 중학교는 현에서 가장 큰 도시에 있어서, 지원자도 늘 두세 배쯤 되었다. 나는 이따금 낙제 걱정에 휩싸였다. 그럴 땐 나도 공부를 했다. 그리고 일주일 내내 공부하면, 금세 합격하겠다는 확신이 들었다. 공부했다 하면, 밤 12시가 되도록 잠자리에 들지 않았고 대체로 새벽 4시면 일어났다. 공부 중에는 다미라는 하녀를 곁에 두고 불을 지피거나 차를 끓이게 했다. 다미는 아무리 늦게 자도 다음 날 아침 4시가 되면 어김없이 나를 깨우러 왔다. 쥐가 새끼를 낳는 산수 응용 문제로 쩔쩔매고 있는 내 옆에서, 다미는 얌전히 소설책을 읽었다. 나중에 다미 대신 나이 든 뚱뚱한 하녀가 나를 돌봐 주게 되었는데, 그게 어머니의 지시였음을 알게 된 나는, 어머니의 속셈을 생각하고 낯을 찌푸렸다.

이듬해 봄, 눈이 아직 깊게 쌓여 있을 무렵, 아버지는 도쿄의 병원에서 피를 토하고 돌아가셨다. 근처 신문사는 아버지의 부고를 호외로 보도했다. 나는 아버지의 죽음보다도 이러한 센세이션 쪽에 흥분을 느꼈다. 유족들 이름에 섞여 내 이름도 신문에 나왔다. 아버지의 시신은 커다란 관에 눕혀져 썰매를 타고 고향으로 돌아왔다. 나는 수많은 사람들과 같이 이웃 마을 근처까지 마중을 나갔다. 이윽고 숲 그늘에서 수도 없이 이어진 썰매 덮개가 달빛을 받으며 미끄러져 나오는 걸 바라보고, 나는 아름답다고 생각했다.

다음 날 우리 가족은 아버지의 관을 모신 불단 방에 모였다. 관 뚜껑이 열리자 모두 소리를 내어 울었다. 아버지는 잠이 든 것 같았다. 높은 콧날이 푸르스름했다. 나는 사람들이 우는 소리를 듣고 덩달아 눈물을 흘렸다.

우리 집은 그 한 달 동안, 불이라도 난 듯 소란스러웠다. 나는 그 혼잡함에 휘말려, 수험 공부를 완전 게을리했다. 고등소학교의 학년 시험에도 거의 엉터리 답안을 만들어 제출했다. 내 성적은 전체 3등 언저리였는데, 이건 분명히 우리 집에 대한 담임 선생님의 배려였다. 나는 그 무렵 이미 기억력 감퇴를 느껴서, 예습이라도 해 가지 않으면 시험 때 아무것도 쓸 수 없었다. 나에게 그런 경험은 처음이었다.

2장

좋은 성적은 아니었지만 그해 봄, 나는 중학교 입학시험을 치러 합격했다. 나는 새 하카마8)에 까만색 양말과 목이 긴 구두를 신고, 지금까지의 모포 대신 나사(羅紗) 망토를 멋쟁이처럼 단추를 잠그지 않고 앞을 튼 채로 걸치고 바다가 있는 소도시로 나갔다. 그리고 우리 집과 먼 친척뻘인 그 도시의 포목점에 여장을 풀었다. 낡고 찢어진 포렴이 입구에 내걸린 그 집에서, 나는 앞으로 신세를 지게 되었다.

나는 무슨 일에든 쉽게 마음이 달뜨는 성질이 있는데, 입학 당시엔 목욕탕에 가는 데도 학교 모자를 쓰고 하카마를 입었다. 그런 내 모습이 길가의 유리창에라도 비치면, 나는 웃으며 거기다 가볍게 인사를 보내곤 했다.

그런데 학교는 통 재미가 없었다. 하얀 페인트칠을 한 학교 건물은 도시 변두리에 있었고, 바로 뒤는 해협을 마주한 평평한 공원이었다. 파도 소리와 소나무 술렁거리는 소리가 수업 중에도 들려왔다. 복도도 널찍하고 교실 천장도 높아서 나는 이 모든 것에 좋은 느낌을 받았지만, 그곳의 교사들은 나를 엄청 괴롭혔다.

나는 입학식 날부터 어떤 체조 교사에게 얻어맞았다. 내가 건방지다는 것이었다. 이 교사는 입학시험 때 내 구두시험 담당자였다. 아버님이 돌아가셔서 공부도 제대로 못 했겠구나, 하고 다정하게 말을 건네기에, 나도 고개를 푹 떨구어 보인 그 사람이었던 만큼 내 마음은 더욱 상처를 입었다. 그 후로도

---

8) 일본 전통 의상으로 겉옷 하의. 넉넉하게 주름이 잡혀 있고 바지처럼 가랑이진 것이 보통이다.

나는 여러 교사에게 얻어맞았다. 히죽히죽 웃는다거나 하품을 했다는 둥, 다양한 이유로 벌을 받았다. 수업 중 내 하품이 큰 탓에 교무실에서도 평판이 자자하다고 했다. 나는 그런 멍청한 이야기를 주고받는 교무실을 이상하게 여겼다.

나와 같은 동네에서 온 친구 하나가 어느 날, 나를 교정의 모래 언덕 뒤로 불러, 너의 태도는 실제로 건방져 보여, 그렇게 얻어맞기만 하다간 낙제할 게 뻔해, 라고 충고해 주었다. 나는 경악했다. 그날 방과 후, 나는 해안을 따라 혼자 귀가를 서둘렀다. 파도가 밀려와 구두 밑창을 적셨고, 한숨 지으며 걸었다. 양복 소매로 이마의 땀을 닦는데, 깜짝 놀랄 정도로 큼지막한 쥐색 돛이 바로 눈앞을 비틀비틀 지나갔다.

나는 지고 있는 꽃잎이었다. 약간의 바람에도 파르르 떨었다. 타인으로부터 아무리 사소한 멸시를 받아도 죽을 듯이 괴로웠다. 나는 내가 머지않아 꼭 훌륭한 사람이 될 거라고 생각했고, 영웅으로서 명예를 지켜 가령 어른이 얕보는 것조차 용서할 수 없었으므로, 이 낙제라는 불명예도 그만큼 치명적이었다. 그 후 나는 전전긍긍하면서 수업을 받았다. 수업을 받으면서도 이 교실에는 눈에 보이지 않는 100명의 적이 있다고 생각해 조금도 방심하지 않았다. 아침에 학교로 가기 전 내 책상 위에 트럼프를 늘어놓고 그날 하루의 운명을 점쳤다. 하트는 대길(大吉)이었다. 다이아몬드는 반길(半吉), 클로버는 반흉(半凶), 스페이드는 대흉(大凶)이었다. 그리고 그 무렵은 거의 날마다 스페이드만 나왔다.

그리고 얼마 안 가 시험이 닥쳤는데 나는 박물이건 지리건

도덕이건 교과서를 한 글자도 빠짐없이 그대로 암기해 버리려고 애썼다. 이건 되든 안 되든 운수를 하늘에 맡기는 내 결벽증 때문이었겠지만, 이 공부법은 나에게 좋지 않은 결과를 불러왔다. 나는 공부가 너무나 갑갑했고, 시험 때도 융통성이 부족했다. 거의 완벽에 가까운 멋진 답안을 작성할 때가 있는가 하면, 별것 아닌 글자나 문장 하나에 걸려 생각이 흩어지면서 그저 의미 없이 답안지를 더럽히는 경우도 있었다.

그런데 첫 학기 내 성적은 반에서 3등이었다. 품행도 갑이었다. 낙제 걱정으로 괴로워하던 나는 그 통신표를 한 손에 쥐고 다른 한 손으로는 구두를 늘어뜨린 채, 해안까지 맨발로 내달렸다. 기뻤다.

한 학기를 마치고 첫 귀향 때 나는 고향의 남동생들에게 중학교 생활의 짧은 경험을 가능한 한 멋들어지게 설명해 주고 싶어, 내가 서너 달 동안 몸에 지녔던 모든 것, 방석까지도 고리짝에 챙겼다.

마차에 흔들리면서 이웃 마을의 숲을 빠져나오자, 사방으로 온통 푸른 논이 바다처럼 펼쳐지고, 그 푸른 논이 끝나는 곳 언저리에 우리 집 빨간 지붕이 커다랗게 높이 솟아 있었다. 그걸 바라보며 나는 십 년은 못 본 듯한 느낌이 들었다.

나는 그 방학 한 달 동안만큼 의기양양한 기분으로 지냈던 적이 없다. 나는 동생들에게 중학교 이야기를 과장해서 꿈처럼 들려주었다. 그 소도시 모습도 애써 환상적으로 들려주었다.

나는 풍경을 스케치하거나 곤충 채집을 하면서 들판과 계곡을 뛰어다녔다. 수채화 다섯 장 그리기와 진기한 곤충 표본 열 종류 모으기가, 교사가 내 준 방학 숙제였다. 나는 곤충망을 어깨에 메고 남동생에게는 핀셋과 약병이 든 채집 가방을 들려, 배추흰나비나 메뚜기를 쫓으면서 온종일 여름 들판에서 보냈다. 밤에는 정원에서 모닥불을 활활 피워, 수없이 날아오는 벌레를 망이나 빗자루로 닥치는 대로 쳐서 떨어뜨렸다. 막내 형은 미술학교 조소과에 들어갔는데, 매일 안뜰의 큰 밤나무 아래서 점토를 매만졌다. 이미 여학교를 졸업한 내 바로 위 누나의 흉상을 만들고 있었다. 나 또한 그 옆에서 누나의 얼굴을 몇 장이고 스케치해, 형과 서로의 완성품을 깎아내렸다. 누나는 진지하게 우리의 모델이 되어 주었는데, 그럴 경우 주로 내 수채화 쪽을 편들었다. 이 형은 어릴 땐 누구나 천재라면서, 나의 모든 재능을 무시했다. 내 문장조차 초등학생의 작문이라며 비웃었다. 나도 당시에는 형의 예술적인 실력을 노골적으로 경멸했다.

어느 날 밤, 그 형이 내 잠자리로 와서 오사무, 진기한 동물이야, 하고 소리를 낮춰 말하면서 몸을 웅크려 모기장 밑으로 휴지에 가볍게 싼 것을 살짝 건네주었다. 형은 내가 진기한 곤충을 모으는 걸 알고 있었다. 휴지 안에선 파삭파삭 벌레가 발버둥 치는 소리가 났다. 나는 그 희미한 소리에 육친의 정을 깨달았다. 내가 거칠게 그 작은 종이 뭉치를 펴자 형은, 도망가잖아, 봐, 봐, 하고 숨죽여 말했다. 보니까 평범한 하늘가재였다. 나는 그 갑충류도 내가 채집한 진귀 곤충 열 가지에 넣어 선생님께 제출했다.

방학이 끝나자 나는 슬퍼졌다. 고향을 뒤로하고 소도시로
돌아와 포목점 2층에서 홀로 짐을 풀었을 때, 나는 거의 울 뻔
했다. 나는 그렇게 쓸쓸해지면, 서점에 가기로 했다. 그때도 나
는 근처의 서점으로 달려갔다. 거기에 진열된 수많은 간행물
의 제목만 봐도, 신기하게 울적함이 사라진다. 그 서점 구석의
책장에는 내가 갖고 싶어도 살 수 없는 책이 대여섯 권 있어
서, 나는 가끔 그 앞에 무심히 멈춰 서서 무릎을 떨며 그 책
페이지를 훔쳐보았다. 하지만 내가 서점에 가는 건 굳이 그런
의학적인 기사를 읽기 위해서만은 아니었다. 당시의 내겐 어
떤 책이든 휴양과 위안이었기 때문이다.
  학교 공부는 점점 더 재미없어졌다. 하얀 지도에 산맥이나
항만, 하천을 물감으로 그려 넣는 숙제 따위는 무엇보다 저주
스러웠다. 나는 일에 몰두하는 편이라, 이 지도를 채색하는 데
서너 시간이나 허비했다. 역사 같은 과목에서도 교사는 일부
러 노트를 만들게 해 거기다 강의 요점을 적으라고 했지만, 교
사의 강의가 교과서를 읽는 거나 다름없어 자연스레 그 노트
에도 교과서 문장을 그대로 베껴 쓰는 수밖에 없었다. 나는
그래도 성적에 미련이 남아, 그런 숙제를 매일 부지런히 했다.
가을이 되자, 그 도시의 중등학교끼리 여러 가지 스포츠 시합
을 시작했다. 시골에서 온 나는 야구 시합 같은 건 본 적조차
없었다. 소설책에서 만루, 어택 쇼트, 센터 같은 용어를 기억
했을 뿐이고, 나중에 시합을 보는 법도 익혔지만 그다지 열광
할 수 없었다. 야구뿐만 아니라 정구, 유도 등 타교와 시합이
있을 때마다 나도 응원단의 한 사람으로서 선수들에게 성원

을 보내야 했는데, 그 때문에 중학교 생활이 더욱더 싫어졌다. 응원단장이 일부러 꾀죄죄한 차림에 일장기 부채를 들고 교정 구석 둔덕에 올라 연설을 하면, 친구들은 그 단장의 모습을 보고 더러워! 더러워! 하며 즐거워했다. 시합 때는 게임 짬짬이 단장이 부채를 팔랑팔랑 흔들며 올 스탠드 업! 하고 외쳤다. 우리는 일어나 작은 보라색 삼각기를 일제히 한들한들 흔들며, 「우리 적, 아무리 씩씩해도」라는 응원가를 부른다. 이것이 나는 부끄러웠다. 나는 틈을 봐서, 그 응원에서 도망쳐 집으로 돌아왔다.

그러나 내게도 스포츠 경험이 없지는 않았다. 내 얼굴이 검푸른 게 예의 안마 때문이라고 믿고 있었던 터라, 나는 사람들이 내 안색에 대해 이야기하면 그 비밀을 지적당한 듯 허둥거렸다. 나는 어떻게든 혈색을 좋게 하고 싶어, 스포츠를 시작했다.

나는 꽤 오래전부터 이 혈색 때문에 마음고생을 해 왔다. 초등학교 4, 5학년 무렵, 막내 형한테 데모크라시라는 사상에 대해 들었고, 어머니까지 데모크라시 때문에 세금이 엄청 올라 수확한 쌀 대부분을 세금으로 빼앗긴다며 손님들에게 불평하는 걸 듣고, 나는 그 사상에 마음 약하게 갈팡질팡했다. 그리고 여름에는 하인들의 정원 풀 베기를 도와주거나 겨울에는 지붕의 눈 치우기를 거들면서, 하인들에게 데모크라시 사상을 가르쳤다. 그런데 하인들은 내 일손을 그다지 달가워 하지 않는다는 것을 뒤늦게 알았다. 내가 벤 풀은 나중에 그들이 다시 베어야 했던 모양이다. 나는 하인들을 돕는다는 구실로 내 안색을 좋게 할 요량이었으나, 그만큼 노동을 하고서도 내 안색은 좋아지지 않았다.

중학교에 들어가면서 나는 스포츠로 안색을 고쳐야겠다고 마음먹고, 더울 때는 학교에서 돌아오는 길에 반드시 바다에 들어가 수영했다. 나는 청개구리처럼 두 다리를 벌리고 헤엄치는 평영을 좋아했다. 머리를 물 밖으로 곧추 내밀고 헤엄치니까, 파도가 일렁이는 잔물결도, 해안의 신록도, 흘러가는 구름도 모두 헤엄치면서 바라볼 수 있다. 나는 거북이처럼 머리를 가능한 한 높이 쑥 내밀고 헤엄쳤다. 조금이라도 얼굴을 태양 가까이 가져가, 빨리 그을리고 싶었기 때문이다.

또한 내가 머물던 집 뒤가 너른 묘지였기 때문에, 나는 거기에 100미터 직선 코스를 만들어, 혼자 열심히 달렸다. 그 묘지는 높다랗게 우거진 포플러에 둘러싸여 있었고, 달리다 지치면 나는 그곳의 솔도파 글귀를 하나씩 읽으며 빈둥거렸다. 월천담저(月穿潭底), 삼계유일심(三界唯一心)이라는 구절을 지금까지도 기억한다. 어느 날 나는 우산이끼가 잔뜩 돋아난 검게 젖은 묘석에서 적성청요거사(寂性淸寥居士)라는 이름을 발견하고 마구 가슴이 설레었다. 그 묘 앞에 새로 장식된 하얀 종이 연꽃 잎에, 나는 지금 땅속에서 구더기와 노니네, 라는 어느 프랑스 시인에게 암시받은 이 말을, 집게손가락에 진흙을 묻혀 흡사 유령이 적은 듯 흐릿하게 문질러 써 두었다. 다음 날 해 질 녘, 내가 운동하기 전에 먼저 어제의 묘표(墓標)로 가 보니, 아침 소나기에 망혼의 글귀는 그의 친척 누구도 울리지 못한 채 흔적없이 씻겨 나갔고, 하얀 연꽃 잎도 군데군데 찢겨 있었다.

나는 그런 식으로 놀고 있었는데, 달리기 실력이 엄청 늘었다. 두 다리의 근육도 둥글둥글 불룩해졌다. 그렇지만 안색은 여전히 그대로였다. 검은 표피 깊숙이, 탁한 푸른색이 언짢게 고여 있었다.

나는 얼굴에 흥미가 있었다. 독서가 싫증 나면 손거울을 꺼내 미소 짓거나 눈썹을 찡그리거나 턱을 괸 채 곰곰이 생각하기도 하면서, 그 표정을 지루한 줄 모르고 바라보았다. 나는 사람을 반드시 웃길 수 있는 표정을 터득했다. 실눈을 뜨고 코를 찌푸려 주름 잡고 입을 작게 오므리면, 아기 곰처럼 귀여웠다. 나는 못마땅할 때나 당혹스러울 때 그 표정을 지었다. 내 바로 위 누나는 그즈음 시내 도립 병원 내과에 입원해 있었는데, 내가 병문안을 가서 그 표정을 지어 보이면 누나는 배를 잡고 침대 위를 굴렀다. 누나는 집에서 데려온 나이 든 하녀와 단둘이 병원에서 지낸 탓에 굉장히 쓸쓸해했고, 병원의 긴 복도를 천천히 쿵쿵 걸어오는 내 발소리를 듣자마자 들떠서 야단이었다. 내 발소리는 유별나게 컸다. 내가 만약 일주일이라도 누나를 찾아가지 않으면, 누나는 하녀를 시켜 나를 데려오게 했다. 내가 가지 않으면 신기하게도 누나의 열이 올라 용태가 좋지 않다고, 하녀는 정색을 하고 말했다.

그 무렵엔 나도 벌써 열대여섯 살이었다. 손등에는 푸른 정맥 혈관이 희미하게 내비치고, 몸도 이상스레 묵직하게 느껴졌다. 나는 피부가 검고 자그마한 같은 반 친구와 남몰래 사랑했다. 학교에서 돌아올 때는 꼭 둘이 나란히 걸었다. 새끼손가락

이 서로 스치기만 해도, 우리는 얼굴을 붉혔다. 언제던가, 둘이서 학교 뒷길 쪽을 걸어 돌아오는데 미나리며 별꽃이 파릇파릇 자라는 논도랑에 영원(蠑螈)⁹⁾ 한 마리가 떠 있는 걸 그 친구가 발견하고, 말없이 건져 내게 주었다. 나는 영원을 싫어했지만 기쁜 듯 법석을 떨며 그걸 손수건으로 감쌌다. 집으로 가져와 안뜰의 작은 연못에 놓아주었다. 영원은 짧은 목을 흔들며 헤엄쳐 다녔는데, 다음 날 아침 보니 도망가 버리고 없었다.

나는 자긍심이 높았기 때문에 내 생각을 상대에게 털어놓는 건 생각조차 하기 힘들었다. 그 친구와는 평소 말도 별로 하지 않았다. 또한 그즈음 나는 이웃집의 깡마른 여학생도 의식했는데, 이 여학생과는 길에서 만나도 거의 무시하듯 얼굴을 홱 돌려 버리곤 했다. 가을 한밤중에 화재가 나서 나도 일어나 밖으로 나가 보니, 바로 근처 신사 뒤쪽이 불똥을 튀기며 타올랐다. 신사의 삼나무 숲이 그 화염을 에워싸듯 시커멓게 서 있고, 그 위를 작은 새 떼가 낙엽처럼 어지러이 날았다. 나는 이웃집 대문에서 하얀 잠옷을 입은 여자애가 내 쪽을 보고 있는 걸 빤히 알면서도, 옆얼굴만 그쪽으로 돌린 채 물끄러미 화재를 바라보았다. 화염의 붉은빛을 받은 내 옆얼굴이 분명 반짝반짝 아름답게 보일 거라고 생각해서였다. 이런 식이었으니 나는 예전 친구와도, 또 이 여학생과도 좀 더 진전된 교제를 하지 못했다. 하지만 혼자 있을 때, 나는 한층 대담해

---

9) 도롱뇽 비슷한 양서류.

졌다. 거울 속 내 얼굴에 한쪽 눈을 찡긋 감고 웃어 보이거나 책상 위에 주머니칼로 얇게 입술을 파서, 거기에 내 입술을 포개기도 했다. 이 입술에는 나중에 빨간 잉크를 칠해 보았는데 묘하게 거무튀튀하니 언짢은 느낌이 들어, 나는 칼로 깡그리 깎아내 버렸다.

3학년이 된 어느 봄날 아침, 등굣길에 주홍색 다리의 둥근 난간에 기대어, 나는 잠시 멍하니 있었다. 다리 아래로 스미다가와 비슷한 너른 강이 느릿느릿 흐르고 있었다. 완전히 멍하게 있어 본 경험이, 그때까지의 내겐 없었다. 뒤에서 누군가 보고 있는 느낌이 들어, 나는 늘 뭔가 태도를 꾸미고 있었다. 하나하나 세세한 내 몸짓에도, 그는 당혹스러워 손바닥을 바라보았다, 그는 귀 뒤를 긁적이며 중얼거렸다, 하고 줄곧 곁에서 설명 구를 달고 있었으므로, 내게 문득 또는 나도 모르게, 이런 동작은 있을 수 없었다. 다리 위의 방심 상태에서 깨어난 뒤, 나는 쓸쓸함에 가슴이 두근거렸다. 그런 기분일 때 나는 또 내 과거와 미래를 생각했다. 다리를 달각달각 건너면서 이런저런 생각을 떠올리고 몽상했다. 그리고 마지막엔 한숨을 쉬고 이렇게 생각했다. 훌륭해질 수 있을까? 그 무렵부터 나는 초조해지기 시작했다. 나는 모든 것에 만족할 수 없었기에, 늘 공허하게 발버둥 쳤다. 내겐 열 겹 스무 겹의 가면이 착 달라붙어 있어서, 어느 것이 얼마나 슬픈지 분간할 수 없었다. 그리고 마침내 나는 어떤 쓸쓸한 배출구를 발견했다. 창작이었다. 여기엔 수많은 동류가 있어, 다들 나와 마찬가지로 영문을 알 수 없는 이 떨림을 응시하고 있는 듯 여겨졌다. 작가가 되자, 작가가 되자. 나는 남몰래 소망했다. 남동생도 그해 중학교에 들어가 나와 한방에서 지냈는데, 나는 동생과 의논해 초여름에 친구들 대여섯 명을 모아 동인 잡지를 만들었다. 내가 머문 집과 비껴 마주한 곳에 큰 인쇄소가 있어서 그곳에 부탁했다. 표지도 석판으로 아름답게 찍었다. 반 친구들에게 그 잡지를 나눠 주었다. 나는 거기에 매달 하나씩 창작을 발표했다. 처음엔 도덕에 대한 철학자풍의 소설을 썼다. 한 줄이나 두 줄짜리 단편적인 수필에도 자신이 있었다. 이 잡지는 그 후 일년 남짓 계속했는데, 그것 때문에 큰형과 거북스러운 일이 벌어졌다.

큰형은 내가 문학에 열광하는 걸 염려해, 고향에서 긴 편지를 보내왔다. 화학에는 방정식이 있고 기하학에는 정리(定理)가 있어서 그걸 해석하는 완전한 열쇠가 주어지지만 문학에는 그게 없다. 허용된 연령, 환경에 도달하지 않으면 문학을 제대로 파악하는 것이 불가능하다고 생각한다. 이렇게 딱딱한 어조로 쓰여 있었다. 나도 그렇다고 생각했다. 더욱이 나는 내가 그 허용된 인간이라고 믿었다. 나는 곧 큰형에게 답장했다. 형님이 하는 말은 옳다고 생각한다. 훌륭한 형을 둔 것은 행복이다. 그러나 나는 문학 때문에 공부를 게을리하지는 않는다. 그 때문에 더욱더 열심히 공부하고 있을 정도다, 라고 과장된 감정마저 군데군데 섞어 큰형에게 알려 주었다.

무엇보다도 너는 남들보다 뛰어나야만 해, 라는 협박조의 생각에서였지만, 사실 나는 공부하고 있었다. 3학년이 되고 나서는 항상 반의 수석이었다. 점수 벌레라고 불리지 않고 수석이 되기란 힘겨웠지만, 나는 그런 조롱을 받지 않았을 뿐 아니라 급우를 길들이는 요령까지 터득했다. 별명이 문어인 유도부 주장조차 내겐 고분고분했다. 교실 구석에 큼직한 항아리 휴지통이 있었는데, 내가 가끔 그걸 가리키며 문어도 항아리에 들어갈래? 하면 문어는 그 항아리에 머리를 집어넣고 웃는다. 웃음소리가 항아리에 울리면서 이상한 소리를 냈다. 반의 미소년들도 대개 나를 따랐다. 내가 얼굴의 뾰루지에 삼각형이나 육각형, 꽃 모양으로 자른 반창고를 여기저기 마구 어지러이 붙여도 아무도 우스워하지 않았을 정도다.

나는 이 뾰루지로 마음고생을 했다. 그 무렵에는 더욱 수가 늘어나, 매일 아침 눈을 뜰 때마다 손바닥으로 얼굴을 어루만지며 상태를 확인했다. 여러 가지 약을 사서 발랐지만 효과가 없었다. 나는 그걸 사러 약국에 갈 때는 쪽지에 약 이름을 써서, 이런 약이 있나요? 하고 마치 다른 사람한테 부탁받았다는 듯이 말하지 않으면 안 되었다. 나는 그 뾰루지가 욕정의 상징이라는 생각에 눈앞이 캄캄해질 정도로 창피했다. 차라리 죽어 버릴까? 이런 생각까지 했다. 내 얼굴에 대한 가족들의 악평도 절정에 달했다. 시집간 큰누나는, 오사무에게 올 색시는 아무도 없을 거야, 라는 말까지 했다고 한다. 나는 부지런히 약을 발랐다.

남동생도 내 뾰루지를 걱정해서 나 대신 몇 번이고 약을 사다 주었다. 나와 동생은 어릴 적부터 사이가 나빠서 동생이 중학교 입학 시험을 봤을 때, 나는 동생이 시험에 떨어지길 바랐을 정도였다. 하지만 이렇게 둘이서 고향을 떠나오니, 나도 동생의 좋은 성격을 조금씩 알게 되었다. 동생은 자라면서 말이 없어지고 내성적이 되었다. 우리 동인 잡지에도 이따금 소품을 실었지만, 대부분 소심한 문장이었다. 나에 비해 학교 성적이 좋지 못한 걸 줄곧 괴로워했고, 내가 위로라도 하면 되레 성질부렸다. 또한 자신의 이마 선이 후지산처럼 삼각형이라 여자 같다고 못마땅히 여겼다. 이마가 좁은 탓에 머리가 이토록 나쁜 거라고 굳게 믿었다. 나는 이 남동생에게만은 뭐든 허락했다. 나는 그 무렵, 사람을 대할 때 죄다 감춰 버리든가 죄다 드러내 버리든가, 둘 중 하나였다. 우리는 무엇이든 털어놓고 이야기했다.

초가을 어느 달 없는 밤에, 우리는 항구의 잔교로 나가 해협을 건너오는 선선한 바람을 쐬면서 빨간 실에 대해 이야기를 나누었다. 그건 언젠가 학교의 국어 선생님이 수업 중에 학생들에게 들려준 이야기였다. 우리들 오른쪽 새끼발가락에는 눈에 보이지 않는 빨간 실이 묶여 있는데, 술술 길게 내뻗은 그 실 한쪽 끄트머리는 반드시 어떤 여자아이의 같은 발가락에 묶여 있다. 두 사람이 아무리 떨어져 있어도 그 실은 끊어지지 않는다. 아무리 가까이 다가가도, 가령 길에서 우연히 마주쳐도 그 실은 엉키는 법이 없다. 그래서 우리는 그 여자아이를 신부로 맞이하도록 되어 있다. 나는 이 이야기를 처음 들었을 때 상당히 흥분해서, 집에 돌아가자마자 동생에게 이야기해 주었을 정도였다. 우리는 그날 밤도 파도 소리, 갈매기 소리에 귀 기울이며 그 이야기를 했다. 네 와이프는 지금쯤 무얼 하고 있을까? 동생에게 물었더니 동생은 잔교의 난간을 두 손으로 두세 번 흔들어 대고 나서, 정원을 걷고 있어, 하고 쑥스러운 듯 말했다. 정원용 큼직한 신발을 신고 부채를 들고 달맞이꽃을 바라보는 소녀는, 동생과 너무나도 잘 어울린다고 생각했다. 내가 말할 차례였지만 나는 깜깜한 바다에 눈길을 준 채, 빨간 허리띠를 맸어, 라고만 하고 입을 다물었다. 해협을 건너오는 연락선이 커다란 여관처럼 수많은 방마다 노란 불을 밝히고, 흔들흔들 수평선 위로 떠올랐다.

이것만은 동생에게도 숨기고 있었다. 내가 그해 여름 방학 때 고향에 돌아가니, 유카타[10]에 빨간 허리띠를 맨 몸집이 자그마한 새 하녀가 투박스럽게 내 양복을 벗겨 주었다. 미요라고 했다.

나는 자기 전에 담배 한 개비를 살짝 피우며 소설의 첫머리를 생각하는 습관이 있었는데, 미요는 어느새 그걸 알아채고 어느 날 밤 내 이부자리를 펴고 나서 머리맡에 가지런히 담뱃갑을 놓아두었다. 나는 그다음 날 아침, 방 청소를 하러 온 미요에게, 담배는 몰래 피우니까 담뱃갑 같은 걸 놓아두면 안돼, 하고 일렀다. 미요는 네, 하고는 뾰로통해진 것 같았다. 역시나 방학 중이었는데 시내에 나니와부시〔浪花節〕[11] 공연이 왔을 때, 우리 집에서는 부리고 있던 사람들을 모두 극장으로 구경 보냈다. 나와 동생에게도 가라고 했지만, 시골 공연을 무시했던 우리는 일부러 반딧불이를 잡으러 논으로 나갔다.

---

10) 여름철에 입는 무명 홑옷.
11) 샤미센 반주에 보통 의리나 인정을 노래한 대중적인 창.

이웃 마을 숲 근처까지 갔는데 밤이슬이 하도 심해 스무 마리 남짓 바구니에 담아 집으로 돌아왔다. 나니와부시를 들으러 갔던 사람들도 슬슬 돌아왔다. 미요에게 이부자리를 깔고 모기장을 치게 한 뒤, 우리는 전등을 끄고 반딧불이를 모기장 안에 풀었다. 반딧불이는 모기장 여기저기를 힘차게 날았다. 미요도 잠시 모기장 밖에 멈춰 서서 반딧불이를 보고 있었다. 동생과 나란히 드러누운 내겐, 반딧불이의 푸른 불빛보다 미요의 희끄무레한 모습이 한층 스몄다. 나니와부시는 재미있었니? 나는 조금 굳어져서 물었다. 나는 그때까지 하녀에겐 용무가 없으면 결코 말을 걸지 않았다. 미요는 조용한 말투로, 아니요, 라고 했다. 나는 웃음을 터뜨렸다. 동생은 모기장 자락에 들러붙은 반딧불이 한 마리를 부채로 탁탁 몰아 대며 말이 없었다. 나는 아무래도 어색했다.

그즈음부터 나는 미요를 의식하기 시작했다. 빨간 실, 하면 미요의 모습이 가슴에 떠올랐다.

3장

4학년이 되고 나서 내 방으로 거의 매일 두 친구가 놀러 왔다. 나는 포도주와 마른 오징어를 대접했다. 그리고 그들에게 갖가지 엉터리를 가르쳤다. 숯불 피우는 법에 대한 책이 한 권 나왔다, 『짐승의 기계』라는 어느 신진 작가의 저서에 내가 끈적끈적 기계기름 칠을 해 두었는데, 그대로 발매되고 있으니

진기한 장정이 아니냐, 또는 『미모의 친구』라는 번역서의 군데군데 잘려 나가 생긴 공백에 내가 지어 낸 형편없는 문장을 아는 인쇄소에 비밀스레 부탁해 찍어 내고서, 이건 굉장한 책이다, 그런 이야기를 하면서 친구들을 깜짝 놀래 주곤 했다.

미요와의 추억도 점차 희미해지고 게다가 한집에서 지내는 사람끼리 서로 그리워한다는 게 이상스레 뒤가 켕기는 데다 평소 여자의 흉만 보아 온 체면도 있어, 미요 때문에 어렴풋이나마 마음을 어지럽힌 게 화가 나기까지 했을 정도였다. 동생에게는 물론 이 친구들에게도 미요 이야기만은 하지 않았다.

그런데 그 무렵 나는 어느 러시아 작가의 유명한 장편 소설을 읽고 생각을 고쳐먹었다. 소설은 한 여자 죄수의 과거 이야기로 시작되었는데, 그 여자가 불행해지는 첫걸음은 그녀 주인의 조카인 귀족 대학생의 유혹을 받은 데서 시작되었다. 나는 그 소설에서 훨씬 중요한 감상을 잊은 채, 두 사람이 흐드러지게 핀 라일락꽃 아래서 첫 입맞춤을 나눈 페이지에 내 마른 잎 서표를 끼워 두었다. 나 역시 빼어난 소설을 남의 일인 양 읽을 수 없었다. 나는 그 두 사람이 미요와 나를 닮았다는 느낌이 자꾸만 들었다. 내가 조금만 더 모든 일에 뻔뻔스러워진다면, 마침내 이 귀족과 빼닮을 수 있게 돼, 라고 생각했다. 그렇게 생각하니, 겁 많은 내가 허무하게 느껴지기도 했다. 이런 좀스러운 기질이 내 과거를 너무나 평탄하게 만들고 말았다고 생각했다. 나 자신이 인생의 빛나는 수난자가 되고 싶었다.

나는 이걸 우선 남동생에게 털어놓았다. 밤에 누워서 털어놓았다. 나는 엄숙한 태도로 이야기할 작정이었지만, 그렇게 의식해서 꾸민 자세가 되레 방해되어 결국 마음이 들썽거렸다. 나는 목덜미를 문지르거나 양손을 비벼 대면서 기품이라곤 없이 이야기했다. 그렇게 할 수밖에 없는 내 습성이 나는 슬펐다. 동생은 얇은 아랫입술을 살살 핥으며 뒤척이지도 않고 듣다가, 결혼할 거야? 하고 말하기 거북한 듯 물었다. 나는 어째선지 움찔했다. 할 수 있을지 어떨지. 일부러 시들하게 대답했다. 동생은 아마도 할 수 없지 않겠는가, 라는 의미의 말을 뜻밖에 어른스러운 투로 에둘러 했다. 그걸 듣고서, 나는 나의 진짜 태도를 똑똑히 발견했다. 나는 불끈 사나워졌다. 이불을 걷어 내며, 그러니까 싸워야지, 싸워야지! 소리 죽여 힘있게 주장했다. 동생은 사라사 이불 속에서 몸을 비틀며 무슨 말을 하려는가 싶더니, 내 쪽을 훔치듯 보고는 살짝 미소 지었다. 나도 웃음을 터뜨렸다. 이제 시작이니까. 말하면서 동생에게 손을 내밀었다. 동생도 쑥스러운 듯 이불 밖으로 오른손을 꺼냈다. 나는 나직이 소리 내어 웃으며 동생의 힘없는 손을 두세 번 흔들었다.

그러나 친구들에게 내 결의를 승인시킬 때는 이렇게 고심하지 않아도 되었다. 친구들은 내 이야기를 들으며 이리저리 곰곰이 생각하는 기색을 비쳤지만, 이는 그저 내 이야기가 끝난 뒤 동의하는 효과를 곁들이기 위한 것일 뿐임을 나는 알고 있었다. 사실 그대로였다.

4학년 여름 방학에 나는 이 친구 두 명을 데리고 고향으로 돌아왔다. 셋이서 고등학교 입시 공부를 시작한다는 명목이었지만, 미요를 보이고 싶은 마음에 억지로 친구를 데려온 것이다. 나는 내 친구가 가족들에게 악평을 듣지 않기를 기도했다. 내 형들의 친구는 죄다 지방에서도 이름난 가정의 청년뿐이라서, 내 친구처럼 금단추가 두 개밖에 없는 윗옷 같은 건 입지 않았다.

집 뒤 공터엔 그 당시 큰 양계장이 있었는데, 우리는 그 옆 문지기 방에서 오전에만 공부했다. 문지기 방의 외벽은 하얀색과 초록 페인트로 칠해졌고, 두 평 남짓한 마루방에는 아직 새것인 니스 칠을 한 탁자와 의자가 가지런히 놓여 있었다. 넓은 문이 동쪽과 북쪽에 두 개나 달려 있고 남쪽에도 서양식 여닫이창이 있어 그걸 모두 활짝 열어젖히면, 바람이 술술 들어와 책장이 늘 팔랑팔랑 나부꼈다. 주위에는 잡초가 옛날 그대로 무성하게 우거져, 노란 병아리 수십 마리가 그 수풀 사이로 나타났다 숨었다 하며 놀고 있었다.

우리 세 사람은 점심때를 잔뜩 기대했다. 그 문지기 방으로 어느 하녀가 식사 시간을 알리러 오는지가 문제였다. 미요가 아닌 하녀가 오면, 우리는 탁자를 탁탁 두드리거나 혀를 차면서 법석을 떨었다. 미요가 오면 모두 잠잠해졌다. 그리고 미요가 물러가면 일제히 웃음을 터뜨리곤 했다. 어느 화창한 날, 동생도 우리와 함께 거기서 공부했는데 점심때가 되자, 오늘은 누가 올까? 하고 여느 때처럼 서로 이야기를 나누었다. 동생만 대화에서 빠져 창가를 어슬렁어슬렁하면서 영어 단어를 암기하고 있었다. 우리는 온갖 농담을 하고 서로 책을 내던지거나 마루가 삐걱거리도록 발을 굴러 댔는데, 그러는 사이 내장난이 조금 지나치고 말았다. 나는 동생도 우리와 놀게 해 주려고, 넌 아까부터 말이 없는데, 그렇다면? 하고 입술을 살짝 깨물고 동생을 쏘아보았다. 그러자 동생은 아니야! 하고 짧게 외치며 오른손을 크게 흔들었다. 들고 있던 단어 카드 두세 장이 휙 흩날렸다. 나는 깜짝 놀라 시선을 돌렸다. 바로 그 순간 나는 어색한 단정을 내렸다. 미요에 대한 생각은 오늘로 그만두자고 생각했다. 그러고는 금세, 아무 일도 없었다는 듯 왁자하게 웃어 댔다.

그날 식사 시간을 알리러 온 건 다행히 미요가 아니었다. 안채로 통하는 콩밭 사이 좁은 길을 띄엄띄엄 한 줄로 죽 걸어가는 모두의 뒤를 따라서, 나는 쾌활하게 떠들며 동그란 콩잎을 몇 장이고 몇 장이고 잡아 뜯었다.

희생 따위는 애당초 생각하지 않았다. 그냥 싫었다. 하얀 라일락 덤불이 흙탕물을 뒤집어썼다. 특히 그 장난꾼이 혈육이라는 게 더욱 싫었다.

그 후 이삼 일은 여러 가지로 번민했다. 미요도 정원을 걷는 일이 있겠지. 그는 내 악수에 완전히 당황했다. 요컨대 나는 운이 좋은 게 아닌가. 내게 운이 좋다는 것만큼 심한 치욕은 없었다.

그 무렵, 안 좋은 일이 연달아 일어났다. 어느 날 점심 식사 때 나는 동생이랑 친구들과 같이 식탁에 앉았는데, 그 옆에서 미요가 우리 쪽으로 빨간 원숭이 얼굴이 그려진 부채를 살랑살랑 부치면서 시중들고 있었다. 나는 그 부채 바람의 양으로, 미요의 마음을 살짝 가늠했다. 미요는 나보다 동생 쪽을 더 많이 부쳤다. 나는 절망하여, 커틀릿 접시에 딸그락하고 포크를 내려놓았다.

모두가 나를 괴롭히고 있다, 라고 생각했다. 친구들도 전부 터 알고 있었던 게 틀림없어. 무턱대고 사람을 의심했다. 이제 미요를 잊을 테니까 괜찮아. 나는 혼자 결심했다.

다시 이삼 일 지난 날 아침, 나는 간밤에 피운 담배가 아직 대여섯 개비 남아 있는 담뱃갑을 머리맡에 둔 채 깜빡 잊고 문지기 방으로 나갔다가, 나중에 생각나 허둥지둥 방으로 되돌아왔는데 방은 말끔히 치워졌고 담뱃갑이 없었다. 나는 각오했다. 미요를 불러, 담배는 어쨌어? 봤지? 하고 나무라듯 물었다. 미요는 진지한 표정으로 고개를 저었다. 그리고 곧장 발돋움해서 방의 횡목 뒤로 손을 집어넣었다. 황금 박쥐 두 마리가 날고 있는 작은 초록색 종이 상자가 거기서 나왔다.

나는 이 일로 용기를 백배 회복해, 전부터의 결의에 거듭 눈뜨게 되었다. 하지만 동생을 생각하면 역시 마음이 울적해져 미요 일로 친구들과 떠드는 일도 피했고, 또한 동생에게는 무엇이든 비굴하게 사양했다. 직접 나서서 미요를 유혹하는 일도 삼갔다. 나는 미요가 먼저 고백해 주기를 기다리기로 했다. 나는 얼마든지 그 기회를 미요에게 줄 수 있었다. 나는 자주 미요를 방으로 불러 쓸데없는 일을 시켰다. 그리고 미요가 내 방으로 들어올 때, 나는 어딘가 방심하는 듯 느긋한 자세를 취해 보였다. 미요의 마음을 움직이기 위해, 나는 얼굴에도 신경을 썼다. 그즈음 내 얼굴의 뾰루지는 그럭저럭 나았지만, 습관적으로 나는 이리저리 얼굴을 꾸몄다. 나는 뚜껑에 담쟁이처럼 구불구불 기다란 덩굴풀이 가득 새겨진 아름다운 은

콤팩트를 갖고 있었다. 그걸로 이따금 내 피부 결을 다듬곤 했는데, 여기에 더욱더 공을 들였다.

이제부턴 미요가 결심하기 나름이라고 생각했다. 그러나 기회는 좀처럼 오지 않았다. 문지기 방에서 공부하다가도 때때로 그곳을 빠져나와, 미요를 보러 안채로 갔다. 거의 난폭하리만치 우당탕거리며 비질을 하는 미요의 모습을 몰래 바라보고 입술을 깨물었다.

그러는 사이 여름 방학도 끝나고, 나는 동생이랑 친구들과 함께 고향을 떠나야만 했다. 하다못해 요다음 방학 때까지 나를 잊지 않게 할 만한 무슨 사소한 추억이라도 미요의 마음에 심어 줄 수 있기를 바랐지만, 그것도 허사였다.

출발하는 날이 되어 우리는 까만색 지붕이 있는 우리 마차에 올라탔다. 가족들과 나란히 현관 입구에, 미요도 배웅하려고 서 있었다. 미요는 내 쪽도 동생 쪽도 보지 않았다. 연두색 앞치마를 벗어 염주처럼 두 손으로 굴리면서 발치만 내려다보았다. 드디어 마차가 움직이기 시작했는데도 그러고 있었다. 나는 큰 미련을 느끼며 고향을 떠났다.

가을이 되어 나는 그 도시에서 기차로 삼십 분 남짓 걸리는 해안의 온천지에 동생을 데리고 갔다. 그곳에서는 어머니와 병을 앓았던 막내 누나가 집을 빌려 온천 요양을 하고 있었다. 나는 쭉 거기 머물며 시험 공부를 계속했다. 나는 수재라는 꼼짝달싹 못 하는 명예를 위해 어떡해서든 중학 4학년에서 고등학교에 진학하는 모습을 보여야만 했다. 나의 학교 기피증은 그 무렵 한층 심해졌는데, 뭔가에 쫓기고 있던 나는 그래도 한결같이 공부했다. 나는 거기서 기차로 학교에 다녔다. 일요일마다 친구들이 놀러 왔다. 우리는 이미 미요 일을 잊은 것 같았다. 나는 친구들과 반드시 소풍을 나갔다. 해안의 평평한 바위 위에서, 고기전골을 만들고 포도주를 마셨다. 동생은 목소리도 좋고 새로운 노래를 많이 알고 있어서, 우리는 동생한테 배워 다 같이 불렀다. 놀다 지쳐 그 바위 위에서 잠이 들었다가, 눈을 뜨면 육지와 이어졌던 바위가 만조가 되면서 어느새 외딴섬이 되고 말아, 우리는 아직도 꿈속에 있는 느낌이었다.

나는 이 친구들과 단 하루라도 만나지 않으면 쓸쓸했다. 그즈음 일인데 태풍이 몰아치던 어느 날, 나는 학교에서 교사에게 양쪽 뺨을 호되게 얻어맞았다. 우연하게도 나의 용감한 행동 때문에 그런 처벌을 받은 것이어서, 내 친구들은 분노했다. 그날 방과 후, 4학년 전원이 박물 교실로 모여 그 교사의 추방에 대해 의논했다. 스트라이크, 스트라이크! 목청껏 외치는 친구도 있었다. 나는 당황했다. 만약 나 한 사람을 위해 스트라이크를 하는 거라면 그만둬. 나는 그 선생님을 미워하지 않아. 사건은 간단해, 간단해, 하며 친구들에게 두루 부탁했다. 친구들은 나를 보고 비겁하다느니 제멋대로라느니 했다. 나는 견디기 힘들어 그 교실에서 나와 버렸다. 온천장으로 돌아와 나는 곧장 탕에 들어갔다. 태풍에 휩쓸려 너덜너덜해진 파초 잎 두세 장이 그 정원 귀퉁이에서 욕조 안으로 푸른 그늘을 드리웠다. 나는 욕조 가에 걸터앉은 채, 살아 있다는 느낌도 없이 생각에 잠겼다.

부끄러운 기억에 사로잡힐 때는 그걸 떨쳐 내기 위해 자아, 하고 혼자 중얼거리는 버릇이 내게 있었다. 간단해, 간단해, 라고 속삭이며 여기저기 허둥지둥 돌아다닌 내 모습을 상상하고, 물을 손바닥으로 떠서는 흘리고 떠서는 흘리고 하면서 자아, 자아, 하고 몇 번이고 말했다.

다음 날 그 교사가 우리에게 사과해 결국 스트라이크는 일어나지 않았고 친구들과도 수월히 화해했지만, 이 재난은 나를 어둡게 했다. 미요가 자꾸만 생각났다. 급기야 미요와 만나지 않으면 내가 이대로 타락해 버릴 것 같기도 했다.

마침 어머니도 누나도 온천을 떠나게 되었는데, 그날이 공교롭게도 토요일이어서 나는 어머니를 모신다는 명목으로 고향에 돌아갈 수 있었다. 친구들에겐 비밀로 하고 살짝 나왔다. 동생에게도 귀향의 진짜 이유는 말하지 않았다. 말하지 않아도 알고 있겠지 생각했다.

함께 그 온천장을 떠나 우리가 신세를 지고 있는 포목점에서 잠시 쉬었다가 어머니와 누나, 셋이서 고향을 향했다. 열차가 플랫폼을 떠날 때 배웅 나온 동생이 열차 창문으로 푸른 후지산 이마를 들이밀며, 힘내! 한마디 했다. 나는 이 말을 깜빡 곧이곧대로 받아들여, 그래 그래, 하고 기분 좋게 고개를 끄덕였다.

마차가 이웃 마을을 지나 서서히 집이 가까워지자, 나는 도무지 침착하게 있을 수가 없었다. 해가 져서 하늘도 산도 깜깜했다. 벼가 가을바람에 살랑살랑 일렁이는 소리에 귀 기울이는데 가슴이 쿵덕거렸다. 연신 창밖 어둠에 눈길을 주다가 길가의 참억새 숲이 하얗게 두둥실 코앞에 떠오르면, 흠칫 몸을 젖힐 만치 화들짝 놀랐다.

어슴푸레한 현관 처마등 아래 가족들이 우르르 마중 나와 있었다. 마차가 멈췄을 때, 미요도 종종걸음을 치며 현관에서 나왔다. 추운 듯 어깨를 둥글게 움츠렸다.

그날 밤 2층 방에 누워, 나는 굉장히 쓸쓸한 생각을 했다. 범속이라는 관념에 괴로워했다. 미요와의 일이 생기고 나서, 결국 나도 바보가 되어 버린 게 아닌가. 여자를 그리는 것쯤이야 누구나 할 수 있다. 하지만 난 달라. 한마디로 말할 수 없지만 달라. 내 경우는 모든 의미에서 저속하지 않다. 하지만 여자를 그리워하는 이는 누구나 그렇게 생각하지 않는가. 그러나, 하고 나는 나의 담배 연기에 캑캑거리며 고집을 부렸다. 내 경우는 사상이 있다!

나는 그날 밤 미요와의 결혼에서 반드시 맞닥뜨리게 될 가족과의 논쟁을 생각하고, 몸이 오싹해질 정도로 용기를 얻었다. 나의 모든 행위는 범속하지 않아. 역시 나는 이 세상의 상당한 단위인 게 틀림없어, 라고 확신했다. 그래도 엄청 쓸쓸했다. 쓸쓸함이 어디서 오는지 알 수 없었다. 도저히 잠을 이루지 못해, 그 안마를 했다. 미요를 깨끗이 머릿속에서 빼고 했다. 미요를 더럽힐 마음은 없었다.

아침에 눈을 뜨니 가을 하늘이 높고 투명했다. 나는 일찍 일어나 건너편 밭으로 포도를 따러 나갔다. 미요에게 큼직한 대바구니를 들고 따라오게 했다. 나는 가능한 한 선선히 미요에게 그리 일렀기 때문에 아무도 의심쩍어하지 않았다. 포도

덩굴시렁은 밭의 동남쪽 귀퉁이에 열 평 정도의 크기로 드넓었다. 포도가 익을 무렵이면 갈대발로 사방을 꼼꼼히 둘러쳤다. 우리는 한구석의 작은 쪽문을 열고 울타리 안으로 들어갔다. 안은 포근히 따뜻했다. 노란 쇠바더리 벌 두세 마리가 붕붕 날아다녔다. 아침 해가 지붕의 포도 잎사귀와 주변 갈대발 틈새로 환히 비추어, 미요의 모습도 연초록빛으로 보였다. 여기로 오는 도중엔 나도 이것저것 계획하여 악동답게 입술을 일그러뜨리며 미소 짓기도 했지만, 이렇게 단둘이 되고 보니 너무 어색하다 못해 언짢아지고 말았다. 나는 그 판자 쪽문조차 일부러 열어 두었다.

나는 키가 컸으므로 발판도 없이, 싹둑싹둑 전정가위로 포도송이를 잘랐다. 그리고 하나하나 미요에게 건넸다. 미요는 그 한 송이 한 송이의 아침 이슬을 하얀 앞치마로 재빨리 닦아 내고 아래의 바구니에 담았다. 우리는 말 한마디 하지 않았다. 오랜 시간처럼 여겨졌다. 그러는 사이 나는 점점 화가 치밀었다. 포도가 거의 바구니 가득 찼을 때, 미요는 내가 건네는 포도송이로 내뻗은 한쪽 손을, 움찔하고 제 쪽으로 가져갔다. 나는 포도를 미요에게 들이밀며 이봐, 하고 부르고는 혀를 찼다.

미요는 오른 손목을 왼손으로 꽉 쥐고 힘을 주었다. 찔렸니? 라고 묻자 아아, 하고 눈부신 듯 눈을 가늘게 떴다. 바보! 나는 야단치고 말았다. 미요는 말없이 웃었다. 더 이상 나는 거기에 있을 수 없었다. 약 발라 줄게, 하고는 그 울타리를 뛰어나왔다. 곧장 안채로 데려가서, 나는 암모니아 병을 약장에서 찾아 주었다. 그 보랏빛 유리병을 최대한 난폭하게 미요에게 건넸을 뿐, 직접 발라 주려 하진 않았다.

그날 오후, 나는 최근 시내에 새로 다니기 시작한 회색 포장을 씌운 허술한 승합자동차를 타고 흔들거리며 고향을 떠났다. 가족들은 마차로 가라고 했지만, 가문(家紋)이 들어 있고 검게 번쩍거리는 우리 집 지붕 마차는 귀인 행차 같아서 나는 싫었다. 나는 미요와 둘이서 딴 포도 한 바구니를 무릎 위에 올린 채, 낙엽이 그득 깔린 시골길을 의미 깊게 바라보았다. 나는 만족했다. 그만한 추억이라도 미요에게 심어 준 것은 나로선 힘껏 애쓴 일이라고 생각했다. 미요는 이제 내 것이 되었어, 하고 안심했다.

그해 겨울 방학은 중학생으로 보내는 마지막 방학이었다. 귀향 날이 가까워지면서, 나와 동생은 얼마간 서로 거북함을 느꼈다.

드디어 함께 고향 집으로 돌아온 우리는 먼저 부엌의 돌화롯가에 책상다리를 하고 마주 앉아, 두리번두리번 집 안을 둘러보았다. 미요가 없다. 우리는 두 번 세 번 불안한 눈동자를 마주쳤다. 그날 저녁을 먹고 나서 우리는 둘째 형의 권유로 그의 방에서 셋이 고타쓰[12]에 들어가 트럼프를 하고 놀았다. 내겐 트럼프 카드가 온통 새까맣게 보일 뿐이었다. 마침 무슨 이야기가 나온 김에 큰맘 먹고 둘째 형에게 물었다. 하녀가 한 명 모자라는데? 하고 손에 쥔 대여섯 장의 트럼프로 얼굴을

---

12) 나무틀에 화로를 넣고 그 위에 이불이나 포대기 등을 씌운 실내 난방 장치.

가리다시피 하여, 여념 없는 투로 말했다. 만약 둘째 형이 캐
묻는다면 마침 동생도 한자리에 있으니, 분명히 말해 버리자
고 마음먹었다.

둘째 형은 손에 패를 들고 고개를 갸우뚱갸우뚱하며 이걸
낼까 저걸 낼까 머뭇거리면서, 미요? 미요는 할머니와 싸우고
고향으로 돌아갔어. 그 앤 고집통이야, 라고 중얼거리고는 휘
릭 한 장 버렸다. 나도 한 장 던졌다. 동생도 말없이 한 장 버
렸다.

그러고 나서 네댓새 지나, 나는 양계장 문지기 방을 찾아
소설을 좋아하는 그곳의 문지기 청년한테 좀 더 자세한 이야
기를 들었다. 미요는 어느 하인에게 딱 한 번 더럽혀진 것을
다른 하녀들에게 들켜, 우리 집에 있을 수 없게 되었다. 남자
는 그 외에도 이런저런 나쁜 짓을 했기 때문에 그때는 이미
우리 집에서 쫓겨난 뒤였다. 그렇긴 해도 청년은 말이 좀 지나
쳤다. 미요는 나중에 그만해, 그만해, 하고 속삭였다고, 그 남
자의 솜씨 이야기까지 보태어.

설날이 지나 겨울 방학도 거의 끝나 갈 무렵, 나는 동생과 둘
이서 서고에 들어가 갖가지 장서나 족자를 보며 놀았다. 높다란
채광창으로 눈이 나풀나풀 내리는 게 보였다. 아버지 대(代)에
서 큰형 대로 넘어오자, 우리 집 방 장식부터 이런 장서나 족
자류까지 물결치듯 바뀌어 가는 것을, 나는 귀향 때마다 흥미
롭게 바라보았다. 나는 큰형이 근래 새로 구입한 듯한 족자 하
나를 펼쳐 보았다. 황매화 꽃잎이 물 위로 지는 그림이었다. 동

생은 커다란 사진 상자를 꺼내 내 곁에 와서 수백 장이나 되는 사진을, 차가워지는 손끝에 가끔 하얀 입김을 호호 불며 찬찬히 보고 있었다. 잠시 뒤 동생은 내 쪽으로 아직 바탕지가 새것인 사진 한 장을 내밀었다. 보니까 미요가 최근 어머니를 따라 숙모 집에 갔을 때, 숙모와 셋이서 찍은 사진인 듯했다. 어머니가 혼자 낮은 소파에 앉았고 그 뒤에 똑같은 키의 숙모와 미요가 나란히 서 있었다. 배경은 장미가 흐드러진 화원이었다. 우리는 서로 머리를 맞댄 채 그 사진을 한참 더 들여다보았다. 나는 마음속으로 일찌감치 동생과 화해했고, 미요의 그 일도 우물쭈물하다 동생에겐 아직 알리지 않은 터라, 비교적 침착한 척하며 그 사진을 바라볼 수 있었다. 미요는 움직인 듯 얼굴에서 가슴까지의 윤곽이 흐릿했다. 숙모는 허리띠 위로 두 손을 깍지 끼고 눈이 부신 듯 서 있었다. 나는 닮았다고 생각했다.

어복기(魚服記)

1

혼슈 북단의 산맥은 본주산맥이라고 한다. 겨우 삼사 백 미터 정도의 구릉이 기복을 이룰 뿐이어서, 일반 지도에는 나오지 않는다. 옛날 이 일대는 드넓은 바다였고 요시쓰네가 부하들을 이끌고 북으로 북으로 망명해, 아득히 먼 홋카이도 땅으로 건너가려고 이곳을 배로 지났다고 한다. 그때 그들의 배가 이 산맥에 충돌했다. 맞부딪친 자국이 지금도 남아 있다. 산맥 한가운데쯤 봉긋하니 작은 산 중턱에 있는데, 약 삼십 평 남짓한 적토로 된 벼랑이 그것이다.

작은 산은 마하게야마〔馬禿山〕라고 불린다. 산기슭 마을에서 벼랑을 바라보면 내달리는 말 모습을 닮았기 때문이라지만, 사실은 늙수그레한 사람의 옆얼굴을 닮았다.

마하게야마는 그 산 뒤편의 경치가 좋아, 이 지방에서 한층

이름이 높다. 산기슭 마을은 가옥 수도 이삼십여 채뿐인 보잘
것없는 한촌인데, 그 마을 변두리를 흐르는 강을 20리쯤 거슬
러 올라가면 마하게야마 뒤편이 나온다. 거기엔 30미터나 되
는 폭포가 하얗게 떨어진다. 늦여름부터 가을에 걸쳐 산의 나
무들이 너무나 곱게 단풍 들어, 그런 계절에는 인근 도시에서
나들이 오는 사람들로 산도 조금 활기를 띠었다. 폭포 아래엔
조촐한 찻집도 선다.

올해 여름 막바지, 이 폭포에서 죽은 사람이 있다. 고의로
뛰어든 게 아니고 순전한 과실 탓이었다. 식물 채집 하러 이
폭포에 온 살결 뽀얀 도시 학생이다. 이 언저리에는 진기한 양
치류가 많아서 그런 채집가가 빈번히 찾아온다.

용소(龍沼)는 삼면이 높다란 절벽이고 서쪽 한 면만 좁게 열
려 있어, 거기서 계곡물이 바위에 세차게 부딪치며 흘러내렸
다. 절벽은 폭포의 물보라로 늘 젖어 있었다. 양치류는 이 절
벽 여기저기에 돋아나, 폭포의 굉음에 언제나 부들부들 살랑
거렸다.

학생은 이 절벽을 기어올랐다. 정오를 지났지만 초가을 햇
살은 여전히 절벽 꼭대기에 환하게 남아 있었다. 학생이 절벽
중간에 도달했을 때, 발판으로 삼은 머리통 만한 돌멩이가 맥
없이 부서졌다. 벼랑에서 떼어지듯 스륵 떨어졌다. 도중에 절
벽의 고목 가지에 걸렸다. 가지가 부러졌다. 어마어마한 소리
를 내며 못 깊숙이 박혔다.

때마침 폭포 부근에 있던 네댓 사람이 그걸 목격했다. 하지
만 못 옆 찻집의 열다섯 살짜리 여자아이가 가장 똑똑히 그

걸 보았다.

한 번 용소 깊숙이 가라앉았다가, 상반신이 수면 위로 솟아올랐다. 눈을 감은 채 입을 살짝 벌리고 있었다. 푸른 셔츠가 군데군데 찢어지고, 채집 가방은 어깨에 그대로 걸려 있었다.

그뿐, 다시 물 밑바닥으로 쑤욱 끌려 들어갔다.

2

입춘에서 입추에 걸쳐 날씨가 좋은 날이면, 마하게야마에서 흰 연기가 몇 줄기씩 피어오르는 걸 꽤 멀리서도 볼 수 있다. 이 시기 산의 나무는 정기가 많아 숯을 만들기에 적합하기 때문에 숯 굽는 사람들도 분주하다.

마하게야마에는 숯 굽는 오두막이 십여 채 있다. 폭포 옆에도 하나 있었다. 이 오두막은 다른 오두막과 상당히 떨어져 지어졌다. 오두막 주인이 다른 고장에서 온 사람이기 때문이다. 찻집의 여자아이는 그 오두막의 딸인데, 이름은 스와다. 아버지와 둘이서 일 년 내내 거기서 지냈다.

스와가 열세 살 때, 아버지는 용소 옆에 통나무와 갈대발로 작은 찻집을 지었다. 레모네이드, 소금 센베이, 사탕, 그 밖에 막과자 두세 가지를 거기에 늘어놓았다.

여름이 가까워 산으로 놀러 오는 사람이 슬슬 보이기 시작할 무렵이면, 아버지는 매일 아침 그 물건들을 손바구니에 담아 찻집까지 날랐다. 스와는 아버지 뒤를 맨발로 타박타박 따라갔다. 아버지는 곧 숯오두막으로 돌아가지만, 스와는 혼자 남아 가게를 지켰다. 놀러 온 사람들의 그림자가 언뜻 보이기만 해도, 쉬어 가이소! 큰 소리로 부른다. 아버지가 그렇게 하라고 일렀기 때문이다. 하지만 스와의 그런 아름다운 목소리도 요란한 폭포 소리에 지워져, 대개 손님들은 뒤돌아보는 일조차 없었다. 하루 오십 전도 팔지 못했다.

해 질 녘이 되면 아버지는 숯오두막에서 온몸이 새까매진 채 스와를 마중 나왔다.

"얼매 팔았노?"

"아무것도."

"그런기라, 그런기라."

아버지는 아무렇지도 않다는 듯이 중얼거리며 폭포를 올려다본다. 그러고는 둘이서 가게 물건을 다시 손바구니에 챙기고, 숯오두막으로 돌아온다.

그런 일과가 서리 내릴 무렵까지 이어진다.

스와를 찻집에 혼자 두어도 걱정은 없었다. 산에서 태어난 당찬 아이니까, 바위를 헛디디거나 용소에 빨려 들어갈 염려는 없었다. 날씨가 좋으면 스와는 알몸으로 용소 바로 가까이까지 헤엄쳐 갔다. 헤엄치면서도 손님으로 보이는 사람을 발견하면, 불그스름한 짧은 머리를 힘차게 쓸어 올리고 나서, 쉬어 가이소! 하고 외쳤다.

비 오는 날은 찻집 귀퉁이에서 거적을 덮고 낮잠을 잤다. 찻집 위에 떡갈나무 거목이 무성한 가지를 내뻗고 있어 비막이로 안성맞춤이었다.

즉 그때까지의 스와는 콸콸 떨어지는 폭포를 바라보며, 이렇게 많은 물이 떨어지면 언젠간 꼭 없어져 버릴 게 틀림없어, 하고 기대하거나, 폭포 모양은 어째서 이렇듯 늘 똑같을까? 의아해하곤 했다.

그런데 요사이, 조금 생각이 깊어졌다.

폭포 모양은 결코 똑같지 않다는 걸 발견했다. 물보라가 튀어오르는 모양이건 폭포의 너비건 눈이 어질어질하게 바뀌고 있다는 걸 알았다. 마침내 폭포는 물이 아니야, 구름이야, 이것도 알았다. 폭포가 떨어지기 시작하면서 하얗게 뭉게뭉게 부풀어 오르는 모습을 보아 그렇다고 여겼다. 무엇보다 물이 이토록 하얘질 리가 없지, 라고 생각했다.

스와는 그날도 멍하니 용소 옆에 서 있었다. 찌푸린 날 가을바람이 매섭게 스와의 붉은 뺨을 스친다.

옛날 일을 떠올렸다. 언젠가 아버지가 스와를 안고 숯가마를 지키면서 들려준 이야기. 사부로와 하치로라는 나무꾼 형제가 있어, 동생 하치로가 어느 날 계곡에서 송어라는 물고기를 잡아 집으로 가져왔는데, 형 사부로가 아직 산에서 돌아오기도 전에 그 물고기를 먼저 한 마리 구워 먹었다. 먹어 보니 맛있었다. 두 마리 세 마리 먹어도 자꾸만 먹고 싶어져 마침내 전부 먹어 버렸다. 그러자 목이 너무 말라 참을 수 없었다. 우물물을 죄다 마셔 버리고 마을 변두리의 강가로 달려가 또 물을 마셨다. 마시는 사이, 온몸에 툭툭 비늘이 돋았다. 사부로가 나중에 달려갔을 때, 하치로는 끔찍한 구렁이가 되어 강을 헤엄치고 있었다. 하치로! 하고 부르니, 강 속에서 구렁이가 눈물을 흘리며 사부로! 하고 대답했다. 형은 둑 위에서 동생은 강 속에서 하치로! 사부로! 울며불며 서로를 불렀지만, 어떻게 해 볼 수가 없었다.

스와가 이 이야기를 들었을 때는, 너무도 가여워 아버지의 숯검정투성이 손가락을 작은 입에 밀어 넣고 울었다.

스와는 추억에서 깨어나 이상하다는 듯 눈을 깜박깜박했다. 폭포가 속삭인다. 하치로, 사부로, 하치로!

아버지가 절벽의 빨간 담쟁이 잎사귀를 헤치며 나왔다.

"스와, 얼매 팔았노?"

스와는 대답하지 않았다. 물보라에 젖어 반짝반짝 빛나는 코끝을 세게 문질렀다. 아버지는 말없이 가게를 정리했다.

숯오두막까지의 짧은 산길을, 스와와 아버지는 얼룩조릿대를 밟아 헤치며 걸었다.

"이제 가게를 닫는기라."

아버지는 손바구니를 오른손에서 왼손으로 바꿔 들었다. 레모네이드 병이 달각달각 소리를 냈다.

"가을이 끝나 산에 오는 사람도 없는기라."

날이 저물자, 산은 바람 소리뿐이었다. 졸참나무와 전나무의 마른 잎이 이따금 진눈깨비처럼 두 사람 몸으로 떨어져 내렸다.

"아부지."

스와는 아버지 뒤에서 불렀다.

"아부진 와 사는기요?"

아버지는 큼직한 어깨를 움찔 움츠렸다. 스와의 진지한 얼굴을 찬찬히 보고 나서 중얼거렸다.

"모르겠는기라."

스와는 손에 들고 있던 참억새 잎을 씹으면서 말했다.

"돼지는 편이 좋은긴데."

아버지는 손바닥을 올렸다. 흠씬 패 주려고 했다. 하지만 우물쭈물 손을 내렸다. 스와가 흥분해 있는 걸 진작부터 알아챘으나, 그것도 스와가 이젠 어엿한 여자가 된 탓이려니 생각하고 그때는 용서했다.

"그런기라, 그런기라."

스와는 그런 아버지의 흐리멍텅한 대답이 하도 어처구니없어, 참억새 잎을 퉤퉤 내뱉으며,

"바보, 바보!"

하고 소리쳤다.

3

추석이 지나 찻집을 거두고 나면 스와가 가장 싫어하는 계절이 시작된다.

아버지는 이즈음부터 네댓새 걸러 숯을 짊어지고 마을로 팔러 나갔다. 남에게 부탁할 수도 있지만 그러자면 십오 전, 이십 전이나 줘야 해서 상당한 비용이다 보니, 스와를 혼자 남겨 두고 산기슭 마을로 내려간다.

스와는 하늘이 파랗게 갠 날이면 집을 지키다가 버섯을 찾

아 나선다. 아버지가 만드는 숯은 한 가마니에 오륙 전 벌면 괜찮은 편이고, 도저히 그것만으로는 살아갈 수 없으니 아버지는 스와에게 버섯을 따게 해 마을로 가져간다.

나메코라는 미끈미끈한 콩버섯은 값이 매우 좋았다. 그것은 양치류가 빽빽한 썩은 나무에 한데 엉겨 돋아난다. 스와는 그런 이끼를 바라볼 때마다 단 한 사람의 친구를 추억했다. 버섯이 가득 담긴 바구니 위에 푸른 이끼를 흩뿌려 오두막으로 갖고 돌아오는 걸 좋아했다.

아버지는 숯이건 버섯이건 좋은 가격으로 팔리면, 으레 술 냄새를 풍기며 돌아왔다. 간혹 스와에게도 거울이 달린 종이 지갑 같은 것을 사 주었다.

초겨울 찬 바람에 아침부터 산이 험해지면서 오두막에 내건 거적이 둔탁하게 흔들리던 날이었다. 아버지는 이른 새벽부터 마을로 내려갔다.

스와는 하루 종일 오두막에 틀어박혀 있었다. 모처럼 오늘은 머리를 묶어 보았다. 둘둘 감아 올린 머리 밑동을, 아버지가 사다 준 물결무늬 머리끈으로 묶었다. 그러고는 모닥불을 활활 피우고 아버지가 돌아오기를 기다렸다. 나무들이 수런거리는 소리에 섞여 짐승들 울음소리가 간간이 들려왔다.

날이 저물어 혼자 저녁을 먹었다. 검은 밥에 구운 된장을 얹어 먹었다.

밤이 되자 바람이 그치고 으스스 추워졌다. 이렇듯 묘하게 잠잠한 밤엔 산에서 어김없이 이상한 일이 생긴다. 산도깨비가 거목을 베어 넘어뜨리는 소리가 우지끈 들리거나, 오두막

입구에서 누군가 팥을 씻는 듯한 소리가 사그락사그락 귓전을 울리거나, 먼 데서 산사나이의 웃음소리가 또렷이 울려 퍼지기도 했다.

아버지를 기다리다 지친 스와는 짚 이불을 덮고 화롯가에서 잠이 들었다. 꾸벅꾸벅 졸고 있는데 이따금 입구의 거적을 들치고 슬그머니 엿보는 사람이 있다. 산사나이가 엿보고 있다는 생각에, 가만히 자는 척했다.

하얀 무언가가 팔랑팔랑 입구 봉당으로 날아드는 것이, 타다 남은 모닥불 불빛에 어슴푸레 보였다. 첫눈이다! 꿈꾸는 듯 가슴이 설레었다.

통증. 몸이 저릴 만치 묵직했다. 뒤이어 그 역겨운 호흡을 들었다.

"바보!"

스와는 짧게 외쳤다.

아무것도 모른 채 밖으로 달려 나갔다.

눈보라! 와락, 달려들어 얼굴을 때렸다. 얼결에 털썩 주저앉고 말았다. 순식간에 머리도 옷도 새하얘졌다.

스와는 일어서서 어깨로 거친 숨을 몰아쉬며, 한 발 한 발 걷기 시작했다. 옷이 거센 바람에 마구 뒤엉켰다. 정처 없이 걸었다.

폭포 소리가 점점 크게 들려왔다. 성큼성큼 걸었다. 손바닥으로 콧물을 몇 번이고 훔쳤다. 바로 발밑에서 폭포 소리가 났다.

미친 듯 울부짖는 겨울 숲 좁은 틈새로,

"아부지!"

낮게 부르고 뛰어들었다.

4

정신을 차리자 주위는 어스레하다. 폭포의 굉음이 어렴풋이 느껴졌다. 줄곧 머리 위에서 그걸 느꼈다. 몸이 그 울림에 따라 한들한들 움직이고, 온몸이 뼛속까지 차가웠다.

아하! 물속이구나! 알고 나니, 한없이 마구 상쾌해졌다. 후련했다.

문득 두 다리를 뻗쳐 보았는데 쑥, 앞으로 소리도 없이 나아갔다. 콧등이 하마터면 물가의 바위 모서리에 부딪힐 뻔했다.

구렁이!

구렁이가 되고 말았다고 생각했다. 잘됐는걸. 이제 오두막으로 돌아갈 수 없어. 혼잣말을 하고 콧수염을 크게 움직였다.

자그마한 붕어였다. 그저 입을 빠끔빠끔하고 코끝 돌기를 움직거릴 뿐이었지만.

붕어는 용소 근처 깊은 못을 여기저기 헤엄쳐 다녔다. 가슴지느러미를 팔랑대며 수면으로 떠올랐나 싶다가도, 대뜸 꼬리지느러미를 세차게 흔들어 바닥 깊숙이 숨어들었다.

물속의 작은 새우를 뒤쫓거나 물가의 갈대숲에 숨어 보기도 하고, 바위 모서리의 이끼를 쪼기도 하며 놀았다.

그러고 나서 붕어는 꼼짝도 하지 않았다. 이따금 가슴지느러미를 살짝 흔들 뿐이다. 뭔가 생각하는 듯했다. 한참을 그렇게 있었다.

이윽고 몸을 비틀면서 똑바로 용소를 향했다. 순식간에 빙글빙글 나뭇잎처럼 빨려 들어갔다.

열차

    1925년 우메하치 공장에서 만들어진 C51형 기관차는 같은 시기, 같은 공장에서 제작된 3등 객차 3량과 식당차, 2등 객차, 2등 침대차 각각 1량씩, 그 외 우편물이나 짐을 싣는 화차 3량, 모두 아홉 칸에 얼추 200명 남짓한 승객과 십만을 넘는 통신, 이에 얽힌 숱한 가슴 아픈 사연들을 싣고 비가 오나 바람이 부나, 오후 2시 반이면 피스톤을 흔들거리며 우에노에서 아오모리를 향해 달렸다. 때에 따라 만세를 외치는 배웅을 받거나 손수건으로 달래는 이별, 또는 오열을 터뜨리는 불길한 전별을 받는다. 열차번호는 103.

    번호부터 기분이 나쁘다. 1925년부터 지금까지 팔 년이나 지나는 동안, 이 열차는 몇만 명의 애정을 찢어 놓았던가. 실제로 내가 이 열차 때문에 된통 곤경에 처했다.

바로 작년 겨울, 시오타가 데쓰 씨를 고향으로 돌려보냈을 때의 일이다.

데쓰 씨와 시오타는 같은 고향에서 어릴 적부터 친하게 지낸 듯하고, 나도 시오타와 고등학교 기숙사에서 한방을 쓴 사이다 보니, 가끔씩 연애 이야기를 들었다. 데쓰 씨는 가난한 집안의 딸이라서 다소 유복한 시오타 집안에선 두 사람의 결혼을 허락하지 않았다. 이 때문에 시오타는 아버지와 걸핏하면 격렬한 언쟁을 벌였다. 그 첫 번째 싸움 때 시오타는 당장 졸도라도 할 듯 흥분한 나머지 코피를 줄줄 흘렸는데, 그런 우직한 에피소드마저 어린 내 가슴을 이상스레 쿵쾅거리게 만들곤 했다.

그럭저럭 나도 시오타도 고등학교를 졸업하고 함께 도쿄에 있는 대학에 들어갔다. 그 후 삼 년이 지났다. 이 기간이 내겐 힘든 시절이었지만 시오타는 그렇지 않았던 듯, 매일 태평스레 지낸 것 같다. 내가 처음 방을 빌린 집이 대학 바로 근처였기 때문에, 시오타는 입학 당시엔 그나마 두세 번 들르기도 했지만, 환경도 사상도 소리를 내며 상반되어 가는 두 사람에게 예전처럼 거리낌 없는 우정은 도저히 바랄 수 없었다. 내 비뚤어진 생각일진 몰라도 그때 만약 데쓰 씨의 상경조차 없었더라면, 시오타는 분명 영원히 내게서 멀어질 작정이었던 모양이다.

시오타는 나와 친밀한 교제를 끊은 지 삼 년째 되는 겨울, 느닷없이 교외의 우리 집을 찾아와 데쓰 씨의 상경을 알렸다. 데쓰 씨는 시오타의 졸업을 기다리다 못해, 혼자 도쿄로 도망쳐 온 거였다.

그 무렵은 나도 어떤 못 배운 시골 여자와 결혼했고 새삼 시오타의 그 사건에 가슴 설레는 풋풋한 기분을 점차 상실해 가던 터였으므로, 시오타의 갑작스런 방문에 얼마간 허둥거리면서도 그가 방문한 저의를 꿰뚫어 보는 걸 잊지 않았다. 한 소녀의 출분을 친구들에게 퍼뜨리고 다니는 일은 얼마나 그의 자존심을 만족시켰던가. 나는 우쭐대는 그가 불쾌했고, 데쓰 씨에 대한 그의 진심이 의심스럽기까지 했다. 나의 이 의혹은 무참히도 적중했다. 그가 내게 한바탕 미친 듯 감격해 보이더니 미간을 찌푸리고, 어떻게 하면 좋을까? 하고 나직이 내 의견을 묻는 게 아닌가. 나는 이미 그런 한가한 유희에는 동정심을 가질 수 없었기에, 너도 영리해졌구나, 네가 데쓰 씨에게 예전만큼 사랑을 느끼지 못한다면 헤어지는 수밖에 없겠지, 하고 시오타가 생각하는 바를 직설적으로 말해 주었다. 시오타는 입가에 또렷한 미소를 머금고, 그런데, 하며 생각에 잠겼다.

그러고 나서 네댓새 지나 나는 시오타한테서 속달 우편을 받았다. 그 엽서에는, 친구들의 충고도 있고 서로의 장래를 위해 데쓰 씨를 고향으로 돌려보낸다, 내일 2시 반 기차로 돌아간다는 내용이 간단히 적혀 있었다. 나는 부탁받지도 않았건만, 데쓰 씨를 배웅해야겠다고 당장 결심했다. 내겐 이렇듯 쉬이 경솔하게 행동하는 슬픈 습성이 있었다.

다음 날은 아침부터 비가 내렸다.

나는 머무적거리는 아내를 다그쳐, 함께 우에노역으로 나갔다.

103호 열차는 차가운 빗속에서 검은 연기를 토하며 발차 시각을 기다리고 있었다. 우리는 열차 창문을 하나하나 꼼꼼히 찾아다녔다. 데쓰 씨는 기관차 바로 옆 3등 객차에 자리를 잡고 있었다. 삼사 년 전 시오타의 소개로 한 번 만난 적이 있지만, 그때에 비해 낯빛이 무척 하얘지고 턱 언저리도 통통하니 살이 올랐다. 데쓰 씨도 내 얼굴을 잊지 않아, 내가 말을 걸자 금세 열차 창문으로 상반신을 내밀고 반갑게 인사했다. 나는 데쓰 씨에게 아내를 소개했다. 내가 일부러 아내를 데리고 온 건 아내 또한 데쓰 씨와 마찬가지로 가난하게 자란 여자니까, 아무래도 나보다 훨씬 더 적절한 태도와 말로 위로해 줄 게 틀림없다고 독단해서다. 하지만 나는 감쪽같이 배반당했다. 데쓰 씨와 아내는 귀부인처럼 서로 말없이 고개만 숙였을 뿐이었다. 나는 겸연쩍어져서, 무슨 부호인지 객차 옆구리에 하얀 페인트로 작게 쓰여 있는 스하프 134273이라는 문자 언저리를 우산 손잡이로 딱딱 두드렸다.

데쓰 씨와 아내는 날씨에 대해 두세 마디 이야기를 나누었다. 그 대화가 끝나 버리자, 다들 한층 하릴없이 무료해졌다. 데쓰 씨는 창가에 얌전하게 올린 토실한 손가락 열 개를 괜스레 구부렸다 폈다 하면서, 한곳을 물끄러미 응시하고 있었다. 나는 그런 광경을 보고 있을 수가 없어서 데쓰 씨가 있는 데를 살짝 벗어나, 기다란 플랫폼을 이리저리 서성거렸다. 열차 아래서 뿜어져 나오는 스팀이 차가운 김이 되어, 하얗게 내 발밑을 기어 다녔다.

나는 전기 시계 근처에 멈춰 서서 열차를 바라보았다. 열차는 비에 흠뻑 젖은 채, 검푸르게 빛났다.

셋째 칸 3등 객차 창문으로 한껏 목을 빼고는 배웅 나온 대여섯 명에게 허둥지둥 인사하는 푸르뎅뎅한 얼굴 하나가 보였다. 그 무렵 일본은 어느 나라와 전쟁을 시작했는데, 거기에 동원된 병사이리라. 나는 보지 말아야 할 걸 본 것 같아, 질식할 듯 가슴이 답답해졌다.

몇 해 전 나는 어느 사상 단체에 잠시나마 관계한 적이 있고 그 후 얼마 못 가 변변찮은 변명을 내세워 그 단체와 헤어지고 말았다. 그런데 지금 이렇게 병사를 눈앞에서 지켜보고, 또한 창피를 당하고 더럽혀진 채 귀향하는 데쓰 씨를 바라보노라니, 나의 그런 변명이 서고 안 서고를 따질 상황이 아니라고 생각했다.

나는 머리 위의 전기 시계를 올려다보았다. 출발까지 아직 삼 분 남짓 짬이 있었다. 나는 견디기 힘들었다. 누구든 그럴 테지만 배웅하는 사람에게 출발 전 삼 분만큼 버거운 건 없다. 할 말은 죄다 해 버렸고, 그저 허무하게 얼굴을 마주 보고 있을 뿐이다. 하물며 지금 이 경우, 나는 그 해야 할 말조차 무엇 하나 떠올리지 못하고 있지 않은가. 아내가 좀 더 재능 있는 여자라면 그런대로 내 마음이 편할 텐데, 보라, 아내는 데쓰 씨 곁에 뾰로통해진 얼굴로 아까부터 잠자코 내쳐 서 있다. 나는 큰맘 먹고 데쓰 씨의 창 쪽으로 걸어갔다.

곧 출발이다. 열차가 450마일의 도정을 앞두고 요란하게 울리자, 플랫폼은 술렁거렸다. 내 가슴엔 이미 타인의 신상까지

동정해 줄 여유가 없었으므로, 데쓰 씨를 위로한답시고 '재난'
이라는 무책임한 단어를 사용하기도 했다. 그러나 미련스러운
아내는 열차 옆구리에 내걸린 파란 철판에 물방울이 그득한
문자를 요즘 갓 얻은 어설픈 지식으로, FOR A-O-MO-RI,
하고 나직이 읽고 있었다.

지구도(地球圖)

    요한 팽나무는 요한 바티스타 시로테 신부의 묘표다. 기리시탄 가옥[1]의 뒷문을 빠져나가면 바로 오른쪽에 있었다. 지금으로부터 이백 년 전쯤 옛날에 시로테는 이 기리시탄 가옥의 감옥에서 죽었다. 그의 시체는 가옥 정원의 한구석에 묻혔고, 어느 멋스러운 부교(奉行)[2]가 그곳에 팽나무 한 그루를 심었다. 팽나무는 뿌리를 내리고 가지를 뻗었다. 세월이 흘러 거목이 되었고 요한 팽나무라 불렸다.

    요한 바티스타 시로테는 로마 사람으로 원래 명문가 출신이

---

1) 기리시탄(1549년 일본에 전래된 가톨릭교) 금지 후에도 배교하지 않은 사람들을 가둔 감옥.
2) 가마쿠라 시대 이후, 행정이나 재판 사무 등을 담당한 무사의 직명.

었다. 어렸을 때 천주교를 받아들여 배움의 길에 들어선 이래 이십이 년, 그사이 열여섯 분의 스승을 모셨다. 서른여섯 살에 교황 클레멘스 12세로부터 일본에 전도하라는 부름을 받았다. 1700년의 일이다.

시로테는 우선 일본의 풍속과 언어를 공부했다. 이 공부에 삼 년이 걸렸다. 일본 풍속을 기록한 『히타산토룸』이라는 소책자와 일본어 단어를 일일이 로마어로 번역해 놓은 『데키쇼나룸』이라는 책, 이 두 권으로 공부했다. 『히타산토룸』 군데군데에는 그림을 그려 넣은 페이지가 삽입되어 있었다.

삼 년을 연구해 자신감이 붙었을 무렵, 역시나 똑같은 사명을 받아 베이징으로 가는 토마스 테토르논이라는 사람과 제각기 갤리선 한 척씩에 올라타고 동쪽으로 나아갔다. 야네와를 지나 카나리아에 이르렀고, 여기서 다시 프랑스야의 선박 한 척으로 갈아탄 다음 마침내 로쿠손에 도착했다. 로쿠손 해안에 배를 매어 두고 두 사람은 상륙했다. 토마스 테토르논은 곧장 시로테와 헤어져 베이징으로 향했으나 시로테는 홀로 남아 여러 가지 준비를 갖추었다. 일본이 가까웠다.

로쿠손에는 일본인 후손이 3000명이나 있었으므로 시로테에게는 마침 편리했다. 시로테는 갖고 있던 화폐를 황금으로 바꾸었다. 일본에서는 황금을 귀하게 여긴다는 소문을 들었기 때문이다. 일본 의복을 마련했다. 바둑판무늬가 들어간 옅은 노란색 무명 기모노였다. 칼도 샀다. 칼날 길이는 두 자 네 치 남짓이었다.

이윽고 시로테는 로쿠손에서 일본으로 향했다. 느닷없이 바다에 역풍이 불고 파도가 사나워져, 항해는 어려움을 겪었다. 배가 세 번씩이나 뒤집힐 뻔했다. 로마를 떠난 지 삼 년째였다.

1708년 여름이 끝나 갈 무렵, 오스미의 야쿠시마에서 30리쯤 떨어진 바다 위에 커다란 낯선 배 한 척이 떠 있는 것을 어부들이 발견했다. 또한 그날 해 질 녘, 같은 섬 남쪽 오노마라는 마을의 앞바다에 수많은 돛을 단 배가 작은 배 한 척을 끌며 동쪽으로 나아가는 것을 마을 사람들이 발견하고는 해안으로 모여들어 욕지거리를 퍼부었는데, 차츰 앞바다 언저리가 어둑해지면서 돛 그림자는 어둠 속으로 사라졌다. 다음 날 아침, 오노마에서 서쪽으로 20리 남짓 떨어진 유도마리라는 마을의 앞바다 저편에 어제 나타난 선박 같은 게 보였지만, 세찬 북풍을 돛 가득 안은 채 남쪽을 향해 순식간에 질주해 나아갔다.

그날의 일이다. 야쿠시마의 고이도마리 마을에 사는 도베라는 사람이 마쓰시타에서 숯을 굽기 위해 나무를 베고 있는데, 뒤쪽에서 사람의 말소리가 났다. 뒤돌아보니, 칼을 찬 사무라이가 여름 숲의 푸른 햇살을 받으며 서 있었다. 시로테다. 이마에서부터 머리 한가운데까지 머리털을 깎은 모습이었다. 옅은 노란색 기모노를 입고 칼을 차고, 슬픈 눈으로 서 있었다.

시로테는 한쪽 손을 들어 올려 이리 오라는 손짓을 하면서, 『데키쇼나룸』에서 익힌 일본말을 두세 마디 읊었다. 하지만 그건 이상한 말이었다. 『데키쇼나룸』이 불완전한 탓이다. 도베는 몇 번이고 고개를 저으며 생각했다. 말보다 동작이 더 도움이 되었다. 시로테는 두 손으로 물을 떠 마시는 동작을 격렬하게 되풀이했다. 도베는 마침 갖고 있던 그릇에 물을 담아 풀밭 위에 두고, 황급히 뒷걸음질 쳤다. 시로테는 그 물을 단숨에 마셔 버리고 다시 이리 오라며 손짓했다. 도베는 시로테의 칼이 두려워 다가가지 않았다. 시로테는 도베의 마음을 읽었는지 마침내 칼을 칼집째 뽑아 내밀고 다시 요상한 말로 소리쳤다. 도베는 몸을 홱 돌려 도망쳤다. 어제 본 큰 배에 있던 사람이 틀림없어, 하고 깨달았다. 해안으로 나가 여기저기 둘러보았지만 그 범선은 그림자도 보이지 않았고, 다른 사람의 기척도 없었다. 뒤돌아 마을로 내달려 안베라는 사람에게, 괴상한 사람을 발견했으니 모두 모이도록 마을 전체에 알려 달라고 부탁했다.

이렇게 해서 시로테는 일본 땅을 제대로 밟기도 전에 변장한 것이 탄로나, 섬 관리에게 붙잡혔다. 로마에서 삼 년 동안 일본 풍속과 말을 공부한 게 아무런 소용이 없었다.

시로테는 나가사키로 호송되었다. 가톨릭 신부로 보인다 하여 나가사키의 감옥에 넣은 것이다. 그러나 나가사키의 부교들은 시로테를 두고 어찌해야 할지 난감해지고 말았다. 네덜란드의 통역관들에게 시로테가 일본으로 건너온 까닭을 조사하게 했지만, 시로테가 하는 말이 일본어인 것 같기는 한데 발음이나 악센트가 달라서인지 에도, 난가사키, 기리시탄 등의 단어밖에 알아들을 수 없었다. 배교자라는 까닭에선지 네덜란드인을 상당히 미워하는 기색이 보이기에 네덜란드인과 시

로테를 직접 대화하게 할 수도 없어, 부교들은 무척 곤혹스러
웠다. 한 부교가 법정 뒤 장지문 안쪽에 뚱뚱한 네덜란드인을
숨겨 놓고 시로테를 심문해 보았다. 다른 부교들도 이건 기발
한 착상이라며 기대했다. 그런데 부교와 시로테는 영문을 알
수 없는 문답을 시작했다. 시로테는 어떡해서든지 생각하는
바를 말로 표현해 자신의 사명을 이해시키려고 헛되이 고민하
는 것 같았다. 적당히 심문을 마치고 부교들은 장지문 안쪽의
네덜란드인에게 어떤가? 하고 물었다. 네덜란드인은 도통 모르
겠다, 라고 대답했다. 우선 네덜란드인은 로마 말을 이해하지
못했고, 더구나 절반쯤 일본말도 섞여 있었으니 더더욱 알아
듣기 힘들었으리라.

　나가사키에서는 결국 심문에 절망하여 이 사실을 에도에
상소했다. 에도에서 이 취조를 맡은 이는 아라이 하쿠세키다.

　나가사키의 부교들이 시로테를 엄하게 심문하는 데 실패한
것은 1708년 겨울의 일이다. 그럭저럭 세모에 접어들어 이듬
해인 1709년 정월에 쇼군이 죽고 새로운 쇼군이 뒤를 이었다.
이처럼 큰일을 치르느라 시로테는 잊혔다. 결국 그해 11월 초
순에야 시로테는 에도로 소환되었다. 시로테는 나가사키에서
에도까지 머나먼 길을 가마를 타고 흔들리며 갔다. 이동하는
동안에는 어제도 오늘도 군밤 네 개, 귤 두 개, 곶감 다섯 개,
감 두 개, 빵 한 개를 관리에게 받아 쓸쓸히 먹었다.

　아라이 하쿠세키는 시로테와의 만남을 고대하고 있었다.

하쿠세키는 말에 대해 걱정했다. 특히 지명이나 인명 또는 기리시탄의 종교 용어 등에 틀림없이 골치가 아플 거라 생각했다. 하쿠세키는 에도 고히나타에 있는 기리시탄 가옥에서 외국어와 관련된 문헌을 갖고 오게 해, 예습을 했다.

머지않아 에도에 도착한 시로테는 기리시탄 가옥에 들어갔다. 11월 22일에 심문을 시작하기로 했다. 당시 기리시탄 부교는 요코다 빗츄노카미와 야나기사와 하치로에몬, 두 사람이었다. 하쿠세키는 미리 이 사람들과 상의를 끝내고, 당일에는 아침 일찍 기리시탄 가옥을 찾아가 부교들과 함께 시로테가 가져온 사제복, 화폐, 칼, 그 밖의 물품을 검사했다. 그리고 나가사키에서 시로테와 동행한 통역관들을 불러, 이를테면 지금 나가사키 사람에게 무쓰(陸奧) 방언을 들려주면 열에 일고여덟은 통할 것인데, 이탈리아와 네덜란드는 내가 만국 지도를 살펴본바, 나가사키와 무쓰 간의 거리보다 더 가까우니, 네덜란드 말로써 이탈리아 말을 짐작하는 것도 그리 어려워 보이지는 않는다, 나도 그런 요량으로 들을 터이니 여러분도 각자 짐작하고 생각하는 바를 내게 말해 달라, 설사 여러분의 추측에 허물이 있더라도 그건 나무랄 일이 못 된다, 하고 부교들도 통역관의 오역을 벌하지 말라고 일렀다. 사람들은, 알겠습니다, 대답하고 심문석에 앉았다. 그때의 통역관은 이마무라 겐에몬. 수습 통역관은 시나가와 헤지로, 가후쿠 요시조.

그날 정오 무렵, 하쿠세키는 시로테를 만났다. 장소는 기리시탄 가옥 안. 법정의 남쪽에 판자 툇마루가 있고, 그 툇마루 근처에 부교들이 착석하고 그보다 좀 더 안쪽으로 하쿠세키가 앉았다. 통역관은 툇마루 위 서쪽에 꿇어앉고, 수습 통역관 두 사람은 툇마루 위 동쪽에 꿇어앉았다. 툇마루에서 석자 남짓 떨어진 봉당에 의자를 놓아 시로테의 자리를 마련했다. 이윽고 시로테는 옥중에서 가마에 실려 나왔다. 먼 길을 오느라 두 다리가 쇠약해져 불구가 되고 말았다. 보병 두 명이 좌우에서 부축해 의자에 앉혔다.

시로테의 머리카락은 자라 있었다. 삿슈 지방의 장관에게 받은 갈색 솜 기모노를 입고 있었지만 추워 보였다. 자리에 앉고는 조용히 오른손으로 십자를 그었다.

하쿠세키는 통역관에게 일러 시로테의 고향에 대해 묻고, 자신은 시로테가 대답하는 말에 귀를 기울였다. 그가 하는 말은 일본어가 분명한데 기나이, 산인 등 서남 해안의 방언이 섞여 알아듣기 어려운 부분도 있었으나, 예상한 것보다는 이해하기 수월했다. 일본 감옥에서 일 년을 보낸 시로테는 일본말 실력이 조금 늘었다. 통역관과의 문답을 한 시간 정도 듣고 나서 하쿠세키 스스로 질문도 하고 대답도 해 보고는, 이 대화에 다소 자신감을 얻었다. 하쿠세키는 만국 지도를 꺼내 시로테의 고향을 물었다. 시로테는 툇마루에 펼쳐진 그 지도를 목을 쭉 빼고 들여다보다가 이윽고, 이건 명나라 사람이 만든 거라서 의미가 없다, 하고는 크게 소리 내어 웃었다. 지도 중앙에 장미꽃 모양의 커다란 나라가 있고, 거기에 '대명(大明)'이라 기입되어 있었다.

이날의 심문은 이 정도로 마쳤다. 시로테는 아주 잠깐의 기회라도 잡아 기리시탄의 교리를 이야기할 생각인지 몹시 초조해하는 기색이었지만, 하쿠세키는 어째선지 못 들은 척했다.

다음 날 밤, 하쿠세키는 통역관들을 자기 집으로 초대해, 시로테가 한 말에 대해 모두에게 복습시켰다. 하쿠세키는 만 국 지도로 창피를 당한 게 신경 쓰였다. 기리시탄 가옥에 네덜 란드에서 만든 옛 지도가 있다는 이야기를 부교들에게 듣고, 이다음 심문 때 그걸 시로테에게 한번 보여 주라 이르고 해산 했다.

하루 걸러 25일에, 하쿠세키는 이른 아침 심문소로 나갔다. 오전 10시경, 부교들도 모두 나와 착석했다. 이윽고 시로테도 가마에 실려 나왔다.

오늘은 제일 먼저 그 네덜란드 지도를 툇마루 가득 펼쳐 놓 고, 그 지방에 대해 캐물었다. 지도는 여기저기 찢어지고 군데 군데 벌레가 파먹은 구멍이 나 있었다. 시로테는 그 지도를 한 참 바라보고 나서, 이건 칠십여 년 전에 만들어진 것으로 지 금은 본국에서도 구하기 힘든 귀한 지도다, 하고 칭찬했다. 로 마는 어디인가? 하쿠세키도 무릎을 내밀고 물었다. 시로테는 치르치누스가 있는가? 라고 했다. 통역관들은 없다, 라고 대 답했다. 그게 무엇인가? 하쿠세키는 통역관들에게 물었다. 네 덜란드어로는 팟스루, 이탈리아어로는 컴퍼스라 하는 물건이 다, 라고 통역관 한 명이 가르쳐 주었다. 하쿠세키는 컴퍼스라 는 물건인지 어떤지는 알 수 없으나 지도에 쓸모 있을 것 같은 기계라서 내가 이 가옥에서 발견해 지금 갖고 있다, 라고 말하 며 품에서 낡은 컴퍼스를 꺼내 보였다. 시로테는 그걸 받아 들 고 잠시 이리저리 만져 보더니, 이건 컴퍼스가 틀림없지만 나사가 헐거워 도움이 되지 않는다, 하지만 없는 것보다는 나을 지도 모르겠다, 라는 의미의 말을 했다. 그리고 지도에 측정해야 할 곳을 자세히 표시해 놓은 데를 보고 붓을 부탁해, 그 글자를 베껴 쓰고 나서 컴퍼스를 고쳐 잡아 분수(分數)를 가늠하고, 의자에 앉은 채 툇마루의 지도로 손을 죽 내뻗어 그 자세히 표시된 곳에서 거미줄처럼 그려진 선로를 따라가며 이쪽저쪽으로 컴퍼스 다리를 움직여 나가다 손이 겨우 닿을 법한 곳에 이르러, 여기쯤인데 보시오, 하고 컴퍼스를 꽂아 세웠다. 다들 머리를 들이밀어 보니, 바늘구멍처럼 작은 동그라미에 컴퍼스 끝이 멈춰 있었다. 통역관 한 명이 그 동그라미 옆 글자를 로마라 읽었다. 그러고 나서 네덜란드와 일본의 여러 지역들이 어디 있는지 물으니, 다시 아까와 똑같은 방식으로 했는데, 한 곳도 잘못 짚은 데가 없었다. 뜻밖에도 일본은 지나치게 작았고 에도는 벌레가 파먹어 그 위치조차 확인할 수 없었다.

시로테는 컴퍼스를 이리저리 움직여 가면서 만국의 진기한 이야기를 들려주었다. 황금이 나오는 나라. 담배가 열리는 나라. 고래가 사는 대양. 나무에서 살고 동굴에서 생활하며 태어날 때부터 피부가 검은 사람들의 나라. 거인국. 소인국. 낮이 없는 나라. 밤이 없는 나라. 이뿐만 아니라, 100만 대군이 지금 전쟁을 벌이는 광야. 전함 180척이 서로에게 포화를 퍼붓고 있는 해협. 시로테는 해가 질 때까지 계속 이야기했다.

해가 저물고 심문도 마친 뒤 하쿠세키는 시로테가 있는 감옥을 방문했다. 널찍한 옥사를 두꺼운 판자로 세 칸으로 나누어 놓았는데, 그 서쪽 칸에 시로테가 있었다. 빨간색 종이를 잘라 만들어 서쪽 벽에 붙여 놓은 십자가가, 어둠 속에 어슴푸레 보였다. 시로테는 그것을 향해 경문 같은 걸 나직이 읊조리고 있었다.

하쿠세키는 집으로 돌아가, 잊어버리기 전에 오늘 시로테에게 배운 지식을 수첩에 적었다.

— 대지, 해수와 어울려 그 모양이 둥글어 공 같고 하늘, 둥근 원 안에 있다. 예를 들면, 계란 노른자가 파랑 안에 있는 것과 같다. 그 지구 주위 구만리, 상하 사방 모두 사람이 살고 있다. 대개 그 땅을 나누어 오대주라 한다. 등등.

그 후 열흘 남짓 지나 12월 4일에 하쿠세키는 다시 시로테를 불러내, 일본에 건너온 이유를 묻고 어떤 가르침을 일본에 전파할 생각인지 물었다. 그날은 아침부터 눈이 내렸다. 시로테는 내리퍼붓는 눈 속에서 기쁨에 겨운 표정으로, 나는 육 년 전 일본에서 일하라는 교황의 부름을 받들어 만 리 풍랑을 헤쳐 와 마침내 수도에 도착했다, 그런데 오늘 마침 본국에서는 신년 첫날이라 모든 사람들이 서로 축하하니, 이 좋은 날에 나의 가르침을 여러분께 전하게 되어 참으로 행복하다! 하고 몸을 부르르 떨며 그 기쁨을 말하고 끝없이 교리의 대의를 설파했다.

신이 천국을 만들어 무량 무수한 천사들을 두었다는 것에 서부터 아담, 이브의 출생과 타락에 대해. 노아의 방주. 모세의 십계명. 그리고 예수 그리스도의 강림, 수난, 부활의 전말.

지구도

시로테의 이야기는 좀처럼 끊어지지 않았다.

하쿠세키는 이따금 곁눈질을 했다. 처음부터 흥미가 없었다. 죄다 불교를 개작한 거라 독단했다.

하쿠세키의 시로테 심문은 그날로 끝을 냈다. 하쿠세키는 시로테의 판결에 대해 쇼군에게 의견을 아뢰었다. 이 사람은 만 리 바깥에서 온 외국인이며 또한 이 사람과 동시에 당나라로 떠난 자도 있다 하니 당나라에서도 판결을 내릴 것이므로 우리 나라의 판결도 신중해야만 한다, 하고 세 가지 계책을 건의했다.

첫째, 그를 본국으로 보내는 것은 상책이다.(이것은 어려워 보여도 쉽다.)

둘째, 그를 죄인으로 살려 두는 것은 중책이다.(이것은 쉬워 보여도 가장 어렵다.)

셋째, 그를 죽이는 것은 하책이다.(이것은 가장 쉽다.)

쇼군은 중책을 택해 시로테를 그 후 오래도록 기리시탄 가옥의 옥사에 가둬 두었다. 하지만 결국 시로테는 가옥의 노비인 나가스케 하루 부부에게 교리를 전도했다는 이유로 매우 시달렸다. 시로테는 고문을 당하면서도 밤낮없이 나가스케 하루의 이름을 부르며, 그 믿음을 굳게 가져 죽어서도 뜻을 굽히지 않겠다고 큰 소리로 외쳤다.

그러고 나서 머지않아 옥사했다. 하책을 쓴 것이나 마찬가지였다.

원숭이 섬

아득히 머나먼 바다를 건너 이 섬에 도착했을 때 내가 느꼈을 우수를 좀 생각해 봐. 밤인지 낮인지, 섬은 깊은 안개에 감싸인 채 잠들어 있었다. 나는 눈을 깜박거리며 섬의 전모를 꿰뚫어 보려 애썼다. 벌거숭이 커다란 바위가 가파른 경사를 이루며 수도 없이 덧쌓이고, 군데군데 동굴이 시커먼 입을 벌리고 있는 게 어렴풋이 보였다. 이건 산일까? 푸른 풀 한 포기도 없다.

나는 바위산 벼랑을 따라 비틀비틀 걸었다. 수상한 외침이 이따금 들린다. 그리 멀리서는 아니다. 늑대일까? 곰일까? 하지만 긴 여행길의 피로에 나는 오히려 대담해졌다. 나는 이런 포효에도 아랑곳없이 섬을 돌아다녔다.

나는 섬의 단조로움에 놀랐다. 걸어도 걸어도 울퉁불퉁 딱

딱한 길이다. 오른쪽은 바위산, 바로 왼쪽에는 꺼칠꺼칠한 화강암이 거의 수직으로 우뚝 솟아 있다. 그 사이로 지금 내가 걷고 있는 이 길이 여섯 자 남짓한 폭으로 평평하게 이어진다.

길이 다하는 데까지 걷자! 표현할 길 없는 혼란과 피로에, 그 무엇도 두렵지 않은 용기를 얻었다.

고작 5리쯤 걸었을까. 나는 다시 처음 출발점에 서 있었다. 나는 길이 바위산을 빙그르 돌며 나 있다는 걸 알아챘다. 어쩌면 나는 똑같은 길을 두 번쯤 돌았으리라. 나는 섬이 뜻밖에 작다는 걸 알았다.

안개는 서서히 엷어지고 산 정상이 내 이마 바로 위에서 덮쳐누르듯 보이기 시작했다. 봉우리가 셋. 가운데 둥근 봉우리는 높이가 10여 미터쯤 될까. 다양한 색을 띤 납작 바위가 겹겹이 쌓였는데 그 한쪽의 경사는 완만히 흘러 작게 솟은 이웃 봉우리로 내뻗고, 또 한쪽의 경사는 가파른 절벽을 이루어 그 봉우리 중턱 언저리까지 미끄러지듯 떨어졌다가 다시 봉긋봉긋 부풀어 올라 너른 언덕이다. 벼랑과 언덕 틈새로 가냘픈 폭포 한 줄기가 흘러나왔다. 폭포 부근의 바위는 물론이고 섬 전체가 짙은 안개 때문에 검푸르게 젖어 있다. 나무 두 그루가 보인다. 폭포 입구에 한 그루. 떡갈나무를 닮았다. 언덕 위에도 한 그루. 정체를 알 수 없는 굵다란 나무. 그리고 죄다 말랐다.

나는 이 황량한 풍경을 바라보며 잠시 멍하니 있었다. 안개는 점점 더 엷어져 햇살이 가운데 봉우리에 비치기 시작했다. 안개에 젖은 봉우리는 반짝거렸다. 아침 해다. 그것이 아침 해인지 저녁 해인지, 나는 향기로 식별할 수 있다. 그렇다면 지금은 새벽녘인가.

나는 다소 상쾌한 기분으로 산을 기어올랐다. 겉으로는 험해 보이기도 하지만 이렇게 올라와 보니 안성맞춤으로 발판이 만들어져 있어, 그다지 고생스럽지 않다. 드디어 폭포 입구까지 기어올랐다.

이곳에는 아침 해가 똑바로 내리쬐고, 부드러운 바람도 뺨에 느껴진다. 나는 떡갈나무와 비슷한 나무 옆으로 가서 앉았다. 이건 정말로 떡갈나무일까? 아니면 졸참나무나 전나무일까? 나는 우듬지까지 죽 올려다보았다. 가느다란 마른 나뭇가지 대여섯 개가 하늘을 향해 있고, 가까이 있는 가지는 대체로 보기 흉하게 꺾여 있었다. 올라 볼까?

눈보라 소리
나를 부른다

바람 소리겠지. 나는 거침없이 오르기 시작했다.

갇혀 있는
나를 부른다

정신적인 피로가 심하면 이런저런 노랫소리가 들리는 법이다. 나는 우듬지까지 왔다. 우듬지의 삭정이를 두세 번 바스락바스락 흔들어 보았다.

길지 않은 목숨

나를 부른다

발판으로 삼은 삭정이가 똑 부러졌다. 방심한 나는 줄기를 타고 주르륵 미끄러져 떨어졌다.

"꺾었군."

그 목소리를 바로 머리 위에서 똑똑히 들었다. 나는 줄기에 매달려 몸을 일으키고, 얼빠진 눈으로 소리 난 곳을 찾았다. 아아. 전율이 내 등짝을 내달린다. 아침 해를 받아 금빛으로 빛나는 벼랑을 원숭이가 한 마리가 어슬렁어슬렁 내려온다. 내 몸 안에서 그때까지 잠들어 있던 게 한꺼번에 확 번쩍거렸다.

"내려와. 가지를 부러뜨린 건 나야."

"그건 내 나무야."

벼랑을 끝까지 내려온 그는 이렇게 대답하고 폭포 입구 쪽으로 걸어왔다. 나는 태세를 갖추었다. 그는 눈이 부신 듯 이마에 쭈글쭈글 주름을 만들어 내 모습을 빤히 바라보다가, 마침내 새하얀 이빨을 훤히 드러내고 웃었다. 웃음은 나를 초조하게 했다.

"우스운가?"

"우스워." 그는 말했다. "바다를 건너왔지?"

"응." 나는 폭포 입구에서 몽글몽글 솟아나는 물결 모양을 바라보며 고개를 끄덕였다. 비좁은 상자 안에서 보낸 지루한 여행길을 회상했다.

"뭔지 알 수 없지만, 커다란 바다를."

"응." 다시, 끄덕였다.

"역시, 나하고 똑같군."

그는 이렇게 중얼거리고 폭포 입구의 물을 떠 마셨다. 어느 틈엔가, 우리는 나란히 앉아 있었다.

"고향이 같아. 척 보면 알지. 우리 고향 사람들은 다들 귀가 반짝이거든."

그는 내 귀를 세게 잡아당겼다. 나는 화가 나서, 장난질한 그의 오른손을 할퀴어 주었다. 그러고 나서 우리는 얼굴을 마주 보며 웃었다. 나는 어쩐지 편안한 기분이 되었다.

요란한 외침이 바로 지척에서 일었다. 깜짝 놀라 뒤돌아보니, 꼬리가 굵은 털북숭이 원숭이 무리가 언덕 꼭대기에 진을 치고 우리에게 짖어 대고 있다. 나는 일어섰다.

"관둬. 관둬. 우리한테 맞서는 게 아냐. '짖는 원숭이'라는 녀석이지. 매일 아침 저렇게 태양을 향해 마구 짖어 대는 거야."

나는 망연자실 그대로 서 있었다. 어느 산봉우리에나 원숭이가 잔뜩 무리 지어, 등을 구부정하게 한 채 아침 해를 쬐고 있다.

"모두 원숭이?"

나는 꿈을 꾸는 것 같았다.

"그래. 하지만 우리와 다른 원숭이야. 고향이 달라."

나는 그들을 한 마리 한 마리 꼼꼼히 둘러보았다. 치렁치렁한 하얀 털을 아침 바람에 날리며 새끼에게 젖을 먹이는 녀석. 빨갛고 큼직한 코를 하늘로 치켜올린 채 무슨 노래를 부르는 녀석. 줄무늬가 멋진 꼬리를 흔들며 햇살 아래 교미하는 녀석.

찌푸린 낯으로 분주히 이곳저곳을 산책하는 녀석.

나는 그에게 속삭였다.

"여긴 어디야?"

그는 온화한 눈길로 대답했다.

"나도 몰라. 하지만 일본은 아닌 것 같아."

"그래?" 나는 한숨을 쉬었다. "그래도 이 나무는 기소〔木曾〕떡갈나무 같은데."

그는 뒤돌아 마른나무의 줄기를 탁탁 두드리고, 한참 동안 우듬지를 올려다보았다.

"그렇지 않아. 가지가 돋는 모양이 다르고 게다가 나뭇결에 반사되는 햇살도 희미하잖아. 하긴 싹이 나지 않으면 알 수 없지만."

나는 마른나무에 기대서서, 그에게 물었다.

"어째서 싹이 안 나지?"

"봄부터 말라 있었어. 내가 여기 왔을 때도 말라 있었어. 그 후로 4월, 5월, 6월, 석 달이나 지났는데도 계속 시들어 갈 뿐이야. 이건 어쩌면 삽목 아닐까? 뿌리가 없어, 틀림없이. 저쪽 나무는 더 심해. 녀석들의 똥투성이야."

이렇게 말하고 그는 짖는 원숭이 무리를 가리켰다. 짖는 원숭이는 이제 울음을 그쳐, 섬은 비교적 평온했다.

"앉아 봐. 이야기 좀 해."

나는 그에게 딱 붙어 앉았다.

"여기, 좋은 곳이지? 이 섬에서는 여기가 가장 좋아. 볕이 잘 들고 나무가 있고, 게다가 물소리도 들려." 그는 발아래 자그마한 폭포를 만족스레 내려다보았다. "난 일본 북쪽의 해협 근처에서 태어났어. 밤이면 파도 소리가 희미하게 철썩철썩 들렸지. 파도 소리는 참 좋아. 어쩐지 두근두근 설레게 해."

나도 고향 이야기를 하고 싶어졌다.

"난 물소리보다 나무가 그리워. 일본 중부의 두메산골에서 태어났으니까. 신록 향기가 참 좋아."

"그야, 좋지. 다들 나무를 그리워하거든. 그러니까 이 섬에 있는 녀석은 누구든지 나무 한 그루라도 있는 곳에 앉고 싶어 하잖아." 말하면서 그는 가랑이 털을 갈라, 깊고 검붉은 흉터 여러 개를 내게 내보였다. "이곳을 내 장소로 만드느라, 이런 고생을 한 거야."

나는 이 장소를 떠나야겠다고 생각했다. "난, 몰랐으니까."

"됐어. 괜찮아. 난 외톨이야. 이제부터 이곳을 둘만의 장소로 해도 돼. 하지만 더 이상 가지를 부러뜨리지는 마."

안개는 말끔히 걷혀 화창한데, 바로 우리 눈앞에 이상한 풍경이 나타났다. 신록. 이것이 먼저 내 눈에 스며들었다. 나는 지금의 계절을 분명히 알았다. 고향에서는 메밀잣밤나무의 새 잎이 아름다운 철이다. 나는 고개를 돌려 이 나무들의 신록을 바라보았다. 그러나 이러한 도취도 순식간에 깨졌다. 나는 또다시 경악하며 눈이 휘둥그레졌다. 신록 아래로 물을 끼얹은 자갈길이 시원하게 깔려 있고, 하얗게 차려입은 푸른 눈동자 인간들이 물 흐르듯 줄줄이 걷고 있다. 새의 눈부신 깃털을 머리에 단 여자도 있었다. 굵직한 뱀가죽 지팡이를 천천히 흔들며 좌우로 미소를 보내는 남자도 있었다.

그는 와들와들 떠는 내 몸을 힘껏 끌어안고 재빨리 속삭였다.

"놀라지 마. 매일 이런걸."

"어떻게 된 거지? 모두 우릴 노리고 있잖아." 산에서 포획되어 이 섬에 도착하기까지 겪었던 무참한 일들이 떠올라, 나는 아랫입술을 깨물었다.

"구경거리야. 우리 구경거리야. 잠자코 보기만 해. 재미있는 게 있어."

그는 조급하게 일러 주고 한쪽 손으로는 여전히 내 몸을 껴안은 채, 다른 한쪽 손으로 여기저기 인간들을 가리키며 소곤소곤 이야기를 들려주었다. 저건 유부녀인데, 남편의 장난감이 되느냐 남편의 지배자가 되느냐, 두 가지 방법밖에 모르고 살아가는 여자야. 어쩌면 인간의 배꼽이라는 게 저런 모양일지도 모르지. 저건 학자인데, 죽은 천재에게는 성가신 주석을 달고, 태어날 천재를 타이르면서 밥을 먹고 사는 이상한 녀석이지. 난 저 녀석을 볼 때마다 이유를 알 수 없이 마구 졸려. 저건 여배우인데, 무대에 있을 때보다 민낯으로 있을 때 더 연기를 잘하는 할머니지. 으으으, 내 썩은 어금니가 다시 아파 오는걸. 저건 지주인데, 자기도 역시 일하면서 늘 변명만 늘어놓는 소심한 녀석이야. 난 저 모습을 보면 콧날을 따라 이가 근질근질 기어오르는 것 같은 답답함을 느껴. 또한 저기 벤치에 걸터앉아 있는 하얀 장갑 남자는 내가 가장 싫어하는 놈인데, 보라고! 저놈이 이곳에 나타나니까 벌써 중천에 퀴퀴한 누런 똥 회오리바람이 나타났잖아?

나는 그의 요설을 비몽사몽 듣고 있었다. 나는 다른 것을 응시하고 있었다. 타오르는 듯한 네 개의 눈을. 푸르고 투명한 아이의 눈을. 아까부터 이 두 아이는 섬 외곽에 쌓은 화강암 담장 위로 겨우 얼굴만 내민 채, 탐하듯 섬 전체를 둘러보고 있었다. 둘 다 사내아이겠지. 짧은 금발이 아침 바람에 살랑살랑 춤춘다. 한 명은 주근깨로 코가 새카맣다. 다른 한 아이는 뺨이 복숭아꽃 같다.

이윽고 두 사람은 동시에 고개를 갸웃거리고 생각했다. 그러더니 코가 시커먼 아이가 입술을 삐죽 내밀고 격렬한 말투로 상대방에게 뭔가 귓속말을 했다. 나는 그의 몸을 양손으로 흔들며 외쳤다.

"뭐라는 거야? 가르쳐 줘! 저 아이들이 뭐라는 거야?"

그는 흠칫 놀란 듯 퍼뜩 수다를 멈추고, 내 얼굴과 건너편 아이들을 번갈아 보았다. 그러고는 입을 우물우물 들썩이며 잠시 생각에 잠겼다. 나는 그가 이렇게 곤혹스러워하는 모습에 심상찮은 낌새를 간파했다. 아이들이 영문을 알 수 없는 말을 섬에 날카롭게 내뱉고 나란히 돌담 위에서 모습을 감추어 버린 뒤에도, 그는 이마에 한쪽 손을 얹거나 엉덩이를 긁적이며 엄청 망설였다. 그러다 마침내 입가에 심술궂은 미소까지 머금고 느릿느릿 말을 꺼냈다.

"언제 와 봐도 똑같아, 라고 지껄였어."

똑같다. 나는 모든 걸 알았다. 나의 의혹이 감쪽같이 맞아떨어졌다. 똑같다. 이것은 비평의 언어다. 구경거리는 우리다.

"그래? 그렇다면, 넌 거짓말을 한 거지?" 죽여 버리자고 생각했다.

그는 내 몸에 감고 있던 한쪽 손에 힘을 꽉 주고 대답했다.

"불쌍했으니까."

나는 떡 벌어진 그의 가슴팍으로 거세게 덤벼들었다. 그의 역겨운 친절에 대한 분노보다도 나의 무지에 대한 수치심을 참을 수 없었다.

"그만 울어. 어쩔 수 없잖아." 그는 내 등짝을 가볍게 두드리며 깨나른하게 중얼거렸다. "저 돌담 위에 기다란 나무 팻말이 세워져 있지? 우리에겐 뒷면의 지저분하고 불그죽죽한 나뭇결밖에 보이지 않지만, 저 겉면에는 뭐라 써 놓았을까? 인간들은 그걸 읽는다고. 귀가 반짝이는 게 일본 원숭이다, 라고 적혀 있지. 아니, 어쩌면 훨씬 더 모욕적인 말이 적혀 있을지도 몰라."

나는 듣고 싶지 않았다. 그의 팔에서 빠져나와, 마른나무 밑동으로 뛰어갔다. 올라갔다. 우듬지에 매달려, 섬 전체를 내려다보았다. 해는 이미 높이 떠올랐고, 섬 이곳저곳에서 하얀 안개가 자욱하게 피어올랐다. 백 마리 남짓한 원숭이들은 파란 하늘 아래 한가로이 햇볕을 쬐며 놀고 있었다. 나는 폭포 입구 옆에서 가만히 웅크리고 앉아 있는 그에게 말을 걸었다.

"다들 모르는 거야?"

그는 내 얼굴을 보지도 않고 밑에서 대답했다.

"알기는! 알고 있는 건 아마, 나하고 너뿐일걸."

"어째서 도망치지 않아?"

"넌 도망칠 거야?"

"도망쳐."

신록. 자갈길. 사람 물결.

"안 무서워?"

나는 눈을 꼭 감았다. 해서는 안 될 말을 그는 해 버렸다.

살랑살랑 귀를 스치고 지나는 바람 소리에 섞여, 나직이 노랫소리가 울려 퍼졌다. 그가 노래하는 걸까? 눈이 뜨겁다. 조금 전 나를 나무에서 떨어뜨린 것은, 이 노래다. 나는 눈을 감은 채 귀 기울였다.

"관둬, 관둬. 내려와. 여기는 좋은 곳이야. 볕이 잘 들고 나무가 있고 물소리도 들리고, 무엇보다 밥걱정을 안 해도 돼."

그가 이렇게 부르는 소리를 아스라이 들었다. 그리고 나직한 웃음소리도.

아아! 이 유혹은 진실을 닮았다. 어쩌면 진실인지도 모른다. 나는 마음속에서 크게 비틀리는 걸 느꼈다. 하지만, 하지만 피는, 산에서 자란 나의 멍청한 피는, 여전히 집요하게 외친다.

— 싫어!

1896년 6월 중순, 런던박물관 부속 동물원 사무소에, 일본 원숭이가 도주했다고 보고되었다. 행방불명이다. 게다가 한 마리가 아니었다. 두 마리다.

참새

이부세 마스지[1]에게. 쓰가루 말로.

옛날 옛날 이야기 들려줄까나.

산속에 상수리나무 한 그루 있었어.

나무 꼭대기, 까마귀 한 마리 와서 앉았어.

까마귀 까악 울자 상수리 하나 톡 떨어졌어.

또, 까마귀 까악 울자 상수리 하나 톡 떨어졌어.

또, 까마귀 까악 울자 상수리 하나 톡 떨어졌어.

……

한 무리 아이들, 드넓은 벌판에서 불장난에 푹 빠져 있었

---

1) 井伏鱒二(1898~1993). 소설가. 학창 시절, 이부세의 단편 「도롱뇽」을 읽고 감명받은 다자이는 그를 찾아갔으며, 두 사람은 일본 문단의 대표적인 사제지간으로 남아 있다.

어. 봄이 되자 눈 녹아 넓디넓은 눈벌판 여기저기, 너른 들판 누르스름한 잔디밭, 푸른 새싹 돋아나, 우리 고향 아이들, 누르스름하게 시든 잔디에 불 질러, 들불놀이 했어. 그리고 서로 제각기 들불을 만든 아이들, 두 편으로 나뉘었어. 한쪽씩 대여섯 명, 소리 맞춰 노래했어.

— 참새, 참새, 참새, 갖고 싶어.

다른 쪽 아이들 응답하길,

— 어느 참새, 갖고 싶어?

이렇게 노래했어.

그래서 참새 갖고 싶어, 라고 노래한 아이들 한데 모여 옥신각신.

— 누굴 얻으면 좋을까?

— 히사코 얻는 게 어때?

— 코흘리개, 더러워.

— 다키, 좋아.

— 계집애잖아.

— 다키, 좋은데.

— 그럴까?

그리고 마침내 다키를 얻기로 정했어.

— 오른쪽 끝 참새 갖고 싶어.

이렇게 노래했어.

다키 편에서는 심보 고약하게 나왔다지.

— 날개 없으니 줄 수가 없어.

— 날개 줄 테니 날아서 오렴.

이렇게 노래하자, 건너편에서 구슬픈 가락으로 다시 노래했어.

― 삼나무 불붙어 갈 수가 없어.

그러자, 이쪽 편에서는 더더욱 갖고 싶어 노래했다지.

― 그 불 피해 날아서 오렴.

건너편에서 참새 한 마리 풀어 보내 줬어. 다키는 참새, 양쪽 팔을 날개처럼 펼쳐 팔락 팔락 팔락, 날갯짓 소리를 입으로 흉내 내며 뜨거운 들불 피해 날아 왔다지.

이건 우리 고향, 아이들 놀이야. 이렇게 한 마리 한 마리 참새 얻어 마지막에 한 마리 남으면 그 참새, 이번엔 노래를 해야 해.

― 참새, 참새, 참새를 갖고 싶어.

금방 알아챘을 테지만 이건 좀 심한 놀이야. 제일 먼저 뽑힌 참새는 신나게 날아가고, 마지막 한 마리는 울어도 울어도 소용없어.

언제나 다키는 제일 먼저 뽑혔어. 언제나 마로사마는 마지막에 남겨졌어.

다키, 만물상의 외동딸, 씩씩하게 자랐어. 누구한테 져 본 적이 없어. 겨울, 무섭게 몰아치는 눈보라 속을 벙거지 뒤집어 쓴 채 사과보다 더 빨간 뺨으로 어디든지 갔어. 마로사마, 높다란 절 꼬마 스님, 몸집이 호리호리 야위어 모두 모두 놀려대곤 했어.

아까부터 마로사마, 옷섶 벌어진 채 노래했어.

― 참새, 참새, 참새 갖고 싶어. 참새, 참새, 참새 갖고 싶어.

가엾게도, 이미 두 번씩이나 혼자 남게 되었어.

— 어느 참새, 갖고 싶어?

— 가운데 참새 갖고 싶어.

다키를 갖고 싶어 했어. 가운데 참새 다키, 노랗게 타오르는 들불 너머로 밉살맞은 마로사마를 째려봤어.

마로사마, 너글너글한 목소리로 다시 노래했어.

— 가운데 참새 갖고 싶어.

다키는 아이들에게 뭔가 소곤소곤 이야기했어. 아이들, 그걸 듣고 키득키득 웃으며 노래했어.

— 날개, 없으니 줄 수가 없어.

— 날개 줄 테니 날아서 오렴.

— 삼나무, 불붙어 갈 수가 없어.

— 그 불 피해 날아서 오렴.

마로사마는 다키가 팔락팔락 날아 오기만을 멍하니 기다렸어. 그런데 건너편에선 느긋하게 노래했어.

— 강물이 불어나 갈 수가 없어.

마로사마, 고개를 갸웃하고 생각했어. 뭐라 노래하면 좋을까? 생각하고 또 생각하고,

— 다리를 놓아 날아서 오렴.

다키는 도깨비불 눈동자 가득 이글거리며, 혼자 노래했어.

— 다리 떠내려가서 갈 수가 없어.

마로사마는 다시 고개 갸웃하고 생각했어. 좀처럼 좋은 생각이 떠오르지 않았어. 그러다가 엉엉 소리 내어 울고 말았어. 울며 울며 중얼거렸다지.

— 아미타불!

아이들, 모두 모두 웃었어.

—스님 염불에 비 내리네.

—멍청한 울보!

—서쪽 흐리니 비가 오네. 비가 오니 눈 녹았네.

그때 만물상의 다키는 날카롭게 소리쳤다지.

—마로사마 얼간이! 내 마음도 모르고 염불. 불쌍한 바보!

그러고는 눈 뭉치 만들어 마로사마에게 집어 던졌어. 눈 뭉
치는 마로사마 오른쪽 어깨에 맞아, 파삭파삭 하얗게 부서졌
어. 마로사마, 깜짝 놀라 울음을 뚝 그치고 눈 녹기 시작한 누
런 들판을 끝없이 도망쳤다지.

어느덧 밤이 되었어. 들판은 어둑해지고 추워졌어. 아이들
은 제각기 집으로 돌아가고, 제각기 할머니의 고타쓰 속으로
기어들었어. 늘 밤이면 밤마다 똑같은 옛이야기를 하고, 듣는
거야.

옛날 옛날 이야기 들려줄까나.

산속에 상수리나무 한 그루 있었어.

나무 꼭대기, 까마귀 한 마리 와서 앉았어.

까마귀 까악 울자 상수리 하나 톡 떨어졌어.

또, 까마귀 까악 울자 상수리 하나 톡 떨어졌어.

또, 까마귀 까악 울자 상수리 하나 톡 떨어졌어.

……

어릿광대의 꽃

'여기를 지나 슬픔의 도시'

친구는 모두 내게서 멀어지고, 슬픈 눈으로 나를 바라본다. 친구여, 나와 이야기하고 나를 비웃어라. 아아, 친구는 헛되이 얼굴을 돌린다. 친구여, 내게 물어봐. 난 뭐든 알려 주련다. 나는 이 손으로 소노를 물에 빠뜨렸다. 나는 악마의 오만함으로, 나 살아나도 소노는 죽기를 바랐다. 좀 더 말할까? 아아, 그렇지만 친구는 그저 슬픈 눈으로 나를 바라본다.

오바 요조는 침대 위에 앉아, 먼 바다를 보고 있었다. 먼 바다는 비로 자욱했다.

꿈에서 깨어 나는 이 몇 줄을 되읽고, 그 추함과 비겁함에 그만 사라지고픈 심정이다. 맙소사, 허풍의 극치, 무엇보다 오바 요조란 무엇일까? 술이 아닌 좀 더 강렬한 무엇에 도취되어, 나는 이 오바 요조에게 손뼉을 쳤다. 이 이름은 내 주인공에게 딱 어울렸다. 오바는 주인공의 예사롭지 않은 기백을 상징하기에 부족함이 없다. 요조는 또한 어쩐지 신선하다. 고풍스러운 밑바닥에서 솟아나는 진정한 새로움이 느껴진다. 더구나 大庭葉蔵, 이렇게 네 글자 늘어놓는 유쾌한 조화. 이 이름부터 이미 획기적이 아닌가. 그 오바 요조가 침대에 앉아 비에 자욱한 먼 바다를 바라보고 있다. 더더욱 획기적이 아닌가.

관두자. 자신을 비웃는 건 치사한 짓이다. 그건 꺾인 자존심에서 온다. 실제로 나부터도 남에게 여러 말 듣고 싶지 않기에, 우선 제일 먼저 자신의 몸에 못을 박는다. 이거야말로 비겁하다. 좀 더 솔직해져야만 한다. 아아, 겸손하게.

오바 요조.

비웃음을 사도 어쩔 수 없다. 가마우지 흉내를 내는 까마귀. 꿰뚫어 보는 사람에겐 들킨다. 더 나은 이름도 있겠지만, 내겐 좀 성가시다. 차라리 '나'라고 해도 좋은데, 나는 올봄에 '나'라는 주인공으로 소설을 써 버린 탓에 두 번 계속하는 게 낯간지럽다. 내가 만약 내일이라도 덜컥 죽는다면, 저 녀석은 '나'를 주인공으로 하지 않고선 소설을 못 썼어, 하며 의기양양하게 술회하는 기묘한 남자가 나오지 않는다고도 할 수 없다. 사실 그 이유만으로, 나는 이 오바 요조를 역시 밀고 나간다. 이상한가? 뭐야, 너마저.

1929년 12월 하순, 이 세이쇼엔이라는 바닷가 요양원은 요조의 입원으로 약간 소란스러웠다. 세이쇼엔에는 서른여섯 명의 폐결핵 환자가 있었다. 중증 환자 두 명, 일반 환자 열한 명, 나머지 스물세 명은 회복기 환자였다. 요조가 수용된 동쪽 제1병동은 말하자면 특등 입원실이고 여섯 개 방으로 나뉘어 있었다. 요조 방의 양쪽 옆방은 비어 있었고, 서쪽 끝 ㅂ호실에는 키가 크고 코도 높다란 대학생이 있었다. 동쪽 ㄱ호실과 ㄴ호실에는 젊은 여자가 각각 누워 있었다. 세 사람 모두 회복기 환자다. 전날 밤 다모토가우라에서 동반 자살이 있었다. 함께 몸을 던졌는데 남자는 귀항 어선에 구조되어 목숨을 건졌다. 하지만 여자는 발견되지 않았다. 그 여자를 찾으러 경종을 오래도록 요란하게 울리며 마을 소방수들이 몇 척이고 잇달아 어선을 타고 먼 바다로 나가는 소리를, 세 사람은 가슴을 두근거리면서 들었다. 어선이 밝히는 빨간 불빛이 밤새껏 에노시마 해안을 떠돌았다. 대학생도 젊은 두 여자도, 그날 밤은 잠들지 못했다. 새벽녘이 되어 여자의 시체가 다모토가우라 해안가에서 발견되었다. 짧게 치깎은 머리가 반들반들 빛나고, 얼굴은 하얗게 부어올라 있었다.

요조는 소노가 죽은 것을 알고 있었다. 어선으로 흔들흔들 실려 갈 때 이미 알았다. 별이 총총한 하늘 아래서 제정신으로 돌아와, 여자는 죽었습니까? 하고 먼저 물었다. 안 죽었어, 안 죽었어. 걱정 안 해도 돼. 어부 한 사람이 대답했다. 어쩐지 자비 넘치는 말투였다. 죽었겠지. 비몽사몽 생각하고, 다시 의식을 잃었다. 거듭 깨어났을 때는 요양원이었다. 비좁은 하얀 판자벽 방에 사람이 가득 들어차 있었다. 그중 누군가가 요조의 신원에 대해 이것저것 물었다. 요조는 하나하나 분명히 대답했다. 날이 밝고 나서 요조는 좀 더 넓은 다른 병실로 옮겨졌다. 사고 소식을 들은 요조의 고향에서 그의 치료와 관련해 지체 없이 세이쇼엔으로 장거리 전화를 걸어 왔기 때문이다. 요조의 고향은 여기서 2000리나 떨어져 있었다.

동쪽 제1병동의 세 환자는, 이 새 환자가 자기들 바로 가까이 누워 있다는 것에 이상한 만족을 느끼고, 오늘부터의 병원 생활을 잔뜩 기대하면서 하늘도 바다도 완전히 환해졌을 즈음에야 겨우 잠들었다.

요조는 자지 않았다. 때때로 머리를 천천히 움직였다. 얼굴 군데군데 하얀 가제가 붙어 있었다. 파도에 휩쓸리고 여기저기 널린 바위에 몸을 다쳤다. 마노라는 스무 살 남짓한 간호사 한 명이 곁을 지켰다. 왼쪽 눈꺼풀 위에 다소 깊은 흉터가 있는 탓에, 한쪽 눈에 비해 왼쪽 눈이 조금 더 컸다. 하지만 보기 흉하진 않았다. 빨간 윗입술이 약간 위로 말려 올라가고 볼이 거무스름했다. 침대 옆 의자에 앉아, 찌푸린 하늘 아래 바다를 바라보고 있다. 요조의 얼굴을 보지 않으려 애썼다. 안쓰러워서 볼 수 없었다.

정오 무렵, 경찰 두 명이 요조를 문병했다. 마노는 자리를 떴다.

두 사람 다 양복을 입은 신사였다. 한 사람은 콧수염을 짧게 길렀고, 한 사람은 철테 안경을 끼고 있었다. 수염은 목소리를 낮추어 소노와의 경위를 물었다. 요조는 사실대로 대답했다. 수염은 작은 수첩에 그걸 받아 적었다. 대충 심문을 끝내고 나서 수염은 침대 위에서 몸을 덮쳐누르듯 말했다. "여자는 죽었어. 자넨 죽을 마음이 있었나?"

요조는 잠자코 있었다.

안경을 낀 형사는 두툼한 이마에 주름을 두세 줄 두두룩하게 만들어 미소 지으며, 수염의 어깨를 쳤다. "그만해, 그만해! 가엾잖아. 다음에 하자고."

수염은 요조의 시선을 똑바로 응시한 채, 마지못해 수첩을 윗옷 주머니에 집어넣었다.

그 형사들이 떠난 뒤, 마노는 서둘러 요조의 병실로 돌아왔다. 하지만 문을 연 순간, 오열하는 요조를 보고 말았다. 그대로 살짝 문을 닫고 복도에 잠시 서 있었다.

오후가 되어 비가 내리기 시작했다. 요조는 혼자 걸어서 화장실에 갈 수 있을 정도로 기운을 회복했다.

친구 히다가 젖은 외투를 입은 채 병실에 뛰어 들어왔다. 요조는 자는 척했다.

히다는 마노에게 작은 소리로 물었다. "괜찮습니까?"

"네, 이젠."

"놀랐는걸."

그는 살찐 몸을 흔들거리며 점토 냄새 나는 외투를 벗어, 마노에게 건넸다.

히다는 이름 없는 조각가이고, 마찬가지로 무명 서양화가인 요조와는 중학 시절부터 친구였다. 순진한 마음을 지닌 사람이라면 젊었을 때 자기 주변의 누군가를 꼭 우상으로 만들고 싶어 하는 법인데, 히다 또한 그러했다. 그는 중학교에 들어가자, 반에서 수석인 친구를 황홀하게 바라보았다. 수석은 요

어릿광대의 꽃

조였다. 수업 중 낯을 찡그리거나 미소 짓는 요조의 표정 하나 하나도 히다에겐 예삿일이 아니었다. 또한 교정의 모래 언덕 뒤에서 요조의 어른다운 고독한 모습을 발견하고, 남몰래 깊은 한숨을 쉬었다. 아아, 그리고 요조와 처음 이야기를 나눈 날의 환희. 히다는 뭐든 요조를 흉내 냈다. 담배를 피웠다. 교사를 비웃었다. 두 손을 머리 뒤로 깍지 낀 채 교정을 비칠비칠 돌아다니는 법도 배웠다. 예술가가 가장 훌륭한 까닭도 깨쳤다. 요조는 미술 학교에 들어갔다. 히다는 일 년 늦었지만, 그래도 요조가 다니는 미술 학교에 들어갈 수 있었다. 요조는 서양화를 공부했지만 히다는 일부러 조소과를 선택했다. 로댕의 발자크상에 감격했기 때문이라지만 그건 그가 대가가 되었을 때 경력상 제법 그럴싸하게 보이기 위한 순 엉터리 짓이고, 사실은 요조의 서양화 선택이 거리낀 탓이었다. 열등감에서였다. 그 무렵에 마침내 두 사람의 길이 갈리기 시작했다. 요조의 몸은 갈수록 야위었지만, 히다는 조금씩 뚱뚱해졌다. 두 사람의 간격은 이뿐만이 아니었다. 요조는 어떤 간단명료한 철학에 마음이 쏠려, 예술을 무시하기 시작했다. 히다는 또 너무 우쭐거렸다. 듣는 이가 되레 멋쩍어질 만치 예술이라는 단어를 연발했다. 늘 걸작을 꿈꾸며 공부를 게을리했다. 그리고 둘 다 좋지 않은 성적으로 학교를 졸업했다. 요조는 화필을 내던지다시피 했다. 회화는 포스터에 불과하다, 라면서 히다를 풀죽게 만들었다. 모든 예술은 사회의 경제 기구에서 나온 방귀다. 생활력의 한 형식에 지나지 않는다. 어떤 걸작이건 양말과 똑같은 상품이다. 이런 말을 어설프게 늘어놓아 히다를 얼떨

떨하게 했다. 히다는 예전과 다름없이 요조를 좋아했고 요조의 최근 사상에도 막연한 경외심을 느끼고 있었지만, 히다에게 걸작의 설렘은 그 무엇보다 컸다. 이제 곧, 이제 곧, 생각하면서 그저 안절부절 점토를 주물렀다. 즉 이 두 사람은 예술가이기보다는 예술품이다. 아니, 바로 그렇기 때문에 나도 이렇게 술술 서술할 수 있었으리라. 진짜 시장 예술가를 보여 드리면 여러분은 석 줄도 다 못 읽고 토악질을 할 테지. 그건 보증해. 그런데 자네, 그런 유의 소설을 써 보지 않겠나? 어떤가?

히다 또한 요조의 얼굴을 볼 수 없었다. 최대한 요령껏 발소리를 죽이며 요조의 머리맡까지 다가갔지만, 유리문 밖의 빗발을 말끄러미 바라보고 있을 뿐이었다.

요조는 눈을 떠 엷은 웃음을 지으며 말을 걸었다. "놀랐지?"

깜짝 놀라 요조의 얼굴을 언뜻 보고는, 금세 눈을 내리깔고 대답했다. "응."

"어떻게 알았어?"

히다는 머뭇거렸다. 바지 주머니에서 빼낸 오른손으로 넙찍한 얼굴을 이리저리 매만지며 마노에게, 말해도 돼? 하고 눈으로 살짝 물었다. 마노는 진지한 표정으로 살며시 고개를 저었다.

"신문에 나왔어?"

"응." 실은 라디오 뉴스로 알았다.

요조는 히다의 미적지근한 기색이 밉살스러웠다. 좀 더 숨김없이 이야기해 주었으면 싶었다. 하룻밤 새 공중제비 하듯 변해 자신을 이방인 취급 해 버리는 이 십년지기 친구가 미웠다. 요조는 다시 잠든 척했다.

히다는 따분해져 마루를 슬리퍼로 탁탁 치기도 하면서, 잠시 요조 머리맡에 서 있었다.

문이 소리 없이 열리고, 제복 차림에 몸집이 자그마한 대학생이 난데없이 그 아름다운 얼굴을 디밀었다. 히다는 그걸 보고 신음 소리가 터질 만치 안도했다. 볼에 번지는 미소의 그림자를 입매를 일그러뜨려 지워 내며, 일부러 느긋한 걸음으로 문 쪽으로 갔다.

"지금 도착했어?"

"그래." 고스게는 요조 쪽을 신경 쓰면서 재빨리 대답했다.

고스게. 이 남자는 요조의 친척으로 대학 법과에 적을 두었고, 요조와는 세 살이나 차이가 났음에도 격의 없는 친구였다. 신세대 청년은 나이에 그다지 구애받지 않는 모양이다. 겨울 방학이라 고향에 돌아가 있다가, 요조의 소식을 듣고 곧장 급행열차로 달려 왔다. 두 사람은 복도로 나가, 서서 이야기했다.

"그을음이 묻었잖아."

히다는 거리낌 없이 껄껄 웃으며, 고스게의 코밑을 가리켰다. 열차 매연이 희미하게 달라붙어 있었다.

"그래?" 고스게는 허둥거리며 가슴 주머니에서 손수건을 꺼내 서둘러 코밑을 문질렀다. "어때? 상태는 어때?"

"오바 말이야? 괜찮은 것 같아."

"그렇군. ― 지워졌어?" 코밑을 쑥 내밀어 히다에게 보였다. "지워졌어. 지워졌어. 집에선 난리 법석이었겠지?"

손수건을 가슴 주머니에 집어넣으며 대답했다. "응. 난리가 났어. 장례식 같았어."

"집에선 누가 오지?"

"형님이 오셔. 아버지는, 내버려 둬, 그러시지."

"대사건이군." 히다는 낮은 이마에 한쪽 손을 대고 중얼거렸다.

"요짱은 정말로 괜찮아?"

"의외로 태연해, 저 녀석은 늘 그래."

고스게는 들떠 있는 듯 입가에 미소를 머금고 고개를 갸웃했다. "어떤 기분일까?"

"몰라. ── 오바를 만나 볼래?"

"됐어. 만나 봤자 할 얘기도 없고. ── 무서워."

두 사람은 나직이 웃었다.

마노가 병실에서 나왔다.

"들려요. 여기 이렇게 서서 이야기하는 건 삼가 주세요."

"앗, 죄송합니다."

히다는 미안해하며 커다란 덩치를 한껏 움츠렸다. 고스게는 신기하다는 듯 마노의 표정을 살폈다.

"두 분 모두, 저어, 점심 식사는요?"

"아직입니다." 두 사람이 똑같이 대답했다.

마노는 얼굴이 발개지며 웃음을 터뜨렸다.

셋이 나란히 식당으로 가고 난 뒤 몸을 일으켰다. 비에 자욱한 먼 바다를 바라보았다.

'여기를 지나 공몽(空濛)[1]의 늪'

─────────────

1) 이슬비가 많이 내리거나 안개가 짙게 끼어 보얗고 자욱함.

그러고 나서 최초의 서두로 돌아간다. 한데, 나 자신 서툴다. 무엇보다 나는 이러한 시간 조작이 마뜩잖다. 마뜩잖지만 시도했다. 여기를 지나 슬픔의 도시. 나는 평소 입버릇인 이 지옥문의 영탄을, 영예로운 서두의 한 줄로 바치고 싶었기 때문이다. 달리 이유는 없다. 만약 이 한 줄 때문에 내 소설이 실패하고 말았다 해도, 나는 마음 약하게 그걸 지워 없앨 생각은 없다. 과시하는 김에 한마디만 더. 그 한 줄을 지우는 일은 오늘까지의 내 생활을 지우는 일이다.

"사상이야, 이봐, 마르크시즘이야."

이 말은 어리숙해서 좋다. 고스게가 그렇게 말했다. 의기양양한 얼굴로 말하고, 우유 잔을 고쳐 잡았다.

사방의 판자벽은 하얀 페인트로 칠해졌고, 동쪽 벽에는 동전만 한 훈장 세 개를 가슴에 단 원장의 초상화가 높이 걸려 있었다. 그 아래 길쭉한 테이블이 열 개 남짓 가지런히 놓여 있었다. 식당은 휑뎅그렁했다. 히다와 고스게는 동남쪽 구석 테이블에 앉아 식사하고 있었다.

"엄청 과격하게 했었지." 고스게는 목소리를 낮춰 이야기를 계속했다. "허약한 몸으로 그토록 동분서주했으니, 죽고 싶기도 했겠지."

"행동대 캡이지? 알고 있어." 히다는 빵을 우물우물 씹으며 참견했다. 히다는 박식한 체한 게 아니다. 좌익 용어쯤은, 그 무렵 청년이라면 누구나 알고 있었다. "하지만, ── 그것만은 아냐. 예술가는 그렇게 담박하지 않아."

식당이 어두워졌다. 비가 거세졌다.

고스게는 우유를 한 모금 마시고 나서 말했다. "넌 사물을 주관적으로밖에 생각할 줄 모르니까 글렀어. 무릇, — 무릇, 한 인간의 자살에는 본인이 의식하지 못한 뭔가 객관적인 큰 원인이 감춰져 있는 법이라더군. 집에선 다들 여자가 원인이라고 믿고 있지만, 난 그렇지 않다고 말해 뒀어. 여자는 그냥 길동무야. 다른 큰 원인이 있어. 집에 있는 작자들은 그걸 몰라. 너까지 이상한 말을 하면 안 되지."

히다는 발치에서 타는 스토브 불을 응시하며 중얼거렸다. "여자에겐, 그런데 남편이 따로 있었어."

우유 잔을 내려놓고 고스게는 응수했다. "알아. 그런 것쯤 아무것도 아냐. 요짱한텐 방귀도 못 돼. 여자에게 남편이 있다고 동반 자살하는 건 시시하잖아." 말하고 나서, 머리 위 초상화를 한쪽 눈을 감은 채 노려보았다. "이 사람이 여기 원장?"

"그렇겠지, 하지만, — 사실이 어떤지는 오바가 아니고선 알 수 없어."

"그건 그래." 고스게는 선뜻 동의하고 두리번두리번 주위를 둘러보았다. "추운걸. 넌 오늘 여기서 묵을 거야?"

히다는 빵을 허둥지둥 삼키고 끄덕였다. "그래."

청년들은 언제나 진정으로 논의하지 않는다. 서로 상대의 신경을 건드리지 말아야 하고 최대한 조심하면서, 자신의 신경도 소중히 감싼다. 허튼 경멸을 당하고 싶지 않다. 게다가 한번 상처 입으면, 상대를 죽일까, 내가 죽을까, 기어이 이런 생각까지 골똘히 한다. 그래서 다투는 걸 싫어한다. 그들은 적당히 얼버무리는 말을 많이 알고 있다. 아니라는 한마디 말조차, 열 가지쯤은 너끈히 가려 써 보이리라. 논의를 시작하기 전부터 이미 타협의 눈동자를 주고받는다. 그리고 마지막에 웃으며 악수하고는, 속으로 서로에게 함께 이렇게 중얼거린다. 멍청한 녀석!

한데, 내 소설도 드디어 흐리멍덩해진 것 같다. 이쯤에서 싹 바꿔, 파노라마식으로 몇 장면을 전개시킬까? 허풍 떨진 마. 뭘 시켜 봐도 서투른 네가. 아아, 잘되면 좋겠는데.

다음 날 아침은 화창하게 개었다. 바다는 잔잔하고 오시마의 분화 연기가 수평선 위에 하얗게 피어오르고 있었다. 좋지 않다. 난 경치를 쓰는 게 싫다.

ㄱ호실 환자가 눈을 뜨자, 병실은 따스한 초겨울 햇살로 가득 차 있었다. 담당 간호사와 인사를 나누고 곧장 아침 체온을 쟀다. 36.4도였다. 그리고 식사 전 일광욕을 하러 베란다에 나갔다. 간호사에게 살짝 옆구리를 찔리기 전부터 이미 ㄹ호실 베란다를 훔쳐보고 있었다. 어제의 새 환자는 감색 겹옷을 단정히 입고 등의자에 앉아 바다를 바라보고 있었다. 눈부신 듯 굵은 눈썹을 찡그렸다. 썩 잘생긴 얼굴이라고는 여기지 않았다. 이따금 볼의 가제를 손등으로 가볍게 두드렸다. 일광욕 침대에 누운 채 실눈을 뜨고 그것만 관찰하고 나서, 간호사에게 책을 가져오게 했다. 보바리 부인. 평소에 이 책이 지루해 대여섯 페이지를 읽으면 내던져 버리곤 했는데, 오늘은 제대로 읽고 싶었다. 지금 이 책을 읽는 것은, 정말이지 안성맞춤

이라고 생각했다. 팔랑팔랑 책장을 넘겨, 100페이지 언저리부터 읽기 시작했다. 좋은 문장 하나를 얻었다. "엠마는 횃불을 밝히고 한밤중에 혼례를 올리고 싶었다."

　ㄴ호실 환자도 일어나 있었다. 일광욕하러 베란다에 나갔다가, 문득 요조의 모습을 보자마자 다시 병실로 뛰어 들어왔다. 까닭 없이 무서웠다. 곧 침대로 기어들고 말았다. 시중들며 곁에 있던 어머니가 웃으며 담요를 덮어 주었다. ㄴ호실 소녀는 머리까지 담요를 뒤집어쓰고, 그 좁은 어둠 속에서 눈을 반짝이며 옆방의 이야기 소리에 귀를 기울였다.

　"미인인 것 같아." 그러고 나서 숨죽인 웃음소리.

　히다와 고스게가 묵고 있었다. 비어 있던 옆 병실의 한 침대에서 둘이 잤다. 고스게가 먼저 잠에서 깨어, 그 가느다란 눈을 찌무룩하게 뜨고 베란다에 나갔다. 요조의 다소 거드름 피우는 포즈를 흘끗 곁눈질하고 나서, 그런 포즈를 취하게 한 근원을 찾아 왼쪽으로 휙 고개를 비틀었다. 제일 끝 베란다에서 젊은 여자가 책을 읽고 있었다. 여자의 침대 배경은 이끼 낀 촉촉한 돌담이었다. 고스게는 서양식으로 어깨를 힘껏 으쓱하고 곧장 방으로 되돌아와, 자고 있는 히다를 흔들어 깨웠다.

　"일어나! 사건이야!" 그들은 사건을 날조하길 즐긴다. "요쨩의 대(大)포즈."

　그들의 대화에는 '대'라는 수식어가 번번히 사용된다. 지루한 이 세상에 뭔가 기대할 만한 대상을 원하기 때문이리라.

　히다는 깜짝 놀라 벌떡 일어났다. "뭐야?"

　고스게는 웃으며 알려 주었다.

"소녀가 있어. 요쨩이 개한테 잘난 옆얼굴을 보여 주고 있어."

히다도 들썩들썩했다. 양쪽 눈썹을 야단스레 위로 쭉 치켜 올리며 물었다. "미인?"

"미인인 것 같아. 책 읽는 척하고 있어."

히다는 웃음을 터뜨렸다. 침대에 걸터앉은 채 재킷을 걸치고 바지를 입고 나서 소리쳤다.

"좋아! 혼쭐내 주자." 혼쭐낼 마음은 없다. 이건 험담일 뿐이다. 그들은 친구의 험담조차 태연히 내뱉는다. 그때그때의 기분에 내맡긴다. "오바 녀석, 온 세계의 여자를 죄다 탐내다니."

잠시 뒤, 요조의 병실에서 여러 사람들의 웃음소리가 왁자그르르 일어, 그 병동 전체에 울려 퍼졌다. ㄱ호실 환자는 책을 탁 덮고, 요조의 베란다 쪽을 의아스러운 듯 바라보았다. 베란다에는 아침 햇살에 반짝이는 하얀 등의자가 하나 남아 있을 뿐 아무도 없었다. 그 등의자를 응시하면서 꾸벅꾸벅 졸았다. ㄴ호실 환자는 웃음소리를 듣고 살짝 담요 밖으로 얼굴을 내밀어, 머리맡에 서 있는 어머니와 다정한 미소를 주고받았다. ㅂ호실 대학생은 웃음소리에 잠이 깼다. 대학생은 시중드는 사람도 없이 하숙 생활인 양, 태평스레 지내고 있었다. 웃음소리가 어제 새로 온 환자 방에서 난 걸 알아차리고, 푸르뎅뎅한 얼굴을 붉혔다. 웃음소리를 조심성 없다고도 여기지 않았다. 회복기 환자 특유의 관대한 마음에서, 오히려 요조가 기운을 차린 것 같아 안심했다.

나는 삼류 작가가 아닐까? 아무래도 기분을 너무 낸 것 같다. 파노라마식 해 가며 분수에 맞지 않는 일을 꾀하고는, 마침내 이 모양으로 우쭐거린다. 아니, 잠깐만. 이런 실패도 있겠다 싶어, 사전에 준비해 둔 말이 있다. 아름다운 감정으로, 사람은 나쁜 문학을 만든다. 즉 내가 이렇듯 기분에 취한 것도, 내 마음이 그만큼 악마적이 아니기 때문이다. 아아, 이 말을 생각해 낸 남자에게 행운 있기를! 이 얼마나 귀한 보물 같은 말인가. 하지만 작가는 평생 단 한 번밖에 이 말을 사용할 수 없다. 아무래도 그럴 성싶다. 한 번은 애교다. 만약 네가 두 번 세 번 되풀이해 이 말을 방패로 삼는다면, 아무래도 넌 비참한 꼴이 될 테지.

"실패했어."

침대 옆 소파에 히다와 나란히 앉아 있던 고스게는 이렇게 말했다. 그러고는 히다의 얼굴, 요조의 얼굴, 그리고 문에 기대선 마노의 얼굴을 차례차례 둘러본 다음 다들 웃고 있는 걸 확인하자, 만족스러운 듯 히다의 둥근 오른쪽 어깨에 털썩 머리를 올려 기댔다. 그들은 잘 웃는다. 아무것도 아닌 일에도 왁자지껄 포복절도한다. 웃는 얼굴을 만드는 것은, 청년들에게 숨을 내쉬는 것만큼이나 손쉽다. 언제부터 그런 습성이 배기 시작했을까? 웃지 않으면 손해를 본다. 웃어야 할 어떤 사소한 대상도 놓치지 마. 아아, 이거야말로 탐욕스러운 미식가의 덧없는 편린 아닐까? 그런데 슬프게도 그들은 진정으로 웃지 못한다. 몸을 가누지 못할 만치 웃어 대면서도, 자신의 자세에 신경 쓴다. 그들은 또한 남을 잘 웃긴다. 자신에게 상처를 입히면서까지 남을 웃기고 싶어 한다. 그건 어쨌든 허무한 마음에서 시작되었겠지만, 좀 더 깊숙이 뭔가 작심한 마음가짐을 짐작해 볼 수 있지 않을까? 희생정신. 얼마간 자포자기적이고, 이렇다 할 목적도 갖지 않는 희생정신. 그들이 간혹 지금까지의 도덕률로 재어 봐도 미담이라 할 만한 훌륭한 행동을 보이는 건, 모두 이 숨겨진 영혼 때문이다. 이것은 나의 독단이다. 그럼에도 서재 안에서의 모색이 아니다. 죄다 나 자신의 육체로부터 들은 사념이다.

요조는 여전히 웃고 있다. 침대에 걸터앉아 두 다리를 흔들거리고, 볼의 가제에 자꾸 신경 쓰면서 웃었다. 고스게의 이야기가 그토록 우스웠던 걸까? 그들이 어떤 이야기에 흥겨워하는지 그 일례를, 여기에 몇 줄 덧붙이련다. 고스게가 이번 방학에 고향에서 30리 남짓 떨어진 산속 어느 유명한 온천장으로 스키를 타러 가서, 그곳 여관에서 일박했다. 한밤중 화장실에 가다가, 복도에서 같은 숙소에 묵은 젊은 여자와 마주쳤다. 그뿐이다. 그러나 이게 대사건이다. 고스게로서는 잠깐 스쳐지났을 뿐일지라도, 그 여자에게 자신의 예사롭지 않은 인상을 전하지 않고는 못 배긴다. 딱히 어떻게 하겠다는 심산도 없지만, 그 스쳐 지나는 순간에 그는 목숨을 내던져 포즈를 취한다. 인생에 진지하게 뭔가 기대를 갖는다. 그 여자와의 모든 경위를 한순간 이리저리 상상하고서, 가슴이 터질 듯한 느낌이다. 그들은 이처럼 숨막히는 순간을, 적어도 하루에 한 번은 경험한다. 그래서 그들은 방심하지 않는다. 혼자 있을 때조차 자신의 자세를 꾸미고 있다. 고스게는 심지어 한밤중 화장실에 갈 때도 새로 맞춘 푸른 외투를 말쑥이 차려입고 복도로 나섰다고 한다. 고스게는 그 젊은 여자와 스쳐 지난 뒤, 절실히 다행이라 여겼다. 외투를 입고 나와 다행이라 여겼다. 후유, 한숨을 내쉬고 복도 맨 끝의 커다란 거울을 들여다보니, 실패였다. 외투 밑으로 꾀죄죄한 잠방이를 걸친 두 다리가 삐죽이 나와 있다.

"나 참!" 역시나 가볍게 웃으면서 말했다. "잠방이는 돌돌 말려 올라가고 다리털이 거뭇거뭇 드러났지. 자다 깬 얼굴은 퉁퉁 부었고."

요조는 내심 그다지 웃지도 않는다. 고스게가 지어낸 이야기인 듯 여겨졌다. 그래도 큰 소리로 웃어 주었다. 친구가 어제와 달리 요조와 터놓고 지내려 애쓰는, 그 마음 씀씀이에 보답하는 심정으로 일부러 배를 잡고 웃어 주었다. 요조가 웃었기 때문에 히다도 마노도 덩달아 웃었다.

히다는 안심했다. 이제 뭐든 말할 수 있다고 생각했다. 아직 아직, 하고 억누르기도 했다. 우물쭈물했다.

한껏 들뜬 고스게가 도리어 서슴없이 말해 버렸다.

"우린 여자라면 실패해. 요짱도 그렇잖아?"

요조는 여전히 웃으며 고개를 갸우뚱했다.

"그런가?"

"그래. 죽지는 않아."

"실패일까?"

히다는 하도 기쁜 나머지, 가슴이 두근거렸다. 가장 곤혹스러운 돌담을 미소로 무너뜨렸다. 이런 놀라운 성공도 고스게의 모자라는 인덕 덕분이려니 싶어, 이 어린 친구를 꽉 껴안아 주고 싶은 충동을 느꼈다.

히다는 열은 눈썹을 해맑게 펴고, 더듬거리며 말했다.

"실패인지 어떤지는 한마디로 말할 수 없잖아. 우선 원인을 모르니까." 서툴다고 생각했다.

곧 고스게가 거들었다. "그건 알아. 히다와 엄청 논의했지. 난 막다른 곳에 이른 사상 때문이라 생각해. 히다 녀석은 거드름 피우면서, 다른 이유야, 하더군." 지체 없이 히다가 응했다. "그것도 있겠지만 그것만은 아냐. 여자한테 반했어. 싫은 여자와 죽을 리가 없어."

요조가 무슨 억측을 하지 않기를 바라는 마음에서 단어를 고르지 않고 서둘러 말했는데, 그게 오히려 제 귀에도 순진하게 들렸다. 대성공이야. 속으로 안심했다.

요조는 긴 속눈썹을 내리깔았다. 오만. 나태. 아첨. 교활. 악덕의 소굴. 피로. 분노. 살의. 이기주의. 취약. 기만. 병독(病毒). 어지러이 그의 가슴을 뒤흔들었다. 말해 버릴까, 생각했다. 일부러 몹시 풀이 죽어 중얼거렸다.

"사실은 나도 잘 모르겠어. 이것저것 모두 원인인 것 같아서."

"알아. 알아." 고스게는 요조의 말이 채 끝나기도 전에 끄덕였다. "그럴 수도 있지. 이봐, 간호사가 없어졌어. 미리 알고 피했나?"

내가 앞에서도 말해 두었지만, 그들의 논의는 서로의 사상을 교환하기보다는 그때그때의 분위기를 마음 편히 가다듬으려 이루어진다. 무엇 하나 진실을 말하지 않는다. 하지만 잠시 듣다 보면, 뜻밖의 수확을 얻기도 한다. 그들의 거드름 피우는 말 속에서, 때때로 깜짝 놀랄 만치 솔직한 울림이 느껴진다. 조심성 없이 내뱉는 말이야말로 진정성을 담고 있다. 요조는 방금, 이것저것 모두, 라고 중얼거렸는데, 이거야말로 그가 무심코 내뱉은 속마음이 아닐까? 그들의 마음속에는 혼돈, 그리고 영문 모를 반발만 있다. 어쩌면 자존심뿐이라 해도 좋겠다. 더구나 예리하게 벼려진 자존심이다. 어떤 미풍에도 부들부들 떤다. 모욕당했다고 생각하자마자, 죽어 버릴까, 괴로워한다. 요조가 자신의 자살 원인을 묻는 질문에 당혹한 것도 무리가 아니다. — 이것저것 모두다.

그날 정오 무렵, 요조의 형이 세이쇼엔에 도착했다. 형은 요조를 닮지 않아, 멋지게 살이 쪘다. 하카마 차림이었다.

원장의 안내를 받으며 요조의 병실 앞까지 왔을 때, 방 안의 쾌활한 웃음소리를 들었다. 형은 모른 척했다.

"여깁니까?"

"네. 이젠 건강합니다." 원장은 대답하면서 문을 열었다.

고스게가 깜짝 놀라 침대에서 뛰어내렸다. 요조 대신 누워 있었다. 요조와 히다는 소파에 나란히 앉아 트럼프를 하고 있다가, 둘 다 서둘러 일어섰다. 마노는 침대 머리맡 의자에 앉아 뜨개질을 하고 있다가, 겸연쩍은 듯 머뭇머뭇 뜨개질 도구를 치우기 시작했다.

"친구들이 와 계셔서 떠들썩합니다." 원장은 뒤돌아보며 형에게 그렇게 속삭이고, 요조 옆으로 다가왔다. "이젠 괜찮지요?"

"네." 대답하고, 요조는 불현듯 비참한 생각이 들었다.

원장의 눈은 안경 깊숙이 웃고 있었다.

"어때요? 요양소 생활을 해 보시겠어요?"

요조는 처음으로 죄인의 열등감을 맛보았다. 그저 미소로 대답했다.

형은 그사이 꼼꼼한 사람답게 마노와 히다에게, 신세를 졌습니다, 하고 인사했다. 그러고 나서 고스게에게 진지한 얼굴로 물었다. "어젯밤은 여기서 묵었다며?"

"네." 고스게는 머리를 긁적이며 말했다. "옆 병실이 비어 있길래, 거기서 히다와 둘이 묵었습니다."

"그럼 오늘 밤부터 내 여관으로 와. 에노시마에 여관을 잡아 놨으니까. 히다 씨, 당신도."

"예." 히다는 얼어 있었다. 손에 쥔 트럼프 세 장을 만지작거리며 대답했다.

형은 별일 아니라는 듯 요조 쪽을 보았다.

"요조, 이제 괜찮니?"

"응." 일부러 못마땅한 표정을 지어 보이며 고개를 끄덕였다.

형은 갑작스레 수다스러워졌다.

"히다 씨, 원장 선생님을 모시고 다 같이 점심 식사 하러 나갈까요? 난 아직 에노시마를 본 적이 없어요. 선생님께 안내를 부탁드릴까 하는데. 바로 나갑시다. 자동차를 준비해 뒀거든요. 날씨 참 좋은걸."

나는 후회하고 있다. 어른 둘을 등장시킨 탓에, 온통 뒤죽박죽이다. 요조, 고스게, 히다 그리고 나, 이렇게 넷이 모여 모처럼 제대로 무르익은 색다른 분위기도, 이 두 어른 때문에 흔적도 없이 시들어 버렸다. 나는 이 소설을 분위기 있는 로맨스로 만들고 싶었다. 처음 몇 페이지에 빙글빙글 소용돌이치는 분위기를 만들어 놓고, 그걸 조금씩 여유 있게 풀어 나갔으면, 하고 간절히 바랐다. 서투른 솜씨를 한탄하면서, 그럭저럭 지금껏 펜을 잡아 왔다. 하지만, 폭삭 붕괴되었다.

용서해 줘! 거짓말이야. 시치미 뗀 거야. 모두 내가 딴청 부린 거야. 쓰다 보니 그 분위기 로맨스 따위가 쑥스러워져서 내가 일부러 때려 부쉈을 따름이야. 만약 정말로 폭삭 붕괴에 성공했다면, 그건 오히려 내가 바라는 바다. 악취미. 지금 내 마음을 괴롭히는 건 이 한마디다. 까닭도 없이 남을 위압하려는 끈질긴 취향을 그렇게 부르는 거라면, 어쩌면 나의 이런 태도도 악취미겠지. 나는 지고 싶지 않아. 속셈을 알아채지 못하길 바랐어. 하지만 그건 헛된 노력일 테지. 아! 작가는 다들 이런 사람들일까? 고백하는 데도 말을 꾸민다. 나는 사람도 아닌 걸까? 정말 인간다운 생활이, 내게 가능할까? 이렇게 쓰면서도 나는 내 문장을 의식한다.

모조리 털어놓겠다. 사실 내가 이 소설의 한 장면 한 장면 묘사 사이에 '나'라는 남자의 얼굴을 내보여, 굳이 말하지 않아도 되는 걸 한바탕 늘어놓은 것도, 교활한 생각이 있어서였다. 나는 그걸 독자가 눈치채지 못하도록 '나'를 가지고 슬며시 특이한 뉘앙스를 작품에 담고 싶었다. 그건 일본에 아직 없는 세련된 작풍이라고 자부했다. 하지만 패배했다. 아니, 나는 이 패배의 고백마저 이 소설의 플랜 속에 계산하고 있었다. 가능하면 나는 좀 더 나중에 그 말을 하고 싶었다. 아니, 이 말조차 나는 처음부터 준비하고 있었던 것 같은 느낌이다. 아아, 더 이상 나를 믿지 마. 내가 하는 말은 한마디도 믿지 마.

나는 왜 소설을 쓰는 걸까? 신진 작가로서의 영예를 원하나? 아니면 돈을 원하나? 연극하지 말고 대답해. 둘 다 원한다고. 너무너무 원한다고. 아아, 난 아직 속이 빤히 들여다보이는 거짓말을 하고 있다. 이런 거짓말에 사람은 깜빡 걸려든다. 거짓말 중에서도 비열한 거짓말이다. 나는 왜 소설을 쓰는 걸까? 난처한 말을 꺼내 버렸군. 어쩔 수 없어. 변죽 울리는 듯해 싫지만, 그냥 한마디 대답해 두지. '복수'.

다음 묘사로 넘어가자. 나는 시장 예술가다. 예술품이 아니다. 내 불쾌한 고백도 나의 이 소설에 뭔가 뉘앙스를 가져다준다면, 그건 뜻밖의 행운이다.

요조와 마노가 뒤에 남겨졌다. 요조는 침대에 들어가 눈을 깜박깜박하며 생각에 잠겼다. 마노는 소파에 앉아 트럼프를 정리했다. 트럼프 카드를 보랏빛 종이 상자에 담고 나서 말했다.

"형님이시지요?"

"아아." 높은 천장의 하얀 벽을 응시하며 대답했다. "닮았어?"

작가가 묘사의 대상에 애정을 잃으면, 즉각 이런 구질구질한 문장을 만든다. 아니, 더 이상 말하지 않으련다. 꽤 근사한 문장인걸.

"네. 코가."

요조는 소리 내어 웃었다. 요조의 가족은 할머니를 닮아 다들 코가 길었다.

"몇 살이신가요?" 마노도 조금 웃고, 이렇게 물었다.

"형 말이야?" 마노 쪽으로 얼굴을 돌렸다. "젊어. 서른넷. 잘난 체하며 우쭐거리고 다녀."

마노는 문득 요조의 얼굴을 쳐다보았다. 눈살을 찌푸린 채 이야기하고 있다. 허둥대며 눈을 내리깔았다.

"형은 아직 그래도 괜찮아. 아버지가."

말하다 말고 입을 다물었다. 요조는 얌전히 군다. 나를 대신해 타협하고 있다.

마노는 일어서서 병실 구석에 있는 선반으로 뜨개질 도구를 가지러 갔다. 원래대로 다시 요조의 머리맡 의자에 앉아 뜨개질을 시작하면서, 마노도 역시 생각했다. 사상도 아니고 연애도 아닌, 그것보다 한 걸음 앞선 원인을 생각하고 있었다.

난 더이상 아무 말도 하지 않으련다. 말하면 할수록 나는 아무것도 말하지 않는다. 정말 중요한 사항을, 난 아직 전혀 언급하지 않은 느낌이다. 그건 당연하겠지. 많은 걸 빠뜨렸다. 그것도 당연하겠지. 작가는 그 작품의 가치를 알 수 없다는 게 소설도(道)의 상식이다. 나는 분하지만 그걸 인정해야 한다. 스스로 자기 작품의 효과를 기대한 나는 바보였다. 특히 그 효과를 입 밖에 내지 말아야 했다. 입 밖에 내는 순간, 또다른 영 딴판인 효과가 생긴다. 그 효과가 대개 이러하리라고 추측하는 순간, 또 새로운 효과가 튀어나온다. 나는 영원히 그걸 추적만 해야 하는 우를 범한다. 졸작인지 아니면 꽤 쓸 만한 솜씨인지, 나는 그것조차 알려고 하지 않으련다. 어쩌면 나의 이 소설은 내가 미처 생각지도 못한 엄청난 가치를 낳으리

라. 이러한 말은 내가 남에게 얻어들은 것이다. 내 육체에서 배어 나온 말이 아니다. 그러니까 다시, 의지하고 싶어지는 것이리라. 분명히 말하자면, 나는 자신감을 잃었다.

전등이 켜지고 나서, 고스게가 혼자 병실로 찾아왔다. 들어오자마자, 누워 있는 요조의 얼굴을 덮치듯 속삭였다.

"마시고 왔어. 마노에겐 비밀이야."

그러고는 요조 얼굴에 후욱, 숨을 세게 내쉬었다. 술을 마시고 병실에 출입하는 건 금지되어 있었다.

뒤쪽 소파에서 뜨개질을 계속하는 마노를 슬쩍 곁눈질하고 나서, 고스게는 소리치듯 말했다.

"에노시마를 구경하고 왔어! 좋던걸." 그리고 금세 다시 소리 죽여 속삭였다. "거짓말이야."

요조는 일어나 침대에 걸터앉았다.

"지금껏 쭉 마신 거야? 아니, 상관없어. 마노 씨, 괜찮죠?"

마노는 뜨개질하는 손을 쉬지 않고 웃으며 대답했다. "괜찮지 않거든요."

고스게는 침대 위에 벌렁 드러누웠다.

"원장과 넷이서 의논했어. 형님은 책사이던걸. 의외로 수완가야."

요조는 잠자코 있었다.

"내일, 형님과 히다가 경찰서에 갈 거야. 깔끔하게 처리해 버린다잖아. 히다는 바보야. 흥분해 대는 꼬락서니란. 히다는 오늘 거기서 묵을 거야. 난 싫어서 돌아왔어."

"내 흉을 봤겠지?"

"응. 봤어. 대바보라고 했어. 앞으로도 무슨 일을 저지를지 알 수 없다는 거야. 하지만 아버지도 나쁘다고 덧붙였어. 마노 씨, 담배 피워도 돼?"

"네." 눈물이 날 것 같아 이렇게만 대답했다.

"파도 소리가 들리는데. ── 좋은 병원이야." 고스게는 불 붙이지 않은 담배를 입에 물고, 주정꾼답게 거친 숨을 내쉬며 잠시 눈을 감고 있었다. 이윽고 상체를 벌떡 일으켰다. "아, 참. 옷을 가져왔어. 거기 두었어." 턱으로 문 쪽을 가리켰다.

요조는 문 옆에 놓인 당초무늬 보자기로 싼 큼직한 물건에 눈길을 주고, 역시 눈살을 찌푸렸다. 그들은 육친에 대해 이야기할 때, 다소 감상적인 면모를 내비친다. 하지만 이건 그저 습관에 불과하다. 어린 시절부터의 교육이 그런 면모를 만들어 냈을 뿐이다. 육친이라 하면 재산이라는 단어를 떠올리는 건 다르지 않나 보다. "어머니에겐 못 당해."

"응. 형님도 그러던걸. 어머니가 제일 가엾다고. 이렇게 옷 걱정까지 해 주니까 말이야. 정말 그래. 마노 씨, 성냥 없어?" 마노에게서 성냥을 받아 들자, 성냥갑에 그려진 말 얼굴을 불룩하게 볼을 부풀린 채 바라보았다. "네가 지금 입고 있는 건, 원장한테 빌린 옷이라며?"

"이거? 맞아. 원장 아들 옷이야. ── 형은 무슨 다른 말도 했겠지? 내 험담을."

"삐딱하게 굴지 마." 담배에 불을 붙였다. "형님은 비교적 참신해. 널 이해해. 아니, 그렇지는 않으려나? 꽤나 고생한 척하던걸. 너의 이번 일 원인에 대해 다 같이 이야기했는데, 그때 말이야, 한바탕 웃었어." 연기를 고리 모양으로 내뱉었다. "형님의 추측으로는, 이건 요조가 방탕해서 돈이 궁해진 탓이다, 엄청 진지하게 그러더라고. 아니면, 이건 형으로서 말하기 힘들지만, 틀림없이 무슨 창피스러운 병에 걸려 자포자기했을 거다." 술에 취해 개개풀어진 눈길을 요조에게 향했다.

"어때? 야아, 의외로 이 녀석."

오늘 밤은 고스게 혼자 묵으니 굳이 옆 병실을 빌릴 것까진 없다고, 함께 의논해 고스게도 같은 병실에서 자기로 했다. 고스게는 요조와 나란히 소파에 누웠다. 녹색 우단이 깔린 그 소파에는, 어설프게나마 침대로도 바꿔 주는 장치가 있었다. 마노는 매일 밤 거기서 잤다. 오늘은 그 잠자리를 고스게에게 빼앗겼으므로 병원 사무실에서 돗자리를 빌려, 방의 서북쪽 귀퉁이에 깔았다. 거기는 바로 요조의 발치였다. 그리고 마노는 어디서 찾아왔는지, 두 폭짜리 나직한 병풍으로 그 조촐한 잠자리를 둘러쳤다.

"주의 깊군." 고스게는 누우면서 그 허름한 병풍을 보고, 혼자 킬킬 웃었다. "가을 풀이 그려져 있네."

마노는 요조의 머리 위 전등을 보자기로 감싸 어둡게 한 다음, 안녕히 주무세요, 두 사람에게 말하고 병풍 뒤로 숨었다.

요조는 좀체 잠을 이루지 못했다.

"추운걸." 침대 위에서 뒤척였다.

"응." 고스게도 입을 삐죽거리며 맞장구쳤다. "술이 다 깼어."

마노는 가볍게 기침했다. "무얼 좀 덮어 드릴까요?"

요조는 눈을 감고 대답했다.

"나? 괜찮아. 잠을 못 자겠어. 파도 소리가 귀에 울려."

고스게는 요조를 측은히 여겼다. 그것은 전적으로 어른의 감정이다. 말할 필요도 없을 테지만, 측은한 건 여기 있는 요조가 아니라 요조와 똑같은 처지였을 때의 자신, 혹은 그런 처지에 대한 일반적인 추상이다. 어른은 그런 감정에 훈련이 잘되어 있기에, 쉽사리 남을 동정한다. 그리고 눈물 많은 자신에게 자부심을 갖는다. 청년들 역시 이따금 그런 안이한 감정에 잠기곤 한다. 어른은 그런 훈련을, 우선 호의적으로 말해 자기 생활과의 타협에서 얻은 거라면 청년들은 대체 어디서 익혔을까? 이런 시시한 소설에서?

"마노 씨, 무슨 얘기든 해 줘요. 재미있는 얘기 없어?"

요조의 기분을 전환시켜 주려고 공연히 애쓰느라, 고스게는 마노에게 응석을 부렸다.

"글쎄." 마노는 병풍 뒤에서 웃음소리와 함께 이렇게만 대답했다.

"무시무시한 얘기라도 괜찮아." 그들은 언제나 전율하고 싶어서 근질근질하다.

마노는 뭔가 생각하는 듯 잠시 대답이 없었다.

"비밀이에요." 그렇게 운을 떼고 소리 죽여 웃었다. "괴담이에요. 고스게 씨, 괜찮아요?"

"꼭, 꼭." 진심이었다.

마노가 이제 막 간호사가 된 열아홉 살 여름의 일, 역시 여자 때문에 자살을 꾀한 청년이 발견되어 어느 병원에 수용되었는데, 그를 마노가 돌보았다. 환자는 약품을 사용했다. 온몸에 자줏빛 반점이 흩어져 있었다. 살아날 가망이 없었다. 해 질 녘 한 번, 의식을 되찾았다. 그때 환자는 창밖의 돌담을 따라 노니는 수많은 어린 바닷게를 보고, 예쁜데! 했다. 그 주변 게는 살아 있는데도 등딱지가 빨갛다. 나으면 잡아서 집에 가져가야지, 라는 말을 남기고 다시 의식을 잃었다. 그날 밤, 환자는 세면기에 두 번 토를 하고 죽었다. 고향에서 가족 친지들이 올 때까지, 마노는 그 병실에 청년과 둘이 있었다. 한 시간가량 꾹 참고 병실 구석 의자에 앉아 있었다. 뒤에서 희미한 소리가 들렸다. 가만히 있는데 또 들렸다. 이번엔 또렷이 들렸다. 발소리인 듯하다. 큰맘 먹고 돌아다보니, 바로 뒤에 빨갛고 어린 게가 있었다. 마노는 그걸 지켜보며 울음을 터뜨렸다.

"신기하죠? 정말 게가 있었어요. 살아 있는 게가. 전 그때 간호사를 그만둘까 생각했어요. 나 한 사람 일하지 않아도 집 형편은 그런대로 먹고살 만했으니까. 아버지께 그리 말했다가 실컷 웃음거리가 되었지만. ─ 고스게 씨, 어때요?"

"무시무시해!" 고스게는 일부러 놀려 대듯 외친다. "그 병원은?"

마노는 거기엔 대답하지 않고, 부스럭 몸을 뒤척이며 혼잣말처럼 중얼거렸다.

"난 오바 씨 때도 병원의 호출을 거절할까 생각했더랬어요. 무서웠거든요. 하지만 와 보고 안심했죠. 이렇게 건강한 데다 처음부터 화장실엔 혼자 가겠다고 하신걸요."

"아니, 병원 말이야. 이 병원 아냐?"

마노는 잠시 뜸을 들이다 대답했다.

"여기예요. 여기 맞아요. 하지만 이건 비밀로 해 주세요. 신용이 걸린 문제니까."

요조는 잠에 취한 듯한 목소리로 말했다. "설마, 이 방은 아닐 테지."

"아니에요."

"설마……." 고스게도 흉내 내어 말했다. "우리가 어젯밤에 잔 침대는 아닐 테지."

마노는 웃음을 터뜨렸다.

"아니에요. 괜찮다니까요. 그렇게 신경 쓰이신다면, 말하지 말 걸 그랬어요."

"ㄱ호실이다." 고스게는 살짝 머리를 들었다. "창문으로 돌담이 보이는 건 저 방밖에 없어. ㄱ호실이다. 이봐, 소녀가 있는 방이야. 가여워라."

"소란 피우지 마시고, 주무세요. 거짓말이에요. 지어낸 이야기라고요."

요조는 딴생각을 하고 있었다. 소노의 유령을 생각했다. 아름다운 모습을 가슴에 그렸다. 요조는 더러 이렇듯 시원시원하다. 그들에게 신(神)이라는 단어는 얼빠진 인물에게 던지는 야유와 호의가 섞인 별것 아닌 대명사에 불과한데, 이는 그들이 너무나 신에게 접근해 있기 때문인지도 모른다. 이런 식으로 경솔하게 소위 '신의 문제'를 다룬다면, 틀림없이 여러분은 천박하다거나 안이하다는 말로 혹독하게 비난하리라. 아아,

용서해 줘. 어떤 형편없는 작가인들, 자신의 소설 주인공을 은밀히 신 가까이 데려가고 싶어 하는 법이다. 그렇담, 말하련다. 바로 그가 신을 닮았다. 총애하는 새, 올빼미를 황혼의 하늘에 날려 보내고 살며시 미소 지으며 바라보는 지혜의 여신 미네르바를.

다음 날, 아침부터 요양원이 술렁거렸다. 눈이 내리고 있었다. 요양원 앞뜰의 1000그루 남짓한 소나무가 바닷바람에 나직이 휜 채 한결같이 눈을 뒤집어썼다. 거기서 내려오는 삼십여 개 돌계단에도, 다시 이어지는 모래사장에도 눈이 엷게 쌓여 있었다. 내렸다가 그쳤다가, 눈은 정오까지 계속되었다.

요조는 침대 위에 엎드려, 눈 경치를 스케치했다. 목탄지와 연필을 마노에게 사 오게 했고, 눈이 완전히 그쳤을 무렵부터 그리기 시작했다.

병실은 눈이 반사되어 환했다. 고스게는 소파에 드러누워, 잡지를 읽고 있었다. 이따금 요조의 그림을, 기다랗게 목덜미를 빼고 들여다보았다. 예술이라는 것에 막연한 외경심을 느꼈다. 그것은 요조 한 사람에 대한 신뢰에서 우러난 감정이다. 고스게는 어릴 적부터 요조를 봐서 알았다. 약간 특이하다고 생각했다. 같이 놀면서 요조의 그 특이함을 죄다 똑똑한 것이라고 독단해 버렸다. 멋쟁이에다 거짓말 잘하고 호색적인, 그리고 잔인하기조차 한 요조를, 고스게는 소년 시절부터 좋아했다. 특히 학생 시절의 요조가 교사들 험담을 늘어놓을 때 그 타오르는 눈동자를 사랑했다. 그러나 그 사랑법은 히다와는 달리, 관상하는 태도였다. 즉 영리했다. 따라갈 수 있는 데까지는 따라가되, 금세 시답잖아져 몸을 획 돌리고 방관한다. 이것이 고스게가 요조나 히다보다도 한층 뭔가 참신한 면이리라. 고스게가 예술을 조금이라도 외경한다면, 그건 예의 푸른 외투를 입고 몸치장을 가다듬는 것과 마찬가지 의미로, 이 끝없는 대낮 같은 인생에 뭔가 기대할 만한 대상을 느끼고픈 마음에서다. 요조 정도의 남자가 땀투성이가 되도록 만들어 내고 있으니, 분명 범상치 않은 게 확실해. 그렇게 그저 가볍게 생각한다. 그런 점에서 역시 요조를 신뢰하고 있다. 하지만 때때로 실망한다. 지금 고스게는 요조의 스케치를 훔쳐보면서도, 맥이 탁 풀린다. 목탄지에 그려진 건, 그저 바다와 섬 풍경이다. 그것도 평범한 바다와 섬이다.

고스게는 단념하고 잡지를 읽는 데 열중했다. 병실은 고즈넉했다.

마노는 없었다. 세탁실에서 요조의 털 셔츠를 빨고 있다. 요조는 이 셔츠를 입고 바다에 들어갔다. 갯내가 은은하게 배어 있었다.

오후가 되자, 히다가 경찰서에서 돌아왔다. 기세 좋게 병실 문을 열었다.

"야아!" 요조가 스케치하는 걸 보고 야단스레 외쳤다. "열심인걸. 좋아. 예술가는 역시 작업하는 게 강점이지."

그렇게 말하며 침대로 다가와, 요조의 어깨 너머로 힐끗 그림을 보았다. 요조는 황급히 그 목탄지를 둘로 접어 버렸다. 그걸 다시 또 넷으로 접으면서, 쑥스러운 듯 말했다.

"잘 안돼. 한동안 그리지 않았더니, 머리만 앞서서."

히다는 외투를 입은 채 침대 끝에 걸터앉았다.

"그럴지도 모르지. 초조해서야. 하지만 그걸로 족해. 예술에 열심이잖아. 음, 그렇게 생각해. ― 대체 무얼 그렸는데?"

요조는 턱을 괸 채, 유리문 바깥 풍경을 턱으로 가리켰다.

"바다를 그렸어. 하늘과 바다가 새카맣고 섬만 하얘. 그리는 동안 아니꼽다는 생각에 관뒀어. 취향이 우선 아마추어 같아."

"괜찮아. 훌륭한 예술가는 다들 어딘가 아마추어 같지. 그걸로 족해. 처음엔 아마추어, 그러고 나서 전문가가 되고, 그러고 나서 다시 아마추어가 돼. 또 로댕 얘길 꺼내자면, 그 녀석은 아마추어의 장점을 노린 남자야. 아니, 그렇지도 않은 건가?"

"난 그림을 관둘까 해." 요조는 작게 접은 목탄지를 품에 넣고 나서, 히다의 이야기를 덮어씌우듯 말했다. "그림은 미적지근해서 안 돼. 조각도 그렇고."

히다는 긴 머리카락을 쓸어 올리고, 쉬이 동의했다. "그런 기분도 이해해."

"가능하면 시를 쓰고 싶어. 시는 정직하니까."

"응. 시도 좋아."

"하지만 역시 시시해." 이것저것 깡그리 시시하게 만들어 버리려 했다. "나한테 가장 어울리는 일은 후원자가 되는 건지도 몰라. 돈을 벌고 히다 같은 좋은 예술가를 많이 모아 귀여워해 주는 거지. 그게 어떨까? 예술 따윈 창피해졌어." 여전히 턱을 괸 채 바다를 바라보며 그렇게 말을 끝내고, 자신의 말에 대한 반응을 조용히 기다렸다.

"나쁘지 않아. 그것도 멋진 생활이라고 생각해. 그런 사람도 없으면 안 되지. 정말로." 말하면서 히다는 비틀거렸다. 무엇 하나 반박하지 못하는 자신이, 그럴싸한 아첨꾼처럼 여겨져 싫었다. 소위 예술가로서 그의 자부심은 간신히 여기까지 그를 드높인 셈인지도 모른다. 히다는 은근히 준비했다. 이다음 말을!

"경찰 일은 어땠어?"

고스게가 불쑥 말을 꺼냈다. 거슬리지 않는 대답을 기대하고 있었다.

히다의 동요는 그쪽으로 배출구를 발견했다.

"기소(起訴)야. 자살 방조죄라는 거." 말하고 나서 후회했다. 너무 심했다 싶었다. "하지만 결국 기소 유예가 되겠지."

고스게는 그때까지 소파에 엎드려 있다가 벌떡 일어나, 손뼉을 탁 쳤다. "일이 성가시게 됐는걸." 농으로 얼버무리려고 했다. 하지만 허사였다.

요조는 몸을 크게 뒤틀어 똑바로 누웠다.

사람 하나를 죽인 뒤답지 않게 그들의 태도가 너무나 태평스럽다고 울분을 느꼈을 여러분은, 여기에 이르러 비로소 쾌재를 부르리라. 꼴좋다! 하고. 그러나 그건 가혹하다. 어떻게 태연할 수 있겠는가. 늘 절망 곁에서 상처 입기 쉬운 어릿광대의 꽃을 바람도 못 쐰 채 만들고 있는 이 서글픔을 네가 이해해 준다면!

히다는 자신의 한마디가 일으킨 효과에 허둥거리며, 요조의 발을 이불 밖에서 가볍게 쳤다.

"괜찮아. 괜찮아."

고스게는 다시 소파에 드러누웠다.

"자살 방조죄?" 더더욱 힘써 떠들어 댄다. "그런 법률도 있었나?"

요조는 발을 움츠리며 말했다.

"있어. 징역감이야. 너는 법과 학생인 주제에."

히다는 슬프게 미소 지었다.

"괜찮아. 형님이 잘하고 있어. 형님은 그래도 고마운 데가 있어. 굉장히 열심이야."

"수완가야." 고스게는 엄숙하게 눈을 감았다. "걱정하지 않아도 될 거야. 상당한 책사니까."

"바보." 히다는 웃음을 터뜨렸다.

침대에서 내려와 외투를 벗고, 문 옆 못에 걸었다.

"좋은 이야기를 들었어." 문 가까이 놓인 둥근 도자기 화로를 쬐며 말했다. "여자의 남편이 말이야." 약간 주저하더니 눈을 내리깔고 말을 이었다. "그 사람이 오늘 경찰서에 왔어. 형님과 둘이서 이야기를 했는데, 나중에 형님한테 그때 이야길 듣고 좀 감동했어. 돈은 한 푼도 필요 없다, 다만 그 남자를 만나고 싶다, 라고 한대. 형님은 그걸 거절했어. 환자는 아직 흥분 상태니까, 라며 거절했어. 그러자 그 사람은 안쓰러운 표정으로, 그럼 동생에게 안부 전해 주시오, 우리 일은 신경 쓰지 말고 몸조리 잘하시고 — " 입을 다물었다.

자신의 말에 가슴이 두근두근했다. 그 남편이라는 사람이 너무나 실업자답게 초라한 차림을 하고 있었다고, 경멸의 웃음마저 역력히 입가에 띄우며 들려준 요조 형에 대한 참을 대로 참은 울분에서, 일부러 과장을 섞어 아름답게 이야기한 거였다.

"만나게 해 주면 되잖아. 쓸데없이 웬 참견이냐고." 요조는 오른쪽 손바닥을 응시했다.

히다는 커다란 몸을 한 번 흔들었다.

"그래도, 만나지 않는 게 낫지. 역시 이대로 타인이 되어 버리는 편이 나아. 벌써 도쿄로 돌아갔어. 형님이 역까지 배웅하고 왔어. 형님은 부의(賻儀)로 이백 엔을 줬대. 앞으론 아무 관계도 아니라는 증서 같은 것도, 그 사람한테 쓰게 해 받았지."

"수완가인걸." 고스게는 얇은 아랫입술을 앞으로 내밀었다. "겨우 이백 엔? 대단한데."

히다는 숯불에 달아올라 번들번들 기름진 둥근 얼굴을 험상궂게 찡그렸다. 그들은 자신의 도취에 찬물이 끼얹히는 걸 극도로 두려워한다. 그러므로 상대방의 도취도 인정해 준다. 애써 그 장단을 맞춰 준다. 그것은 그들 사이의 묵계다. 고스게는 지금 그걸 깨고 있다. 고스게는 히다가 그토록 감격하고 있다고는 여기지 않았다. 그 남편이라는 사람의 나약함이 성에 차지 않았고, 그걸 이용하는 요조의 형도 형이다 싶어 여느 때처럼 세상 이야기로 듣고 있었다.

히다는 어슬렁어슬렁 걸어, 요조의 머리맡 쪽으로 다가왔다. 유리문에 코끝을 바짝 갖다 대고, 찌푸린 하늘 아래 바다를 바라보았다.

"그 사람이 훌륭한 거야. 형님이 수완가라서가 아냐. 그건 아니라고 생각해. 훌륭한 거지. 인간의 체념이 낳은 아름다움이야. 오늘 아침 화장했는데, 유골 단지를 안고 혼자 돌아갔대. 기차를 탄 모습이 눈에 어른거려."

고스게는 겨우 이해했다. 곧장 나직이 한숨을 내쉰다. "미담이군."

"미담이지? 좋은 얘기지?" 히다는 고스게 쪽으로 휙 얼굴을 돌렸다. 기분이 풀렸다. "난 이런 얘기를 들으면, 살아 있다는 기쁨을 느껴."

큰맘 먹고 나는 얼굴을 내민다. 그렇게라도 하지 않으면 나는 더 이상 써 나갈 수가 없다. 이 소설은 혼란투성이다. 나 자신이 비틀거리고 있다. 요조가 버겁고 고스게가 버겁고 히다가 버겁다. 그들은 나의 치졸한 붓을 갑갑해하며 제멋대로 비상한다. 나는 그들의 진흙 구두에 매달려, 기다려! 기다려! 하고 부르짖는다. 이쯤에서 진용을 가다듬지 않고선, 우선 내가 견딜 수 없다.

애당초 이 소설은 재미가 없다. 자세만 있다. 이런 소설이라면 한 장을 쓰건 백 장을 쓰건 마찬가지다. 하지만 이 점은 처음부터 각오했다. 써 나가는 동안 뭔가 하나쯤은 걸맞은 게 나오려니 낙관했다. 나는 아니꼽다. 아니꼽긴 해도, 뭔가 하나쯤은 좋은 게 있지 않을까. 나는 흥이 올라 구린 내 문장에 절망하면서, 뭔가 하나쯤 뭔가 하나쯤 하고 그것만을, 여기저기 뒤적여 찾았다. 얼마 못 가, 나는 서서히 경직되기 시작했다. 뻗어 버렸다. 아아, 소설은 무심히 써야 하거늘! 아름다운 감정으로, 사람은 나쁜 문학을 만든다. 얼마나 멍청한지! 이 말에 최대치의 재앙 있으라. 멍하지 않고, 소설 따위 쓸 수 있나? 단어 하나, 문장 하나가 열 가지 남짓 다른 의미로 내 가슴에 되튀어 온다면 펜을 꺾어 내던져야 한다. 요조든, 히다든, 또 고스게든, 굳이 그토록 흥감스럽게 거드름 피워 보이지 않아도 된다. 어차피 바탕은 드러나기 마련. 쉽게 생각해. 쉽게 생각해, 무념무상.

그날 밤, 꽤 이슥해져서 요조의 형이 병실을 방문했다. 요조는 히다, 고스게와 셋이서 트럼프를 하며 놀고 있었다. 어제 형이 처음 여기에 왔을 때도, 그들은 트럼프를 하고 있었다. 하지만 그들이 하루 종일 트럼프만 만지작거리고 있는 건 아니다. 오히려 그들은 트럼프를 싫어할 정도다. 어지간히 심심할 때가 아니고선 꺼내지 않는다. 그것도 자신의 개성을 충분히 발휘할 수 없는 게임은 어김없이 피한다. 마술을 좋아한다. 다양한 트럼프 마술을 직접 연구해 보여 준다. 그리고 일부러 그 속임수를 꿰뚫어 보게 해 준다. 웃는다. 그리고 또 있다. 트럼프 카드를 한 장 엎어 놓고 자, 이건 뭐지? 하고 한 사람이 말한다. 스페이드의 여왕. 클로버의 기사. 저마다 제각기 흥취를 돋우는 엉터리 대답을 늘어놓는다. 카드를 뒤집어 보인다. 맞힌 적이 없지만, 그래도 언젠간 딱 맞히겠지, 라고 그들은 생각한다. 맞힌다면 얼마나 유쾌할까! 즉 그들은 긴 승부를 싫어한다. 운을 하늘에 맡긴다. 번뜩이는 승부를 좋아한다. 그러니, 트럼프를 꺼내도 십 분 이상 손에 쥐지 않는다. 하루에 십 분. 그 짧은 시간에 형이 두 번이나 마침 찾아왔다.

형은 병실에 들어와 언뜻 눈살을 찌푸렸다. 만날 태평스레 트럼프잖아, 하고 오해했다. 이런 불행은 인생에 간혹 있다. 요조는 미술 학교 시절에도 이와 비슷한 불행을 느낀 적이 있다. 언젠가 프랑스어 시간에 그는 세 번쯤 하품을 했고, 그 순간순간마다 교수와 시선이 마주쳤다. 분명히 딱 세 번이었다. 일본 유수의 프랑스어 학자인 그 노교수는 세 번째에, 더 이상 못 참겠다는 듯 큰 소리로 말했다. "자넨 내 시간에 하품만 하고 있군. 한 시간에 하품이 백 번이야." 교수는 그 많은 하품 횟수를 실제로 세어 보았다고 여기는 모양이었다.

아아, 무념무상의 결과를 보라. 나는 끝도 없이 질질 지루하게 쓴다. 더욱 진용을 가다듬어야 한다. 무심히 쓰는 경지 따위, 나는 도저히 꾀할 바가 못 된다. 대체 이건 어떤 소설이 되려나? 처음부터 다시 읽어 보자.

나는 바닷가의 요양원을 쓰고 있다. 이 주변은 상당히 경치가 좋은 듯하다. 또한 요양원 사람들도 모두 나쁜 사람이 아니다. 특히 세 청년은 아아, 이들은 우리의 영웅이다. 이거야! 어려운 이론은 필요 없어. 나는 이 세 사람을 주장할 뿐이야. 좋아! 이걸로 정했어. 억지로라도 결정해. 아무 말도 하지 마.

형은 모두에게 가볍게 인사했다. 그리고 히다에게 뭔가 귓속말을 했다. 히다는 고개를 끄덕이고, 고스게와 마노에게 눈짓을 했다.

세 사람이 병실에서 나가길 기다려, 형이 말을 꺼냈다.

"전등이 어둡구나."

"응. 이 병원은 환한 전등을 못 쓰게 해. 앉지 그래?"

요조가 먼저 소파에 앉으며 말했다.

"아아." 형은 앉지 않고 어두운 전구가 거슬리는 듯 힐끔힐끔 쳐다보며, 좁은 병실을 이리저리 걸었다. "가까스로 이쪽 일만은 정리됐어."

"고마워." 요조는 입속으로 말하고, 살짝 머리를 숙였다.

"난 아무렇지도 않아. 한데, 이제 집으로 돌아가면 다시 시끄러워져." 오늘은 하카마를 입지 않았다. 까만색 겉옷에는 어째선지 겉옷 끈이 달려 있지 않았다. "나도 할 수 있는 데까진 하겠지만, 너도 아버지께 적당히 편지를 드리는 게 좋아. 너흰 태평인 모양인데, 하지만 성가신 사건이야."

요조는 대답하지 않았다. 소파에 흩어져 있는 트럼프 카드를 한 장 손에 들고 응시했다.

"편지 쓰기 싫으면 안 써도 돼. 모레, 경찰서에 가는 거야. 경찰에서도 지금껏 일부러 조사를 연기해 줬지. 오늘은 나와 히다가 증인으로 조사를 받았어. 평소 네 행실을 묻길래, 얌전한 편입니다, 라고 대답했어. 사상적으로 뭔가 수상쩍은 데가 없었는가? 라고 묻기에, 절대로 없습니다."

형은 이리저리 걷기를 멈추고 요조 앞 화로를 막아선 채, 큼직한 두 손을 숯불 위에 쬐었다. 요조는 그 손이 가늘게 떨리는 걸 멍하니 보고 있었다.

"여자에 대해서도 묻더구나. 전혀 모릅니다, 하고 말해 뒀어. 히다도 대체로 비슷한 내용으로 심문받았다던걸. 내 답변과 부합된 모양이야. 너도 사실대로 말하면 돼."

요조는 형 말의 속뜻을 알아차렸다. 하지만 시치미를 뗐다.

"쓸데없는 말은 하지 않는 게 좋아. 묻는 것에만 분명히 대답하면 돼."

"기소당하려나?" 요조는 트럼프 카드 가장자리를 오른손 집게손가락으로 만지작거리며 나직이 중얼거렸다.

"몰라. 그건 몰라." 어투에 힘을 주어 말했다. "어차피 네댓새는 경찰서에 잡혀 있어야 할 테니, 그럴 준비를 하고 가. 모레 아침, 내가 여기로 데리러 올게. 같이 경찰서에 가자고."

형은 숯불에 시선을 떨어뜨리고, 잠시 말이 없었다. 눈 녹은 물방울 소리가 파도 소리에 섞여 들려왔다.

"이번 사건은 사건이고……." 돌연 형이 불쑥 입을 열었다. 그러고는 무심한 어조로 술술 말을 이었다. "너도 먼 장래 일을 생각해 봐야지. 집에도 그렇게 돈이 있는 게 아니니까. 올해는 심한 흉작이야. 너한테 말해 봤자 아무 소용 없겠지만, 우리 은행도 지금 위태로워져서 야단법석이야. 넌 웃을지 몰라도, 예술가든 뭐든 가장 먼저 생활 문제를 고려해야 한다고 봐. 뭐, 이제부터 다시 태어난 셈 치고 힘껏 분발하면 돼. 난 그만 돌아갈게. 히다도 고스게도 내 숙소에 묵도록 하는 게 좋아. 여기서 매일 밤 떠들썩거리다간 난처해져."

"내 친구들 모두 좋지?"

요조는 일부러 마노 쪽으로 등을 돌리고 누웠다. 그날 밤부터 마노가 원래대로 소파 침대에서 자게 되었다.

"네. ── 고스게 씨라는 분." 조용히 몸을 뒤척였다. "재미있는 분이에요."

"아아. 그래도 아직 어려. 나하고 세 살 차이니까 스물둘이야. 죽은 내 남동생과 동갑이지. 그 녀석, 내 나쁜 점만 흉내낸다니까. 히다는 훌륭해. 벌써 어른이거든. 착실해." 잠시 뜸을 들이고, 낮은 목소리로 덧붙였다. "내가 이런 일을 저지를 때마다 열심히 나를 위로해 주지. 우리한테 억지로 장단을 맞추는 거야. 다른 일엔 강한데 우리한테만 쭈뼛쭈뼛해. 안 돼."

마노는 대답하지 않았다.

"그 여자 이야기를 해 줄까?"

여전히 마노에게 등을 돌린 채, 애써 느릿느릿 말했다. 뭔가 어색한 느낌이 들 때, 그걸 피하는 방법을 몰라서 무턱대고 그 어색함을 철저하게 파고들 수밖에 없는 슬픈 습성을 요조는 지녔다.

"시시한 얘기야." 마노가 뭐라고 말하기도 전에 요조는 이야기를 시작했다. "벌써 누군가에게 들었겠지? 소노라고 해. 긴자의 바에서 일했어. 정말이지 난 그 바에 세 번, 아니 네 번밖에 안 갔어. 히다도 고스게도 이 여자만은 몰랐으니까. 나도 알리지 않았고." 그만둘까. "시시한 얘기야. 여자는 생활고 때문에 죽었어. 죽기 직전까지 우린 서로 완전히 다른 생각을 했던 것 같아. 소노는 바다에 뛰어들기 전에, 당신은 우리 선생님을 닮았어요, 따위 말을 지껄였어. 내연의 남편이 있었지. 이삼 년 전까지 초등학교 선생님이었다 하더라고. 난 왜 그 사람과 죽으려고 했을까? 역시 좋아했던 거겠지." 이제 그의 말을 믿어서는 안 된다. 그들은 어째서 이토록 자신을 이야기하는 게 서툴까? "난, 이래 봬도 좌익 일을 했었지. 전단을 뿌리거나 데모를 하면서, 분수에 넘는 일을 했어. 코미디지. 하지만 몹시 괴로웠어. 나는 선각자다, 라는 영광에 부추겨졌을 뿐이야. 그럴 분수가 못 돼. 아무리 발버둥 쳐도 무너져 갈 뿐이잖아? 난 이제 거지가 될지도 몰라. 집이 파산이라도 하면 그날부터 먹고살기 힘들어지는걸. 무엇 하나 할 수 있는 일이 없으니, 뭐, 거지겠지." 아, 말하면 할수록 자신이 거짓말쟁이이고 부정직하다는 느낌이 드는 이 엄청난 불행! "난 숙명을 믿어. 바둥거리지 않아. 사실 난, 그림을 그리고 싶어. 못 견디게 그리고 싶어." 머리를 긁적거리며 웃었다. "좋은 그림을 그릴 수 있다면."

좋은 그림을 그릴 수 있다면, 하고 말했다. 게다가 웃으며 말했다. 청년들은 정색을 하고선 아무 말도 하지 못한다. 특히 속마음을 웃음으로 얼버무린다.

날이 밝았다. 하늘에 구름 한 점도 없었다. 어제 내린 눈은 거의 없어지고, 소나무 그늘이나 돌계단 귀퉁이에만 잿빛으로 조금씩 남아 있었다. 바다에는 안개가 자욱하게 끼었고, 그 안개 깊숙이 여기저기서 어선의 발동기 소리가 들렸다.

원장은 아침 일찍 요조의 병실을 찾아왔다. 요조의 몸을 꼼꼼히 진찰하고 나서, 안경 너머 작은 눈을 깜박거리며 말했다.

"이젠 괜찮을 거예요. 하지만 조심하세요. 경찰 쪽엔 나도 잘 말해 두겠습니다. 아직 온전한 몸이 아니니까. 마노 양, 얼굴 반창고는 떼도 좋겠지."

마노는 곧 요조의 가제를 떼어 냈다. 상처는 나아 있었다.

딱지마저 떨어져, 불그스름한 반점만 남았다.

"이런 말씀 드리면 실례가 되겠지만, 앞으론 정말 열심히 공부하시길."

원장은 그렇게 말하고, 쑥스러운 듯 시선을 바다로 던졌다.

요조도 어쩐지 겸연쩍었다. 침대 위에 앉은 채, 벗었던 옷을 다시 입으면서 말이 없었다.

그때 드높은 웃음소리와 함께 문이 열리고, 히다와 고스게가 병실로 구르다시피 뛰어 들어왔다. 다들 안녕하세요, 아침 인사를 주고받았다. 원장도 이 두 사람에게 인사를 하고 나서, 우물쭈물 말을 걸었다.

"오늘 하루입니다. 아쉬운데요."

원장이 간 뒤, 고스게가 제일 먼저 입을 열었다.

"싹싹한걸. 문어 같은 낯짝이다." 그들은 남의 얼굴에 흥미를 갖는다. 얼굴로 그 사람 전체의 가치를 매기고 싶어 한다. "식당에 그 사람 그림이 있어. 훈장을 달고 있지."

"서툰 그림이야."

히다는 내뱉듯 말하고 베란다로 나갔다. 오늘은 형 옷을 빌려 입고 있었다. 묵직한 갈색 천이었다. 옷깃에 신경 쓰면서 베란다 의자에 걸터앉았다.

"히다도 이렇게 보니, 대가의 풍모가 있는걸." 고스게도 베란다로 나갔다. "요짱, 트럼프 안 할래?"

베란다로 의자를 들고 나와, 세 사람은 영문 모를 게임을 시작했다.

승부가 한창일 때 고스게는 진지하게 중얼거렸다.

"히다는 거드름 피우는군."

"바보! 너야말로. 뭐야? 그 손놀림은."

세 사람은 킬킬 웃음을 터뜨리고, 일제히 옆 베란다를 슬쩍 훔쳐보았다. ㄱ호실 환자도 ㄴ호실 환자도 일광욕 침대에 드러누워, 세 사람의 모습에 얼굴을 붉히며 웃고 있었다.

"대실패. 알고 있었나?"

고스게는 입을 크게 벌리고 요조에게 눈짓했다. 셋은 마음껏 소리 내어 몸을 가누기 힘들 만큼 웃어 댔다. 그들은 자주 이런 광대극을 연출한다. 트럼프 안 할래? 하고 고스게가 말을 꺼내면, 이미 요조도 히다도 그 숨겨진 의도를 꿰뚫고 있다. 막이 끝날 때까지의 줄거리를 훤히 알고 있다. 그들은 천연의 아름다운 무대 장치를 발견하면, 왠지 연극을 하고 싶어진다. 그것은 기념의 의미일지도 모른다. 이 경우, 무대 배경은 아침 바다다. 그런데 이때의 웃음소리는 그들조차 미처 생각지 못한 대사건을 낳았다. 마노가 그 요양원의 간호부장에게 꾸중을 들었다. 웃음소리가 일고 오 분도 채 지나지 않아 마노가 간호부장 방에 불려가, 조용히 해요! 하고 된통 꾸지람을 들었다. 금방이라도 울음을 터뜨릴 듯 그 방을 뛰쳐나와, 트럼프를 그만두고 병실에서 빈둥거리는 세 사람에게 이 일을 알렸다.

셋은 아프도록 무참히 기가 죽어, 한참 동안 그저 서로의 얼굴만 마주 보았다. 그들의 의기양양 우쭐대는 코미디를, 현실의 외침이 관둬! 하고 코웃음 치며 때려 부쉈다. 이건 거의 치명적일 수도 있다.

"아니에요, 아무 일도 아니에요." 마노는 도리어 격려하듯 말했다. "이 병동에는 중증 환자가 한 사람도 없는 데다 어제도 ㄴ호실 어머니는 복도에서 나와 마주쳤을 때, 왁자지껄해서 좋다고 말씀하시며 즐거워하셨거든요. 매일 우린 당신들의 이야길 듣고 늘 웃는답니다, 이렇게 말씀하셨어요. 괜찮아요. 상관없어요."

"아니." 고스게는 소파에서 일어섰다. "괜찮지 않아. 우리 때문에 네가 창피를 당했잖아. 부장이라는 작자, 왜 우리한테 직접 말을 안 하지? 여기 데려와. 우리가 그렇게 싫다면, 지금 당장이라도 퇴원시키면 돼. 언제든지 퇴원해 주겠어."

세 사람 다 이 순간, 진심으로 퇴원할 각오를 했다. 특히 요조는 자동차를 타고 해변을 따라 도주하는 유쾌한 네 사람의 모습을 아득히 떠올렸다.

히다도 소파에서 일어서서, 웃으며 말했다. "해 버릴까? 다 함께 부장한테 우르르 몰려갈까? 우릴 혼내다니 멍청해."

"퇴원하자고." 고스게는 문을 살짝 찼다. "이런 쩨쩨한 병원은 재미없어. 혼내는 건 상관없어. 하지만 혼내기 이전의 마음가짐이 싫어. 우릴 무슨 불량소년쯤으로 생각했던 게 틀림없어. 머리 나쁘고 부르주아 냄새 나고 나불나불 지껄이는 평범한 모던 보이라고 생각하는 거야."

말을 끝내고는 다시 문을 아까보다 좀 더 세게 찼다. 그러고는 더 이상 못 참겠다는 듯 웃음을 터뜨렸다.

요조는 침대에 쿵, 소리 나게 드러누웠다. "그럼 난, 결국 창백한 연애지상주의자라는 게 돼 버려. 더 이상 안 돼."

어릿광대의 꽃

그들은 이 야만인의 모욕에 한층 속이 뒤집히는 느낌이었으나, 쓸쓸히 마음을 다잡아 그걸 적당히 얼버무리려고 시도한다. 그들은 늘 그렇다.

하지만 마노는 솔직했다. 두 팔을 뒤로 하고 문 옆 벽에 기댄 채, 말려 올라간 윗입술을 일부러 뾰족 내밀고 말했다.

"그렇다니까요. 너무해요. 어젯밤에도 부장실로 간호사를 여럿 불러 모아, 카드놀이 하며 엄청 소란을 피운 주제에."

"맞아. 12시가 넘도록 깔깔거렸다고. 약간 멍청해."

요조는 그렇게 중얼거리며 머리맡에 흩어져 있는 목탄지를 한 장 집어 들고, 똑바로 누운 채 거기다 낙서를 시작했다.

"자기가 안 좋은 일을 하니까, 다른 사람의 좋은 점을 모르는 거죠. 소문인데, 부장님은 원장님의 첩이래요."

"그래? 좋은 구석이 있는데." 고스게는 아주 기뻐했다. 그들은 남의 추문을 미덕인 양 생각한다. 믿음직스럽다고 여긴다. "훈장 받은 원장이 첩을 가졌다? 좋은 구석이 있어."

"정말이지 모두 순진한 이야길 하면서 웃고 있는데, 이해가 안 되는 걸까? 신경 쓰지 마시고 한바탕 소란을 피우는 편이 나아요. 괜찮고말고요. 오늘 하루잖아요. 정말이지 아무한테도 혼난 적 없이 곱게 자란 분들인데." 한 손을 얼굴에 대고 갑자기 소리 죽여 울기 시작했다. 울면서 문을 열었다.

히다가 만류하고 속삭였다. "부장한테 간들 소용없어. 그만둬. 아무 일도 아니잖아."

얼굴을 두 손으로 감싼 채, 두세 번 연달아 고개를 끄덕이고 복도로 나갔다.

"정의파다." 마노가 떠난 뒤, 고스게는 싱글싱글 웃으며 소파에 앉았다. "울어 버렸어. 자기가 한 말에 도취된 거지. 평소엔 어른스러운 애길 해도 역시 여자야."

"별스러워." 히다는 좁은 병실을 느릿느릿 돌아다녔다. "처음부터 난, 별스럽다고 생각했어. 이상한데? 울면서 뛰쳐나가려 하길래 놀랐잖아. 설마 부장한테 간 건 아니겠지?"

"그렇진 않아." 요조는 태연한 척 꾸민 표정으로 그렇게 대답하고, 낙서한 목탄지를 고스게 쪽으로 던져 주었다.

"부장 초상화?" 고스게는 껄껄 포복절도했다.

"어디, 어디?" 히다도 서서 목탄지를 들여다보았다. "여자 괴물이군. 걸작이야. 좀 닮았나?"

"판박이야. 한 번 원장을 따라 이 병실에도 온 적이 있지. 훌륭한걸. 연필 빌려줘." 고스게는 요조한테 연필을 빌려, 목탄지에 덧그렸다. "여기다 이렇게 뿔을 그려 넣어. 훨씬 더 닮았는걸. 부장실 문에 붙여 줄까?"

"밖에 산책하러 나가 보자." 요조는 침대에서 내려와 기지개를 켰다. 기지개를 켜면서, 몰래 중얼거렸다. "풍자화의 대가."

풍자화의 대가. 슬슬 나도 그만 질렸다. 이건 통속 소설이 아닐까? 자칫 경직되려는 내 신경에 대해서도, 또한 필시 마찬가지일 여러분의 신경에 대해서도, 다소 해독의 의의가 있기를 바라며 착수한 한 장면이었는데, 아무래도 이건 너무 밋밋하다. 내 소설이 고전이 된다면 — 아아, 내가 미친 걸까? — 여러분은 도리어 나의 이런 주석을 거추장스러워하리

라. 작가가 미처 생각지도 못한 데까지 제멋대로 추측해 대며, 그게 왜 걸작인가를 큰 소리로 외치리라. 아아, 죽은 대작가는 행복하다. 오래 살아남은 어리석은 작가는 자신의 작품을 한 사람에게라도 더 사랑받게 하려, 땀을 흘리며 빗나간 주석만을 달고 있다. 그리고 대충대충 주석투성이 성가신 졸작을 만든다. 멋대로 해! 하고 뿌리치는 강인한 정신이 내겐 없다. 좋은 작가가 될 수 없어. 역시 응석받이다. 그렇지. 대발견인걸. 뼛속까지 응석받이다. 응석 가운데서야 나는 잠시 휴식을 취한다. 아아, 이제 아무래도 좋아. 내버려 둬. 어릿광대의 꽃도 그럭저럭 여기서 시든 것 같다. 게다가 천하게 볼품없이 지저분하게 시들었다. 완벽에 대한 동경. 걸작으로의 유혹. "이제 그만 됐어. 기적의 창조주. 나!"

마노는 세면실로 몰래 들어갔다. 실컷 울었으면 싶었다. 하지만 제대로 울지 못했다. 세면실 거울을 보면서 눈물을 닦고 머리를 매만지고 나서, 늦은 아침을 먹으러 식당으로 갔다.

식당 입구 근처 테이블에 ㅂ호실 대학생이 깨끗이 비운 수프 접시를 앞에 놓고, 혼자 따분한 듯 앉아 있었다.

마노를 보자 미소 지었다. "환자분은 건강한 것 같더군요."

마노는 멈춰 서서 테이블 가장자리를 꽉 잡으며 대답했다.

"네. 그저 순진한 이야기들만 해서, 우릴 웃게 만든답니다."

"다행이네요. 화가라고요?"

"네. 멋진 그림을 그리고 싶다, 늘 이렇게 말씀하세요." 말하다가 귀까지 빨개졌다. "진지해요. 진지하니까, 진지하니까 괴로운 일도 생기는 거죠."

"그렇습니다. 그렇습니다." 대학생도 얼굴을 붉히며, 진심으로 동의했다.

대학생은 곧 퇴원하기로 정해진 탓에, 한껏 관대했다.

이 너그러움은 어떤가? 여러분은 이런 여자를 싫어하려나? 빌어먹을! 고리타분하다고 비웃어라. 아아, 이제 내겐 휴식도 멋쩍어졌다. 난, 한 여자조차 주석 없이는 사랑할 수 없다. 어리석은 남자는 쉬는 데도 실수를 한다.

"저기! 저 바위야."

요조는 배나무 마른 가지 사이로 언뜻언뜻 보이는 큼직하고 평평한 바위를 가리켰다. 바위의 움푹 팬 곳에는 군데군데 어제 내린 눈이 남아 있었다.

"저기서 뛰어내렸어." 요조는 익살꾼처럼 눈을 동글동글하게 뜨고 말한다.

고스게는 잠자코 있었다. 정말로 태연스레 말하는 걸까, 하고 요조의 마음을 헤아리고 있었다. 요조도 태연스레 말하지는 않았지만, 그래도 그걸 자연스럽게 말할 수 있을 정도의 기량을 지녔다.

"돌아갈까?" 히다는 옷자락을 두 손으로 척 걷어 올렸다.

세 사람은 모래사장을 되돌아 걷기 시작했다. 바다는 잔잔했다. 한낮의 해를 받아, 하얗게 빛났다.

요조는 바다로 돌멩이 하나를 멀리 던졌다.

"안심이 돼. 지금 뛰어들면 이제 아무 문제 없어. 빚도, 공부도, 고향도, 후회도, 걸작도, 수치도, 마르크시즘도, 그리고 친구도, 숲도 꽃도, 이제 아무래도 좋아. 이걸 깨달았을 때, 난 저 바위 위에서 웃었지. 안심이 돼."

고스게는 흥분을 감추려고 마구 조개를 줍기 시작했다.

"유혹하지 마." 히다는 억지로 웃음을 터뜨렸다. "나쁜 취미야."

요조도 웃음을 터뜨렸다. 세 사람의 발소리가 사박사박 기분 좋게 모두의 귀에 울린다.

"화내지 마. 방금 한 이야기엔 과장이 좀 있었어." 요조는 히다와 서로 어깨를 맞대다시피 하고 걸었다. "하지만 이것만은 진짜야. 여자가 말이야, 뛰어들기 전에 어떤 말을 속삭였는가."

고스게는 호기심에 불타는 눈을 교활하게 뜨고, 일부러 두 사람에게서 떨어져 걸었다.

"아직도 귀에 쟁쟁해. 고향 말로 얘기하고 싶어, 그러는 거야. 여자의 고향은 남쪽 끝이야."

"안 돼! 내겐 너무 과분해."

"정말. 이봐, 정말이야. 흐음, 그 정도의 여자지."

커다란 어선이 모래사장에 올라와 쉬고 있었다. 그 옆에 지름이 2미터나 될 법한 멋진 어롱 두 개가 뒹굴고 있었다. 고스게는 그 배의 거무스름한 옆구리에, 주운 조개를 힘껏 내던졌다.

세 사람은 질식할 만치 거북한 느낌이었다. 만약 이 침묵이 일 분만 더 지속되었다면, 그들은 차라리 선뜻 바다로 몸을 날렸을지도 모른다.

고스게가 느닷없이 외쳤다.

"봐, 봐!" 앞쪽 물가를 가리켰다. "ㄱ호실과 ㄴ호실이야!"

철 지난 하얀 양산을 쓰고, 두 소녀가 이쪽으로 천천히 걸어왔다.

"발견인걸." 요조도 생기를 되찾았다.

"말을 걸어 볼까?" 고스게는 한쪽 발을 들어 올려 구두의 모래를 떨어 내고, 요조의 표정을 살폈다. 명령 즉시, 뛰어나갈 참이다.

"관둬, 관둬." 히다는 엄한 얼굴로 고스게의 어깨를 붙잡았다.

양산은 멈춰 섰다. 잠시 무슨 이야기를 나누더니, 그러고는 이쪽으로 홱 등을 돌린 채 다시 조용히 걷기 시작했다.

"따라갈까?" 이번엔 요조가 들썩거렸다. 고개 숙인 히다의 얼굴을 흘끗 보았다. "그만두자."

히다는 쓸쓸하기 짝이 없다. 두 친구로부터 점점 멀어져 가는 자신의 시들시들한 피를, 지금 분명히 느꼈다. 생활 탓인가? 싶었다. 히다의 생활은 좀 가난했다.

"그래도, 괜찮은걸?" 고스게는 서양식으로 어깨를 으쓱했다. 어떻게든 이 상황을 능숙하게 얼버무리려 애쓴다. "우리가 산책하는 걸 보고 자극받았어. 아직 어리잖아. 가여워. 기분이 묘한걸. 어라? 조개를 줍고 있잖아. 내 흉내를 내다니."

히다는 마음을 고쳐먹고 미소 지었다. 미안해하는 요조의 눈동자와 마주쳤다. 둘 다 뺨을 붉혔다. 이해해. 서로 위로해 주고 싶은 마음으로 가득 차 있다. 그들은 약자를 소중히 여긴다.

세 사람은 따스한 바닷바람을 맞으며, 저 멀리 양산을 바라보고 걸었다.

아득한 하얀 요양원 건물 아래, 마노가 그들이 돌아오길 기

다리며 서 있다. 낮은 문기둥에 기대어, 눈이 부신 듯 오른손
으로 이마의 햇빛을 가렸다.

마지막 날 밤, 마노는 들떠 있었다. 자리에 누워서까지 자신
의 조촐한 가족 이야기, 홀륭한 조상 이야기를 장황스레 늘어
놓았다. 요조는 밤이 깊어지면서 뚱하니 말수가 줄었다. 여전
히 마노 쪽으로 등을 돌린 채, 건성으로 대답하면서 딴생각을
하고 있었다.

마노는 이제 자신의 눈 위 흉터에 대해 이야기하기 시작했다.
"내가 세 살 때……." 무심히 이야기하려 했지만, 쉽지 않았
다. 목소리가 목구멍에 걸려 엉킨다. "램프를 엎지르는 바람에
화상을 입었대요. 엄청 비뚤어졌죠. 초등학교에 들어갔을 무
렵엔 이 흉터가 무지무지 컸거든요. 학교 친구들은 나를 개똥
벌레, 개똥벌레……." 잠깐 끊어졌다. "그렇게 불렀어요. 난 그
럴 때마다 꼭 원수를 갚아야지 생각했어요. 네, 정말로 그렇
게 생각했어요. 훌륭한 사람이 되자고 생각했죠." 혼자 웃음
을 터뜨렸다. "우스워요. 훌륭해질 수가 있나요? 안경을 써 볼
까요? 안경을 쓰면 이 흉터가 조금 가려지지 않을까."

"그만둬. 오히려 이상해." 요조는 화가 나기라도 한 듯, 다짜
고짜 말참견했다. 여자에게 애정을 느꼈을 때, 일부러 매몰차게
대하는 고풍스러움을, 그도 역시 지녔으리라. "그대로가 좋아.
눈에 띄지 않아. 이제 자는 게 어때? 내일 일찍 일어나야 해."

마노는 말이 없었다. 내일이면 헤어진다. 어머, 남이었잖아?
창피한 줄 알아. 창피한 줄 알아. 난 나대로 긍지를 갖자. 기침

을 하거나 한숨을 짓고, 그러고는 털썩털썩 사납게 뒤척이기도 했다.

요조는 모르는 척했다. 무얼 곰곰이 생각했는지는 말할 수 없다.

우리는 그것보다, 파도 소리나 갈매기 소리에 귀를 기울이자. 그리고 이 나흘간의 생활을 처음부터 되새겨 보자. 자신을 현실주의자라 일컫는 사람은 말할지도 모른다. 이 나흘간은 풍자로 가득 차 있다고. 그렇다면 대답하지. 내 원고가 편집자의 책상 위에서 아마 질주전자 받침으로 쓰인 듯, 까맣게 탄 커다란 자국이 난 채 반송된 것도 풍자. 내 아내의 어두운 과거를 나무라며 일희일비한 것도 풍자. 전당포 포렴 밑을 지나면서도 옷깃을 여미고, 자신의 몰락을 숨기려 차림새를 가다듬은 것도 풍자. 우리들 자신, 풍자의 생활을 하고 있다. 그런 현실에 찌부러진 남자가 힘겹게 내보이는 인내의 태도. 네가 그걸 이해하지 못한다면, 난 너와 영원히 타인이다. 어차피 풍자라면 좋은 풍자. 진정한 생활. 아아, 그건 먼 일이다. 난, 적어도 사람의 정이 넘치는 이 나흘간을 천천히, 천천히 그리워하련다. 단 나흘간의 추억이, 오 년 십 년 산 것보다 나을 수도 있다. 단 나흘간의 추억이, 아아, 한평생보다 나을 수도 있다.

마노의 편안한 숨소리가 들렸다. 요조는 끓어오르는 생각을 견디기 힘들었다. 마노 쪽으로 돌아누우려고 기다란 몸을 뒤척이는데, 격한 목소리가 귓가에 속삭였다.

그만둬! 개똥벌레의 신뢰를 저버리지 마.

날이 뿌옇게 밝아 올 무렵, 두 사람은 벌써 일어났다. 요조는 오늘 퇴원한다. 나는 이날이 다가오는 게 두려웠다. 그건 미욱한 작가의 칠칠치 못한 감상이리라. 이 소설을 쓰면서 나는, 요조를 구제하고 싶었다. 아니, 바이런으로 변신하는 데 실패한 이 한 마리 진흙 여우가 용서받기를 바랐다. 괴로운 가운데, 그것만이 은밀한 기원이었다. 그러나 이날이 점점 다가오면서 나는 이전보다 훨씬 황량한 낌새가 또다시 요조를, 나를 조용히 엄습해 왔음을 느낀다. 이 소설은 실패다. 아무런 비약도 없고, 아무런 해탈도 없다. 나는 스타일에 지나치게 신경을 쓴 것 같다. 그 때문에 이 소설은 천박스럽기까지 하다. 말하지 않아도 될 것을 많이 이야기했다. 게다가 더 중요한 사항을 많이 빠뜨린 느낌이다. 이건 좀 아니꼬운 말투이긴 한데, 내가 오래 살아 몇 년쯤 뒤에 이 소설을 손에 잡는 일이라도 생긴다면, 나는 얼마나 비참할까? 어쩌면 한 페이지도 채 못 읽고 나는 참을 수 없는 자기혐오에 부들부들 떨며, 책을 덮어 버릴 게 뻔하다. 지금조차도 나는, 앞을 되풀이해 읽을 기력이 없다. 아아, 작가는 자신의 모습을 깡그리 드러내서는 안 된다. 그건 작가의 패배다. 아름다운 감정으로, 사람은 나쁜 문학을 만든다. 나는 세 번 이 말을 반복한다. 그리고 승인하련다.

나는 문학을 알지 못한다. 한 번 더 처음부터 다시 할까? 이봐, 어디서부터 손을 대면 좋으려나.

나야말로 혼돈과 자존심 덩어리가 아니었을까? 이 소설도 단지 그 정도일 뿐이지 않았을까? 아아, 어째서 나는 모든 것에 단정을 서두르는가? 모든 사념에 해결을 짓지 않고는 살아 갈 수 없는, 그런 인색한 근성을 대체 누구한테 배웠나?

쓸까? 세이쇼엔의 마지막 아침을 쓰자. 될 대로 되겠지.

마노는 요조에게 뒷산 경치를 보러 가자고 했다.

"경치가 아주 좋아요. 지금이라면 틀림없이 후지산이 보여요."

요조는 새까만 양모 목도리를 두르고, 마노는 간호복 위에 솔잎 무늬 겉옷을 차려입고, 빨간 털실로 짠 숄을 얼굴이 푹 파묻히도록 둘둘 감은 채, 함께 요양원 뒤뜰로 게다를 신고 나섰다. 정원 바로 북쪽에는 높다란 적토 절벽이 우뚝 솟아 있고, 거기에 좁은 철사다리 하나가 걸쳐져 있었다. 마노가 먼저 그 사다리를 잰걸음으로 쑥쑥 올랐다.

뒷산에는 마른 풀이 빽빽이 우거져 있고, 온통 서리를 맞았다.

마노는 양 손가락 끝에 하얀 입김을 호호 불어 녹이면서, 달리다시피 산길을 올라갔다. 산길은 완만한 경사로 구불구불 나 있었다. 요조도 서리를 밟으며 그 뒤를 따랐다. 얼어붙은 공기 속에 즐거운 듯 휘파람을 불었다. 사람 하나 없는 산. 무슨 일이든 생길 수 있다. 마노에게 그런 불안을 심어 주고 싶지 않았다.

움푹 팬 곳으로 내려왔다. 여기에도 마른 억새가 우거져 있었다. 마노는 멈춰 섰다. 요조도 대여섯 걸음 떨어져 멈춰 섰다. 바로 옆에 하얀 텐트 오두막이 있다.

마노는 그 오두막을 가리키며 말했다.

"이건 일광욕장. 병세가 가벼운 환자분들이 알몸으로 이곳에 모여요. 네, 지금도."

텐트에도 서리가 반짝였다.

"올라가자."

왠지 모르게 조바심이 난다.

마노는 다시 내달렸다. 요조도 뒤따랐다. 좁다란 낙엽송 가로수 길로 접어들었다. 두 사람은 지쳐서, 터덜터덜 걷기 시작했다.

요조는 어깨로 거친 숨을 내쉬며 큰 소리로 말을 건넸다.

"넌, 설날은 여기서 보내?"

돌아보지도 않고, 역시 큰 소리로 대답했다.

"아뇨. 도쿄에 갈까 해요."

"그럼, 우리 집에 놀러 와. 히다도 고스게도 거의 매일 우리 집에 오니까. 설마 감옥에서 설날을 보내는 일은 없겠지. 틀림없이 잘될 거라고 생각해."

아직 보지 못한 검사의 시원스레 웃는 얼굴까지, 가슴에 그리고 있었다.

여기서 끝맺을 수 있다면! 한물간 대가는 이쯤에서 의미 있게 끝맺는다. 하지만 요조도 나도, 어쩌면 여러분도 이런 속임수 위로에 이미 질렸다. 설날도 감옥도 검사도, 우리에겐 아무래도 좋다. 우리는 대체 검사 같은 걸 애당초 신경 쓰고 있었던가? 우리는 다만 산 정상에 다다르고 싶다. 거기에 뭐가 있나? 뭐가 있으려나? 약간의 기대를 거기에 걸 뿐이다.

드디어 정상에 이르렀다. 정상은 평평하게 땅이 골라져, 열 평 남짓 붉은 흙이 드러나 있었다. 한가운데에 낮은 통나무

정자가 있고 정원석까지 여기저기 놓여 있었다. 죄다 서리를 뒤집어썼다.

"안 돼! 후지산이 안 보여요."

마노는 코끝이 새빨개져 외쳤다.

"이 근처에서 또렷이 보이는데."

찌푸린 동쪽 하늘을 가리켰다. 아침 해는 아직 뜨지 않았다. 신기한 빛깔의 조각구름이 피어올랐다가 가라앉고, 가라앉았다가는 다시 느릿느릿 흘러가고 있었다.

"아니, 괜찮아."

산들바람이 볼을 엔다.

요조는 아득한 바다를 내려다보았다. 바로 발밑이 100미터나 되는 벼랑이고, 에노시마가 그 아래로 자그맣게 보였다. 짙은 아침 안개 깊숙이, 바닷물이 넘실넘실 출렁거렸다.

그리고, 아니, 그뿐이다.

원숭이 얼굴을 한 젊은이

어떤 소설을 읽어도 첫 두세 줄을 대충 훑어보고서 이미 그 소설의 내막을 훤히 꿰뚫은 듯 코웃음 치며 책을 덮는 오만불손한 남자가 있었다. 여기 러시아 시인의 말이 있다. "대체 어떤 자인가? 그렇다면 겨우 흉내쟁이. 보잘것없는 유령? 해럴드의 망토를 걸친 모스크바 청년. 타인의 버릇을 번안했다? 유행어 사전? 아니, 결국 패러디 가득한 시(詩) 아닌가?" 아무튼 그럴지도 모른다. 이 남자는 자기가 시나 소설을 지나치게 많이 읽었다 싶어 후회하고 있다. 이 남자는 이런저런 궁리를 할 때조차 단어를 골라 생각한다고 한다. 마음속으로 자신을 그, 라고 부른다. 곤드레만드레 술 취해 거의 무아지경에 이르렀을 때도, 만약 누군가에게 얻어맞았다면 차분히 중얼거린다. "이봐요, 후회는 마세요." 미시킨 공작¹⁾의 말이다. 사랑을 잃었을 때는 어떤 말을 할까? 그럴 땐 굳이 말을 입 밖에 내지 않는다. 가슴속을 뛰어다니는 표현. "잠자코 있으면 이름을 부르고, 가까이 다가가면 도망친다." 이건 메리메[2]의 조심스러운 술회 아니었던가? 밤에 이부자리로 들어가 잠들 때까지, 그는 아직 쓰지 못한 자신의 걸작 망상에 시달린다. 그럴 땐 나직이 이렇게 외친다. "날 놓아줘!" 이건 말이야, 예술가의 콘피테오르.[3] 그렇다면 혼자 아무것도 하지 않고 멍하니 있을 때는 어떨까? 절로 입에서 튀어나온다지, 'Nevermore'라는 독백이.

이렇듯 문학의 똥에서 태어난 것 같은 남자가 만약 소설을 쓴다고 하면, 대체 어떤 게 나올까? 우선 생각할 수 있는 건, 이 남자는 틀림없이 소설을 쓸 수 없을 거라는 점이다. 한 줄 쓰고는 지우고, 아니 그 한 줄마저 쓰지 못하리라. 그에게는 못된 버릇이 있는데 붓을 잡기도 전에 이미 그 소설에, 말하자면 마지막 손질까지 다듬어 버리는 듯하다. 대체로 그는 밤에 이불 속을 파고들어, 눈을 연신 깜박거리거나 히죽히죽 웃거나 기침을 하거나 중얼중얼 영문을 알 수 없는 말을 구시렁거리며, 새벽녘이 되기까지 단편 하나를 마무리한다. 걸작이라 생각한다. 그러고 나서 다시 그는 첫머리의 문장을 바꿔 보기도 하고 끝맺음 표현을 다시 음미해 보면서 가슴속 걸작

---

1) 도스토옙스키, 『백치』의 주인공.
2) 프로스페르 메리메(Prosper Mérimée, 1803~1870). 프랑스 소설가. 대표작 『카르멘』.
3) Confiteor. (가톨릭) 고백의 기도.

을 천천히, 천천히 이리저리 어루만진다. 이쯤에서 그만 잠을 자면 좋겠는데, 지금까지의 경험에서 이토록 느낌이 좋은 적이 한 번도 없었다고 한다. 이어서 그는 이 단편에 대한 비평을 시도해 본다. 누구누구는 이러저런 말로 칭찬해 준다. 누구누구는 잘 알지도 못하면서 어디쯤 한 부분을 콕 집어내어 자신의 혜안을 자랑한다. 하지만 나라면, 이렇게 말하겠다. 남자는 자기 작품에 대해 어쩌면 가장 적확할 평론을 짜 맞추기 시작한다. 이 작품의 유일한 결점은, 하고 마음속으로 중얼거리는 사이, 이미 그의 걸작은 흔적도 없이 사라지고 말았다. 남자는 한층 눈을 깜박거리며 덧문 틈새로 새어 나오는 환한 햇살을 바라보고, 다소 얼빠진 표정을 짓는다. 곧 꾸벅꾸벅 졸기 시작한다.

그렇지만 이건 문제에 대한 올바른 답이 못 된다. 문제는, 만약 썼다고 한다면, 이다. 여기 있습니다, 하고 가슴팍을 탁 쳐 보이는 건 어쩐지 두드러지게 훌륭한 것 같지만, 듣는 상대방은 질 나쁜 농담으로만 받아들일 것이다. 하물며 이 남자의 가슴팍은 날 때부터 흉하게 짜부라진 납작 가슴이다 보니, 걸작은 가슴속에 있습니다, 라고 안간힘을 쓴 그의 말도 결국 평범해지고 만다. 이런 점에서도 그가 한 줄도 쓰지 못할 거라는 해답이 얼마나 안이한지 알 수 있다. 만약 썼다고 한다면, 이다. 문제를 좀 더 생각하기 쉽게 하기 위해, 그가 어떡하든지 소설을 써야만 하는 구체적인 환경을 간단히 만들어 볼 수도 있다. 이를테면 이 남자는 빈번히 학교에서 낙제를 했고 지금은 그의 고향 사람들에게 '보물'이라는 험담을 듣게 된 신분인데, 올해 안에 학교를 졸업하지 않으면 그의 집에서도 친척들에 대한 체면상, 매달 송금을 정지하겠다는 말을 하는 처지에 놓였다고 하자. 또한 가령 이 남자가 올해 안에 졸업할 수 있을 것 같지도 않을뿐더러 애당초 졸업할 마음이 없었다고 한다면 어떨까? 문제를 한층 생각하기 쉽게 하기 위해 이 남자가 지금 독신이 아닌 걸로 하자. 사오 년 전부터 아내가 있었다. 더구나 그의 아내는 아무튼 비천하게 자란 여자라서 그는 이 결혼으로 숙모 한 사람을 제외한 다른 모든 육친에게 버림받았다는 진부한 로맨스를 살짝 풍겨도 좋다. 그런데 이러한 형편의 남자가 이윽고 닥칠 생활의 일용할 양식을 위해 어떡하든지 소설을 쓸 수밖에 없었다고 하자. 하지만 이것도 갑작스럽다. 터무니없다. 생활을 위해 반드시 소설을 써야만 한다고 정해져 있지 않다. 우유 배달이라도 하면 되잖아? 그러나 이건 간단히 반박당할 수 있다. 이미 올라탄 배. 이 한마디로 충분하리라.

지금 일본에서는 문예 부흥이라는 영문을 알 수 없는 말의 외침이 드높아지면서, 장당 오십 전의 원고료로 신인 작가를 찾고 있다고 한다. 이 남자 또한 이 기회를 놓칠세라 원고지 앞에 앉았고 그 순간, 그는 쓸 수 없었다고 한다. 아아, 사흘만 더 빨랐더라면! 어쩌면 그도 넘치는 정열에 부르르 떨며 열 장 스무 장을 꿈꾸듯 단숨에 날려 썼을지도 모른다. 밤마다, 밤마다 걸작의 환영이 그의 얄따란 가슴을 설레게 만들긴 했으나, 정작 쓰려 하면 죄다 허무하게 사라지고 없었다. 잠자코 있으면 이름을 부르고, 가까이 다가가면 도망친다. 메리메는 고양이와 여자 외에 또 하나의 명사를 잊었다. 걸작의 환영이라는 중대한 명사를!

남자는 기묘한 결심을 했다. 방의 벽장을 뒤지기 시작했다. 벽장 구석에는 그가 십 년간, 주체할 길 없는 환희에 휩싸여 써 내려간 1000매 남짓한 원고가 내밀하게 쌓여 있다고 한다. 그걸 닥치는 대로 읽어 나갔다. 이따금 뺨을 붉혔다. 이틀 걸려 그걸 전부 읽고 나서 하루 온종일 멍하니 있었다. 그중 「통신」이라는 단편이 머리에 남았다. 스물여섯 장짜리 단편 소설로, 주인공이 어려움에 처했을 때 어디선가 발송인 불명의 통신이 와서 그 주인공을 도와준다는 이야기였다. 남자가 이 단편에 유독 마음이 끌린 까닭은 지금 자신이야말로 그런 멋진 통신을 받고 싶다고 생각했기 때문이리라. 이걸 어떻게든 제대로 고쳐 써서 얼버무려야겠다고 결심했다.

우선 고쳐 써야 할 부분은 이 주인공의 직업이다. 어이쿠 참. 주인공은 신인 작가다. 이렇게 고치자고 생각했다. 먼저 문호가 되려던 뜻을 이루지 못하고 실패, 그때의 첫 번째 통신. 다음으로 혁명가를 꿈꾸었으나 패배, 그때 두 번째 통신. 지금은 샐러리맨이 되어 가정의 안락에 대한 의문을 품고 괴로워하는데, 그때 세 번째 통신. 이런 식으로 대략 조망해 둔다. 주인공을 가능한 한 문학 냄새로부터 멀어지게 할 것. 그리고 혁명가에 뜻을 둔 이후부터는 문학의 ㅁ 자도 꺼내지 못하게 할 것. 자기가 그러한 형편에 놓였을 때 간절하게 원할 것 같은 편지나 엽서, 전보 따위를 실제로 주인공이 받은 걸로 해서 쓴다. 이건 즐기면서 쓰지 않으면 손해다. 좀 허술해도 부끄러워하지 말고 태연한 표정으로 쓰자. 남자는 문득 『헤르만과 도로테아』[4]라는 이야기와 견주어 생각했다. 끊임없이 그를 엄습하는 기이한 망상을 세차게 고개를 저어 떨쳐 내면서, 남자는 서둘러 원고지 앞에 앉았다. 좀 더 작은, 아주 작은 원고지라면 좋겠다고 생각했다. 자기가 무얼 쓰고 있는지 알 수 없을 정도로 얼키설키 써진다면 좋겠다고 생각했다. 제목을 「바람의 소식」이라 했다. 첫머리도 새로 써서 덧붙였다. 이렇게 썼다.

— 여러분은 소식을 싫어하시려나? 여러분이 인생의 기로에 서서 통곡할 때, 어디선가 알 수 없는 곳에서 바람과 함께 하늘하늘 책상 위로 날아와 여러분의 앞날에 뭔가 빛을 던져 주는, 그런 소식을 싫어하시려나? 그는 행복한 사람이다. 지금까지 세 번이나 이렇듯 가슴 설레는 바람의 소식을 받았다. 한 번은 열아홉 살 설날. 한 번은 스물다섯 살 초봄. 또 한 번은 바로 작년 겨울. 아아! 타인의 행복을 이야기할 때, 질투와 자비로움이 뒤얽힌 이 신기한 기쁨을 그대는 아는가! 열아홉 살 설날 이야기부터 시작하련다.

여기까지 쓰고 남자는 일단 펜을 놓았다. 마음에 드는 모양이다. 그래, 이 느낌으로 쓰면 돼. 역시 소설이란 머리로 생각만 한다고 알 수 있는 게 아냐. 써 봐야 해. 남자는 절실히 이

---

4) 괴테의 서사시.

렇게 마음속으로 중얼거리고, 또한 아주 즐거웠다고 한다. 발견했어, 발견했어! 소설은 역시 제멋대로 써야 하는 법. 시험 답안하고는 달라. 좋아! 이 소설은 노래하면서 조금씩 써 나가자. 오늘은 여기까지만 해 두자. 남자는 한 번 더 슬쩍 되읽어 보고 나서 그 원고를 벽장 안에 간수해 놓고는 대학 제복을 입기 시작했다. 남자는 요즘 통 학교에는 가지 않지만 그래도 일주일에 한두 번씩 이렇게 제복을 입고 흠칫흠칫 외출한다. 그들 부부는 어느 직장에 다니는 사람의 2층 방 두 개를 빌려 살고 있는데, 남자는 그 직장인 가족에 대한 체면치레로 이따금 이런 식으로 등교하는 척했다. 남자에게는 이처럼 세상의 이목을 신경 쓰는 속물적인 면도 있었던 것이다. 또한 이 남자는 아무래도 자기 아내에게조차 체면을 차리고 있는 모양이다. 그 증거로, 그의 아내는 그가 정말로 학교에 나가고 있다고 믿는 듯하다. 아내는 앞서 가정해 두었다시피 비천하게 자란 여자니까 우선 배우지 못했다고 짐작할 수 있다. 남자는 그런 아내의 무학을 빌미로 온갖 부정을 저지르고 있다고 보면 된다. 하지만 대개 애처가의 부류다. 왜냐하면 그는 아내를 안심시키기 위해 때때로 거짓말을 하기 때문이다. 눈부신 미래를 이야기한다.

그날, 그는 외출해서 바로 근처의 친구 집을 찾아갔다. 이 친구는 혼자 사는 서양화가로, 그와는 중학교 때 동급생이었다나. 집이 재산가라서 빈둥빈둥 놀고 있다. 사람들과 이야기하면서 눈썹을 줄곧 바르르 떠는 게 자랑인 듯하다. 흔히 보는 남자 유형이라 상상해 주기 바란다. 그 친구 집으로 그가 찾아왔다. 그는 원래 이 친구를 그다지 좋아하는 건 아니다. 그러고 보면 그는 다른 두세 명의 친구들도 딱히 좋아하지 않는데, 특히 이 친구가 상대방을 안절부절못하게 하는 특별한 기량을 지니고 있는 탓에 그는 더더욱 좋아할 수 없다고 한다. 그럼에도 그가 오늘 이 친구를 방문한 것은 우선 가까운 곳부터 자신의 환희를 나눠 주려는 마음 때문인 게 틀림없다. 이 남자는 지금 행복의 예감에 따끈따끈 덥혀져 있는 모양인데, 이럴 때 사람은 어쩐지 자비로워지는 법인가 보다. 서양화가는 집에 있었다. 그는 이 서양화가와 마주 앉아 입을 열자마자, 자신의 소설 이야기를 들려주었다. 나는 이러한 소설을 쓸 생각이야, 하고 대략적인 플랜을 말하고 나서, 잘 써지면 팔릴지도 몰라, 첫머리는 이런 식으로, 하고 그는 방금 써온 대여섯 줄 문장을 뺨을 붉히면서 나직이 말했다. 그는 언제나 자신의 문장을 죄다 암기하고 있다고 한다. 서양화가는 예의 눈썹을 부르르 떨며, 그거 괜찮은데? 하고 더듬듯 말했다. 그것만으로 족하련만 쓸데없는 말을 주절주절 그칠 줄 모르고 늘어놓기 시작했다. 신(神)을 향한 허무주의자의 야유라느니 영웅에 대한 소인배의 반항이라느니, 그리고 아직까지도 그는 무슨 말인지 영문을 알 수 없지만, 관념의 기하학적 구성이라고까지 했다. 그로서는 그저 이 친구가 그거 괜찮은데? 나도 그런 바람의 소식을 받고 싶군, 이렇게 말해 주었다면 만족했으리라. 비평을 잊어버리려고 굳이 「바람의 소식」 같은 로맨틱한 제목을 선택했건만! 그런데 이 생각 없는 서양화가에게 관념의 기하학적 구성이라던가 뭐라던가, 신문의 한 줄짜리 지식 투의 기이한 비평을 듣고 그는 단박에 위험하다! 싶었다. 우물쭈물하다 그도 이 비평의 유희에 말려들면 「바람의 소식」도 이어서 계속 써 나갈 수 없게 된다. 위험하다. 남자는 그 친구의 집에서 황급히 물러났다고 한다.

그대로 곧장 집으로 돌아가기도 거북살스러워, 그는 그길로 고서점으로 향했다. 길을 가면서 남자는 생각한다. 엄청 멋진 편지로 하자. 첫 번째 통신은 엽서로 하자. 소녀한테서 온 소식이야. 짧은 문장으로, 그 안에 주인공을 위로하려는 마음이 가득 넘쳐 나는 그런 소식으로 해야지. "전, 뭐 나쁜 짓을 하는 게 아니니까 일부러 엽서에 써요."라는 첫머리는 어떨까? 주인공이 설날에 그걸 받으니까, 맨 마지막에 "깜빡했네요. 새해 복 많이 받으세요."라고 작게 써넣기로 하자. 너무 능청스러울까?

남자는 꿈꾸는 듯한 기분으로 거리를 걷고 있다. 두 번이나 자동차에 치일 뻔했다.

두 번째 통신은 주인공이 한때 유행하던 혁명 운동을 하다 감옥에 들어갔을 때, 그때 받는 걸로 하자. "그는 대학에 들어간 뒤로는 소설에 마음이 흔들리지 않았다."라고 처음부터 미리 언급해 두자. 주인공은 이미 첫 번째 통신을 받기 전에 문호가 되려다 실패한 아픈 경험을 맛봤으니까. 남자는 어느새 그때의 문장을 가슴속에 만들어 나갔다. "문호로서 이름을 날리는 일은 지금의 그에겐 꿈속의 꿈이다. 소설을 써서, 가령 그것이 걸작으로 세상에 널리 알려지고 기뻐 어쩔 줄 모르는 환희를 얻는다 해도 그건 한순간의 기쁨이다. 자신의 작품에 대한 걸작의 자각 따윈 있을 수 없다. 덧없는 한순간의 기쁨을 얻으려 오 년 십 년 굴욕의 나날을 보낸다는 것을 그는 납득할 수 없었다." 어쩐지 연설 냄새가 나는걸. 남자는 혼자 웃기 시작했다. "그는 오직 정열의 가장 정직한 배출구를 원했다. 생각하는 것보다, 노래하는 것보다 말없이 느릿느릿 실행하는 쪽이 진짜인 듯 여겨졌다. 괴테보다 나폴레옹. 고리키보다 레닌." 역시나 좀 문학 티가 나. 여기 문장에서는 문학의 ㅁ 자도 없애야만 한다. 글쎄, 될 대로 되겠지. 너무 골똘히 생각하면 또 쓸 수 없게 돼. 즉 이 주인공은 동상이 되고 싶다고 생각한다. 이 포인트만 벗어나지 않게 쓴다면, 실패할 일은 없겠지. 그리고 이 주인공이 감옥에서 받는 통신은 길고도 긴 편지로 하자. 내게 묘안이 있지. 가령 절망의 수렁에 빠진 사람이라도 그걸 읽기만 하면 한 번 더 진영을 재건해야겠다는 의욕이 생기지 않을 수 없다. 더구나 이건 여자 글씨로 써진 편지다. "아아. 어설프게 흘려서 쓴 님〔樣〕이라는 글자가, 그에겐 낯익었다. 오 년 전 연하장을 떠올렸다."

세 번째 통신은 이렇게 하자. 이건 엽서도 편지도 아닌, 완전히 색다른 바람의 소식으로 하자. 통신문을 쓰는 내 솜씨는 이미 내보였으니, 뭔가 독특한 취향으로 해 보자. 동상이 되려다 실패한 주인공은 마침내 평범한 결혼을 하고 샐러리맨이 되는데, 이건 우리 집 직장인의 생활을 그대로 쓰자. 주인공이 가정에 권태를 막 느끼기 시작하는 그즈음. 겨울날 일요일 오후께, 주인공은 툇마루에 나와 담배를 피우고 있다. 그때, 참으로 바람과 함께 한 장의 편지가 그가 있는 곳으로 하늘하늘 날아왔다. "그는 거기에 눈길을 멈췄다. 아내가 고향에 있는 그의 아버지에게 사과가 도착했음을 알리려 쓴 편지였다. 아무 데나 던져 두지 말고 얼른 부치면 될 텐데. 이렇게 중얼거리면서 문득 고개를 갸웃했다. 아아. 어설프게 흘려 쓴 '님'이라는 글자가, 그에겐 낯익었다." 이러한 공상적인 이야기를 자연스럽게 쓰려면 타오르는 정열이 필요한 것 같다. 이처럼 기구한 만남의 가능성을 작가 자신이 진지하게 믿어야만 한다. 가능할지 어떨지, 아무튼 해 보자. 남자는 분발하여 고서점으로 들어갔다.

이곳 고서점에는 『체호프 서간집』과 『오네긴』이 있을 터였다. 이 남자가 팔았으니까. 그는 지금 그 두 권을 다시 읽고 싶어서 이 고서점에 왔다. 『오네긴』에는 타티아나의 멋진 연애 편지가 있다. 두 권 모두 아직 팔리지 않았다. 먼저 『체호프 서간집』을 선반에서 꺼내 여기저기 페이지를 뒤적여 보았지만 별로 재미없었다. 극장이니 질병이니 하는 단어로 가득 차 있었다. 이건 「바람의 소식」을 위한 문헌이 될 수 없어. 오만불손한 이 남자는 다음으로 『오네긴』을 손에 들고 그 연애 편지 대목을 찾았다. 금세 찾아냈다. 그의 책이었으니까. "제가 당신에게 편지를 쓰는 것, 더 이상 무얼 덧붙일 필요가 있을까요?" 역시, 이걸로 됐어. 간명하다. 그러고 나서 타티아나는 신의 뜻, 꿈, 옛 모습, 속삭임, 우수, 환영, 천사, 외톨이 등의 단어들을 넉살 좋게 늘어놓는다. 그리고 끝맺음으로, "이만 쓸까 해요. 다시 읽는 것조차 무서워요, 수치심과 두려움으로 그만 사라져 버리고 싶은 심정이에요. 하지만 전 더없이 고결하신 마

음을 의지하며 과감히 제 운을 당신의 손에 맡깁니다. 타티아
나로부터. 오네긴 님 귀하." 이런 편지를 원해. 퍼뜩 정신을 차
리고 책을 덮었다. 위험해. 영향을 받겠는걸. 지금 이걸 읽으면
해로워. 어라? 다시 글을 못 쓰게 될 것 같잖아. 남자는 허둥
지둥 집으로 돌아왔다.

집으로 돌아와 서둘러 원고지를 펼쳤다. 편안한 기분으로
쓰자. 흔한 통속성을 개의치 말고 술술 쓰고 싶다. 특히 그의
옛 원고 「통신」이라는 단편은 앞서 말한 대로 소위 신인 작가
의 출세 이야기라서, 첫 번째 통신을 받기까지의 묘사는 고스
란히 옛 원고를 베껴 써도 좋을 정도였다. 남자는 담배 두세
개비를 연달아 피우고 나서, 자신 있는 듯 펜을 집어 들었다.
히죽히죽 웃기 시작했다. 이건 이 남자가 몹시 난처할 때의 몸
짓인가 보다. 그는 한 가지 어려움을 깨달았다. 문장에 대해서
였다. 옛 원고의 문장은 사납게 울부짖고 있다. 이건 어떡하든
지 고쳐 써야 하리라. 이런 느낌으로는 다른 사람도 나 자신
도 즐기지 못한다. 무엇보다 모양새가 흉하다. 성가시긴 해도
이건 다시 쓰자. 허영심이 강한 남자는 이렇게 생각하고, 마지
못해 새로 쓰기 시작했다.

젊은 시절에는 누구나 한 번쯤 이런 저녁을 경험하는 법이
다. 그는 그날 해 질 녘, 거리로 나가 헤매다가 불현듯 깜짝 놀
랄 만한 현실을 보았다. 그는 거리를 지나는 사람들이 깡그리
그의 지인이라는 걸 깨달았다. 12월이 머잖은, 눈 내리는 거리

는 흥청거렸다. 그는 분주히 거리를 오가는 사람들에게 일일이 가볍게 목례를 하며 걸어야만 했다. 어느 뒷골목 모퉁이에서 뜻밖에 여학생 한 무리와 마주쳤을 때, 그는 하마터면 모자를 벗어 인사를 건넬 뻔했다.

그는 그 무렵, 북쪽 어느 지방 도시의 고등학교에서 영어와 독일어를 공부하고 있었다. 그는 영어 자유 작문에 뛰어났다. 입학한 지 한 달도 채 지나지 않아, 그 자유 작문으로 반 친구들을 놀라게 했다. 입학하자마자 부루울 씨라는 영국인 교사가 What is Real Happiness?에 대해 학생들에게 각자의 소신을 써 보라고 일렀다. 부루울 씨는 첫 수업에서 My Fairyland라는 제목으로 좀 별난 이야기를 하고 그다음 주에는 The Real Cause of War에 대해 한 시간여 주장을 펼쳐, 얌전한 학생을 전율시키고 다소 진보적인 학생을 미치도록 흥분시켰다. 문부성이 이러한 교사를 새로 임용한 것은 수훈이다. 부루울 씨는 체호프를 닮았다. 코안경을 쓰고 짧은 턱수염을 소심하니 길렀고, 언제나 눈부시게 미소 지었다. 영국 장교라고도 하고 이름 높은 시인이라고도 하고, 늙어 보이긴 해도 아직 이십 대라고도 하고 군사 탐정이라고도 했다. 이처럼 무언가 신비로운 분위기가 부루울 씨를 한층 매혹적으로 만들었다. 신입생들은 누구나, 이 아름다운 외국인에게 사랑받으려 몰래 기도했다. 그 부루울 씨가 3주 차 수업 때, 아무 말 없이 칠판에 휘갈겨 쓴 글자가 What is Real Happiness?였다. 나름 고향의 자랑, 선택받은 수재들은 이 빛나는 첫 전투에서 온갖 솜씨를 발휘했다. 그 또한 줄 쳐진 종이의 먼지를 조용히 불어 떨어 내고 나서, 시나브로 펜을 놀리기 시작했다. Shakespeare said, — 암만해도 너무 거창하다 싶었다. 낯을 붉히면서 천천히 지웠다. 오른쪽에서 왼쪽에서 앞에서 뒤에서, 펜을 놀리는 소리가 나직이 들렸다. 그는 손으로 턱을 괴고 생각에 잠겼다. 그는 첫머리에 공을 들이는 편이었다. 어떤 대작이건 첫머리 한 줄로 이미 그 작품 전체의 운명이 결정되는 법이라고 믿었다. 첫머리 한 줄이 멋지게 완성되면, 그는 글을 다 써서 끝냈을 때와 마찬가지로 멍하니 얼빠진 얼굴이 되곤 했다. 그는 펜촉을 잉크병에 담갔다. 조금 더 생각하고 나서, 기세 좋게 써 갈겼다. Zenzo Kasai, one of the most unfortunate Japanese novelists at present, said, — 가사이 젠조[5]는 그 무렵 아직 살아 있었다. 지금처럼 유명하지 않았다. 일주일 지나 다시 부루올 씨의 시간이 되었다. 아직 서로 친구가 되지 못한 신입생들은 교실에서 제각기 책상 앞에 앉아 부루올 씨를 기다리며, 적의에 불타는 눈길을 담배 연기 속에 은밀히 쏘아붙였다. 추운 듯 좁은 어깨를 움츠리고 교실에 들어온 부루올 씨는 이윽고 쓰쓰레한 미소를 지으며 이상한 악센트로 일본 이름 하나를 중얼거렸다. 그의 이름이었다. 그는 마지못한 듯 느릿느릿 일어섰다. 뺨이 새빨갰다. 부루올 씨는 그의 얼굴을 보지 않고 말했다. Most Excellent! 교단 여기저기를 돌아다니며 고개 숙인 채 말을 이었다. Is this essay absolutely original? 그는 눈

---

5) 葛西善藏(1887~1928). 아오모리현에서 출생. 예술적 신념에 투철한 소설가였으나, 극심한 가난과 병고에 시달리는 삶을 살았다.

섭을 실룩이고 대답했다. Of course. 반 학생들은 와아! 하고 기괴한 환성을 질렀다. 부루울 씨는 넓고 창백한 이마를 살짝 붉히며 그가 있는 쪽을 보았다. 곧바로 눈을 내리뜨고 코안경을 오른손으로 가볍게 누른 채, If it is, then it shows great promise and not only this, but shows some brain behind it. 하고 한 마디씩 끊어 분명히 말했다. 그는 진정한 행복이란 바깥에서 얻어지는 게 아니며 자신이 영웅이 되건 수난자가 되건, 그 마음가짐이야말로 진정한 행복으로 나아가는 열쇠다, 라는 의미의 내용을 주장했다. 그의 고향 선배인 가사이 젠조의 암시적인 술회를 서두에 쓴 다음, 그걸 부연해 가며 글을 써 나갔다. 그는 가사이 젠조를 한 번도 만난 적이 없었고, 또한 가사이 젠조가 그런 술회를 내비친 것조차 알지 못했지만, 설사 거짓말이라 해도 그게 훌륭하게 써졌다면 가사이 젠조는 틀림없이 용서해 줄 거라고 생각했다. 이 일로 그는 반에서 총애를 한 몸에 받았다. 젊은이들은 영웅의 출현에 민감하다. 부루울 씨는 그 후로도 학생들에게 잇달아 좋은 과제를 내주었다. Fact and Truth. The Ainu.[6] A Walk in the Hills in Spring. Are We of Today Really Civilized? 그는 있는 힘껏 솜씨를 발휘했다. 그리고 늘 상당한 보답을 얻었다. 젊은 날의 명예심은 만족할 줄을 모르는 법이다. 그해 여름 방학에 그는 장래 유망한 남자로서의 자부심을 어깨에 지고 귀향했다. 그의 고향은 혼슈 북단의 산속, 그의 집은 그 지방에서 이름이 알

---

6) 아이누. 일본의 북방에 살던 원주민.

려진 지주였다. 아버지는 비길 데 없이 선량한 사람이건만 악랄하게 보이려는 성격을 지녔고, 외아들인 그에게조차 일부러 심술궂게 대했다. 그가 어떤 실수를 저질러도, 비웃으며 그를 용서했다. 그리고 엉뚱한 데를 향하고서 말했다. 인간이라면, 멋진 일을 좀 해야지. 이렇게 중얼거리고 나서, 자못 빈틈없는 남자인 양 불쑥 완전히 다른 이야기를 꺼낸다. 그는 오래전부터 이 아버지를 싫어했다. 어쩐지 서로 맞지 않았다. 어릴 때부터 눈치 없는 짓만 일삼았기 때문이기도 했다. 어머니는 한심할 만치 그를 존경했다. 머잖아 틀림없이 훌륭한 사람이 될 거라 믿었다. 그가 고등학생이 되고 나서 처음 귀향했을 때도 어머니는 우선 그가 신경질적으로 바뀐 데에 놀랐지만, 그저 고등 교육 탓이려니 생각했다. 고향에 돌아온 그는 게으름을 피우지 않았다. 곳간에서 아버지의 낡은 인명사전을 찾아내어, 세계적인 문호들의 약력을 조사했다. 바이런은 열여덟 살에 첫 시집을 출판했다. 실러 역시 열여덟 살, 『군도(群盜)』를 처음으로 썼다. 단테는 아홉 살에 『새로운 인생』의 복안을 얻었다. 그 역시. 초등학교 때부터 그 문장을 칭찬받았으며 지금은 지식 있는 외국인에게조차 약간의 두뇌를 인정받고 있는 그 역시. 집 앞뜰의 커다란 밤나무 아래 테이블과 의자를 꺼내 놓고, 부지런히 장편 소설을 쓰기 시작했다. 이러한 그의 태도는 자연스럽다. 이 점에 대해선 여러분도 마음에 짚이는 데가 있으리라. 제목을 『학』이라 했다. 천재의 탄생부터 그 비극적인 말로까지를 다룬 장편 소설이었다. 그는 이처럼 자신의 운명을 자신의 작품에서 예언하는 것을 좋아했다. 첫머리에 애를 먹었다. 이렇게 썼다. ─ 남자가 있었다. 네 살 때, 그의 마음속에 야성을 띤 학이 깃들였다. 학은 열광적으로 거만했다 운운. 여름 방학이 끝나고 10월 중순, 진눈깨비가 내리는 밤에 드디어 탈고했다. 곧장 시내 인쇄소로 가져갔다. 아버지는 그의 요구대로 말없이 이백 엔을 보내 주었다. 그는 그 등기 우편을 받았을 때, 역시나 아버지의 고약한 심보가 미웠다. 혼내려면 혼내도 될 텐데, 배짱 있는 듯 말없이 송금해 준 게 마음에 들지 않았다. 12월 말, 『학』은 100여 페이지 문고판으로 아름다운 책이 되어 그의 책상 위에 높이 쌓였다. 표지에는 독수리를 닮은 새가 지면이 비좁을 만치 날개를 펼치고 있었다. 우선 현(縣)의 주요 신문사에, 서명한 책을 한 부씩 증정했다. 눈뜨면 하루아침에 내 이름으로 세상이 떠들썩할 테지. 그에겐 일각이 백 년 천 년인 듯 여겨졌다. 다섯 부, 열 부, 온 시내의 서점에 배부하고 다녔다. 광고지를 붙였다. 학을 읽으라, 학을 읽으라. 강렬한 문구를 잔뜩 새겨 넣은 손바닥만 한 광고지를, 풀이 가득 담긴 양동이와 함께 두 손으로 그러안은 채 젊은 천재는 거리 구석구석을 누비고 다녔다.

그런 까닭에 그가 그다음 날부터 온 시내의 사람들과 아는 사이가 되고 말았다 해도 전혀 신기할 게 없었다.

그는 여전히 거리를 어슬렁어슬렁 걸으며, 어느 누구 할 것 없이 모든 사람들과 눈인사를 나누었다. 재수 없이 그의 인사가 상대방의 부주의로 그 사람에게 통하지 않았을 때나, 간밤에 그가 힘들게 붙여 놓은 지 얼마 안 된 전신주의 광고지가 무참히 뜯겨 있는 걸 발견할 때는 유독 과장되게 낯을 찌푸렸다. 마침내 그는 그 시내에서 가장 큰 서점에 들어가, 학이 팔리나? 하고 점원에게 물었다. 점원은 아직 한 부도 안 팔렸어요, 하고 퉁명스레 대답했다. 점원은 그가 바로 저자라는 사실을 모르는 모양이었다. 그는 주눅 들지 않고, 아니, 이제부터 팔릴 거라 생각해, 무심히 예언해 두고 서점을 나왔다. 그날 밤, 그는 역시나 다소 번거로워진 예의 목례를 되풀이하며 학교 기숙사로 돌아왔다.

그토록 빛나는 인생의 출발, 첫날 밤에 학은 너무나 빨리 수모를 당했다.

그가 저녁 식사를 하러 기숙사 식당으로 한 발 내딛자마자, 와! 하고 기숙사 학생들의 이상한 환성이 들렸다. 그들의 식탁에서 『학』이 화제에 올랐던 게 틀림없다. 그는 조심스레 시선을 내리깔며 식당 구석에 있는 의자에 앉았다. 그러고는 낮게 헛기침을 하고 접시에 담긴 커틀릿을 먹기 시작했다. 그의 바로 오른쪽에 앉은 학생이 석간 한 장을 그에게 펼쳐 건넸다. 대여섯 명 앞 학생한테서 차례차례 손으로 넘겨져 온 모양이다. 그는 커틀릿을 천천히 되씹으며 그 석간으로 멍하니 눈길을 돌렸다. 『학』이라는 글자 하나가 그의 눈을 찔렀다. 아아! 자신의 첫 작품의 평판을 처음 듣는, 찔리는 듯한 이 전율! 그럼에도 그는 허둥대며 그 석간을 잡거나 하지는 않았다. 나이프와 포크로 커틀릿을 잘게 썰며 차분하게 그 비평을 힐끔힐끔 대충 읽었다. 비평은 지면 왼쪽 귀퉁이에 조그맣게 실려 있었다.

— 이 소설은 철두철미 관념적이다. 육체를 지닌 인물이 한

사람도 그려져 있지 않다. 온통, 젖빛 유리 너머로 보이는 일그러진 그림자다. 특히 잘난 체하는 주인공의 기괴한 언행은 낙장이 많은 백과사전과 흡사하다. 이 소설의 주인공은 내일이면 괴테입네 하고 간밤에는 클라이스트[7]를 유일한 교사로 삼아, 전 세계 모든 문호의 에센스를 가졌노라 한다. 소년 시절에 한 번 본 소녀를 죽도록 그리워하다 청년 시절에 또다시 그 소녀를 우연히 만나 구역질이 날 만큼 혐오하는데, 이건 결국 바이런 경을 번안한 것쯤 되리라. 더구나 치졸한 직역이다. 무엇보다 작가는 괴테건 클라이스트건 그저 틀이라는 개념으로만 이해하고 있는 듯하다. 작가는 필시 『파우스트』 1페이지, 『펜테질레아』 1막조차 읽은 적이 없지 않을까? 실례. 특히 이 소설의 말미에서는 털을 쥐어뜯긴 학의 버스럭거리는 날갯짓 소리를 묘사하고 있는데, 작가는 어쩌면 이 묘사로써 독자에게 완벽한 인상을 남기고 걸작이라 현혹하려 한 모양이지만, 우리는 다만 이 기형적인 학의 흉측함에 얼굴을 돌릴 뿐이다.

그는 커틀릿을 잘게 썰고 있었다. 침착해, 침착해. 마음먹으면 마음먹을수록 자신의 동작이 얼간이 같아졌다. 완벽한 인상, 걸작의 현혹. 이것이 아팠다. 큰 소리로 웃을까. 아아. 얼굴을 숙인 채 그대로 십 분간, 그는 십 년이나 늙었다.

이 매정한 충고를 대체 어떤 남자가 해 주었는지 그 또한 아직껏 알 수 없지만, 그는 이 굴욕으로 쐐기가 박히면서 다

---

7) 하인리히 폰 클라이스트(Heinrich von Kleist, 1777~1811). 독일 극작가, 소설가.

양한 불행과 조우하기 시작했다. 다른 신문사 역시 『학』을 칭찬해 주지 않았고, 친구들 또한 항간의 평가대로 그를 대하며 심지어 학이라는 조류 이름으로 그를 부르기까지 했다. 젊은 이들은 영웅의 실각에도 민감하다. 책은 창피해서 말할 수 없을 정도로 겨우 몇 부밖에 팔리지 않았다. 거리를 지나는 사람들은 애당초 틀림없는 생판 타인이었다. 그는 밤이면 밤마다, 시내의 곳곳에 붙은 광고지를 몰래 떼어 내며 돌아다녔다.

장편 소설 『학』은 그 이야기 내용과 마찬가지로 비극적인 결말을 알렸지만, 그의 마음속에 깃들인 야성의 학은 그럼에도 생생하게 날개를 펼쳐, 예술의 불가해성을 한탄하거나 생활의 권태를 푸념하면서 그 황량한 현실 속에서 마음껏 번민하고 신음하는 것을 익혔다.

얼마 안 지나 겨울 방학이 되었고, 그는 한층 신경질적으로 바뀌어 귀향했다. 미간을 찌푸려 생긴 주름도 어쩐지 그에게 잘 어울렸다. 어머니는 여전히 예의 고등 교육을 믿고, 그를 황홀하게 바라보았다. 아버지는 그 악랄한 체하는 태도로 그를 맞이했다. 착한 사람끼리는 아무튼 서로 미워하는 법인가 보다. 그는 아버지의 말없는 비웃음 뒤에서, 그 신문의 독자를 느꼈다. 아버지도 읽었을 게 분명했다. 기껏 열 줄이나 스무 줄짜리 비평의 활자가 이런 시골에까지 독을 퍼뜨린 걸 알고, 그는 자신의 몸이 바위나 암소이길 바랐다.

이러한 상황에서 만약 그가 다음과 같은 바람의 소식을 받는다고 하면 어떨까? 마침내 고향에서 열여덟 해를 보내고 열아홉 살이 된 설날, 잠에서 깨어 문득 머리맡에 놓인 열 장 남짓한 연하장에 눈길이 머문다. 그 가운데 한 장, 이것은 발송인의 이름도 적혀 있지 않은 엽서.

— 전, 뭐 나쁜 짓을 하는 게 아니니까 일부러 엽서에 써요. 또다시 지금쯤 슬슬 기죽어 있겠다 싶네요. 당신은 아주 사소한 일에도 금세 주눅이 들곤 하니까, 난 그게 썩 마음에 안 들어요. 자부심을 잃어버린 남자의 모습만큼 꼴불견인 건 없다고 생각해요. 그래도 당신은 절대 자신을 괴롭히진 마세요. 당신에겐 나쁜 사람에게 맞서는 마음과 인정 넘치는 세계를 바라는 마음이 있답니다. 그건 당신이 아무 말 하지 않아도 저 멀리 있는 누군가 한 사람이 틀림없이 알고 있답니다. 당신은 그저 조금 나약할 뿐이에요. 나약하고 정직한 사람을 다 함께 감싸 주고 아껴 줘야만 한다고 생각해요. 당신은 전혀 유명하지도 않은 데다, 아무런 직함도 갖고 있지 않아요. 하지만 전, 그저께 그리스 신화를 스무 편 남짓 읽었는데 재미난 이야기를 하나 발견했어요. 까마득한 옛날, 아직 세상의 땅이 굳지 않고 바닷물이 흐르지 않고 공기는 투명하지 않고 모든 게 서로 뒤섞인 혼돈 상태였을 무렵, 그럼에도 태양은 매일 아침 떠오르니까 어느 날 아침, 여신 주노의 시녀인 무지개 여신 아이리스가 그걸 비웃으며 말했어요. 태양님, 태양님, 매일 아침 수고가 많으세요. 지상엔 당신을 우러러 받드는 풀 한 포기, 샘 하나 없건만! 그러자 태양이 대답했습니다. 하지만 난 태양이야. 태양이니까 떠오르는 거지. 볼 수 있는 자는 보라. 전, 학자도 아무것도 아니에요. 이 정도 쓰는 데에도 엄청 생각했고, 몇 번이고 몇 번이고 연습한걸요. 당신이 좋은 새해 첫 꿈을 꾸고

첫 해돋이를 보시고 좀 더 좀 더 살아가는 자신감을 가지시길 기도하는 사람이 있다는 걸 알려 드리고 싶어 열심히 썼습니다. 이런 글을 느닷없이 남자에게 써 보내는 건 조심성 없고 옳지 않은 일이라 생각해요. 그렇지만 전, 부끄러운 이야기는 하나도 쓰지 않았어요. 전, 일부러 제 이름은 안 써요. 당신은 머잖아 틀림없이 저를 잊어버리실 거라 생각해요. 잊어버리셔도 상관없어요. 어머! 깜빡했네요. 새해 복 많이 받으세요. 설날.

(바람의 소식은 여기서 끝나지 않는다.)

당신은 저를 속이셨어요. 당신은 제게 두 번째, 세 번째 바람의 소식도 쓰게 해 주겠노라 약속해 놓고서, 너끈히 엽서 두 장 분량은 되는 이상한 연하장 문구만 쓰게 하고 저를 죽여 버릴 작정인가 봅니다. 예의 그 심오한 음미를 다시 시작하신 건가요? 전 이렇게 될 줄, 처음부터 알고 있었습니다. 그래도 전, 어쩌면 그 영감 같은 게 나타나서 어떡해서든 저를 살릴 수 있지나 않을까, 하고 당신을 위해서나 저를 위해서 오로지 기도했습니다. 역시나 어렵네요. 아직 젊으셔서 그런가? 아니에요, 아무 말 마세요. 싸움에서 패한 대장은 말이 없는 법이랍니다. 사람들의 이야기에 따르면 『헤르만과 도로테아』도 『들오리』[8]도

---

8) 입센의 희곡.

『태풍』[9]도, 모두 그 작가의 만년에 쓰인 것이라 합니다. 사람들에게 휴식을 선사하고 광명을 던져 줄 수 있는 작품을 쓰려면 재능만으로는 안 되는 모양입니다. 만약 당신이 앞으로 십 년 이십 년, 이 밉살스런 세상에 어떡하든지 횃불로 끝까지 살아남아 다시 한번 잊지 않고 저를 불러 주신다면, 저는 얼마나 기쁠까요? 틀림없이, 틀림없이 올게요. 약속해요. 안녕. 어머? 당신은 이 원고를 찢을 생각이세요? 그러지 마세요. 이처럼 문학에 중독된 패러디의 시 같은 남자가 만약 소설을 썼다고 하면 우선 얼추 이런 식이라고 시치미를 떼고 써 두기라도 하면, 뜻밖에 세상 사람들은 저를 죽이는 당신의 수법이 훌륭하다며 갈채를 보낼지도 모릅니다. 당신의 비틀거리는 모습이 필시 큰 호평을 받겠지요. 그리고 덕분에 저의 손끝도 그다음엔 다리도, 이제 삼 초도 채 지나지 않아 순식간에 싸늘해질 테지요. 정말 화난 거 아니에요. 우선 당신은 나쁜 사람이 아니고, 아니에요, 이유 따윈 없어요. 와락 좋은걸요. 아아아. 그대, 행복은 바깥에서? 안녕, 도련님. 더욱 악동이 되길.

　남자는 쓰기 시작한 원고지에 시선을 떨어뜨리고 잠시 생각한 다음, 제목을 '원숭이 얼굴을 한 젊은이'라고 했다. 어쩔 수 없을 만치 딱 어울리는 표표다, 라고 생각했기 때문이다.

---

9) 셰익스피어의 희곡. 원제는 'The Tempest'.

역행

나비

　노인은 아니었다. 스물다섯을 넘겼을 뿐이었다. 그렇지만 역시 노인이었다. 보통 사람의 일 년 일 년을, 이 노인은 넉넉히 세 배로 살았다. 두 번, 자살에 실패했다. 그중 한 번은 정사(情死)였다. 세 번, 유치장에 들어갔다. 사상범으로서였다. 끝내 한 편도 팔리지 않았으나, 백 편 넘게 소설을 썼다. 하지만 그건 모두 이 노인이 진정을 쏟은 소행이 아니었다. 말하자면 심심풀이였다. 아직까지도 이 노인의 찌부러진 가슴을 쿵쿵 울려 대고 야윈 뺨을 붉게 만드는 건, 고주망태가 되는 것, 그리고 딴 여자를 바라보며 끝없는 공상을 펼치는 것, 두 가지였다. 아니, 그 두 가지 추억이다. 찌부러진 가슴, 야윈 뺨, 그건 거짓말이 아니었다. 노인은 이날 죽었다. 노인의 긴 생애에서 거짓이 아니었던 것은 태어난 것과 죽은 것, 두 가지였다.

죽기 직전까지 거짓말을 했다.

노인은 지금, 병상에 있다. 방탕에서 얻은 병이었다. 노인에 겐 생활이 궁하지 않을 정도의 재산이 있었다. 하지만 방탕하게 돌아다니기에는 부족한 재산이었다. 노인은 지금 죽는 걸 억울하게 여기지 않았다. 근근이 이어 가는 생활을, 노인은 이해할 수 없다.

평범한 인간은 임종이 가까워지면 자신의 두 손바닥을 말끄러미 들여다보거나 친척의 눈동자를 멍하니 올려다보는 법인데, 이 노인은 대개 눈을 감고 있었다. 꽉 힘주어 감아 보거나 살포시 뜨고 눈꺼풀을 파르르 떨어보기도 하면서, 얌전히 그러고 있을 뿐이다. 나비가 보인다고 했다. 푸른 나비, 까만 나비, 하얀 나비, 노랑나비, 보랏빛 나비, 물빛 나비, 수천수만 마리 나비가 바로 이마 위를 가득 무리 지어 날고 있다고 했다. 일부러 그런 말을 했다. 100리 저 멀리 나비 안개. 100만의 날갯짓 소리는 한낮에 등에가 윙윙거리는 소리와 비슷했다. 전투라도 하고 있겠지. 날개 가루가, 부러진 다리가, 눈알이, 더듬이가, 기다란 혀가 비 오듯 떨어진다.

먹고 싶은 건 뭐든지, 라고 하자, 팥죽, 하고 대답했다. 노인이 열여덟 살에 처음 소설이라는 걸 썼을 때, 임종의 노인이 팥죽을 먹고 싶다고 중얼거리는 묘사를 한 적이 있다.

팥죽은 만들어졌다. 죽에 삶은 팥을 뿌리고, 소금으로 맛을 낸 거였다. 노인 고향의 맛있는 음식이었다. 눈을 감고 똑바로 누운 채 두 숟가락 후루룩 먹고는, 그만 됐어, 했다. 그 밖에 다른 건? 하고 묻자, 씩 웃으며, 바람피우고 싶어, 라고 대답했다. 배운 건 없어도 착하고 영리하고 젊고 아름다운 노인의 아내는, 죽 늘어앉은 친척들 앞에서 질투하기보다는 뺨을 붉혔고, 그러고는 숟가락을 쥔 채 소리 죽여 울었다고 한다.

도적

올해 낙제가 뻔했다. 그래도 시험은 본다. 보람 없는 노력의 아름다움. 나는 그 아름다움에 마음이 끌렸다. 나는 오늘 아침만큼은 일찍 일어나 참으로 일 년 만에 학생복을 걸치고, 국화 문장(紋章)이 빛나는 크고 높다란 철문 안으로 들어갔다. 쭈뼛쭈뼛 들어갔다. 곧장 은행나무 가로수가 있다. 오른쪽에 열 그루, 왼쪽에도 열 그루, 모두 거목이다. 잎이 무성할 무렵 이 길은 어둑해져 지하도 같다. 지금은 잎사귀 하나 없다. 가로수 길이 끝나는 곳, 정면에 붉은 장식 벽돌의 대건축물. 이건 강당이다. 나는 이 내부를 입학식 때, 딱 한 번 보았다. 사원 비슷하다는 인상을 받았다. 지금 나는 이 강당의 전기 시계탑을 올려다본다. 시험까지는 아직 십오 분의 짬이 있었다. 탐정 소설가의 아버지 동상에 자비로운 시선을 던지며, 오른쪽의 완만한 비탈을 내려가 정원으로 들어섰다. 여기는 옛날 어느 영주의 뜰이었다. 연못에는 잉어, 비단잉어 그리고 자라가 있다. 오륙 년 전만 해도 한 쌍의 학이 노닐었다. 지금도 이 풀숲에는 뱀이 있다. 기러기나 들오리 같은 철새도 이 연못에서 날개를 쉰다. 정원의 넓이는 사실 200평도 채 못 되지만,

언뜻 보기엔 1000평 남짓 돼 보인다. 빼어난 조경술 덕분이다. 나는 연못가 얼룩조릿대 위에 앉아, 떡갈나무 고목의 그루터기에 등을 기댄 채 두 다리를 앞으로 쭉 내뻗었다. 샛길을 사이에 두고 크고 작은 울퉁불퉁한 바위가 늘어섰고, 그 뒤로 널찍하게 연못이 펼쳐진다. 찌푸린 하늘 아래 연못 수면은 하얗게 빛나고, 간지러운 듯 잔물결이 일렁거렸다. 오른발을 왼발 위에 가볍게 얹고 나서, 나는 중얼거린다.

— 나는 도적.

앞의 샛길을 대학생들이 한 줄로 나란히 지나간다. 끊임없이 줄줄 흐르듯 지나간다. 모두가 고향의 자랑. 선택받은 수재들. 노트의 똑같은 문장을 읽고, 그걸 너나없이 모든 대학생들이 한결같이 암기하려고 애썼다. 나는 호주머니에서 담배를 꺼내, 한 개비 입에 물었다. 성냥이 없다.

— 불 좀 빌려줘.

잘생긴 대학생 하나를 골라 말을 걸었다. 연녹색 외투를 걸친 그 대학생은 멈춰 서서 노트에서 눈을 떼지 않은 채, 물고 있던 궐련을 내게 주었다. 주고는 그대로 느릿느릿 걸어갔다. 대학에도 내게 필적할 만한 남자가 있군. 나는 그 입에 무는 부분에 금박을 두른 외국 담배로 내 싸구려 담배에 불을 붙이고, 느긋이 일어나 궐련을 힘껏 땅바닥에 내던지고 증오에 못 이겨 구둣발로 밟아 뭉갰다. 그러고는 유유히 시험장에 나타났다.

시험장에는 백 명이 넘는 대학생들이 다들 뒤로, 뒤로만 꽁무니를 빼고 있었다. 앞자리에 앉으면 생각대로 답안을 쓸 수 없을 거라고 염려해서다. 나는 수재답게 맨 앞줄 자리에 앉아 약간, 손가락 끝을 떨면서 담배를 피웠다. 내겐 책상 밑에서 뒤져 볼 노트도 없고, 서로 소곤거리며 의논할 친구조차 하나 없다.

이윽고 불그레한 얼굴의 교수가 불룩한 가방을 손에 들고 허둥지둥 시험장으로 뛰어 들어왔다. 이 남자는 일본 제일의 프랑스문학자다. 나는 오늘 처음, 이 남자를 보았다. 몸집이 상당히 컸고, 나는 그의 미간 주름에 나도 모르게 위압감을 느꼈다. 이 남자의 제자로는, 일본 제일의 시인과 일본 제일의 평론가가 있다지. 일본 제일의 소설가. 나는 그걸 생각하고, 몰래 뺨이 화끈거렸다. 교수가 칠판에 문제를 휘갈겨 쓰는 동안, 내 뒤의 대학생들은 학문 이야기가 아니라 대개 만주의 경기(景氣)에 대해 서로 소곤거리고 있다. 칠판에는 프랑스어가 대여섯 줄. 교수는 교단의 팔걸이의자에 추레하게 앉아, 자못 언짢은 듯 단언했다.

— 이런 문제로는 낙제하고 싶어도 못 하겠지.

대학생들은 낮게 힘없이 웃었다. 나도 웃었다. 교수는 그러고 나서 도통 알 수 없는 프랑스어를 두세 마디 중얼거리더니, 교단의 책상 앞에서 뭔가를 쓰기 시작했다.

나는 프랑스어를 모른다. 어떤 문제가 나오건, 플로베르는 철부지다, 라고 쓸 작정이었다. 나는 잠시 사색에 잠긴 척하고 눈을 살포시 감거나 짧은 머리카락의 비듬을 떨어내거나, 손톱 색깔을 들여다보거나 한다. 이윽고 펜을 쥐고 쓰기 시작했다.

— 플로베르는 철부지다. 제자인 모파상은 어른이다. 예술

의 미는 결국, 시민에 대한 봉사의 미다. 이 슬픈 체념을 플로베르는 몰랐고 모파상은 알았다. 플로베르는 자신의 처녀작 『성 앙투안의 유혹』에 대한 악평의 굴욕을 씻고자 일생을 허비했다. 이른바 뼈를 깎는 고생을 하며 한 작품 한 작품 완성할 때마다 세평이야 어찌 됐건, 그의 굴욕의 상처는 더욱더 격렬하게 쑤시고 아팠다. 그의 마음속 채워지지 않는 공동(空洞)이 더욱더 넓어지고 깊어졌고, 그러고는 죽었다. 걸작의 환영에 속고 영원의 미에 매혹당하고 들떠서, 결국 한 사람의 친지는커녕 자기 자신조차 구제할 수 없었다. 보들레르야말로 철부지. 이상.

선생님, 낙제만은 면하게, 따위는 쓰지 않는다. 두 번 되풀이해서 읽어 잘못 쓴 데가 없음을 확인하고 나서, 왼손엔 외투와 모자를 들고 오른손엔 한 장의 답안을 들고 일어섰다. 내 뒤의 수재는 내가 일어선 탓에, 몹시 허둥거렸다. 내 등이야말로 이 남자의 방풍림이 되어 준 거다. 아아. 토끼를 닮아 귀여운 그 수재의 답안에는 신진 작가의 이름이 적혀 있었다. 나는 이 유명한 신진 작가가 허둥지둥하는 걸 딱하게 여기며, 그 늙수그레한 교수에게 의미 있는 듯이 가볍게 인사하고 내 답안을 제출했다. 나는 조용조용 시험장을 빠져나오기가 무섭게, 굴러떨어질 듯 계단을 뛰어 내려갔다.

밖으로 나오자, 젊은 도적은 왠지 서글픈 느낌이 들었다. 이 우수(憂愁)는 뭐지? 대체 어디서 오는 거지? 그래도 외투를 걸친 어깨를 펴고 성큼성큼 황새 걸음으로 은행나무 가로수 사이 널찍한 자갈길을 걸으며, 공복 탓이야, 하고 대답했다. 29번 교실 지하에 대식당이 있다. 나는 그곳으로 걸음을 옮겼다.

공복의 대학생들은 지하실 대식당에서 넘쳐 나, 입구부터 구불구불 뱀처럼 늘어선 줄은 지상으로 밀려 나왔고, 그 줄 꼬리 부분은 은행나무 가로수 언저리까지 닿아 있었다. 여기선 십오 전으로 꽤 괜찮은 점심 식사를 할 수 있다. 100미터 남짓한 길이였다.

— 나는 도적. 희대의 반골. 일찍이 예술가는 사람을 죽이지 않는다. 일찍이 예술가는 물건을 훔치지 않는다. 나. 하찮고 약삭빠른 동료.

대학생들을 잇달아 밀어제치고, 간신히 식당 입구에 다다랐다. 입구에 붙여 놓은 작은 쪽지에는 이렇게 쓰여 있었다.

— 오늘, 여러분의 식당도, 외람스럽습니다만 창업 3주년을 맞았습니다. 이를 축하하는 의미에서 조촐하나마 봉사해 드리고자 합니다.

그 봉사의 품목이 입구 옆 유리 선반 안에 장식되어 있다. 빨간 보리새우는 파슬리 잎 뒤에서 쉬고 있고, 삶은 달걀을 반으로 자른 단면에는 파란 우무로 '壽(수)' 자가 세련된 흘림체로 그려져 있었다. 시험 삼아 식당 안을 들여다보니, 봉사품목을 대접받고 있는 대학생들의 검은 밀림 속을 하얀 앞치마를 두른 소녀 종업원들이 이리저리 비집고 다니며 하늘하늘 춤추는 듯 분주하다. 아아, 천장에는 만국기.

대학 지하에 풍기는 푸른 꽃, 낯간지러운 해독제다. 마침 좋은 날에 왔구나. 더불어 축하하자. 더불어 축하하자.

도적은 낙엽처럼 팔랑팔랑 퇴각하여 지상으로 날아올라, 기다란 뱀 꼬리에 몸을 들이밀더니 순식간에 모습을 감추었다.

결투

　외국 흉내를 낸 게 아니었다. 과장이 아니라, 상대를 죽이고 싶다고 소원했기 때문이다. 그러나 그 동기는 심각하지 않았다. 나를 꼭 빼닮은 남자가 있어, 이 세상에 똑같은 건 두 개는 필요 없다는 생각에서 서로 미워한 것도 아니고, 그 남자가 내 아내의 옛 애인인 데다 만날 두 번인가 세 번 그 사실을 상세히 자연주의풍으로 이웃 사람들에게 떠벌리고 다니기 때문도 아니었다. 상대는 나와 그날 밤 처음 카페에서 우연히 만났을 뿐인, 개 모피 조끼를 입은 젊은 농민이었다. 나는 그 남자의 술을 훔쳤다. 그것이 동기였다.

　나는 북쪽 성시(城市)에 있는 고등학교 학생이다. 방탕을 즐긴다. 하지만 금전에는 비교적 인색했다. 평소 친구의 담배만 피우고, 이발을 하지 않고, 참았다가 돈이 오 엔 모이면 혼자 몰래 시내로 나가 한 푼도 남기지 않고 다 썼다. 하룻밤에 오 엔 이상의 돈도 쓸 수 없었고 오 엔 이하의 돈도 쓸 수 없었다. 더욱이 나는 그 오 엔으로 항상 최대의 효과를 거두었던 것 같다. 내가 모은 잔돈을, 우선 친구의 오 엔짜리 지폐와 교환한다. 손이 베일 정도로 새 지폐일 경우, 내 마음은 한층 설레었다. 나는 그걸 아무렇게나 호주머니에 쑤셔 넣고 시내로 나간다. 한 달에 한두 번, 이 외출을 위해 나는 살고 있었다. 당시 나는 영문을 알 수 없는 우수에 시달리고 있었다. 절대 고독과 온갖 회의. 입 밖에 내면 추잡해! 니체, 바이런, 하루오[1] 보다도 모파상, 메리메, 오가이[2]가 진짜인 것 같았다. 나는 오엔의 방탕에 목숨을 건다.

나는 카페에 들어가서도 결코 기세 좋게 굴지 않았다. 방탕에 지친 척했다. 여름이면, 시원한 맥주를, 이라 했다. 겨울이면, 따끈한 술을, 이라 했다. 내가 술을 마시는 것도 단지 계절 탓이라 여기게 했다. 마지못한 듯 술을 씹어 넘기면서, 나는 미인 여급에겐 눈길도 주지 않았다. 어느 카페에나 성적 매력은 떨어지고 욕심만 남은 중년 여급이 하나쯤 있는 법인데, 나는 그런 여급에게만 말을 걸었다. 주로 그날의 날씨나 물가에 대한 얘기를 나누었다. 나는 신조차 눈치 못 챌 만치 잽싸게, 다 마신 빈 술병 수를 계산하는 데 능숙했다. 테이블에 늘어선 맥주병이 여섯 개가 되면, 일본 술 호리병이 열 개가 되면, 나는 생각난 듯 훌쩍 일어서서, 계산, 하고 나직이 중얼거린다. 오 엔을 넘는 일은 없었다. 나는 일부러 이곳저곳 호주머니에 손을 찔러 넣어 본다. 돈을 넣어 둔 곳을 잊어버렸다는 시늉이다. 드디어 마지막에 바지 주머니라는 걸 알아차렸다. 나는 주머니 속 오른손을 잠시 꼼지락꼼지락한다. 대여섯 장

---

1) 사토 하루오(佐藤春夫, 1892~1964) 시인, 소설가, 평론가. 대표작 『전원의 우울』.
2) 모리 오가이(森鷗外, 1862~1922). 도쿄 대학 의학부 졸업 후 군의관으로 독일 유학을 했으며, 나쓰메 소세키와 더불어 일본 근대 문학의 문호라 불린다. 시, 소설, 평론, 미술, 단가, 번역 등 다방면에 걸쳐 활약했다.

의 지폐에서 골라 내는 모양새다. 마침내 나는 지폐 한 장을 주머니에서 빼내, 십 엔짜리인지 오 엔짜리인지 확인하고 나서 여급에게 건넨다. 거스름돈이 좀 적지만, 하며 거들떠보지도 않고 전부 주었다. 어깨를 움츠리고 성큼성큼 카페를 걸어나와, 학교 기숙사에 도착할 때까지 나는 한 번도 뒤돌아보지 않는다. 이튿날부터 다시 잔돈을 하나씩 모으기 시작했다.

결투의 밤, 나는 '해바라기'라는 카페에 들어갔다. 나는 기다란 감색 망토를 걸치고 새하얀 가죽 장갑을 끼고 있었다. 나는 한 카페에 연달아 두 번은 가지 않았다. 으레 오 엔짜리 지폐를 내는 걸 수상쩍게 여길까 두려웠다. '해바라기' 방문은 두 달 만이었다.

그 무렵, 어딘가 나를 닮은 구석이 있는 이국의 한 청년이 활동사진 배우로 막 출세하던 참이라, 나도 조금씩 여자들 시선을 끌기 시작했다. 내가 그 카페의 구석 의자에 앉자, 그곳 여급 넷이 죄다 가지각색의 기모노를 입고 내 테이블 앞에 늘어섰다. 겨울이었다. 나는, 따끈한 술을, 하고 말했다. 그러고는 자못 추운 듯 목덜미를 움츠렸다. 활동사진 배우와 닮았다는 사실이 직접적으로 내게 이익을 주었다. 나이 어린 여급 하나가, 내가 잠자코 있는데도 담배 한 개비를 베풀어 주었다.

'해바라기'는 작고 더군다나 지저분하다. 트레머리에 얼굴이 길쭉한 여자가 축 늘어져 턱을 괸 채, 호두알만 한 큼직한 앞니를 드러내고 미소 짓는 포스터가 동쪽 벽에 한 장 붙어 있었다. 포스터 아래쪽엔 가부토 맥주라고 가로로 검게 인쇄되어 있다. 그것과 마주한 서쪽 벽에는 한 평 남짓한 커다란 거울이

걸려 있었다. 거울은 금가루를 칠한 액자에 들어 있다. 북쪽 입구에는 빨강과 깜장 줄무늬에 꾀죄죄한 모슬린 커튼이 걸려 있고, 그 위 벽엔 늪가 초원에 알몸으로 드러누워 활짝 웃는 서양 여자의 사진이 핀으로 고정되어 있었다. 남쪽 벽에는 종이 풍선이 하나, 붙어 있었다. 그게 바로 내 머리 위에 있다. 화가 날 만큼 조화가 없었다. 테이블 세 개와 의자 열 개. 중앙에 스토브. 바닥은 판자가 깔렸다. 나는 이 카페에선 도저히 차분해질 수 없음을 알았다. 전깃불이 어두우니, 그나마 다행이다.

그날 밤, 나는 이상한 환대를 받았다. 내가 그 중년 여급이 따라 주는 따끈한 일본 술의 첫 호리병을 비웠을 즈음, 아까 내게 담배 한 개비를 베풀어 준 어린 여급이 느닷없이, 내 코 앞에 오른쪽 손바닥을 내밀었다. 나는 놀라지 않고 천천히 얼굴을 들어, 그 여급의 자그마한 눈동자를 깊숙이 들여다보았다. 운명을 점쳐 주세요, 한다. 나는 순간적으로 깨달았다. 가령 내가 말없이 있어도, 내 몸에서 예언자다운 고상한 향내가 풍긴다. 나는 여자 손은 만지지 않고 흘끗 눈길만 주며, 어제 애인을 잃었어, 하고 중얼거렸다. 적중했다. 거기서 이상한 환대가 시작되었다. 뚱뚱한 여급 하나는 나를 선생님이라 부르기도 했다. 나는 모두의 손금을 봐 주었다. 열아홉 살. 호랑이띠. 과분한 남자를 사랑하니 고생이지. 장미꽃을 좋아해. 당신 집 개는 새끼를 낳았어. 새끼 수는 여섯. 깡그리 적중했다. 눈이 서글서글하고 마른 그 중년 여급은 남편 둘을 잃었다고 하자, 단박에 고개를 떨어뜨렸다. 이 신기한 적중은 어느 누구보다도 나를 가장 흥분시켰다. 이미 여섯 개의 호리병을 비우고 있었다. 이때, 개 모피 조끼를 입은 젊은 농민이 입구에 나타났다.

농민은 내 테이블 바로 옆 테이블에, 이쪽으로 모피 등을 돌리고 앉아, 위스키, 라고 했다. 개 모피는 얼룩무늬였다. 이 농민의 출현 때문에 내 테이블의 들뜬 분위기는 금세 식었다. 나는 이미 여섯 개의 호리병을 비운 걸 아프게 후회하기 시작했다. 더욱더 취하고 싶었다. 오늘 밤의 환희를 한껏 과장해 보고 싶었다. 이제 네 병밖에 못 마신다. 그걸로는 부족해. 부족해. 훔치자. 이 위스키를 훔치자. 여급들은 내가 금전 때문에 훔치는 게 아니라, 예언자다운 엉뚱한 농담인 줄 알아채고 오히려 갈채를 보내리라. 이 농민 역시 주정뱅이의 못된 장난쯤으로 여겨 그저 쓴웃음만 짓고 말겠지. 훔쳐! 나는 손을 뻗어 옆 테이블의 그 위스키 컵을 빼앗아, 침착하게 다 마셔 버렸다. 갈채는 일지 않았다. 잠잠해졌다. 농민은 내 쪽을 보며 일어섰다. 밖으로 나와. 그렇게 말하고 입구 쪽으로 걷기 시작했다. 나도 히죽히죽 웃으면서 농민 뒤를 따라 걸었다. 금빛 액자에 들어 있는 거울을 지나치면서 슬쩍 들여다보았다. 나는 느긋한 미남 대장부였다. 거울 깊숙한 곳에는 미소 띤 길쭉한 얼굴이 가라앉아 있었다. 나는 마음의 평정을 되찾았다. 자신 있는 듯 모슬린 커튼을 확 젖혔다.

THE HIMAWARI[3]라고 노란색 로마자로 쓰인 사각 처마 등 아래에서, 우리는 멈춰 섰다. 어둑한 문간에 여급 네 명의 하얀 얼굴이 떠올라 있었다.

―――――――――――――

3) 히마와리는 일본어로 해바라기라는 뜻.

우리는 다음과 같은 논쟁을 시작했다.

— 너무 바보 취급 하지 마.

— 바보 취급 한 게 아냐. 응석 부린 거야. 나쁠 것 없잖아?

— 난 농민이야. 응석 따윈 화가 치밀어.

나는 농민의 얼굴을 다시 보았다. 짧게 상고머리로 깎은 자그마한 두상, 옅은 눈썹, 외눈꺼풀에 삼백안(三白眼), 거무튀튀한 피부였다. 신장은 나보다 분명 다섯 치는 작았다. 나는 끝까지 얼버무리기로 작정했다.

— 위스키를 마시고 싶었어. 맛있어 보였으니까.

— 나도 마시고 싶었어. 위스키가 아깝다. 그뿐이야.

— 너는 정직해. 귀엽군.

— 건방진 소린 마. 기껏 학생인 주제에! 낯짝에 분을 처발라 가지고.

— 그래도 난 역술가란 말이지. 예언자야! 놀랐지?

— 취한 척 하지 마. 엎드려 사과해!

— 나를 이해하는 데는 무엇보다 용기가 필요하다. 좋은 말이지? 난 프리드리히 니체다.

나는 여급들이 말려 주기를, 이제나저제나 기다렸다. 하지만 여급들은 하나같이 차가운 표정으로 내가 얻어맞기를 기다리고 있었다. 곧 나는 맞았다. 오른쪽 주먹이 옆에서 훅 날아오기에, 나는 목덜미를 잽싸게 움츠렸다. 20미터쯤 휙 나가 떨어졌다. 내 하얀 줄 모자가 나를 대신해 주었다. 나는 미소 지으며 일부러 천천히 그 모자를 주우러 걷기 시작했다. 매일같이 내린 진눈깨비 때문에, 길은 질퍽질퍽 녹아 있었다. 쭈그리고 앉아 진흙투성이 모자를 집어 든 순간, 나는 도망가자고 생각했다. 오 엔 번다. 딴 데서 한 번 더 마시는 거다. 나는 두세 걸음 내달렸다. 미끄러졌다. 뒤로 벌렁 나자빠졌다. 밟혀 뭉개진 청개구리나 마찬가지였다. 꼴사나운 모습에 나는 조금 화가 치밀었다. 장갑도 윗옷도 바지도 그리고 망토도, 진흙투성이다. 나는 느릿느릿 일어나 얼굴을 들고 농민이 있는 데로 되돌아갔다. 농민은 여급들에게 둘러싸여 보호받고 있었다. 누구하나 내 편이 없다. 그런 확신이 나의 흉포함을 불러일으켰다.

— 답례를 하고 싶어.

코웃음 치며 그렇게 말하고 나서 나는 장갑을 벗어 던지고, 훨씬 값비싼 망토마저 진흙탕 속에 내팽개쳤다. 나는 나의 예스러운 대사와 몸짓에 다소 만족했다. 누가 좀 말려 줘.

농민은 꾸물꾸물 개 모피 조끼를 벗어, 그걸 내게 담배를 베풀어 준 미인 여급에게 건네고는, 품속으로 한 손을 넣었다.

— 비열한 수작은 그만둬.

나는 자세를 갖추고 그렇게 충고했다.

품에서 은피리 한 자루가 나왔다. 은피리는 처마 등 불빛에 반짝반짝 반사되었다. 은피리는 남편을 둘 잃은 중년 여급에게 건네졌다.

농민의 이 선함이 나를 정신 못 차리게 만들었다. 소설 속에서가 아니라, 실제로 나는 이 농민을 죽일 생각이었다.

— 나와!

그렇게 외치고 나는 농민의 정강이를 진흙투성이 구두로 힘껏 걷어찼다. 발로 차서 넘어뜨린 다음, 투명한 삼백안 눈알을 뽑아 버린다. 진흙 구두는 허무하게 허공을 찼다. 나는 자신의 흉한 몰골을 알아차렸다. 서글펐다. 뜨거운 주먹이 내 왼쪽 눈에서 커다란 코에 걸쳐 명중했다. 눈에서 새빨간 불길이 뿜어져 나왔다. 나는 그걸 보았다. 나는 비틀거리는 척했다. 오른쪽 귓불에서 뺨에 걸쳐 철썩, 손바닥이 명중했다. 나는 진흙탕 속에 두 손을 짚었다. 순식간에 농민의 한쪽 다리를 꽉 물었다. 다리는 단단했다. 길가의 백양나무 말뚝이었다. 나는 진흙탕에 엎드려 그제서야 엉엉 소리 내어 실컷 울어 버리자고 조바심했지만, 가여워라, 눈물 한 방울도 나오지 않았다.

검둥이

검둥이는 우리 안에 있었다. 한 평 남짓한 우리 안, 깜깜한 안쪽 구석에 통나무로 만든 걸상이 하나 놓여 있었다. 검둥이는 거기에 앉아, 자수를 놓고 있었다. 이렇게 어두컴컴한 데서 어떻게 자수를 놓지? 소년은 빈틈없는 신사처럼 코 양옆으로 깊은 주름을 만들고 입술을 일그러뜨리며 코웃음 쳤다.

일본 곡마단이 검둥이를 한 마리 데려왔다. 마을은 술렁거렸다. 사람을 잡아먹는대. 새빨간 뿔이 돋아 있어. 온몸에 꽃 모양 얼룩이 있어. 소년은 전혀 그 말을 믿지 않았다. 소년은 생각한다. 마을 사람들도 진심으로 믿어서 그런 소문을 얘기하는 게 아닐 거야. 평소 꿈이 없는 생활을 하다 보니, 이런 때야말로 제멋대로 전설을 꾸며내, 믿는 척 도취되어 있는 게 분명해. 소년은 마을 사람들의 그런 안이한 거짓말을 들을 때마다, 이를 갈고 귀를 틀어막으며 집으로 뛰어 돌아갔다. 소년은 마을 사람들의 소문이 멍청하다고 생각한다. 어째서 이 사람들은 좀 더 중요한 사항을 이야기하지 않는 걸까? 검둥이는 암컷이잖아.

곡마단 음악대는 마을의 좁다란 길을 누비고 다니며 육십 초도 채 안 걸려 마을 구석구석까지 죄다 선전할 수가 있었다. 외길 양쪽에 300미터 남짓 억새로 이은 집이 늘어서 있을 뿐이었다. 음악대는 마을 변두리로 나와서도 발걸음을 멈추지 않고, 반딧불 노래를 거듭 되풀이해 연주하면서 유채꽃 밭 사이를 천천히 행진했다. 그러고 나서 모내기가 한창인 논으로 나가 좁다란 논두렁길을 한 줄로 서서 나아가며 마을 사람들 중 한 사람도 빠짐없이 들뜨게 한 뒤 다리를 건너 숲을 빠져 나가 2킬로미터 떨어진 이웃 마을에까지 다다랐다.

마을 동쪽 끝에 초등학교가 있고, 그 초등학교에서 다시 동쪽 옆이 목장이었다. 백 평 남짓한 목장에는 토끼풀이 가득 깔려 있고, 소 두 마리와 돼지 여섯 마리가 놀고 있었다. 곡마단은 이 목장에 쥐색 텐트 극장을 세웠다. 소와 돼지는 목장 주인의 헛간으로 옮겼다.

밤에 마을 사람들은 수건으로 볼을 감싸 가린 채 두세 명씩 어울려 텐트 안으로 들어갔다. 육칠십 명의 관객이었다. 소년은 어른들을 막무가내로 밀어제치며, 맨 앞줄로 나왔다. 둥근 무대 주변을 빙 둘러친 굵은 로프에 턱을 괴고 가만히 있었다. 이따금 눈을 살포시 감고 황홀한 표정을 지었다.

곡예가 차례로 진행되었다. 나무통. 반주 음악. 채찍 소리. 그리고 비단. 깡마른 늙은 말. 김빠진 갈채. 카바이드. 스무 개 남짓한 가스등이 텐트 극장 여기저기에 들쭉날쭉 제멋대로 내걸려 있고, 밤벌레들이 거기로 하늘하늘 모여들었다. 텐트 천이 모자랐는지, 극장 천장에 열 평쯤 되는 큼직한 구멍이 뻥 뚫려 있어 거기로 별 총총한 하늘이 보인다.

검둥이 우리가 두 남자에게 밀려 무대로 나왔다. 우리 밑에 바퀴가 달린 듯 달각달각 소리를 내며 무대로 미끄러져 나왔다. 수건으로 볼을 감싼 관객들의 고함 소리와 박수. 소년은 깨나른한 듯 눈썹을 올리고 우리 안을 조용히 관찰하기 시작했다.

소년은 비웃음의 그림자를 얼굴에서 지웠다. 자수는 일장기였다. 소년의 심장은 콩닥콩닥 희미한 소리를 내며 울리기 시작했다. 군대나 그 외 군대 비슷한 개념 때문이 아니다. 검둥이가 소년을 속이지 않았기 때문이다. 정말로 자수를 놓고 있었다. 일장기 자수는 간단하니까, 어둠 속에서 손으로 더듬어 가면서도 할 수 있다. 고맙다. 이 검둥이는 정직하다.

이윽고 연미복을 입은 은빛 수염의 단장이 관객에게 그녀의 짧은 내력을 알려 주고 나서, 켈리, 켈리, 하고 우리를 향해 두 번 외치며 오른손의 채찍을 멋지게 흔들었다. 채찍 소리가 소년의 가슴을 날카롭게 찔렀다. 단장에게 질투를 느꼈다. 검둥이는 일어섰다.

채찍 소리에 겁먹은 채 검둥이는 굼뜨게 두세 가지 곡예를 했다. 외설스러운 곡예였다. 소년을 빼고 다른 관객들은 그걸 모른다. 사람을 잡아먹는지 안 잡아먹는지. 새빨간 뿔이 있는지 없는지. 그런 것만이 문제였다.

검둥이의 몸에는 푸른 골풀 도롱이가 하나 입혀져 있었다. 기름을 잔뜩 발라 놓은 듯, 구석구석까지 되게 번들거렸다. 마지막으로 검둥이는 노래를 한 곡조 불렀다. 반주는 단장의 채찍 소리였다. 샤아봉, 샤아봉, 하는 간단한 말이다. 소년은 그 노래의 울림이 좋았다. 아무리 형편없는 말이라도 애절한 심정이 담겨 있으면, 틀림없이 사람을 감동시키는 울림이 나오는 법이다. 그렇게 생각하고 다시 눈을 꼭 감았다.

그날 밤, 검둥이를 생각하며 소년은 자신을 더럽혔다.

다음 날 아침, 소년은 등교했다. 교실 창문을 타고 넘어 집 뒤 개울을 뛰어넘어, 곡마단의 텐트를 향해 달렸다. 텐트 틈새로 어슴푸레한 내부를 엿보았다. 곡마단 사람들은 무대 가득 어지러이 이불을 깔고, 애벌레처럼 뒹굴뒹굴 자고 있었다. 학교 종소리가 울려 퍼졌다. 수업이 시작된다. 소년은 움직이지 않았다. 검둥이가 없다. 아무리 찾아도 보이지 않는다. 학교는 잠잠해졌다. 수업이 시작되었겠지. 제2과, 알렉산더 대왕과 의사 필립. 옛날 유럽에 알렉산더 대왕이라는 영웅이 있었다. 소녀가 낭랑하게 책 읽는 소리를 분명히 들었다. 소년은 움직이지 않았다. 소년은 믿었다. 그 검둥이는 보통 여자다. 평소엔 우리 밖으로 나와, 여럿이 어울려 노는 게 틀림없다. 물을 긷기도 하고 담배를 피우거나 일본어로 화를 내는, 그런 여자다. 소녀의 낭독이 끝나고, 교사의 탁한 목소리가 들리기 시작했다. 신뢰는 미덕이라고 생각합니다. 알렉산더 대왕은 이 미덕을 지니고 있었기에 목숨을 보전했을 것입니다. 여러분. 소년은 여전히 움직이지 않았다. 여기 없을 리가 없어. 우리는 분명 텅 비어 있을 테지. 소년은 어깨를 긴장시켰다. 이렇게 엿보는 사이, 검둥이는 몰래 내 뒤로 다가와 어깨를 꼭 껴안는다. 그 때문에 등 뒤도 방심하지 않고 멋지게 안길 수 있도록 어깨를 작게 긴장시킨 거였다. 검둥이는 자수 일장기를 줄 게 틀림없어. 그때 난 약점을 보이지 않고 이렇게 말해야지. 나까지 몇 명째야?

검둥이는 나타나지 않았다. 텐트에서 물러나, 소년은 옷소매로 좁은 이마의 땀을 닦고 어슬렁어슬렁 학교로 돌아갔다. 열이 났어요. 폐가 좋지 않대요. 하카마에 편상화를 신은 늙은 남자 교사를 감쪽같이 속였다. 자기 자리에 앉고 나서도, 소년은 콜록콜록 가짜 기침으로 숨이 막혔다.

마을 사람들 이야기에 의하면, 검둥이는 역시 우리에 갇힌 채 포장마차에 실려 이 마을을 떠났다. 단장은 자신의 몸을 지키기 위해, 권총을 호주머니에 숨기고 있었다.

그는 옛날의 그가 아니다

네게 이 생활을 가르쳐 주지. 알고 싶으면 우리 집의 빨래 너는 곳까지 오면 돼. 거기서 살짝 가르쳐 줄게.

우리 집 빨래 너는 곳은 전망이 탁 트였지? 교외의 공기는 깊으면서도 가볍지? 집들도 드문드문 있고. 조심해! 네 발밑의 판자는 썩어 가는 중이야. 좀 더 이쪽으로 오라고. 봄바람이야. 이런 느낌으로 귓불을 살랑살랑 간질이며 지나가는 건, 마파람의 특징이지.

죽 둘러보니 교외 집들의 지붕이 들쭉날쭉한 것 같지 않나? 넌 틀림없이 긴자나 신주쿠에 있는 백화점 옥상 정원의 나무 울짱에 기대어 턱을 괸 채, 시내의 100만여 지붕들을 멍하니 내려다본 적이 있겠지. 시내의 100만여 지붕들은 하나같이 똑같은 크기와 똑같은 모양과 똑같은 색깔로 밀치락달치락하며 포개어지고 겹쳐지고, 결국은 세균과 자동차 먼지로 불그죽죽하게 혼탁해진 도시의 안개 속에 그 귀퉁이를 침몰시키고 있어. 너는 그 지붕들 아래 100만여 가지의 판에 박은 생활을 떠올리며, 눈을 감고 깊은 한숨을 내쉬었을 게 틀림없어. 보다시피, 교외의 지붕들은 좀 다르지. 하나하나가 그 존재 이유를 느긋하게 주장하고 있잖아? 저 기다란 굴뚝은 모모노유라는 공중목욕탕의 것인데, 푸른 연기가 바람 부는 대로 순순히 북방으로 흩날리고 있어. 저 굴뚝 바로 아래 빨간 서양 기와집은 유명한 어느 장군의 것인데, 그쪽에서 매일 밤 요쿄쿠〔謠曲〕[1] 가락이 들려와. 빨간 기와집에서부터 메밀잣밤나무 가로수가 구불구불 남쪽으로 뻗어 있어. 가로수가 끝나는 지점에 하얀 벽이 흐릿하게 빛나고 있어. 전당포 곳간. 서른을 갓 넘긴 자그마한 체구에 영리한 여주인이 경영하고 있지. 이 사람은 길에서 나와 마주쳐도 내 얼굴을 못 본 척해. 인사를 받은 상대방의 명예를 고려하는 거지. 곳간의 뒤편, 날개 뼈대처럼 잎사귀를 쫙 펼친 지저분한 수목이 대여섯 그루 보여. 저건 종려나무야. 저 나무에 뒤덮여 있는 나지막한 함석지붕은 미장이 것이지. 미장이는 지금 감옥에 있어. 아내를 때려 죽였거든. 미장이가 매일 아침 누리는 자부심에, 아내가 상처를 입혔기 때문이야. 미장이에겐 매일 아침 우유를 반 홉씩 마시는 사치스러운 즐거움이 있었는데, 그날 아침 아내가 실수로 우유병을 깨뜨렸어. 그러고는 그걸 대수롭지 않은 과실

---

1) 일본 전통극 노가쿠의 대본에 가락을 붙여 노래하는 것.

그는 옛날의 그가 아니다

217

이라 여겼지. 미장이는 그게 불끈 부아가 치밀었던 거야. 아내는 그 자리에서 숨을 거두었고 미장이는 감옥으로 갔는데, 미장이의 열 살 남짓한 아들이 얼마 전 역 매점 앞에서 신문을 사서 읽고 있더군. 난 그 모습을 봤어. 하지만 내가 너에게 알려 주려는 생활은 이런 평범한 게 아니야.

이쪽으로 와 봐. 여기 동쪽 방향의 전망이 훨씬 좋거든. 집들도 한결 드문드문 있고. 저기 작고 검은 숲이 우리 시야를 가로막고 있어. 저건 삼나무 숲이야. 저 안에는 오곡 신을 모신 신사가 있지. 숲 끝자락에 환하고 밝은 곳은 유채꽃 밭이고, 거기서 앞쪽으로 백 평 남짓한 공터가 보여. 용(龍)이라는 녹색 글자가 쓰인 종이 연이 고즈넉이 날고 있어. 저 종이 연에 늘어뜨려진 기다란 꼬리를 좀 봐. 꼬리 끄트머리에서 곧장 아래로 선을 그어 보면, 바로 공터의 동북쪽 귀퉁이로 떨어지지? 넌 이미 그곳에 있는 우물을 응시하고 있군. 아니, 우물물을 펌프질하며 길어 올리는 젊은 여자를 응시하고 있군. 그럼 됐어. 처음부터 난, 저 여자를 네게 보여 주고 싶었거든.

새하얀 앞치마를 두르고 있어. 저이는 마담이야. 물 긷기를 마치고 양동이를 오른손에 들고서 비틀비틀 걷기 시작해. 어느 집으로 들어갈까? 공터 동쪽에는 굵은 죽순대가 이삼십 그루 무리 지어 돋아났어. 지켜봐. 여자는 저 죽순대 사이를 빠져나가, 그러고는 별안간 모습을 감춰. 거봐. 내가 말한 대로지? 사라졌어. 하지만 신경 쓸 건 없어. 난 저 여자가 가는 곳을 알거든. 죽순대 뒤쪽은 어쩐지 불그스름하지? 홍매 두 그루가 있어. 꽃봉오리가 벌어지기 시작한 게 틀림없어. 저기 불그레한 안개 속에 까만 일본 기와지붕이 보여. 저 지붕이야. 저 지붕 아래, 방금 본 여자 그리고 그녀의 남편이 기거하고 있지. 전혀 신기할 것도 없는 지붕 아래, 알려 주고 싶은 생활이 있어. 여기 좀 앉지.

저 집은 원래, 내 것이다. 작은방 두 개와 큰방 하나, 방이 세 개다. 방의 배치도 좋고 햇볕도 잘 드는 편이다. 열세 평 남짓한 뒤뜰이 딸려 있는데, 저 홍매 두 그루가 심긴 것 말고도 얼추 큰 배롱나무도 있고 철쭉이 다섯 그루쯤 있다. 작년 여름에는 현관 옆에 남천촉을 심어 주었다. 그래서 집세가 십팔 엔이다. 너무 비싸다고는 생각지 않는다. 이십사오 엔 정도 받고 싶지만 역에서 조금 먼 탓에 그럴 수가 없다. 너무 비싸다고는 생각지 않는다. 그런데도 일 년 치가 밀렸다. 저 집의 집세는 애당초 고스란히 내 용돈이 되는 거였는데, 덕분에 최근 일 년 동안 나는 이런저런 교제를 하면서 왠지 주눅이 들었다.

지금 거주하는 남자에게 집을 세준 것은 지난해 3월이다. 뒤뜰의 철쭉이 마침내 새싹을 틔우기 시작한 무렵이었다. 그에 앞서서는 예전에 수영 선수로 유명했던 어느 은행원이 젊은 아내와 단둘이 살았다. 은행원은 상당히 소심한 남자로, 술도 안 마시고 담배도 안 피우는데 어쩐지 여자를 좋아한 것 같다. 이것이 빌미가 되어 자주 부부 싸움을 했다. 하지만 집세는 꼬박꼬박 지불했으니까, 나는 그 사람에 대해 그다지 나쁘게 말할 수 없다. 은행원은 햇수로 삼 년 있어 주었다. 나고야 지점으로 좌천되어서다. 올해 연하장에는 유리라는 여자

아이 이름과 부부의 이름, 세 개가 나란히 쓰여 있었다. 은행원 전에는 서른 남짓한 맥주 회사 기술자에게 세를 주었다. 어머니와 여동생도 함께 셋이 살았는데, 온 가족이 하나같이 무뚝뚝했다. 기술자는 복장 따윈 개의치 않는 남자로 언제나 푸른 작업복을 입고 있었고, 또한 훌륭한 시민이었던 것 같다. 어머니는 흰 머리카락을 짧게 상고머리로 깎아, 기품이 있었다. 여동생은 스무 살가량에 몸집이 자그마하면서 말랐고, 화살 깃 무늬 옷을 즐겨 입었다. 그런 가정을 점잖다, 라고 할 수 있으리라. 대략 반년쯤 살다가 시나가와 쪽으로 이사를 갔는데, 그 후의 소식은 알지 못한다. 나로서는 그 당시야말로 적잖은 불만도 없지 않았으나, 이제 와 생각해 보니 그 기술자건 또 수영 선수건 좋은 세입자에 속하는 사람들이었다. 흔히 말하는 세입자 운이 좋았던 셈이다. 그런데 지금의 세 번째 세입자 때문에 완전히 불리해지고 말았다.

지금쯤 저 지붕 아래서 이부자리에 든 채 천천히 호프 담배를 피우고 있을 게 틀림없다. 그렇다. 호프를 피운다. 돈이 없지는 않다. 그런데도 집세를 내지 않는다. 처음부터 잘못되었다. 해거름에 기노시타라며 이름을 밝히고 우리 집으로 찾아왔는데 현관 입구에 우두커니 선 채, 서예를 가르치고 있다, 이 댁에서 세 들어 살고 싶다, 대충 이 정도 내용을 묘하게 사근사근 붙임성 있고 끌어당기는 말투로 이야기했다. 키가 아주 작고 마른, 낯이 길쭉한 청년이었다. 어깨에서 소맷부리까지 옷 주름이 반듯하니 잡혀 있는 새 감색 겹옷을 입고 있었다. 분명히 청년으로 보였다. 나중에 알았는데, 마흔두 살이라

한다. 나보다 열 살이 더 많다. 그러고 보면 그 남자의 입 언저리나 눈 밑에 축 늘어진 주름이 많아 청년이 아닌 듯 보이기도 하지만, 그래도 마흔두 살은 거짓말인 것 같다. 아니, 이 정도 거짓말은 저 남자에겐 전혀 진기한 게 아니다. 처음에 우리 집으로 왔을 때부터 이미 엄청난 거짓말을 하고 있다. 나는 그의 요구에 대해, 마음에 드신다면, 하고 대답했다. 나는 세입자의 신원에 대해 여태껏 그다지 깊게 캐묻지 않았다. 실례라고 생각한다. 보증금에 대해 그는 이런 말을 했다.

"보증금은 두 달분 월세인가요? 그렇군요. 아니에요, 죄송하지만 그럼 오십 엔만 지불하겠습니다. 아니에요. 저희도 갖고 있어 봤자 써 버리니까요. 뭐, 저금 같은 거 아닌가요? 호호. 내일 아침 바로 이사하겠습니다. 보증금은 그때, 인사를 겸해서 갖다 드리지요. 안 될까요?"

이런 식이다. 안 된다고 할 수 없잖은가. 더구나 나는 남의 말을 그대로 믿는 주의다. 속았다면 그야 속인 쪽이 나쁜 거다. 나는, 괜찮습니다, 내일이건 모레건, 하고 대답했다. 남자는 응석 부리듯 미소 지으며 공손하게 절을 하고 조용히 돌아갔다. 그가 놓고 간 명함에는 주소는 없이 단지 기노시타 세이센이라고 납작 글씨로 인쇄되어 있었고, 그 글자의 위쪽 모서리에 '자유천재류(自由天才流) 서예 교수'라고 펜으로 어설프게 덧붙여 써 놓았다. 나는 아무 생각 없이 실소가 터졌다. 다음 날 아침, 세이센 부부는 많은 가재도구를 트럭으로 두 번이나 실어 날라 이사해 왔는데, 보증금 오십 엔에 대해선 끝내 말이 없었다. 주려나?

그는 옛날의 그가 아니다

이사한 당일 정오 무렵, 세이센은 부인과 함께 우리 집으로 인사하러 왔다. 그는 노란 털 재킷 차림에 요란스러운 각반을 차고, 여성용인 듯한 옻칠 게다를 신고 있었다. 내가 현관으로 나가자마자, "아아. 간신히 이사가 끝났습니다. 이런 모습이라 이상한가요?"

그러고는 내 얼굴을 빤히 들여다보며 씨익 웃었다. 나는 어쩐지 멋쩍은 느낌이 들어, 수고하시네요, 라고 적당히 대답하면서도 역시 미소로 응해 주었다.

"집사람입니다. 잘 부탁합니다."

세이센은 뒤쪽에 조용히 서 있던 몸집이 좀 큰 여자를, 과장스런 턱짓으로 가리켰다. 우리는 서로 인사를 나누었다. 삼 잎 무늬의 푸르스름한 겹옷에, 주홍색으로 홀치기염색을 한 짧은 겉옷을 걸치고 있었다. 나는 아랫볼이 불룩한 마담의 부드러운 얼굴을 언뜻 보고, 움찔했다. 얼굴이 낯익은 것도 아닌데, 그럼에도 굉장히 충격이 컸다. 피부가 투명하게 희고 한쪽 눈썹이 쑥 올라간 반면 다른 한쪽 눈썹은 얌전했다. 눈은 약간 갸름한 편이고 얇은 아랫입술을 살짝 깨물고 있었다. 처음에 나는 화가 났나 보다 생각했다. 하지만 그렇지 않다는 걸 금세 알았다. 마담은 인사를 하고 나서 세이센에게 감추듯 큼직한 봉투를 현관 마루에 살짝 놓으며, 약소합니다만, 하고 낮지만 단호한 어조로 말했다. 그러고 나서 한 번 더 천천히 머리 숙여 인사했다. 인사할 때도 역시나 한쪽 눈썹을 올리고 아랫입술을 깨물고 있었다. 나는 이것이 이 사람의 평소 습관이려니 생각했다. 그런 다음 세이센 부부는 떠났지만, 나는 한

참 동안 멍하니 있었다. 그리고 울컥 화가 치밀었다. 보증금 건도 있고, 그 무엇보다 아무래도 호되게 당한 것 같은 초조감을 견디기 힘들었다. 나는 현관 마루에 웅크리고 앉아, 창피할 정도로 큼직한 그 봉투를 집어 들고 속을 들여다보았다. 메밀국수 가게의 오 엔짜리 상품권이 들어 있었다. 아주 잠깐, 나는 도무지 영문을 알 수 없었다. 오 엔짜리 상품권이라니, 터무니없다. 문득, 나는 께름칙한 의심에 사로잡혔다. 혹시나 보증금이랍시고 준 게 아닐까? 이렇게 생각했다. 그렇다면 이건 지금 당장이라도 냅다 되돌려 줘야만 한다. 나는 참을 수 없이 속이 끓어오르는 걸 느끼며 그 봉투를 품에 넣고, 세이센 부부를 뒤쫓다시피 하여 집을 나섰다.

세이센도 마담도 그들의 새집에 돌아와 있지 않았다. 귀갓길에 쇼핑하러 어딜 들렀나 보다 생각하며, 조심성 없이 활짝 열어젖혀 있는 현관을 통해 나는 뻔뻔스레 집 안으로 들어가고 말았다. 여기서 몰래 기다리고 있자고 생각했다. 평소 같아선 나도 이런 난폭한 궁리를 세우지 않을 텐데, 아무래도 품속의 오 엔짜리 상품권 덕택에 다소 상태가 정상이 아니었던 모양이다. 나는 현관의 작은방을 지나 거실로 들어갔다. 이 부부는 이사에 상당히 익숙한 듯 어느새 가재도구가 얼추 정돈되어 있고, 도코노마[2] 장식으로는 두세 송이 붉은 꽃을 피운 명자나무의 질그릇 화분이 놓여 있었다. 족자는 북두칠성 네

---

2) 다다미방 정면에 바닥을 한 층 높여 만들어 놓은 곳. 벽에는 족자를 걸고, 바닥에 도자기나 꽃병 등을 장식해 둔다.

글자를 임시 표구한 것이다. 문구도 그렇지만 서체는 더더욱 우스꽝스러웠다. 풀 귀얄인지 뭔지로 글씨를 쓴 듯, 허풍스럽게 획이 굵은 데다 엉망진창으로 먹이 번져 있었다. 낙관 같은 게 없었음에도 나는 한눈에 세이센이 썼다고 단정을 내렸다. 다시 말해 이것이 자유천재류일 테지. 나는 안쪽 작은방에 들어갔다. 옷장이며 경대가 제대로 자리를 잡고 놓여 있었다. 목이 가늘고 다리가 거대한 나부(裸婦)의 데생 한 장이 동그란 유리 액자에 끼워져, 경대 바로 옆 벽에 걸려 있었다. 여기는 마담의 방이리라. 아직 새것인 뽕나무 화로, 이것과 짝을 이루는 아담한 뽕나무 찻장이 벽 쪽에 나란히 놓여 있었다. 쇠주전자를 올려놓은 화로에는 불이 피워져 있었다. 나는 우선 그 화로 옆에 앉아 담배를 피웠다. 이제 막 이사한 새집은 사람을 감상적으로 만드나 보다. 저 액자 그림을 놓고 부부가 주고받았을 의견이나 이 화로의 위치를 두고 벌였을 옥신각신을 상상하며, 나 역시 생활이 바뀌었을 때의 의욕적인 마음가짐을 느낄 수 있었다. 담배를 한 개비 피우자마자 나는 일어났다. 5월이 되면 다다미를 갈아 줘야지. 이런 생각을 하며 나는 현관에서 밖으로 나와, 다시 현관 옆 사립문을 통해 마당 쪽을 돌아 큰방의 툇마루에 걸터앉아 세이센 부부를 기다렸다.

세이센 부부는 마당의 배롱나무 줄기가 저녁 해에 빨갛게 물들기 시작했을 즈음, 드디어 돌아왔다. 예상대로 쇼핑을 한 듯 세이센은 빗자루 하나를 어깨에 메고, 마담은 여러 가지 쇼핑 물건을 담은 양동이를 무거운 듯 오른손에 들고 있었다. 그들은 사립문을 열고 들어왔기 때문에 금방 내 모습을 발견했지만, 그리 놀라지도 않았다.

"아, 집주인께서 오셨군요."

세이센은 빗자루를 멘 채 미소 지으며 가볍게 머리를 숙였다.

"오셨네요."

마담도 예의 눈썹을 치켜올린 채, 그러나 아까보다는 좀 더 편안하게 얼핏 하얀 이를 드러내고 웃으며 인사했다.

나는 내심 곤혹스러웠다. 보증금 이야기는 오늘은 하지 말자. 메밀국수 상품권에 대해서만 한마디 타일러야겠다고 생각했다. 하지만 이것도 실패했다. 나는 도리어 세이센과 악수를 나누고, 더구나 칠칠치 못하게 서로를 위해 만세를 외치기까지 했다.

세이센이 권하는 대로 나는 툇마루에서 거실로 들어갔다. 나는 세이센과 마주 앉아 어떤 식으로 이야기를 꺼내야 좋을지, 그것만을 생각했다. 내가 마담이 내온 차를 한 모금 홀짝거렸을 때, 세이센은 슬며시 자리에서 일어나더니 옆방에서 장기판을 들고 왔다. 너도 알다시피 나는 장기를 잘 두지. 한 판쯤은 두어도 좋겠다고 생각했다. 손님과 제대로 이야기를 나누기도 전에 말없이 장기판을 꺼내는 것, 이건 장기 좀 둔답시고 혼자 우쭐거리는 사람의 흔한 수법이다. 그렇담 한번 찍소리도 못 하게 해 주자. 나도 미소 지으며 잠자코 장기 말을 차려 놓았다. 세이센이 장기를 두는 방식은 신기했다. 엄청나게 빨랐다. 덩달아 빨리 두다 보면 어느 틈엔가 궁(宮)을 빼앗기고 만다. 이런 식이었다. 말하자면 기습적이다. 나는 몇 판이고 졌고, 그러다 점점 열광하기 시작한 것 같다. 방이 좀 어둑해져서 툇마루로 나가 계속 두었다. 결국 10대 6 정도로 내가 지게 되었는데, 나도 세이센도 녹초가 되고 말았다.

세이센은 승부 중에는 전혀 말이 없었다. 반듯한 책상다리를 하고 편안하게 앉아, 다시 말해 비스듬히 자세를 취했다.

"엇비슷하군요." 그는 장기 말을 상자에 집어넣으며 진지하게 중얼거렸다. "좀 누울까요? 아아아. 피곤하네요."

나는 예의 없이 다리를 뻗었다. 뒤통수가 지끈지끈 아팠다. 세이센도 장기판을 옆으로 물리고, 툇마루에 기다랗게 엎드려 누웠다. 그리고 땅거미에 감싸이기 시작한 마당을 손으로 턱을 괸 채 바라보며,

"아아! 아지랑이!" 하고 낮게 소리쳤다. "신기하군요. 보세요. 이맘때 아지랑이가."

나도 툇마루에 납작 엎드려, 마당의 검게 젖은 흙 위를 이마에 손을 얹은 채 보았다. 퍼뜩 정신이 들었다. 아직 용건 한마디조차 채 꺼내기도 전에, 장기를 두거나 아지랑이를 찾거나 하는 자신의 멍청함을 깨달았다. 나는 허둥지둥 고쳐 앉았다.

"기노시타 씨. 좀 곤란해요." 말하면서 예의 봉투를 품에서 꺼냈다. "이건 받을 수 없습니다."

세이센은 어째선지 깜짝 놀란 듯 표정을 바꾸고 몸을 일으켰다. 나도 자세를 갖추었다.

"차린 건 별로 없지만."

마담이 툇마루로 나와 내 얼굴을 살폈다. 방에는 전등이 흐릿하니 켜져 있었다.

"그렇군. 그렇군." 세이센은 조바심치듯 몇 번이고 고개를 끄덕이며 눈썹을 찌푸리고, 뭔가 아득한 걸 보고 있는 듯했다. "그렇다면 우선 밥부터 먹읍시다. 이야기는 그다음에 천천히 하지요."

나는 더 이상 식사 대접 같은 건 받고 싶지 않았지만, 어쨌거나 이 봉투 처리만은 매듭짓고 싶은 생각에, 마담을 따라 방으로 들어갔다. 그게 잘못이었다. 술을 마셨다. 마담이 한 잔 권했을 때, 이거 야단났군, 싶었다. 하지만 두 잔 세 잔 마시면서 나는 조금씩, 조금씩 차분해졌다.

처음에 세이센의 자유천재류를 놀려 줄 작정으로 장식 족자를 돌아다보며, 이게 자유천재류인가요? 하고 물었다. 그러자 세이센은 취기로 불그스름해진 눈가를 한결 빨갛게 붉히며 괴로운 듯 웃음을 터뜨렸다.

"자유천재류? 아아. 그건 거짓말입니다. 무슨 직업이 없으면 요즘 집주인들께서 세를 주지 않는다는 이야기를 들은 터라, 뭐, 그런 엉터리 짓을 한 겁니다. 화내시면 안 돼요." 이렇게 말하고 나서 또 한바탕 숨이 막힐 듯 웃었다. "이건 골동품 가게에서 발견했지요. 이런 엉뚱한 서예가도 다 있다며 놀라워, 삼십 전인가에 샀습니다. 문구도 북두칠성뿐이고 아무런 의미도 없으니까, 마음에 들었지요. 난 별난 물건을 좋아하거든요."

나는 세이센이 어지간히 오만한 남자인 게 틀림없다고 생각했다. 오만한 남자일수록 자신의 취미를 비틀고 싶어 하는 것 같다.

"실례지만 무직인가요?"

다시 오 엔짜리 상품권이 신경 쓰이기 시작했다. 분명 안 좋은 속임수가 있는 게 확실하다고 생각했다.

"그렇습니다." 술잔을 입에 갖다 댄 채 여전히 히죽히죽 웃고 있다. "하지만 염려는 안 하셔도 됩니다."

"아닙니다." 되도록 쌀쌀맞게 대하려고 애썼다. "저는 분명히 말하는데, 이 오 엔짜리 상품권이 무엇보다 마음에 걸립니다."

마담이 내게 술을 따라 주면서 끼어들었다.

"정말이지." 불룩한 작은 손으로 옷깃을 매만지고 나서 미소 지었다. "남편이 잘못한 거예요. 이번 집주인은 젊고 선량해 보인다느니 실례되는 말을 하고는, 억지로 그런 이상한 상품권을 만들게 한 거예요. 정말이지."

"그렇습니까?" 나는 얼결에 웃음이 터졌다. "그렇습니까? 저도 놀랐습니다. 보증금……" 그만 말이 헛나가 입을 다물었다.

"그렇습니까?" 세이센이 내 말투를 흉내 냈다. "알겠습니다. 내일 갖고 찾아뵙지요. 은행이 쉬는 날이거든요."

그러고 보니 오늘은 일요일이었다. 우리는 까닭도 없이 소리를 맞춰 포복절도했다.

나는 학생 시절부터 천재라는 말을 좋아했다. 롬브로소[3]나 쇼펜하우어의 천재론을 읽고 남몰래 그 천재에 해당할 만한 사람을 찾아다니기도 했지만, 좀체 눈에 띄지 않았다. 고등학교에 다닐 때, 빡빡머리를 한 젊은 역사 교수가 전교생의 이름

---

3) 체사레 롬브로소(Cesare Lombroso, 1836~1909). 이탈리아의 정신 의학자. 범죄 인류학을 창시했다.

과 제각각의 출신 중학교를 깡그리 외우고 있다는 평판을 듣고 이 사람이 천재가 아닐까 주목했지만 강의가 변변치 못했다. 나중에 알았는데 학생의 이름과 각각의 출신 중학교를 외우는 건 이 교수의 유일한 자랑이고, 그걸 기억하기 위해 뼈와 살과 내장이 망가질 정도로 엄청난 고생을 했다고 한다. 지금 내가 이렇게 세이센과 마주 앉아 이야기를 나누다 보니, 그 골격이며 머리 모양이며 눈동자 색깔이며 또한 목소리의 높낮이가 그야말로 롬브로소나 쇼펜하우어가 규정하는 천재의 특징과 흡사하다. 분명히 그때는 그렇게 여겼다. 창백하고 야윈 몸. 작은 키에 굵고 짧은 목. 연극 대사 같은 콧소리.

취기가 상당히 돌았을 즈음, 나는 세이센에게 물었다.

"당신은 아까 직업이 없다고 말씀하신 것 같은데, 그렇다면 무슨 연구라도 하십니까?"

"연구?" 세이센은 장난꾸러기처럼 목을 움츠리고 커다란 눈을 빙그르 돌려 보았다. "무엇을 연구해요? 난 연구를 싫어해요. 어정쩡하게 지레짐작한 주석을 다는 일이잖아요? 싫습니다. 나는 만들지요."

"무얼 만듭니까? 발명인가요?"

세이센은 킥킥 웃기 시작했다. 노란색 재킷을 벗고 와이셔츠 한 장 차림이 되었다.

"이거 재미있어졌는걸. 그렇습니다. 발명이에요. 무선 전등의 발명이지요. 온 세계에 전신주가 죄다 없어진다면 얼마나 속이 후련할까요? 우선 말이죠, 칼싸움 영화의 로케이션에 엄청 도움을 줍니다. 난 배우예요."

마담은 연기에 매운 듯 두 눈을 가늘게 뜨고, 기름기로 번들번들 빛나기 시작한 세이센의 얼굴을 멍하니 쳐다보았다.

"안 되겠네요. 많이 취했어요. 언제나 이런 엉터리 이야기만 늘어놓으니, 어쩔 줄 모르겠네요. 신경 쓰지 마시길."

"뭐가 엉터리냐고! 시끄러워. 주인어른, 난 정말로 발명가예요. 어떻게 하면 사람이 유명해질 수 있나? 이걸 발명했지요. 옳거니! 무릎을 앞으로 내밀었잖아! 이거야. 요즘 젊은 사람들은 하나같이 다들 유명병이라는 것에 걸려 있습니다. 다소 자포자기에다 비굴한 유명병에 말이죠. 자네, 아니 당신, 비행사가 되시오. 세계 일주 최단 기록. 어떠신가? 죽을 각오로 눈딱 감고 끝없이 서쪽으로, 서쪽으로 날아가는 거야. 눈을 떴을 땐 어마어마한 군중의 숲. 지구의 총아. 딱 사흘만 참아. 어떠신가? 해 볼 마음 없나? 패기 없는 녀석이로군. 하하하. 앗, 실례. 그게 아니라면 범죄. 뭐, 일은 잘 풀릴 거요. 저만 똑 부러지게 하면 아무것도 아니지. 사람을 죽여도 좋고 물건을 훔쳐도 좋은데, 다만 좀 규모가 큰 범죄일수록 좋아. 괜찮아. 들킬 리 없어. 시효가 지났을 즈음, 당당히 이름을 밝히는 거지. 당신, 인기 있을걸. 하지만 이건 사흘간의 비행에 비하면 십년쯤 참아야 하니까, 당신들 근대인에겐 좀 안 맞아. 좋아. 그렇다면 당신에게 딱 맞는 조심스러운 방법을 가르쳐 주지. 자네 같은 호색한이나 소심한 사람, 의지가 박약한 패거리에겐 추문이라는 적합한 방법이 있어. 그런대로 이 동네에선 유명해질 수 있지. 유부녀와 사랑의 도피를 하라고. 응?"

나는 아무래도 좋았다. 술에 취했을 때 세이센의 얼굴이 나는 아름답다고 생각했다. 이 얼굴은 평범하지 않다. 나는 문득 푸시킨을 떠올렸다. 어디선가 본 적이 있는 얼굴이라 생각했는데, 이건 확실히 그림엽서나 가게 앞에서 본 푸시킨의 얼굴이었다. 싱그러운 눈썹 위에 늙고 지쳐 깊은 주름이 여럿 패어 있던 그 푸시킨의 데스마스크다.

나도 잔뜩 취한 모양이었다. 마침내 나는 품속의 상품권을 꺼내, 그걸로 메밀국수 가게에 술을 배달시켰다. 그리고 우리는 마시고 또 마셨다. 사람을 처음 사귀기 시작할 때의 그 바람기와도 비슷한 설렘이 두 사람에게 힘을 불어넣었고, 무지한 웅변으로 좀 더 좀 더 자신을 상대에게 알리고 싶은 초조감을 우리는 서로 느끼고 있었던 것 같다. 우리는 수없이 가짜 감격을 하면서 몇 번이고 술잔을 주고받았다. 정신을 차렸을 때, 이미 마담은 없었다. 잠이 들었으리라. 돌아가야지, 하고 나는 생각했다. 나오면서 악수를 했다.

"당신을 좋아해!" 나는 이렇게 말했다.

"나도 당신을 좋아해!" 세이센도 이렇게 대답한 것 같다.

"좋아. 만세!"

"만세!"

아마도 이런 식이었던 것 같다. 나는 곤드레만드레 취하면, 만세를 높이 외치는 나쁜 버릇이 있다.

술이 탈이었다. 아니, 역시나 내가 기분파였기 때문이리라. 그렇게 질질 미끄러지듯 우리의 희한한 교제가 시작되었다. 만취한 다음 날 하루 종일, 나는 여우나 너구리한테 홀리기라도 한 듯 멍한 기분이었다. 세이센은 아무리 생각해도 보통이 아니다. 나도 이 나이가 되도록 아직 독신으로 매일매일 빈둥빈둥 놀며 지내는 통에 친척들로부터 괴짜 취급을 당하고 멸시당하고는 있지만, 그래도 내 두뇌는 어디까지나 상식적이다. 타협적이다. 통상적인 도덕을 신봉하며 살아왔다. 말하자면, 건강하기까지 하다. 이에 비해 세이센은 아무래도 표준에서 크게 벗어난 게 아닌가. 결코 선량한 시민은 아닌 듯하다. 나는 세이센의 집주인으로서 그의 정체를 확실히 파악할 때까지는 좀 멀찍이 떨어져 있는 게 여러모로 형편이 낫지 않을까, 싶은 생각도 들어 그 후 네댓새 동안은 모른 척하고 지냈다.

그런데 이사하고 일주일 남짓 지났을 즈음, 세이센과 다시 만나고 말았다. 공중목욕탕의 탕 안에서다. 내가 목욕탕으로 발을 내딛은 순간, 야아! 하고 크게 소리치는 사람이 있었다. 정오 무렵의 목욕탕에서 다른 사람은 찾아볼 수 없었다. 세이센이 혼자 탕에 몸을 담그고 있었다. 나는 당황한 나머지, 출입문에서 가까운 수도꼭지 앞에 쭈그리고 앉아 손바닥에 비눗칠을 하고 거품을 한가득 만들었다. 어지간히 당황했던 모양이다. 퍼뜩 정신이 들었지만, 나는 그래도 일부러 천천히 수도꼭지를 틀고 물을 받아 손바닥의 거품을 씻어 낸 다음, 탕 안으로 들어갔다.

"요전 밤엔 실례했습니다." 나는 아무려나 부끄러웠다.

"아닙니다." 세이센은 시치름하게 말했다. "보세요, 이건 기소강의 상류입니다."

나는 세이센의 눈동자 방향으로, 그가 욕조 위 페인트 그림에 대해 이야기하고 있음을 알았다.

"페인트 그림이 좋습니다. 진짜 기소강보다는. 아니지. 페인트 그림이라서 좋은 거겠죠." 이렇게 말하며 나를 돌아다보고 미소 지었다.

"네." 나도 미소 지었다. 그의 말이 무슨 의미인지 알 수 없었다.

"이 정도면 엄청 애쓴 겁니다. 양심이 있는 그림이지요. 이걸 그린 페인트 가게 녀석은 이 목욕탕엔 절대 안 올 겁니다."

"오지 않을까요? 자기 그림을 바라보면서 조용히 탕에 몸을 담그고 있는 것도 나쁘지 않겠지요."

이러한 내 말이 아무래도 세이센의 모멸감을 불러일으킨 듯 그는, 글쎄, 라고만 할 뿐 자신의 두 손등을 나란히 펴고 열 개의 손톱을 바라보았다.

세이센은 먼저 목욕탕에서 나갔다. 나는 탕에 몸을 담근 채, 탈의실에 있는 세이센을 슬며시 지켜보았다. 오늘은 회색 명주 겹옷을 입고 있다. 그가 너무나 오래도록 자신의 모습을 거울에 비춰 보고 있기에 깜짝 놀랐다. 이윽고 나도 목욕탕에서 나왔는데, 세이센은 탈의실 구석에 있는 의자에 가만히 앉아 담배를 피우며 나를 기다리고 있었다. 나는 어쩐지 숨이 막히는 느낌이었다. 둘이서 함께 공중목욕탕을 나와서 돌아가는 길에, 그는 이런 말을 중얼거렸다.

"벌거숭이 모습을 보기 전까진 마음을 놓을 수 없습니다. 아니, 남자와 남자 사이 말이지요."

그날 나는 이끌리는 대로, 다시 세이센의 집을 방문했다. 도중에 세이센과 헤어져 우선 집에 들러 머리 손질을 조금 한

다음, 약속한 대로 곧장 세이센의 집으로 찾아갔다. 하지만 세이센은 없었다. 마담 혼자 있었다. 석양이 비치는 툇마루에서 석간을 읽고 있었다. 나는 현관 옆 사립문을 열고 좁은 마당을 가로질러 마루 끝에 섰다. 안 계십니까? 하고 물어보니,

"네." 신문에서 눈을 떼지 않은 채 이렇게 대답했다. 아랫입술을 꽉 물고, 언짢아 보였다.

"아직 목욕탕에서 안 돌아왔습니까?"

"그래요."

"거참. 목욕탕에서 우연히 만났거든요. 놀러 오라고 말씀을 하셨는데."

"믿을 게 못 된다니까요." 쑥스러운 듯 웃고, 석간의 페이지를 넘겼다.

"그럼, 이만 실례하겠습니다."

"어머? 좀 기다리실래요? 차라도 드세요." 마담은 석간을 접어 내 쪽으로 내밀었다.

나는 툇마루에 앉았다. 마당에는 홍매 꽃봉오리가 알알이 부풀어 올랐다.

"남편을 신용하지 않는 편이 좋아요."

다짜고짜 귓가에 속삭이는 이 말에, 흠칫했다. 마담은 내게 차를 권했다.

"어째서죠?" 나는 진지했다.

"글렀어요." 한쪽 눈썹을 쑥 치켜올리고 낮게 한숨을 쉬었다.

나는 하마터면 실소할 뻔했다. 세이센이 평소 이상한 자긍심으로 나태에 빠져 있는 걸 흉내 내어, 이 여자도 뭔가 특이

한 재능이 있는 남편 곁에서 시중드는 고생을 은근히 자랑스러워하고 있는 게 틀림없다고 생각했다. 산뜻한 거짓말을 내뱉는다 싶어, 나는 내심 우스웠다. 하지만 요 정도 거짓말에는 나도 지지 않는다.

"엉터리는 천재의 특징 가운데 하나라고 합니다만. 순간순간의 진실만을 말하지요. 표변이라는 단어가 있습니다. 나쁘게 말하면 기회주의자입니다."

"천재라니. 설마." 마담은 내가 마시던 차를 마당에 버리고, 새로 따라 주었다.

나는 막 목욕을 마친 탓에 목이 말랐다. 뜨거운 엽차를 마시며, 어째서 천재가 아니라고 단언하는지를 추궁해 보았다. 애당초 조금이라도 세이센의 정체 같은 것을 알아낼 심산이었다.

"엄청 으스대요." 대답이 이랬다.

"그런가요?" 나는 웃고 말았다.

이 여자도 세이센과 마찬가지로 무지 영리하거나 무지 멍청하거나 어느 한쪽이리라. 아무튼 이야기가 안 통한다고 생각했다. 하지만 나는 마담이 세이센을 꽤 사랑하고 있는 것 같다는 사실만은 알 수 있었다. 해 질 녘 자욱한 안개에 흐릿해져 가는 마당을 바라보면서, 나는 사소한 타협을 마담에게 암시했다.

"기노시타 씨는 그래도 역시 무언가 생각하고 있겠지요. 그러하다면, 진정한 휴식 따윈 없습니다. 게으름 피우는 게 아니에요. 목욕탕에 들어가 있을 때라도, 손톱을 깎고 있을 때라도."

"어머! 그러니까 다독거려 주라는 말씀이세요?"

나는 이 말이 상당히 정색하고 대드는 듯 들리기에 살짝 비웃는 의미를 담아, 무슨 싸움이라도 했습니까? 하고 반문했다.

"아뇨." 마담은 우습다는 기색이었다.

싸움을 한 게 틀림없었다. 더구나 지금은 세이센을 애타게 기다리고 있을 게 뻔하다.

"이만 실례하겠습니다. 네, 다시 오겠습니다."

땅거미가 져서 배롱나무 줄기만 매끈하게 드러나 보였다. 나는 마당의 사립문에 손을 올린 채, 뒤돌아보고 마담에게 한 번 더 인사했다. 마담은 하얗게 오도카니 툇마루에 서 있다가, 공손하게 머리 숙여 인사했다. 나는 마음속으로, 이 부부는 서로 사랑하고 있다, 라고 쓸쓸히 중얼거렸다.

서로 사랑하고 있다는 점은 알아냈지만, 세이센이 어떤 사람인지를 도무지 나는 잘 파악할 수 없었다. 요즘 유행하는 허무주의자라고나 할까, 아니면 예의 공산주의자, 아니, 시시한 부잣집 거드름쟁이일까. 그 무엇이건 간에, 나는 이런 남자에게 무심코 집을 세놓은 걸 후회하기 시작했다.

얼마 안 지나, 나의 불길한 예감이 슬슬 맞아떨어졌다. 3월이 지나도 4월이 지나도, 세이센한테서 아무런 연락이 없다. 집을 세놓는 데 필요한 이런저런 증명서도 무엇 하나 교환하지 않았고, 보증금 문제도 물론 그대로 남았다. 하지만 나는 다른 집주인처럼 증명서 같은 걸 까다롭게 따지는 게 성가신 사람인 데다, 보증금을 다른 곳에 굴려 금리 따위를 얻는 것도 싫었다. 세이센도 말했다시피 저금 같은 거니까 그건 뭐,

아무래도 좋았다. 하지만 집세를 넣어 주지 않는 데엔, 질리고 말았다. 나는 그래도 5월까지는 모른 척하고 넘어갔다. 이것은 나의 대범함과 관대함에서 나왔다는 식으로 설명하고 싶기도 하지만, 사실대로 말하자면 나는 세이센이 무서웠다. 세이센을 생각하면 뭔지 모르게 거북함을 느낀다. 만나고 싶지 않았다. 어차피 만나서 이야기를 매듭지어야 한다는 걸 알면서도 임시 모면으로 내일, 내일, 하며 미루고 있었다. 결국 나의 의지박약 탓이리라.

5월 하순, 나는 마침내 큰맘 먹고 세이센의 집으로 찾아가기로 했다. 아침 일찍 나섰다. 나는 언제나 그렇지만, 일단 마음먹으면 한시라도 빨리 그 용건을 끝내 버리지 않으면 개운하지 않다. 가 보니, 현관문이 아직 닫혀 있었다. 자고 있는 모양이다. 젊은 부부가 깊이 잠든 사이에 습격하는 것도 내키지 않아, 나는 그대로 돌아왔다. 안절부절못하면서 집 정원수 등을 손질하다, 가까스로 정오 무렵이 되어 나는 다시 나섰다. 아직 닫혀 있었다. 이번엔 나도 마당 쪽으로 돌아가 보았다. 마당의 철쭉은 다섯 그루 제각각 벌집처럼 엉기듯 피어 있었다. 홍매는 이미 꽃이 지고 말아 파릇파릇한 잎을 펼쳤고, 배롱나무는 나뭇가지 사이로 손거스러미처럼 호리호리한 새잎이 돋아 있었다. 덧문도 닫혀 있었다. 나는 가볍게 두 번 세 번 문을 두드리며, 기노시타 씨, 기노시타 씨! 하고 나직이 불렀다. 잠잠하다. 나는 덧문 틈새로 슬쩍 안을 들여다보았다. 나이가 몇 살이건 인간에겐 엿보는 취미가 있는 법이리라. 캄캄해서 아무것도 보이지 않았다. 하지만 누군가 거실에 누워 있는 듯한 낌새는 알아차릴 수 있었다. 나는 덧문에서 몸을 떼고 한 번 더 부를까 어쩌나 생각했지만, 결국 그대로 다시 집으로 되돌아왔다. 들여다본 데서 오는 후회는 나를 주눅 들게 했고 그렇게 맥없이 되돌아오게 만들었던 것 같다. 집으로 돌아오니 마침 손님이 와 있어서 그 사람과 두세 가지 용건 이야기를 나누는 사이, 해도 저물었다. 손님을 배웅하고 나서, 나는 다시 세 번째 방문을 시도했다. 설마 아직까지 자고 있는 건 아닐 테지, 생각했다.

세이센의 집에는 불이 켜져 있고 현관문도 열려 있었다. 인사를 건네자, 누구? 하고 세이센이 거칠한 목소리로 대답했다.

"접니다."

"아아. 집주인께서. 들어오시죠." 거실에 있는 모양이었다.

집 안 공기가 어쩐지 음침하다. 현관에 선 채 거실 쪽으로 고개를 기울여 들여다보니, 세이센은 솜옷 차림으로 이부자리를 허둥지둥 치우고 있었다. 어둑한 전등 아래 세이센의 얼굴은 화들짝 놀랄 정도로 늙어 보였다.

"벌써 주무십니까?"

"아니에요. 괜찮습니다. 하루 온종일 누워 있습니다. 정말로. 이렇게 누워 있으면 제일 돈이 안 드니까요." 이런 말을 해가며 그럭저럭 방 정리를 마친 듯, 달리다시피 현관으로 나왔다. "오랜만입니다."

내 얼굴도 제대로 보지도 않고, 곧장 고개를 떨구고 말았다.

"집세는 당분간 어렵습니다." 다짜고짜 말했다.

나는 발끈 화가 치밀었다. 일부러 대답하지 않았다.

"마담이 도망갔습니다." 현관 장지문에 기대어 조용히 웅크리고 앉았다. 전등 불빛을 뒤에서 받고 있는 탓에 세이센의 얼굴은 온통 새카맣게 보인다.

"어째서요?" 나는 철렁했다.

"싫어졌나 봅니다. 다른 남자가 생겼을 테지요. 그런 여자예요." 여느 때와 달리 말투가 시원시원했다.

"언제쯤인가요?" 나는 현관 마루에 앉았다.

"글쎄, 지난달 중순쯤이었나. 들어오시죠?"

"아니요. 오늘은 다른 볼일이 있어서." 나는 좀 기분이 으스스했다.

"창피한 일입니다만, 전 그동안 집사람의 친정에서 보내 주는 돈으로 생활해 왔습니다. 그런데 이렇게 돼서."

조급하게 이야기를 계속하는 세이센의 태도에서, 한시라도 빨리 손님을 되쫓아 보내려는 속셈을 간파했다. 나는 일부러 소맷자락에서 담배를 꺼내, 성냥 있습니까? 하고 물어보았다. 세이센은 말없이 일어나 부엌 쪽으로 가서, 큼직한 성냥 통을 가져왔다.

"어째서 일을 하지 않는 거죠?" 나는 담배를 피우며, 이제부터 차근차근 이야기를 나눠 봐야겠다고 은밀히 결심했다.

"일할 수 없기 때문입니다. 재능이 없는 거겠죠." 여전히 시원시원한 말투였다.

"농담하시긴."

"아니에요. 일할 수 있다면야."

나는 세이센이 뜻밖에 솔직한 기질을 지녔다는 걸 알았다.

가슴이 먹먹하기도 했지만, 이대로 그를 동정해 버리면 집세가 막막해지고 만다. 나는 내 기분을 돋우었다.

"그건 좀 곤란하잖아요? 나도 곤란하고 당신도 언제까지나 이러고 있을 수 없을 텐데." 피우다 만 담배를 봉당으로 내던졌다. 빨간 불꽃이 시멘트 바닥에 확 흩어지며 꺼졌다.

"네. 그건 어떻게든 해 보지요. 기댈 데가 있습니다. 당신에겐 감사하게 생각합니다. 조금만 더 기다려 주시겠습니까? 조금만 더."

나는 두 개비째 담배를 입에 물고, 다시 성냥을 그었다. 아까부터 신경이 쓰이던 세이센의 얼굴을 그 성냥 불빛으로 언뜻 들여다볼 수 있었다. 나는 얼결에, 타오르는 성냥을 툭 떨어트렸다. 악귀의 얼굴을 보았기 때문이다.

"그렇다면 조만간 다시 들르겠습니다. 없는 것을 받을 수 없습니다." 나는 지금 당장 이곳에서 벗어나고 싶었다.

"그렇습니까? 일부러 와 주셨는데." 세이센은 고분고분 말하고 일어섰다. 그러고는 혼잣말처럼 중얼거린다. "마흔두 살, 일백수성(一白水星). 변덕스러운 운세로 곤란해집니다."

나는 구르듯이 세이센의 집에서 빠져나와, 정신없이 귀갓길을 서둘렀다. 하지만 조금씩 진정되면서 어쩐지 어처구니없는 꼴을 당한 것 같은 느낌이 점점 치밀어 왔다. 또 한 방 멋지게 당했다. 세이센의 단호하고 분명한 말투도, 마흔두 살 하고 슬며시 중얼거린 것도, 모두 참을 수 없을 만치 짐짓 꾸민 듯하고 아니꼽게 여겨졌다. 나는 아무래도 좀 물러 터진 모양이다. 이런 헐렁한 성질로는 도저히 집주인 노릇을 할 게 못 되잖아,

라고 생각했다.

그러고 나서 이삼 일, 나는 세이센에 대한 생각만을 하며 지냈다. 나도 아버지의 유산 덕분에 이렇듯 그저 빈둥빈둥 하루하루를 보낼 뿐 딱히 일을 해야겠다는 의욕도 일지 않은 터라, 세이센이 '일할 수 있다면야.'라고 한 술회도 내가 이해하지 못하는 건 아니었다. 하지만 세이센이 정말로 지금 한 푼의 수입도 들어올 데 없이 지내고 있는 거라면, 그것만으로도 이미 흔해 빠진 정신이 아니다. 아니, 정신이라고 하면 근사하게 들리는데, 아무튼 제법 배짱이 두둑한 근성이다. 이제 이렇게 된 이상, 어떡해서든 저 녀석의 정체를 밝혀내지 않고서는 안심할 수 없다고 생각했다.

5월이 지나고 6월이 되어도, 역시나 세이센한테서 아무런 인사도 없었다. 나는 다시 그의 집을 찾아 나서야만 했다.

그날 세이센은 스포츠맨처럼 옷깃이 달린 와이셔츠에 하얀 바지를 입고, 뭔가 쑥스러운 듯 부끄러워하며 나왔다. 집 전체가 환한 느낌이었다. 거실로 안내를 받아 둘러보니, 방 한쪽 구석에 언제 장만했는지 회색 벨벳으로 둘러친 중고 소파가 있고, 더구나 다다미 위에는 연둣빛 양탄자가 깔려 있었다. 방 분위기가 완전히 바뀌었다. 세이센은 나를 소파에 앉게 했다.

마당의 배롱나무는 슬슬 진홍빛 꽃을 피우고 있었다.

"늘, 정말 죄송합니다. 이번엔 괜찮습니다. 일을 찾았습니다. 어이, 데이쨩!" 세이센은 나와 나란히 소파에 앉고 나서, 옆방을 향해 불렀다.

세일러복을 입은 자그마한 여자가 작은방 쪽에서 팔짝 나왔다. 동그란 얼굴에 건강한 빰을 지닌 소녀였다. 눈도 두려움을 모르는 듯 멀거니 맑았다.

"집주인이셔. 인사드려야지. 집사람입니다."

나는 어럽쇼, 싶었다. 아까 세이센이 부끄러워하며 미소 지은 의미가 풀렸다.

"어떤 일인가요?"

그 소녀가 다시 옆방에 틀어박히고 나서, 나는 짐짓 막무가내를 가장하고 일에 대해 물었다. 오늘만은 흘려 넘어가지 않아, 하며 조심하고 있었다.

"소설입니다."

"네?"

"아니. 오래전부터 저는 문학을 공부했습니다. 드디어 요즘 싹이 났어요. 실화를 쓸 겁니다." 천연스러웠다.

"실화라면?" 나는 끈덕지게 물었다.

"요컨대, 없는 일을 실제로 있었던 것처럼 보고하는 거지요. 별거 아녜요. 무슨 현 무슨 마을 몇 번지라거나 다이쇼 몇 년 몇 월 며칠, 또는 그 무렵의 신문 기사로 알고 있을 테지만, 같은 문구를 잊지 않고 넣어 두고, 그다음엔 반드시 없는 이야기를 씁니다. 요컨대 소설이지요."

세이센은 자신의 새색시 일로 과연 얼마간 주눅이 들었는지, 내 시선을 피해 기다란 머리카락의 비듬을 긁적여 떨어 내거나 무릎을 이리저리 움직여 앉음새를 고쳐 가며 다소 웅변을 토했다.

"정말로 괜찮습니까? 난처하네요."

"괜찮아요. 네, 괜찮아요." 내 말을 가로막듯 '괜찮아요'를 되풀이하며 쾌활하게 웃었다. 나는 믿었다.

그때 조금 전의 소녀가 홍차를 은쟁반에 받쳐 들고 들어왔다.

"저기, 좀 보세요." 세이센은 홍차 잔을 받아 내게 건네고 자기 찻잔을 받아 드는 동시에, 이렇게 말하며 뒤를 돌아보았다. 도코노마에는 이미 북두칠성 족자는 없어지고, 높이가 한 자쯤 되는 석고 흉상 하나가 놓여 있었다. 흉상 옆에는 맨드라미가 피어 있었다. 소녀는 귓불까지 빨개진 얼굴을 녹슨 은쟁반으로 반쯤 가린 채, 갈색 눈동자의 커다란 눈을 한층 부릅떠 그를 노려보았다. 세이센은 그 시선을 한쪽 손으로 떨쳐 내는 시늉을 하며,

"저 흉상의 이마를 좀 보세요. 지저분하지요? 도리가 없다니까요."

소녀는 눈에 띄지도 않을 만치 재빨리 방에서 뛰쳐나갔다.

"무슨 일입니까?" 나는 영문을 알 수 없었다.

"글쎄, 데이코의 옛날 애인 흉상이라는군요. 딱 하나, 시집올 때 가져왔답니다. 키스를 해요." 대수롭잖게 웃었다.

나는 기분이 언짢았다.

"언짢으시군요. 하지만 세상은 이런 식인 겁니다. 도리가 없습니다. 보고 있으면 놀랍게도 날마다 꽃을 갈아 줍니다. 어제는 달리아였어요. 그제는 달개비. 아니, 아마릴리스였나? 코스모스였나?"

이 수법이다. 이런 장단에 또 깜빡 넘어갔다가는, 지난번처

럼 된통 골탕을 먹기 십상이다. 이렇게 깨달았기에, 나는 심술 궂게 응수하며 상대해 주지 않았다.

"한데, 일은 벌써 시작했습니까?"

"아아, 그건." 홍차를 한 모금 홀짝였다. "슬슬 시작하긴 했는데, 괜찮습니다. 난 정말로, 문학 서생이니까요."

나는 홍차 잔을 놓을 데를 찾으며 말했다.

"그런데 당신의 '정말로'는 믿을 수 없으니까요. '정말로'라는 그 말로 또 하나의 거짓말 덧칠을 하는 것 같아서."

"야아, 이거 따끔한걸. 그렇게 사실을 콕콕 찍어 몰아붙이시다니. 난 말예요, 예전에 모리 오가이, 아실 테죠? 그 선생님 밑에서 배운 사람입니다. 그 『청년』이라는 소설 주인공이 저예요."

이건 내게도 뜻밖이었다. 나도 그 소설은 예전에 한 번 읽은 적이 있고, 그 아련한 로맨티시즘은 오래도록 내 마음을 사로잡기에 충분했다. 하지만 소설 속 너무나 완벽하게 아름다운 주인공에게 모델이 있는 줄은 몰랐다. 노인의 머리로 꾸며낸 청년이니, 이토록 지나치게 아름다웠으리라. 진짜 청년은 시기심 많고 타산적이라 한결 숨 막히는 법인데, 라는 생각에 나로서는 불만스러웠던 그 수련 같은 청년은 그렇다면 이 세이센이었던가! 자칫 흥분할 뻔했지만, 금세 안 돼 안 돼 하고 조심했다.

"처음 듣네요. 그런데 그 청년은 실례지만, 좀 더 듬직한 도련님이었던 것 같은데."

"이거 참, 너무하시네." 세이센은 내가 어디에 놓아야 할지 머뭇거리며 들고 있던 홍차 잔을 슬쩍 빼앗아, 자기 것과 함께 소파 아래에 치웠다. "그 시절엔, 그게 좋았지요. 하지만 지금은 그 청년도, 이렇게 되고 말았습니다. 나만 그런 것 같진 않은데요."

나는 세이센의 얼굴을 다시 보았다.

"그건 즉, 추상적인 말씀인가요?"

"아닙니다." 세이센은 의아스럽다는 듯 내 눈동자를 들여다보았다. "나의 이야기를 하고 있습니다만?"

나는 또다시 연민에 가까운 정을 느꼈다.

"아무튼 오늘은 이만 돌아가지요. 꼭 일을 시작해 주세요." 이런 말을 남기고 세이센의 집을 나왔는데, 돌아오는 길에 세이센의 성공을 빌지 않을 수 없었다. 이는 청년에 대한 세이센의 말이 어쩐지 내 몸에 스며들어 나 자신 이상할 만치 풀 죽어 버린 탓이기도 하고, 또한 세이센의 새로운 결혼으로 뭔가 그의 행복을 기도해 주고 싶은 기분이 된 탓이기도 하리라. 길에서 나는 생각에 잠겼다. 그 집세를 받지 않는다고 해서 딱히 내 생활이 궁핍해지는 건 아니다. 기껏해야 용돈이 넉넉지 못한 정도다. 이참에 한번, 그 불우한 늙은 청년을 위해 나의 이 불편함을 참아 보자.

나는 아무래도 예술가에게 마음이 끌리는 결점을 지닌 것 같다. 더구나 그 남자가 세상으로부터 정당한 평을 듣지 못하는 경우에는 더더욱 가슴이 두근거린다. 세이센이 정말로 지금 싹이 나오기 시작했다면 집세 따위로 그의 심기를 어지럽히는 건, 안 될 일이다. 이건 잠시 가만히 덮어 두는 게 좋다.

그의 출세를 기대해 보자. 나는 그때 문득 입 밖으로 나온 He is not what he was.라는 문장을 매우 흐뭇하게 느꼈다. 내가 중학교에 들어갔을 때 이 문구를 영문법 교과서에서 발견해 마음이 설렜고, 이 문구는 또한 내가 중학교 오 년 동안 받은 교육 가운데 여태까지 잊을 수 없는 유일한 지식인데, 방문할 때마다 뭔가 경이감과 감동을 새로 선사해 주는 세이센, 그리고 문법의 예문으로 적혀 있던 이 한 구절을 아울러 생각하면서 나는 세이센에 대해 이상한 어떤 기대감을 갖기 시작했다.

그렇지만 나는 이러한 내 결심을 세이센에게 알리는 일은 망설이고 있었다. 어쨌거나 이건 집주인 근성이라 불러야 하리라. 어쩌면 내일이라도 세이센이 지금까지 밀린 집세를 한꺼번에 고스란히 갖고 와 줄지도 모르잖아. 이렇듯 은근히 기대도 하면서, 나는 먼저 내 쪽에서 나서서 세이센에게 집세가 필요 없다는 말은 하지 않았다. 이것이 또한 세이센을 격려하는 이유가 되어 준다면, 결국 양쪽을 위해서도 좋은 일이라 여겼다.

7월 하순, 나는 세이센의 집을 다시 방문했다. 이번엔 얼마나 좋아졌을까, 또 어떤 진보나 변화가 있을까. 이런 것을 기대하며 나섰다. 가 보고는 어안이 벙벙했다. 바뀌고 뭐고 할 처지가 아니었다.

나는 그날, 곧장 마당에서 거실 툇마루 쪽으로 돌아갔는데, 세이센은 달랑 팬티 차림으로 툇마루에 책상다리를 하고 앉아, 큼직한 찻종을 가랑이 사이에 끼운 채 토란 같은 짧은 막대기로 열심히 휘젓고 있었다. 뭐 하세요? 하고 말을 건넸다.

"아아. 연한 녹차예요. 차를 달이고 있습니다. 이렇게 더울 땐 이게 제일이죠. 한잔, 어떠세요?"

나는 세이센의 말투가 어딘지 모르게 바뀌었음을 깨달았다. 하지만 이를 의아해하고 있을 상황이 아니었다. 나는 그 차를 마셔야만 했다. 세이센은 찻종을 억지로 내게 쥐어 주고 나서, 곁에 벗어 던져 둔 멋스런 격자무늬 유카타를 앉은자리에서 재빨리 걸쳐 입었다. 나는 툇마루에 앉아, 도리 없이 차를 마셨다. 마셔 보니, 알맞게 씁쓰름하니 역시 맛있었다.

"어쩐 일로 또. 풍류인가요?"

"아니에요. 맛있어서 마시는 겁니다. 전, 실화를 쓰는 게 싫어졌거든요."

"예?"

"쓰고 있습니다." 세이센은 허리띠를 묶으며 도코노마 쪽으로 무릎걸음으로 다가갔다.

도코노마에는 지난번 석고상은 없고 그 대신 모란꽃 모양 주머니에 든 샤미센 같은 게 세워져 있었다. 세이센은 도코노마 귀퉁이에 있는 대나무 문갑을 뒤적거리더니, 마침내 겹겹이 작게 접힌 쪽지를 집어 들고 왔다.

"이런 걸 쓰고 싶어서 문헌을 모으고 있습니다."

나는 찻잔을 내려놓고 두세 장 되는 그 쪽지를 받아 들었다. 부인 잡지 같은 데서 오려 낸 종잇조각인 듯, '철새의 사계'라는 제목이 인쇄되어 있었다.

"보세요. 이 사진 좋지 않습니까? 이건 철새가 바다 위에서 짙은 안개에 휩싸였을 때 방향을 잃고 빛을 쫓아 오직 쏜살같이 날아가다 그만 등대에 부딪쳐 후드득후드득 떨어져 죽은 장면입니다. 수천만 마리 사체예요. 철새란 슬픈 새지요. 여행이 생활이니까요. 한곳에 오래 머물 수 없는 숙명을 지고 있습니다. 전, 이걸 일원 묘사로 해 보려고요. '나'라는 젊은 철새가 그저 동쪽에서 서쪽으로, 서쪽에서 동쪽으로 허둥지둥하는 사이에 늙어 버린다는 주제입니다. 동료가 하나둘씩 죽어 가지요. 총에 맞기도 하고, 파도가 삼켜 버리기도 하고, 굶주리기도 하고, 병들기도 하고, 둥지가 따스해질 틈도 없는 슬픔. 거 있잖아요, 먼 바다 갈매기에게 물때를 물으면, 이라는 노래. 전, 언젠가 당신한테 유명병에 대해 이야기했는데, 뭐, 사람을 죽이거나 비행기를 타는 것보다 훨씬 수월한 방법이 있습니다. 게다가 사후의 명성이라는 부록도 딸려 있지요. 걸작을 하나 쓰면 돼요. 이거예요."

나는 그의 웅변 뒤에, 뭔가 또 멋쩍음을 얼버무리려는 의도를 냄새 맡았다. 아니나 다를까, 부엌 쪽에서 그 소녀도 아닌, 올림머리에 피부가 거뭇하고 마른 몸매의 낯선 여자가 이쪽을 몰래 엿보고 있는 걸 언뜻 보고 말았다.

"그렇다면 뭐, 그 걸작을 쓰세요."

"가시려고요? 차를 한 잔 더."

"아니."

나는 돌아오는 길에 다시 고민하지 않을 수 없었다. 이건 급기야, 재난이다. 이런 엉터리가 세상에 또 있으려나? 이젠 비난을 넘어서, 어이가 없다. 문득 나는 그의 철새 이야기를 떠올렸다. 별안간, 나와 그가 닮았다고 느꼈다. 어디랄 것도 없다. 뭔지 모르게 똑같은 체취가 느껴졌다. 당신도 나도 철새다.

이렇게 말하는 것 같아, 나는 그만 불안해지고 말았다. 그가 내게 영향을 주고 있나? 내가 그에게 영향을 주고 있나? 어느 한쪽이 뱀파이어다. 어느 한쪽이 알게 모르게 상대의 기분을 야금야금 갉아먹고 있는 건 아닐까? 그의 표변을 기대하고 방문하는 내 기분을 그가 알아차린 탓에 그러한 내 기대가 그를 얽매어, 더욱더 변화해 나가야만 한다고 그가 애쓰고 있는 건 아닐까? 이리저리 생각하면 할수록 세이센과 나의 체취가 뒤엉키고 서로 반사하는 것 같아, 나는 가속도로 그에게 집착하기 시작했다. 세이센은 이제 곧 걸작을 쓰게 될까? 나는 그의 소설 '철새'에 굉장히 흥미를 갖기 시작했다. 정원사에게 일러 남천촉을 그의 현관 옆에 심게 한 것은 그 무렵의 일이었다.

8월에 나는 보소 쪽 해안에서 두 달가량 지냈다. 9월 하순까지 있었다. 돌아오자마자 그날 정오 무렵, 나는 말린 가자미를 선물로 조금 들고 세이센을 찾아갔다. 이렇듯 나는 남다른 친밀감을 그에게 느껴, 유독 열의를 쏟고 있었다.

마당을 거쳐 들어서자, 세이센은 더없이 반갑게 나를 맞이했다. 머리를 짧게 깎아선지 한층 젊어 보였다. 하지만 용모는 어쩐지 험상궂어진 듯하다. 감색 홑옷을 입고 있었다. 나도 왠지 다정하게, 그의 야윈 어깨에 몸을 기대다시피 해서 방으로 들어갔다. 방 한가운데에 밥상이 차려지고, 그 위에 한 다스 남짓한 맥주병과 컵 두 개가 놓여 있었다.

"신기합니다. 오늘은 꼭 오실 거라고 생각했습니다. 정말 신기하네요. 그래서 아침부터 이렇게 준비를 하고 기다렸습니다. 거참, 신기한걸. 자아, 앉으세요."

마침내 우리는 느긋하게 맥주를 마시기 시작했다.

"어떤가요? 일은 좀 하셨습니까?"

"영 못 했습니다. 이 배롱나무에 유지매미가 잔뜩 달라붙어, 아침부터 밤까지 맴맴 울어 대는 통에 미쳐 버릴 지경이었습니다."

나는 절로 웃음이 터졌다.

"아니, 정말입니다. 도저히 안 되겠다 싶어, 이렇게 머리를 짧게 깎기도 하고 이래저래 엄청 고심했습니다. 아무튼, 오늘은 정말 잘 오셨습니다." 거무스름한 입술을 익살꾼처럼 뾰족 내밀어, 컵에 든 맥주를 거의 단숨에 마셔 버렸다.

"줄곧 여기 있었습니까?" 나는 입술에 댄 맥주 컵을 내려놓았다. 컵 안에는 파리매 비슷한 작은 벌레 한 마리가 거품 위에 뜬 채, 연신 발버둥 치고 있었다.

"예." 세이센은 탁자에 두 팔꿈치를 괴고 컵을 눈높이까지 들어 올려, 부글거리는 맥주 거품을 멍하니 바라보며 선선히 말했다. "달리 갈 데도 없거든요."

"아아. 선물을 가져왔습니다."

"고맙습니다."

무슨 생각에 잠긴 듯 내가 건네는 선물에는 눈길도 주지 않고, 여전히 자신의 컵을 비춰 보고 있었다. 눈이 멍해졌다. 벌써 취한 모양이다. 나는 새끼손가락 끝으로 거품 위의 벌레를 건져 내고 나서, 말없이 꿀꺽꿀꺽 다 마셨다.

"가난하면 탐을 낸다, 라는 말이 있지요." 세이센은 치근거리는 투로 말을 꺼냈다. "정말 맞는 말이다 싶습니다. 청빈 따위, 어디 있나요? 돈이 있으면 좋을 텐데."

"무슨 일입니까? 공연히 시비를 다 걸고."

나는 편한 자세로 앉아, 짐짓 마당을 바라보았다. 일일이 상대한들 도리가 없다고 생각했다.

"배롱나무가 아직 피어 있지요? 언짢은 꽃이에요. 벌써 석 달을 피어 있다니까요. 지고 싶어도 질 수 없다니, 눈치 없는 나무예요."

나는 안 들리는 척, 탁자 아래의 부채를 집어 들고 팔락팔락 부치기 시작했다.

"보세요. 전 다시 혼자입니다."

나는 돌아보았다. 세이센은 맥주를 혼자서 따르고, 혼자서 마시고 있었다.

"전부터 물어볼 생각이었는데, 어쩐 일인가요? 당신은 못 말리는 바람둥이 아니신가?"

"아니에요. 다들 도망가 버립니다. 어쩔 도리가 없어요."

"너무 뜯어내서 그런 게 아닐까요? 언젠가 그런 이야기를 했잖아요. 실례지만 당신은 여자 돈으로 꾸려 왔지요?"

"그건 거짓말입니다." 그는 탁자 밑 니켈 담배통에서 담배 한 개비를 꺼내, 차분히 피우기 시작했다. "사실은 제 고향에서 보내 주는 생활비가 있습니다. 아니지요. 저는 마누라를 가끔 바꾸는 게 맞다고 생각해요. 보세요. 옷장부터 경대까지 모두 제 것입니다. 마누라는 몸에 걸친 옷차림 그대로 우리 집에 왔다가 다시 그대로 언제든지 돌아갈 수 있습니다. 제가 발명했어요."

그는 옛날의 그가 아니다

"멍청하군." 나는 슬픈 기분으로 맥주를 들이켰다.

"돈이 있었으면. 돈이 필요해요. 제 몸은 썩었어요. 높은 데서 떨어지는 폭포수를 맞고 깨끗해지고 싶습니다. 그러면 당신처럼 좋은 사람과 훨씬 더 거리감 없이 사귈 수도 있고."

"그런 건 신경 쓰지 않아도 됩니다."

집세 따위 기대하지 않는다고 말해 줄까 생각했지만, 말하지 못했다. 그가 피우고 있는 담배가 호프라는 걸 문득 깨달았기 때문이기도 했다. 돈이 아예 없지도 않군, 하고 생각해서다.

세이센은 내 시선이 자신의 담배에 쏠려 있음을 알고, 또한 그걸 응시한 내 기분을 단박에 헤아린 것 같았다.

"호프는 좋습니다. 달지도 않고 맵지도 않고 아무 맛도 없어서 좋아하지요. 무엇보다 이름이 좋잖아요?" 혼자서 이런 변명 같은 말을 하고 나서, 이번엔 대뜸 말투를 바꾸었다. "소설을 썼습니다. 열 장쯤. 그다음이 써지지 않습니다." 담배를 손가락 끝에 끼운 채 손바닥으로 양쪽 콧방울의 기름기를 천천히 닦았다. "자극이 없으니까 일이 잘 안된다 싶어, 이런 것까지도 시도해 봤습니다. 열심히 돈을 모아 십이삼 엔 정도 되기에, 그걸 들고 카페에 가서 최대한 멍청하게 쓰고 왔습니다. 회한의 정에 기댄 셈이지요."

"그래서 썼습니까?"

"안됐습니다."

나는 웃음이 터졌다. 세이센도 웃으면서, 호프를 마당으로 툭 내던졌다.

"소설이란 시시한 겁니다. 아무리 좋은 걸 써 본들, 백 년도 전에 더 훌륭한 작품이 어딘가에 떡하니 완성되어 있거든요. 좀 더 새로운, 좀 더 내일의 작품이 백 년 전에 이미 완성되고 말았어요. 기껏해야 흉내 낼 뿐이에요."

"그럴 리가 있나? 나중 사람일수록 뛰어난 것 같은데."

"어디서 그런 터무니없는 확신을 얻습니까? 경솔하게 함부로 말해선 안 되지요. 어디서 그런 확신을 얻습니까? 좋은 작가는 빼어난 독자적인 개성 아닌가요? 고상한 개성을 만드는 거지요. 철새는 그게 안 됩니다."

해가 저물고 있었다. 세이센은 부채로 연신 정강이의 모기를 쫓아냈다. 바로 가까이 덤불이 있어서 모기도 많다.

"하지만, 무성격은 천재의 특징이라고도 하던데."

내가 시험 삼아 이렇게 말하자 세이센은 불만스러운 듯 입을 삐죽거려 보이긴 했지만, 얼굴 어딘가 분명히 히죽 웃었다. 나는 그걸 발견했다. 순간, 내 취기가 싹 가셨다. 역시 그렇군. 이건 틀림없이 내 흉내야. 언젠가 내가 이곳의 첫 마담에게 천재의 엉터리를 가르쳐 준 적이 있는데, 세이센은 그걸 들었을 게 틀림없다. 그것이 암시가 되어 세이센의 마음을 지금껏 끊임없이 움직이고 그 행동을 제약해 온 게 아닐까. 지금까지 어딘지 모르게 보통 사람과 달랐던 세이센의 태도는 모조리 내가 그에게 무심코 건넨 말 속의 기대를 배반하지 않으려 애쓴 데서 나온 것처럼 여겨졌다. 이 남자는 무의식적으로 내게 어리광 부리고, 내 아첨꾼 노릇을 하고 있었던 게 아닐까.

"당신도 어린애가 아니니까, 멍청한 짓은 이제 적당히 그만

해. 난들, 이 집을 그저 놀려 두고 있는 게 아냐. 땅값이 지난 달부터 또 조금 올랐고, 게다가 세금이니 보험료니 수리비 따위로 상당한 돈이 빠져나간다고. 남한테 폐를 끼치고서도 시치미를 뗄 수 있다면 어지간히 오만한 정신이거나, 아니면 거지 근성. 둘 중 하나야. 어리광 부리는 것도 이쯤에서 그만둬." 말을 내뱉고 일어섰다.

"아아아. 이런 밤에 내가 피리라도 불 수 있었으면." 세이센은 혼잣말처럼 중얼거리며 툇마루로 나를 배웅하러 나왔다.

내가 마당으로 내려설 때, 어둠 때문에 게다가 어디 놓였는지 알 수 없었다.

"전기가 끊겼습니다."

겨우 게다를 찾아 걸쳐 신고 나서 세이센의 얼굴을 슬쩍 엿보았다. 세이센은 마루 끝에 서서, 별 총총한 밤하늘 한쪽 끝이 신주쿠 언저리의 전등 탓에 불난 듯 환해진 모습을 멍하니 보고 있었다. 나는 떠올렸다. 처음부터 세이센의 얼굴을 어디선가 본 적이 있다 싶어 마음이 쓰였는데, 그때 마침내 떠올렸다. 푸시킨이 아니다. 나의 예전 세입자였던 맥주 회사 기술자의 어머니, 흰 머리카락을 상고머리로 짧게 깎은 노파의 얼굴을 빼닮았다.

10월, 11월, 12월. 나는 이 석 달 동안 세이센에게 가지 않았다. 세이센도 물론 우리 집으로 오지 않는다. 딱 한 번, 공중 목욕탕에서 우연히 만난 적이 있을 뿐이다. 밤 12시가 다 되어, 목욕탕도 곧 문 닫을 즈음이었다. 세이센은 알몸으로 탈의실의 다다미 위에 털썩 앉아 발톱을 깎고 있었다. 탕에서 금

방 나왔는지, 깡마른 두 어깨에서 김이 모락모락 피어올랐다. 내 얼굴을 보고도 그리 놀라지 않고,

"밤에 발톱을 깎으면 죽은 사람이 나온다지요. 이 목욕탕에서 누군가 죽었습니다. 요즘 전, 손톱 발톱하고 머리카락만 자라요."

히죽히죽 엷은 웃음을 띠고 이렇게 말하며 짤깍짤깍 발톱을 깎고 있었는데, 다 깎고 나서는 갑자기 당황한 듯 쩔쩔매며 솜옷을 챙겨 입고, 예의 거울도 보지 않은 채 허둥지둥 돌아갔다. 나는 그 모습 또한 천박스러워, 그저 경멸감이 더할 뿐이었다.

올해 설날, 나는 근처에 새해 인사를 다니는 길에 세이센의 집에도 잠깐 들러 보았다. 현관문을 열자, 불그죽죽한 빛깔에 몸통이 기다란 개가 다짜고짜 짖어 대며 달려드는 통에 기겁을 했다. 세이센은 연노랑 작업복 같은 것을 입고 나이트캡을 쓰고, 묘하게 젊어진 차림새로 나왔다. 재빨리 개의 목을 잡아 누르더니, 이 개는 세밑에 어디선가 길을 잃고 잘못 들어왔는데 이삼 일 밥을 먹여 주는 사이에 벌써 충견 노릇을 하느라 낯선 이에게 마구 짖어 보이는 겁니다, 조만간 어딘가에 내다 버리러 갈 생각입니다, 하고 시시껄렁한 이야기를 인사도 빼먹고 늘어놓았다. 아마 또 쑥스러운 사건이라도 일어났으려니 짐작하고, 나는 세이센이 붙잡는 것도 뿌리치고 곧장 물러났다. 그런데 세이센은 나를 뒤쫓아 왔다.

"새해 첫날부터 이런 이야기를 하는 것도 뭣합니다만, 전 지금 정말로 미쳐 가고 있습니다. 우리 집 객실에 작은 거미가

잔뜩 나와서 힘듭니다. 얼마 전, 혼자서 심심풀이로 부젓가락이 휘어진 걸 바로잡으려고 화로 가장자리에다 쨍그랑쨍그랑 세게 내려치고 있었더니, 글쎄, 마누라가 빨래를 하다 말고 눈빛이 싹 바뀌어 제 방으로 냅다 달려와서는, 완전히 미치광이가 되었다고 생각했어요, 이러더군요. 도리어 제가 더 철렁했습니다. 혹시, 돈 좀 있어요? 아니, 괜찮습니다. 그래서 요 이삼 일 하도 낙심이 되어, 설날인데도 저희는 아무 준비도 안 했습니다. 정말로 일부러 이렇게 와 주셨는데. 저희는 아무런 대접도 못 해드려서."

"새로 부인을 맞으셨나요?" 나는 되도록 심술궂은 투로 물었다.

"아아." 어린애처럼 수줍어했다.

아마도 히스테리 여자와 동거를 시작했으려니 생각했다.

요 근래, 2월 초순 무렵의 일이다. 밤늦게 뜻밖의 여자가 나를 찾아왔다. 현관으로 나가 보니, 세이센의 첫 번째 마담이었다. 까만색 털 숄을 두르고 투박한 코트를 입고 있었다. 하얀 뺨이 한층 창백하게 도드라져 보였다. 잠깐 이야기를 하고 싶으니 함께 근처로 같이 가 달라는 것이다. 나는 망토도 입지 않고 그대로 함께 밖으로 나갔다. 서리가 내려, 윤곽이 뚜렷한 차가운 보름달이 떠 있었다. 우리는 잠시 말없이 걸었다.

"지난 연말부터 다시 여기로 왔습니다." 화난 듯한 눈길로 똑바로 응시하며 말했다.

"그래요." 나는 달리 말할 방도가 없었다.

"여기가 그리워졌거든요." 무심히 이렇게 속삭였다.

나는 입을 꾹 다물었다. 우리는 삼나무 숲 쪽으로 천천히 걸음을 옮기고 있었다.

"기노시타 씨는 어떻게 지냅니까?"

"여전해요. 정말 죄송합니다." 파란색 털장갑을 낀 두 손이 무릎께에 닿도록 머리를 숙였다.

"걱정이군요. 나는 일전에 싸우고 말았습니다. 대체 무얼 하고 있습니까?"

"글렀어요. 미치광이나 다름없어요."

나는 미소 지었다. 휘어진 부젓가락 이야기를 떠올렸다. 그렇다면 그 신경과민 마누라란 이 마담이었으리라.

"하지만 그렇다 해도 뭔가 틀림없이 생각하고 있을 겁니다." 나는 역시나 일단 반박해 두고 싶은 마음이 일었다.

마담은 킥킥 웃으며 대답했다.

"네. 화족이 되고, 또 부자가 될 거라나요."

나는 조금 추웠다. 약간 빨리 걸었다. 한 걸음 한 걸음 내딛을 때마다, 서리로 부풀어 오른 땅이 메추라기나 부엉이가 중얼거리듯 묘하게 낮은 소리로 부서진다.

"아니." 나는 일부러 웃었다. "그런 게 아니라, 뭔가 일을 시작하진 않았습니까?"

"뼛속까지 게으름뱅이인걸요." 시원스레 대답했다.

"어찌 된 일일까요? 실례지만 몇 살입니까? 마흔두 살이라고 한 것 같은데."

"글쎄요." 이번엔 웃지 않았다. "아직 서른이 채 안 됐을걸요. 엄청 젊답니다. 항상 바뀌니까, 확실히는 저도 잘 몰라요."

그는 옛날의 그가 아니다

"어쩔 셈일까요? 공부도 안 하는 것 같던데. 책이라도 좀 읽나요?"

"아뇨, 신문만. 놀랍게도 신문만 세 종류씩 구독하고 있어요. 꼼꼼하게 읽지요. 정치면을 몇 번이고 몇 번이고 거듭 읽고 있어요."

우리는 공터로 나왔다. 들판의 서리는 청정했다. 달빛 때문에 돌멩이며 조릿대 잎, 말뚝, 두엄까지 하얗게 빛나고 있었다.

"친구도 없는 모양이더군요."

"네. 모두에게 나쁜 짓을 하고 있으니까, 이젠 사귈 수도 없다던데요."

"어떤 나쁜 짓을?" 나는 금전 문제를 생각했다.

"그게 아주 시시한 거예요. 정말 아무것도 아닌걸요. 그런데도 나쁜 짓이라고. 그 사람, 뭐가 옳고 그른지 전혀 모르거든요."

"그래요. 그렇습니다. 좋은 일과 나쁜 일이 거꾸로 됐어요."

"아니에요." 턱을 숄 깊숙이 파묻고 희미하게 고개를 저었다. "확실히 거꾸로 된 거면, 그래도 괜찮아요. 뒤죽박죽이거든요, 그게. 그래서 불안해요. 그러니 다들 도망가는 거죠. 그 사람, 그래도 기분을 맞춰 주긴 해요. 제 뒤로 두 사람이나 와 있었다고 하던데."

"예." 나는 건성으로 이야기를 들었다.

"계절마다 바꾸는가 봐요. 흉내 냈지요?"

"무얼?" 곧바로 알아듣지 못했다.

"흉내를 내요, 그 사람. 그 사람에게 의견 따위 있을 리가 없죠. 죄다 여자한테 영향을 받았어요. 문학소녀 때는 문학. 도시 사람 때는 맵시. 뻔해요."

"설마. 그런 체호프 같은."

이렇게 말하고 웃었지만 역시 가슴이 미어졌다. 지금 여기에 세이센이 있다면, 그의 가녀린 어깨를 꼭 안아 주고 싶다고도 생각했다.

"그렇다면, 지금 기노시타 씨가 뼛속까지 게으름뱅이가 된 것은, 결국 당신을 흉내 내고 있다는 말이군요?" 나는 이렇게 말하고 어질어질 비틀거렸다.

"네. 전, 그런 남자를 좋아해요. 좀 더 일찍 이걸 아셨더라면. 하지만, 이젠 늦었어요. 절 믿지 않은 벌이에요." 살짝 웃으며 태연스레 말했다.

발치의 흙덩이 하나를 발로 차고 문득 고개를 들자, 덤불 아래 남자가 고요히 서 있었다. 솜옷을 입고 머리카락도 예전처럼 길게 자랐다. 우리는 동시에 그 모습을 발견했다. 맞잡고 있던 손을 슬그머니 풀고 슬쩍 멀어졌다.

"마중 나왔어."

세이센은 낮은 목소리로 이렇게 말했지만, 사위가 조용한 탓인지 내겐 이상하게 따끔따끔 아프게 울렸다. 그는 달빛조차 눈부신 듯, 눈썹을 찡그리고 우리를 흠칫흠칫 바라보았다.

나는 안녕하세요, 하고 인사했다.

"안녕하세요." 상냥하게 받았다.

나는 두세 걸음 다가가 물어보았다.

"뭔가 하고 있습니까?"

"이제 그만, 내버려 두시죠. 다른 할 얘기가 없지도 않을 텐데." 여느 때와 다르게 엄하게 대답하고 나서, 갑자기 원래 타고난 어리광 부리는 말투로 바꾸었다.

"전 말이에요, 얼마 전부터 손금을 보고 있습니다. 여기 보세요, 태양선이 제 손바닥에 나타나 있습니다. 보세요. 여기, 여기. 운이 트인다는 증거예요."

이렇게 말하며 왼손을 높이 쳐들어 달빛에 비추고, 자기 손바닥의 그 태양선이라는 손금을 황홀한 듯 바라보았다.

운 따위, 트일 리가 있나. 그때가 마지막, 이후로 나는 세이센을 만나지 않았다. 미치광이가 되건, 자살하건, 그건 그 녀석이 알아서 할 일이라 생각한다. 나도 근 일 년여, 세이센 때문에 꽤나 마음의 평정이 흐트러져 버린 듯하다. 나도 얼마 안 되는 유산 덕분에 그럭저럭 안락하게 지내고 있다고는 해도 그다지 여유가 있는 것도 아니고, 세이센으로 인해 상당히 빠듯해지고 말았다. 더욱이 이렇게 되고 보니, 전혀 흥미롭지도 않고 되레 숨 막히는 결과에 이른 것 같다. 범부에게 그럴싸한 의미를 부여하고 꿈이라 덧씌운 채 바라보며 지내 왔을 뿐 아닌가. 준마(駿馬)⁴⁾는 없는가? 기린아(麒麟兒)⁵⁾는 없는가? 더 이상, 이러한 기대는 정말이지 딱 질렸다. 모두 모두 옛날 그대로의 그이고, 그날그날의 바람 상태에 따라 조금씩 색조가 달라 보일

---

4) 빼어난 말.
5) 슬기와 재주가 남달리 뛰어난 젊은이.

뿐이다.

　이봐. 저길 좀 보라고! 세이센이 산책하잖아. 종이 연이 높이 떠 있는 그 빈터야. 가로줄 무늬 솜옷을 입고, 느릿느릿 걷고 있어. 넌 어째서 그렇게 웃음을 멈추지 않나? 그래? 닮았다고? ── 좋아. 그렇다면 네게 묻지. 하늘을 올려다보거나 어깨를 흔들거나 고개를 떨구거나 나뭇잎을 잡아 뜯으면서 어슬렁어슬렁 헤매고 다니는 저 남자, 그리고 여기 있는 나. 서로 다른 구석이 한 점이라도, 있나?

그는 옛날의 그가 아니다

로마네스크

선술(仙術)[1] 다로

옛날 쓰가루 지방, 가나기 마을에 구와가타 소스케라는 촌장이 있었다. 마흔아홉에 첫아이를 하나 얻었다. 남자아이였다. 다로라고 이름 지었다. 태어나자마자 크게 하품을 했다. 소스케는 그 하품이 지나치게 큰 데에 마음이 켕겨, 축하 인사하러 찾아온 친척들에게 왠지 주눅이 들었다. 소스케의 염려는 슬슬 적중하기 시작했다. 다로는 어머니의 젖가슴을 스스로 물어 젖을 빨지 않고, 어머니 품속에서 성가시다는 듯 입을 벌린 채 젖가슴이 입으로 다가오기를 하염없이 기다렸다. 종이 호랑이 장난감을 내밀어도 그걸 만지작거리며 놀지 않고, 흔들흔들 움직이는 호랑이 머리를 지루한 듯 바라볼 뿐이

------

1) 신선의 술법.

었다. 아침에 눈을 뜨고 나서도 엉금엉금 잠자리에서 기어 나오는 법 없이, 두 시간 정도는 눈을 감고 자는 척한다. 경망스러운 몸짓을 꺼리는 정신을 지니고 있었다. 세 살 때 사소한 사건을 일으켰고, 그 사건 덕분에 구와가타 다로의 이름이 마을 사람들 사이에 조금 퍼졌다. 그건 신문에 난 사건이 아닌 까닭에, 그런 만큼 진짜 사건이었다. 다로가 무작정 걸어 나간 것이다.

이른 봄의 일이었다. 밤에 다로는 어머니 품에서 소리도 내지 않고 굴러 나왔다. 데굴데굴 봉당으로 굴러떨어졌다가, 집 밖으로 굴러 나왔다. 집 밖으로 나오고서야 꼿꼿이 일어섰다. 소스케도 어머니도, 그런 줄 모른 채 자고 있었다.

보름달이 다로의 이마 바로 위에 떠 있었다. 보름달 윤곽이 흐릿했다. 송사리 무늬 속옷에 쇠귀나물 무늬 누비 조끼를 껴입은 다로는, 맨발 그대로 마을의 말똥투성이 자갈길을 동쪽으로 걸었다. 졸린 듯 눈을 반쯤 감고 여린 숨을 가쁘게 내쉬며 걸었다.

다음 날 아침, 마을에 소동이 일었다. 세 살짜리 다로가 마을에서 넉넉히 10리나 떨어진 유나가레산의 사과밭 한복판에 천연덕스레 잠들어 있었기 때문이다. 유나가레산은 얼음 파편이 녹아내리는 모양으로, 봉우리는 세 개의 완만한 기복을 이루었고 서쪽 끝은 흐르듯 비스듬하게 경사져 있었다. 100미터 남짓한 높이였다. 다로가 어떻게 그런 산속까지 갈 수 있었는지, 그 사정은 불분명했다. 아니, 다로가 혼자서 올라간 게 틀림없다. 하지만 왜 올라갔는지, 그 이유를 알 수 없었다.

발견자인 고사리 뜯는 소녀의 손바구니 안에서, 다로는 몸을 흔들흔들하면서 마을로 돌아왔다. 바구니 속을 들여다본 마을 사람들은 죄다, 시커멓게 번질거리는 미간을 찌푸린 채, 산도깨비, 산도깨비, 하며 고개를 끄덕였다. 소스케는 제 아이의 무사한 모습을 보고, 이것 참, 이것 참, 했다. 낭패다, 라고 할 수도 없었고 다행이다, 라고 할 수도 없었다. 어머니는 그다지 허둥거리지 않았다. 다로를 안아 올리고, 고사리 뜯는 소녀의 손바구니에 다로 대신 수건감을 한 필 넣어 주었다. 그러고 나서 봉당에 커다란 대야를 내다 놓고 더운 물을 찰랑찰랑 채워, 다로의 몸을 조용히 씻겼다. 다로의 몸은 조금도 더러워지지 않았다. 포동포동 하얗게 살이 올랐다. 소스케는 대야 주위를 정신없이 서성거리다가 마침내 대야에 발끝이 걸려 넘어져 대야의 더운 물을 봉당 가득 흥건히 쏟아 버리는 통에 아내에게 꾸중 들었다. 소스케는 그래도 대야 곁을 떠나지 않고 아내의 어깨 너머로 다로의 얼굴을 들여다보며, 계속 물었다. 다로, 뭘 봤니? 다로, 뭘 봤니? 다로는 하품을 몇 번이고 몇 번이고 한 뒤 다이나카무다아치이나에에! 한마디를 외쳤다.

소스케는 밤에 이부자리에 눕고서야 겨우 이 한마디의 의미를 깨달았다. 다미노카마도와니기와이니케리.[2] 발견! 소스케는 누운 채 무릎을 탁 치려고 했으나, 무거운 이불 때문에 배꼽 언저리를 쳐서 아프기만 했다. 소스케는 생각한다. 촌장의 아들은 촌장의 부모로군. 세 살에 이미 백성의 아궁이

_____

2) '백성의 아궁이는 풍성하도다.'라는 뜻.

를 염려하다니. 이런 고마운 광명이 있나! 이 아이는 유나가 레산 꼭대기에서 가나기 마을의 아침 풍경을 내려다본 게 틀림없어. 그때 집집마다 아궁이에서 피어오르는 연기가 모락모락 풍성했겠지. 이는 아미타불의 깊은 뜻! 이 아이는 바로 하늘이 내려 주셨으니, 귀하게 키워야지. 소스케는 살짝 일어나 팔을 뻗어 곁에서 혼자 자고 있는 다로의 이불을 정성껏 덮어 주었다. 그러고는 더욱 팔을 내뻗어 다시 그 곁에서 자고 있는 아내의 이불을 다소 난폭하게 덮어 주었다. 아내는 잠자는 모습이 흉했다. 소스케는 아내의 잠든 모습을 보지 않으려고 일부러 얼굴을 힘껏 돌리며 중얼거렸다. 이 사람은 다로를 낳은 어미로다. 소중히 돌봐야지.

다로의 예언은 적중했다. 그해 봄은 마을의 모든 사과나무 밭에 탐스러운 분홍 꽃이 만발하여, 100리 떨어진 성 밑 도시까지 냄새를 풍겼다. 가을에는 더 좋은 일이 생겼다. 사과 알이 놀이 공만큼 큼직하고 산호처럼 빨갛게, 오동나무 열매처럼 주렁주렁 열렸다. 시험 삼아 그중 하나를 따서 입에 대면, 과육이 터질 듯 수분을 담고 있어 한 입 베어 문 순간 쩍 하고 큰 소리로 갈라지면서 차가운 즙이 솟구쳐 나와 코에서 턱까지 흠뻑 적셔 버릴 정도였다. 이듬해 설날에는 더욱 경사스러운 일이 일어났다. 1000마리의 학이 동쪽 하늘에서 날아와 마을 사람들이 저것 봐, 저것 봐! 하고 저마다 법석을 떠는 사이, 1000마리 학은 설날의 푸른 하늘을 유유히 헤엄쳐 다니다 이윽고 서쪽으로 날아갔다. 그해 가을에도 역시 벼 이삭이 단단히 여물었고 사과도 지난해 못지않게 가지가 낭창낭창할 만치 옹골지게 매달렸다. 마을은 윤택해지기 시작했다. 소스케는 예언자로서의 다로의 능력을 굳게 믿었다. 그러나 그것을 마을 사람들에게 퍼뜨리고 다니는 일은 삼갔다. 팔불출이라는 조롱을 받고 싶지 않은 마음일까? 어쩌면 뭔가 좀 더 경망스러운, 한밑천 잡으려는 속셈이 있었는지도 모른다.

어린 시절의 신동은 이삼 년 지나 마침내 나쁜 길로 빠졌다. 언제부턴가 다로는 마을 사람들로부터 게으름뱅이라고 불렸다. 소스케도 그렇게 불린들 도리 없는 일이라 생각하기 시작했다. 다로는 여섯 살이 되어도 일곱 살이 되어도 다른 아이들처럼 들판이며 논이나 냇가로 나가 놀려고 하지 않았다. 여름이면 방 창문가에 턱을 괴고 바깥 경치를 내다보았다. 겨울이면 화롯가에 앉아 타오르는 모닥불의 불길을 바라보았다. 수수께끼를 좋아했다. 어느 겨울밤, 다로는 화롯가에 버릇없이 드러누운 채, 옆에 있는 소스케의 얼굴을 실눈으로 올려다보며 느릿느릿한 말투로 수수께끼를 냈다. 물속에 들어가도 젖지 않는 것은 뭐게요? 소스케는 고개를 세 번쯤 흔들며 생각하더니, 모르겠네, 하고 대답했다. 다로는 께느른한 듯 눈을 살포시 감고 나서 가르쳐 주었다. 그림자잖아요. 소스케는 급기야 다로를 못마땅하게 여기기 시작했다. 애가 바보 아닐까? 멍텅구리인 게 틀림없어. 마을 사람들 말대로 역시나 그냥 게으름뱅이였어.

다로가 열 살이 된 해 가을, 마을은 대홍수에 휩싸였다. 마을 북단을 유유히 흐르던 너비 6미터 남짓한 가나기강이, 한 달 내내 계속된 비 때문에 요동치기 시작했다. 수원의 흙탕물은 크고 작은 소용돌이를 일으키며 서서히 불어나 여섯 개의 지류가 합쳐져 순식간에 굵어졌다. 튀어오르듯 산을 번개같이 달려 내려가며 수백 그루 목재를 낚아채고 강가의 떡갈나무, 전나무, 백양나무 거목들을 뿌리째 뽑아 휩쓸고, 산기슭 깊은 못에 괴어 머물다가 단숨에 마을 다리에 부딪쳐 너끈히 부서뜨리고 제방을 무너뜨리며 대해처럼 퍼져 나갔다. 집집마다 주춧돌이 잠기고 돼지가 허우적거리고, 막 베어 놓은 만여 개의 볏단을 띄운 채 출렁출렁 파도쳤다. 그러고 나서 닷새째에 비가 그쳤고 열흘째에 겨우 물이 빠지기 시작해 이십 일 지났을 즈음에 가나기강은 6미터 남짓한 너비로 마을 북단을 유유히 흘렀다.

마을 사람들은 매일 밤 여기저기 집집마다 한 무리씩 모여 의논했다. 의논의 결론은 늘 똑같았다. 난 굶어 죽기는 싫어! 그 결론은 언제나 의논의 출발점이 되었다. 마을 사람들은 다음 날 밤 다시 똑같은 의논을 시작해야만 했다. 그리고 거듭 거듭, 굶어 죽기는 싫어! 라는 결론을 얻고 해산했다. 다음 날 밤은 더 오래 의논했다. 그래도 결론은 똑같았다. 의논은 끝날 줄을 몰랐다. 마을이 어지러워지고 의인이 나타났다. 열 살짜리 다로가 어느 날, 두 팔로 머리를 감싼 채 한숨을 쉬고 있는 아버지 소스케를 보고, 의견을 말했다. 이 일은 간단히 해결될 거라고 생각해. 성에 가서 직접 영주님께 구제를 부탁드리면 돼. 내가 갈게. 소스케는 야아! 하고 이상야릇한 환성을 질렀다. 그러고는 금세, 이거 참 경망스러운 행동을 했다고 깨달은 듯 일단 풀기 시작한 두 손을 다시 머리 뒤로 깍지 끼며 얼굴을 찌푸려 보였다. 넌 아직 아이라서 그렇게 간단히 생각하는데, 어른은 그렇게 생각지 않아. 직소(直訴)는 까딱 잘못하면 목숨이 날아가. 당치도 않은 일. 그만둬. 그만둬. 그날 밤, 다로는 팔짱을 긴 채 훌쩍 밖으로 나와, 그대로 종종걸음을 치며 성시로 서둘렀다. 아무도 몰랐다.

직소는 성공했다. 다로의 운이 좋았기 때문이다. 목숨이 날아가기는커녕 포상까지 받았다. 때마침 영주가 법률을 까맣게 잊은 탓이기도 하리라. 마을은 덕분에 전멸을 면했고, 이듬해부터 다시 윤택해지기 시작했다.

마을 사람들은 그래도 이삼 년 동안은 다로를 칭찬했다. 이삼 년이 지나자 잊어버렸다. 촌장네 멍텅구리님이란, 다로의 이름이었다. 다로는 매일같이 곳간에 들어가, 소스케의 장서를 닥치는 대로 읽었다. 때때로 괘씸한 그림책을 발견했다. 그래도 태연스러운 낯으로 읽어 나갔다.

그러다가 선술 책을 발견했다. 이 책을 가장 열심히 탐독했다. 종횡으로 거침없이 읽어 댔다. 곳간 안에서 일 년 남짓 수행하고, 겨우 쥐와 독수리, 뱀이 되는 법을 익혔다. 쥐가 되어 곳간을 뛰어 돌아다니다, 가끔 멈춰 서서 찍찍 울어 보았다. 독수리가 되어 곳간 창문으로 날개를 펼치고 날아올라, 마음껏 창공을 소요했다. 뱀이 되어 곳간 마루 밑으로 몰래 숨어 들어 거미집을 피하면서, 냉랭한 음지의 풀을 배 비늘로 헤쳐 가며 걸어다녔다. 머지않아 사마귀가 되는 법도 터득했지만, 이것은 그냥 그 모습이 되기만 할 뿐이어서 그다지 재미고 뭐고 없었다.

소스케는 이미 제 아이에게 절망했다. 그럼에도 못내 안타까워 아내에게 이렇게 말했다. 그래, 너무 잘나서 탈인 게지. 다로는 열여섯에 사랑을 했다. 상대는 옆집 기름 가게의 딸로, 피리를 잘 불었다. 다로는 곳간 안에서 쥐나 뱀의 모습인 채 그 피리 소리를 듣는 게 좋았다. 아아, 저 아가씨가 나한테 반했으면! 쓰가루 제일의 멋진 남자가 되었으면! 다로는 자신의 선술로 멋진 남자가 되기를 간절히 빌기 시작했다. 열흘째에 그 염원을 성취할 수 있었다.

　다로는 거울 속을 조심조심 들여다보고, 깜짝 놀랐다. 얼굴빛이 얼빠진 듯 하얗고, 아랫볼이 불룩하니 매끈했다. 눈은 더없이 가느다랗고 콧수염이 길게 나 있었다. 덴표〔天平〕 시대[3]의 불상 얼굴인데, 더구나 사타구니의 물건까지 고풍스럽게 축 늘어져 있었다. 다로는 낙담했다. 선술 책이 너무 오래되었다. 덴표 무렵의 책이었다. 이런 꼴로는 영 틀려먹었어. 다시 해 보자. 다시 원래대로 선술 법을 풀려고 했지만, 잘 안되었다. 자기 혼자만의 욕망에서 제멋대로 법을 행한 경우에는, 좋든 나쁘든 신체에 딱 들러붙어 버려 어떻게 해 볼 수도 없게 된다. 다로는 사나흘 동안 허무한 노력을 하다가 닷새째에 체념했다. 이렇게 고풍스런 얼굴은 어차피 여자들이 좋아하지 않을 테지만, 그래도 세상에는 별난 것을 즐기는 괴짜가 없지도 않으리라. 선술의 법력을 잃어버린 다로는, 아랫볼이 불룩한 얼굴에 콧수염을 길게 기른 채 곳간에서 나왔다.

---

3) 729~749년. 나라〔奈良〕 시대의 문화 부흥기로, 귀족 문화, 불교 미술이 꽃피었다.

벌어진 입을 다물 줄 모르는 부모에게 자초지종을 털어놓고, 간신히 납득시켜 그 입을 다물게 했다. 이런 한심한 모습으로는 어차피 마을에 머물 수도 없습니다. 여행을 떠납니다. 그렇게 편지를 써 놓고, 그날 밤 표연히 집을 나왔다. 보름달이 떠 있었다. 보름달 윤곽이 조금 부예졌다. 날씨 탓은 아니었다. 다로의 눈 때문이었다. 정처 없이 어슬렁거리면서 다로는 미남이라는 것의 신기함을 생각했다. 옛날 옛적의 멋진 남자가 어째서 지금은 멍청이가 되었을까? 그럴 리는 없어. 이건 이대로 좋지 않을까? 하지만 이 수수께끼는 어려워서, 이웃 마을 숲을 빠져나와 성시에 이르도록, 또한 쓰가루 지방 경계를 지나도록 좀처럼 해결이 나지 않았다.

덧붙이자면, 다로의 선술 비법은 팔짱을 끼고 기둥이나 담에 기대어 멍하니 선 채, 시시해, 시시해, 시시해, 시시해, 시시해, 라는 주문을 수십 번 수백 번 되풀이하고 되풀이해 낮은 소리로 읊으면서, 마침내 무아의 경지에 깊숙이 들어가는 데에 있었다고 한다.

싸움 지로베

옛날 도카이도 미시마에 시카마야 잇페라는 남자가 있었다. 증조부 대부터 술 양조를 업으로 삼았다. 술은 그 양조주의 인품을 반영하는 법이라 한다. 시카마야 술은 그지없이 맑은 데다 상당히 쌉쌀했다. 술 이름은 '물레방아'였다. 자식이 열넷 있었다. 남자아이가 여섯. 여자아이가 여덟. 장남은 세상 일에 둔한 까닭에, 잇페의 지시대로 장사하는 게 제일 낫다고 여기며 살았다. 자기 사상에 자신감이 없고, 그래도 때로는 아 버지에게 뭔가 의견을 내놓기도 했지만, 말하는 도중에 이미 깡그리 자신감을 잃었다. 그런가 싶기도 합니다만, 그러나 이 것 역시 잘못투성이라고밖에 생각되지 않고, 틀림없이 잘못되 었다고 생각합니다만 아버님은 어떻게 생각하시는지요? 어쩐 지 잘못된 것 같습니다, 하고 역시 말하기 어려운 듯 그 의견 을 부정했다. 잇페는 간단히 대답한다. 잘못됐어.

그러나 차남인 지로베라면 약간 사정이 달랐다. 그의 기질 가운데는 정치가의 푸념이라는 의미가 아닌 본래 의미의 시시 비비를 가리는 태도가 나타나는 경향이 있었다. 이 때문에 그 는 미시마 사람들로부터 '돼먹지 못한 놈'이라 불리며 따돌림 을 당했다. 지로베는 장사꾼 근성이라는 걸 싫어했다. 세상은 주판이 아니다. 값어치 없는 것이야말로 고귀하다, 라고 확신 하고 매일같이 술을 마셨다. 술을 마시더라도, 부당한 이익을 탐내는 걸 여태껏 제 눈으로 똑똑히 보아 온 자기 집 술을 입 에 대기는 싫었다. 만약 실수로 마셔 버린 경우에는 곧바로 목 구멍에 손가락을 쑤셔 넣어 억지로 토해 냈다. 날이면 날마다 지로베는 미시마 시내를 혼자 돌아다니며 술을 마셨지만, 아 버지 잇페는 그걸 두고 지나치게 나무라지는 않았다. 생각이 트인 남자였기 때문이다. 많은 자식들 가운데 바보가 하나쯤 있는 편이 되레 활기차서 좋다고 생각했다. 게다가 잇페는 미 시마의 소방수 대장을 맡고 있었던 터라 장차 지로베에게 이

명예직을 물려줄 계획도 있어, 지로베가 앞으로 점점 더 망아지처럼 날뛰며 돌아다녀 준다면 그만큼 장래 소방수 대장으로서의 자격도 갖춰지는 것이라고 멀리 내다보며 지로베의 방탕을 보고도 못 본 척했다.

지로베는 스물두 살 여름에 기필코 싸움꾼이 되고야 말겠다고 결심했는데, 그것은 이런 까닭에서였다.

미시마 신사에서는 매년 8월 15일에 축제가 열려, 역참 사람들은 물론 누마즈 어촌이나 이즈의 산촌에서 수만 명의 사람들이 저마다 부채를 허리에 꽂고 신사를 향해 줄줄이 모여들었다. 예부터 미시마 신사 축제 날은, 꼭 비가 내리기 일쑤였다. 미시마 사람들은 화려한 걸 좋아해서, 빗속에서 부채질을 하며 춤 수레가 지나가고 장식 수레가 지나가고 불꽃이 올라가는 것을, 흠뻑 젖은 채 추위를 참고 참으면서 구경한다.

지로베가 스물두 살이던 때의 축제 날은, 드물게 화창했다. 파란 하늘에는 솔개 한 마리가 꾸룩꾸룩 울며 날고 있어, 참배 온 사람들은 신사 앞에서 배례한 다음, 파란 하늘과 솔개에게도 배례했다. 정오 조금 지났을 무렵, 느닷없이 먹구름이 동북쪽 하늘 귀퉁이에서 뭉게뭉게 일어나 두세 번 눈 깜박이는 사이 벌써 미시마는 어둑해졌고, 물기를 머금은 묵직한 바람이 땅바닥을 기어 돌아다니자, 그것이 신호인 듯 커다란 빗방울이 하늘에서 후드득 떨어져 내리더니 급기야 참기 힘들었는지 단숨에 폭우로 변했다. 지로베는 신사 기둥문 앞 주점에서 술을 마시며, 바깥의 빗줄기와 잔달음질 쳐서 지나는 여러 여자들의 모습을 바라보고 있었다. 그러다가 문득 엉거주

춤하게 몸을 일으켰다. 아는 사람을 발견했기 때문이다. 그의 집 맞은편에 사는 서예 훈장의 딸이었다. 무거운 듯한 빨간 꽃무늬 기모노를 입고 대여섯 걸음 달려가다 걷고 또 대여섯 걸음 달려가다 걷곤 했다. 지로베는 주점의 포렴을 척 걷어 내며 밖으로 나가, 우산을 가져가요, 하고 말을 걸었다. 옷이 젖으면 큰일입니다. 소녀는 멈춰 서서 가느다란 목을 천천히 돌려, 지로베의 모습을 보더니 보드랍고 새하얀 뺨을 붉혔다. 기다려요. 그렇게 말해 놓고 지로베는 주점으로 되돌아와 주인에게 큰 소리로 호통치고는 지우산을 하나 빌렸다. 야이, 훈장 딸아! 너희 아버지든 어머니든 또 너든 간에, 나를 돼먹지 못한 놈에다 주정뱅이에다 아주아주 나쁜 놈이라 생각하는 게 틀림없어. 한데 어떠냐! 난, 아아, 딱하다, 싶으면 이렇게 우산이나 뭐라도 챙겨 주는 남자야. 꼴좋군. 다시 포렴을 걷어 젖히고 밖으로 나와 보니, 소녀는 없고 한층 거세어진 빗발과 서로 밀치락달치락하면서 달려가는 사람들 물결뿐이었다. 우, 우, 우, 우, 주점 안에서 조롱하는 소리가 들렸다. 예닐곱 명의 불량배들 소리다. 지우산을 오른손에 받쳐 든 채 지로베는 생각한다. 아아아. 싸움꾼이 되고 싶어. 인간, 이토록 바보스러운 꼴을 당했을 때는 이유고 뭐고 필요없는 법이다. 사람이 건드리면 사람을 벤다. 말이 건드리면 말을 벤다. 그게 좋다. 그날부터 삼 년 동안 지로베는 몰래 싸움 수행을 했다.

싸움은 배짱이다. 지로베는 배짱을 술로 키웠다. 지로베의 주량이 더욱더 늘면서 눈은 차츰 죽은 물고기 눈처럼 차갑게 뿌예지고, 이마에는 기름기로 번질거리는 세 가닥 주름이 생겨 어쩐지 넉살스러운 용모로 바뀌었다. 담뱃대를 입으로 가져갈 때도 팔을 뒤로 크게 휘돌린 다음에야, 뻐끔 한 모금 피운다. 배짱이 두둑한 남자로 보였다.

그다음은 말투다. 속내를 알 수 없게 나직이 말하자고 생각했다. 싸움 전에는 뭔가 재치 있는 대사를 해야만 하기에, 지로베는 그 대사 선택에 고심했다. 틀에 박힌 말로는 현실감이 떨어진다. 이런 파격적인 대사를 골랐다. 당신, 잘못한 거 아닙니까? 농담 아닌가요? 당신의 그 코끝이 자줏빛으로 부어오르면 우스꽝스러워요. 낫는 데 백 일이나 걸리지요. 뭔가 잘못한 것 같습니다. 이 말을 언제든지 술술 꺼낼 수 있도록 매일 밤 누워서 서른 번씩 낮게 암송했다. 또 이 말을 하는 동안 입을 삐죽거리거나 필요 이상으로 눈을 번뜩이지 않고 흡사 미소 짓는 것처럼 보이고 싶어, 그 연습도 게을리하지 않았다.

이것으로 준비는 되었다. 드디어 싸움 수행이었다. 지로베는 무기를 갖는 걸 싫어했다. 무기의 힘으로 이겼다 한들 그건 남자가 아니다. 맨손으로 이기지 않으면 내 마음이 산뜻하지 않다. 우선 주먹 만드는 법부터 연구했다. 엄지손가락을 주먹 밖으로 내놓으면 엄지손가락을 삘 염려가 있다. 지로베는 이런저런 연구 끝에, 주먹 안에 엄지손가락을 감추고 다른 네 손가락 첫 번째 관절의 등을 빈틈없이 나란히 꽉 죄었다. 엄청 튼실해 보이는 주먹이 만들어졌다. 가지런히 꽉 조인 이 첫 번째 관절의 등으로 자신의 무릎을 탕 내질러 보니, 주먹은 조금도 아프지 않고 대신 무릎이 앗, 하고 펄쩍 뛸 만치 아팠다. 이건 발견이었다. 지로베는 다음으로 그 첫 번째 관절의 등 살갗을 두껍고 단단하게 만들기로 계획했다. 아침에 눈을 뜨자마자, 그가 새로 고안한 주먹으로 머리맡의 담배통을 한 번 때렸다. 마을을 걸으면서 길가의 흙담이나 판장담을 때렸다. 주점의 탁자를 때렸다. 집에 있는 화로를 때렸다. 이 수행에 일 년을 들였다. 담배통이 산산조각 나고 흙담이나 판장담에 크고 작은 구멍이 무수히 뚫리고, 주점 탁자에 금이 가고 집 화로가 멋들어지게 울퉁불퉁해졌을 무렵, 지로베는 그제야 자신의 단단한 주먹에 자신감을 얻었다. 이 수행을 하는 동안 지로베는 때리는 법에도 요령이 있음을 발견했다. 즉 팔을 옆으로 크게 휘둘러 때리기보다는 겨드랑이 밑에서 피스톤처럼 똑바로 내밀어 때리는 편이 약 세 배 더 효과가 좋다는 거였다. 똑바로 내미는 도중에 팔을 안쪽으로 반쯤 회전시키면 네 배 정도 더 효과가 좋다는 것도 알았다. 팔이 나선처럼 상대의 몸에 빙그르 파고드는 까닭이었다.

다음 일 년은 집 뒤편 고쿠분지 절터의 솔숲에서 수행했다. 오 척 네댓 치 되는 사람 모양의 마른 그루터기를 때렸다. 지로베는 자신의 몸을 구석구석 때려 보고 미간과 명치가 가장 아프다는 사실을 깨달았다. 또한 옛날부터 전해 내려온 남자의 급소도 일단 생각은 해 봤지만, 이는 역시 상스러운 느낌이 들어 고매한 남자가 겨눌 곳이 아니라고 생각했다. 정강이도 상당히 아프다는 걸 알았지만, 발로 차기 안성맞춤인 곳인 데다 지로베는 싸움에 발을 사용하는 건 비겁하고 뒤가 켕기는 일이기도 하다고 여겨, 오로지 미간과 명치만 겨누기로 작정했다. 마른 그루터기의 미간과 명치 높이쯤 되는 곳에 작은 칼로 삼각형을 그려 놓고 매일매일 땅땅 세게 때렸다. 당신, 잘못한 거 아닙니까? 농담 아닌가요? 당신의 그 코끝이 자줏빛으로 부어오르면 우스꽝스러워요. 낫는 데 백 일이나 걸리지요. 뭔가 잘못한 것 같습니다. 그 순간 퍽 하고 미간을 때린다. 왼손은 명치를.

일 년 수행 후 마른 나무의 삼각형 표시는 밥공기 정도의 깊이로 둥글게 파였다. 지로베는 생각했다. 지금은 백발백중이다. 하지만 아직은 안심할 수 없다. 상대는 이 그루터기처럼 늘 잠자코 서 있는 게 아니다. 움직인다. 지로베는 미시마 마을의 거의 어느 길목에나 있는 물레방아에 주목했다. 후지산 기슭의 눈이 녹아 수십 갈래로 수량이 풍부하고 맑은 개울이 되고, 그 개울은 미시마의 가옥 주춧돌 밑이나 마루 끝, 마당을 거쳐 흐르는데 이끼 낀 물레방아가 그 많은 개울의 곳곳마다 느릿느릿 돌고 있었다. 지로베는 밤에 술을 마시고 돌아가는 길이면 어김없이 물레방아 하나를 정벌했다. 빙글빙글 돌아가는 물레방아의 열여섯 장 판자 헛바닥을, 차례차례 땅땅 때린다. 처음에는 맞히기가 힘들어 좀처럼 잘되지 않았지만, 차츰 미시마 마을에서 부러진 헛바닥을 축 늘어뜨린 채 쉬고 있는 물레방아를 보는 일이 잦아졌다.

지로베는 자주 개울에서 미역을 감았다. 바닥 깊숙이 잠수해 들어가 꼼짝 않고 있기도 했다. 싸움이 한창일 때 실수로 발이 미끄러져 개울로 굴러떨어졌을 경우를 대비한 것이었다. 개울이 마을 전체를 흐르고 있으니 어쩌면 그럴 수도 있으리라. 하얀 무명 복대를 더욱 세게 감아 조였다. 술을 잔뜩 배에 넣지 않으려고 조심하는 것이었다. 곤드레만드레 취하면 다리가 후들거려 자칫 예기치 못한 실패를 맛볼 수도 있겠지. 삼 년이 지났다. 신사의 축제가 세 번 왔고, 세 번 지났다. 수행이 끝났다. 지로베의 풍모는 마침내 묵직하고 둔중해졌다. 고개를 왼쪽이나 오른쪽으로 비틀어 돌리는 데에도 일 분이나 걸렸다.

육친은 같은 핏줄로 이어진 탓에 민감하다. 아버지 잇페는 지로베의 수행을 꿰뚫어 보았다. 무엇을 수행했는지는 몰랐지만, 뭔가 거물이 된 듯하다는 것만은 알아챘다. 잇페는 전부터의 계획을 실행했다. 지로베에게 소방수 대장이라는 명예직을 물려주었다. 지로베는 뭔가 영문을 알 수 없는 엄숙한 언행으로 많은 소방수들의 신뢰를 얻었다. 대장님, 대장님, 하고 불리며 공경받기만 할 뿐 싸울 기회는 도통 없었다. 어쩌면 이제 평생 싸움 한번 못 한 채 이대로 죽을지도 모른다고, 젊은 대장은 따분하게 생각했다. 단련하고 또 단련한 두 팔은 밤마다 근질근질해져, 쓸쓸한 기분으로 북북 긁어 댔다. 넘치는 힘을 주체하지 못해 몸부림친 끝에, 마침내 자포자기의 장난기를 발동시켜 등짝 가득 문신을 했다. 지름 다섯 치 남짓한 진홍빛 장미꽃을, 고등어를 닮은 길쭉한 물고기 다섯 마리가 뾰족한 주둥이로 사방에서 쪼고 있는 모습이었다. 등에서 가슴팍에 걸쳐 온통 푸른 잔물결이 넘실거렸다. 이 문신 때문에 지로베는 드디어 도카이도에서 잘 알려진 남자가 되었고, 소방수들은 물론 역참의 불량배에게조차 공경받게 되어 더 이상 싸울 가망이 없어져 버렸다. 지로베는 이거 참 야단났군, 싶었다.

그런데 기회는 뜻밖에 찾아왔다. 그 무렵 미시마에 시카마야와 어깨를 나란히 하며 더불어 술 빚기를 겨루던 진슈야 다케로쿠라는 부자가 있었다. 이곳 술은 약간 달착지근하고 빛깔이 농후했다. 다케로쿠 역시 술을 빼닮아, 네 명의 첩을 데리고 있음에도 부족해서 다섯 번째 첩을 들이려고 온갖 궁리를 했다. 매의 하얀 깃 화살이 지로베의 집 지붕을 지나쳐 그 맞은편, 서예 훈장이 한적하게 살고 있는 집 지붕의 잡초를 헤집고 딱 꽂혔다. 훈장은 쉽사리 응답하지 않았다. 두 번 할복을 시도했다가 가족들에게 발견되어 실패했을 정도였다. 지로베는 그 소문을 듣고 팔이 우는 것을 느꼈다. 기회를 노렸다.

석 달 만에 기회가 찾아왔다. 12월 초, 미시마에 드물게 큰 눈이 내렸다. 해 질 녘부터 폴폴 내리기 시작해 금세 탐스러운 함박눈으로 바뀌어 세 치쯤 쌓였을 즈음, 역참의 경종 여섯 개가 동시에 울렸다. 화재다. 지로베는 느릿느릿 집을 나섰다. 딱하게도 진슈야의 이웃집 다다미 가게가 타오르고 있었다. 수천의 불덩어리가 다다미 가게 지붕 위에서 줄지어 미친 듯 날뛰었고, 불티가 소나무 꽃가루처럼 분출되어 퍼지고, 퍼지면서 사방 하늘 저 멀리 흩날렸다. 이따금 검은 연기가 바다 도깨비처럼 슬그머니 나타나 지붕 전체를 뒤덮었다. 퍼붓는 함박눈은 화염에 물들어, 한층 묵직한 듯 안타까워 보였다. 소방수들은 진슈야와 언쟁이 벌어졌다. 진슈야는 자기 집으로 물을 넣는 것은 딱 질색이라고 우겨 대며, 어서 이웃집 다다미 가게의 용마루를 무너뜨려 불길을 잡으라고 명령했다. 소방수들은 그건 소방법에 어긋난다며 반박했다. 거기에 지로베가 나타났다. 진슈야 씨. 지로베는 가능한 한 나직한 목소리

로, 게다가 거의 미소를 짓다시피 하며 말을 꺼냈다. 당신, 잘
못한 거 아닙니까? 농담 아닌가요? 진슈야는 느닷없이 말참견
했다. 당신은 시카마야의 젊은 주인님, 헤헤, 농담이에요. 정
말이지 취흥일 뿐입니다. 자아, 마음껏 물을 넣으세요. 싸움
이 되지 않았다. 지로베는 하는 수 없이 불을 바라보았다. 싸
움은 되지 않았지만 이 일로 지로베는 또다시 남자다움을 떨
치고 말았다. 타오르는 불빛을 받으면서 진슈야를 나무라고
있을 때 지로베의 새빨간 두 뺨에 함박눈 십여 송이가 녹지도
않은 채 달라붙어 있었는데, 그 모습이 신처럼 무서웠다는 사
실은 그 후 오래도록 소방수들의 화젯거리였다.

  이듬해 2월 좋은 날에, 지로베는 역참 변두리에 새살림을
차렸다. 크고 작은 방 세 개에다 널찍한 2층 방이 있고, 거기
서 후지산이 정면으로 보였다. 3월의 더욱 좋은 날에 서예 훈
장 딸을 이 새집에서 신부로 맞이했다. 그날 밤, 소방수들은
지로베의 신혼집에 빽빽이 들어차 축하주를 마시고, 한 사람
씩 차례로 장기 자랑을 하며 밤을 새웠는데, 마침내 이튿날
아침 마지막 한 사람이 접시 두 장 마술로, 만취해서 잠에 취
한 모두의 눈을 속여 한 귀퉁이로부터 짝짝짝 박수갈채를 받
고서야 축하연은 끝났다.

  지로베는 이 또한 나름대로 좋은 일인 게 틀림없으리라, 어
설프게 깨닫고는 멀거니 하루하루를 보냈다. 아버지 잇페 역
시, 이렇게 일단락됐군, 하고 중얼거리며 담뱃대를 탁, 재떨이
에 털었다. 하지만 잇페의 명석한 두뇌조차도 미처 생각해 내
지 못한 슬픈 일이 일어났다. 결혼한 지 이러구러 두 달째 되

던 날 밤, 지로베는 신부가 따라 주는 술을 마시면서, 난 싸움질을 잘해, 싸움질을 할 땐 이렇게 오른손으로 미간을 때리고, 이렇게 왼손으로 명치를 때리는 거야, 했다. 그냥 장난삼아 한번 보여 주었을 뿐인데, 신부는 데구루루 구르다가 죽었다. 역시나 급소를 맞혔으리라. 지로베는 무거운 죄목으로 감옥에 갇혔다. 뭔가를 지나치게 잘한 벌이다. 지로베는 감옥에 들어가서도 그 어딘가 태연자약한 자세 때문에 간수들에게 바보 취급을 당하지 않았고, 또 같은 방 죄수들은 그를 감옥 대장으로 떠받들었다. 다른 죄수들보다 훨씬 높은 자리에 앉아, 지로베는 자작곡 속요인지 염불인지 알 수 없는 노래를, 구슬픈 가락으로 흥얼거렸다.

바위에게 속삭이네
볼을 붉히며
난 힘이 세다
바위는 대답 없네

거짓말 사부로

옛날 에도 후카가와에 하라노미야 오손이라는 홀아비 학자가 있었다. 중국 종교에 밝았다. 자식이 하나 있는데 사부로[4]

---

4) 셋째 아들에게 붙이는 이름.

라고 불렀다. 외아들인데도 사부로라 이름 짓다니 과연 학자답게 별난 사람이라고 이웃들은 쑤군거렸다. 어째서 그것이 학자다운 별난 구석인지는 아무도 알지 못했다. 그런 게 학자라는 셈이었다. 오손에 대한 이웃의 평판은 그리 좋지 않았다. 극단적으로 인색하다는 거였다. 밥을 먹고는 어김없이 딱 절반을 토해, 그걸로 풀을 쑨다는 소문도 있었다.

사부로의 거짓말 꽃은 이러한 오손의 인색함에서 싹텄다. 여덟 살이 되도록 용돈 한 푼 받지 못했고, 중국 군자들의 말을 암송하라는 강요만 받았다. 사부로는 그 중국 군자들의 말을 콧물 훌쩍거리면서 중얼중얼했고, 방마다 기둥이나 벽에 박힌 못을 쑥쑥 뽑고 다녔다. 못이 열 개 모이면 근처 고물상에 가져가 일 전이나 이 전에 팔아 치웠다. 달콤한 막과자를 산다. 뒤늦게 아버지의 장서가 열 배쯤 더 나은 가격에 팔린다는 이야기를 고물상한테 듣고, 한 권 두 권 들고 나가다가 여섯 권째에 아버지에게 들켰다. 아버지는 눈물을 떨어 내며 이 도벽 있는 아이를 엄하게 꾸짖었다. 주먹으로 연달아 세 번 정도 사부로의 머리를 때리고 나서 말했다. 이 이상의 훈계는 너를 위해서도 나를 위해서도 쓸데없이 공복만 느끼게 할 뿐이야. 그러니 훈계는 이 정도로 그치겠다. 거기 앉거라. 사부로는 어쩔 수 없이 잘못을 뉘우쳐야 했다. 사부로에게 이것이 거짓말의 시작이었다.

그해 여름, 사부로는 이웃집 애견을 죽였다. 애견은 자그맣고 털이 긴 일본 개였다. 밤에 개는 요란스럽게 짖어 댔다. 멀리서 오래 짖는 소리, 깽깽거리는 다급한 비명, 고통을 참기 어려운 듯 과장된 신음 소리, 온갖 울음소리를 뒤섞어 소란을 피웠다. 한 시간 남짓 계속 울어 댔을 무렵, 아버지 오손은 옆에 누워 있는 사부로에게 말을 건넸다. 보고 오너라. 사부로는 아까부터 머리를 쳐들고 눈을 깜박깜박하면서 귀를 세워 듣고 있었다. 일어나 덧문을 올리고 봤더니, 옆집 대울타리에 묶인 개가 몸을 땅바닥에 비벼 대며 몸부림치고 있었다. 사부로는, 떠들지 마! 하고 혼냈다. 개는 사부로의 모습을 확인한 뒤, 여봐란듯이 땅바닥에 뒹굴고 대울타리를 물어뜯으며 한바탕 미쳐 날뛰는 체하다가, 깽깽! 하고 한층 높게 울부짖었다. 사부로는 개의 응석받이 정신에 울컥 증오가 치밀었다. 떠들지 마, 떠들지 마. 숨죽여 말하고 나서, 마당으로 뛰어 내려가 돌멩이를 주워 탁 던져 맞혔다. 개의 머리에 명중했다. 깽! 하고 날카롭게 한 번 울고 나서 자그맣고 하얀 개의 몸뚱이는 빙글빙글 팽이처럼 돌다가, 털썩 쓰러졌다. 죽었다. 덧문을 닫고 잠자리에 들자, 아버지가 졸린 듯한 목소리로 물었다. 어떻게 된 거냐? 사부로는 이불을 머리까지 뒤집어쓴 채 대답했다. 울음을 그쳤어요. 병에 걸렸나 봐요. 내일쯤 죽을지도 몰라요.

그해 가을, 사부로는 사람을 죽였다. 고토토이 다리에서 놀이 동무를 스미다강으로 밀어 빠뜨렸다. 직접적인 이유는 없었다. 권총을 자기 귀에 대고 쏴 버리고 싶은 발작과 흡사한 발작에 휩싸였다. 떠밀린 두부 가게 막내는 추락하면서 가느다란 두 다리를 집오리처럼 세 번 천천히 공기를 헤치듯 버둥거리다, 풍덩, 수면으로 떨어졌다. 파문이 물결을 따라 2미터가량 강 아래쪽으로 이동한 뒤 파문 한복판에서 한쪽 손이 불쑥 나왔다. 주먹을 꽉 쥐고 있었다. 금세 들어갔다. 파문은 흩어지면서 흘렀다. 사부로는 그걸 끝까지 지켜보고 나서, 큰 소리로 울부짖었다. 사람들이 모여들어, 사부로가 울며 가리키는 곳을 보고 형편을 알아챘다. 용케 알려 주었구나. 네 친구가 떨어졌니? 울지 마라, 금방 도와주마. 용케 알려 주었구나. 이해 빠른 한 남자가 그렇게 말하고 사부로의 어깨를 가볍게 토닥였다. 그러는 사이 사람들 가운데 수영에 자신 있는 남자 셋이 경쟁하듯 큰 강에 뛰어들어, 제각기 자신의 수영법을 뽐내며 두부 가게 막내를 찾기 시작했다. 세 사람 다 자신의 수영 자세에 지나치게 신경을 쓴 탓에 아이를 찾는 일에 소홀해졌고, 결국 찾아낸 것은 바로 시체였다.

사부로는 아무렇지도 않았다. 두부 가게 장례식에는 그도 아버지 오손과 함께 참석했다. 열 살, 열한 살이 되면서, 아무도 모르는 이 범죄의 기억이 사부로를 괴롭히기 시작했다. 이러한 범죄로 사부로의 거짓말 꽃은 더욱더 멋지게 피어났다. 남에게 거짓말을 하고 자신에게 거짓말을 하고, 오로지 자신의 범죄를 이 세상에서 지우고 또 자신의 마음에서 지우려 애쓰며 성장함에 따라 마침내 거짓말 덩어리가 되었다.

스무 살의 사부로는 얌전하고 내성적인 청년이었다. 추석 때마다 죽은 어머니의 추억을 한숨지으며 사람들에게 이야기해, 이웃의 동정을 샀다. 사부로는 어머니를 알지 못했다. 그가 태어나자마자 어머니는 마치 교대하듯 죽었다. 지금껏 한 번도 어머니를 그리워한 적이 없었다. 거짓말이 한층 능숙해졌다. 오손에게 가르침을 받으러 와 있는 두세 명의 학생들에게 편지를 대필해 주었다. 부모님께 송금을 부탁하는 편지에 가장 자신 있었다. 예를 들면 이런 식이었다. 안녕하십니까? 사방의 경치가 어쩌고저쩌고하며 쓰기 시작해서, 존경하옵는 아버님은 별고 없으신지요, 하고 허심하게 안부를 여쭈고 나서 곧장 용건을 썼다. 처음에 입에 발린 소리를 장황하게 늘어놓고, 그런 다음에 돈을 보내 주세요, 라는 말을 꺼내는 건 서툰 솜씨다. 처음에 장황하게 쓴 입에 발린 소리가 그 마지막 용건 한마디로 와해되어, 너무나 비열하고 치사해 보이는 법이다. 그러므로 용기를 내어 조금이라도 빨리 단숨에 용건으로 들어간다. 되도록 간명한 게 좋다. 이번에 학교에서 『시경(詩經)』 강의가 시작되는데, 이 교과서는 시중 서점에서 구입하면 이십이 엔이다. 하지만 오손 선생님은 학생들의 경제력을 고려해 직접 중국에 주문해 주시기로 했다. 실비 십오 엔 팔십 전이다. 이 기회를 놓친다면 약간 손해를 보게 되니 당장 신청할 생각이다. 서둘러 십오 엔 팔십 전을 보내 주기 바란다. 대체로 이런 식이었다. 그런 다음 자신의 근황과 관련된 사소한 일상사를 알린다. 어제 창밖을 내다봤더니 수많은 까마귀가 솔개 한 마리와 싸우는데 참으로 용감무쌍했다, 그저께 스미다 강둑을 산책하다가 신기한 풀꽃을 발견했다, 꽃잎은 나팔꽃처럼 작고 완두처럼 크고 빛깔도 불그스름하면서 하얀 것이 진기하길래 뿌리째 뽑아 가져다 내 방 화분에 옮겨 심었다, 대충 이런 내용을 송금 청구고 뭐고 까맣게 잊어버린 듯 태평스레 적어 나간다. 아버지는 이 편지를 읽고, 자식의 평안한 심경을 느껴 자신이 쓸데없이 노심초사한 마음을 부끄러워하며 흐뭇

한 미소로 송금한다. 사부로의 편지는 사실 그렇듯 잘 먹혀들었다. 학생들은 너도나도 사부로에게 편지 대필 혹은 구술을 부탁했다. 돈이 오면 학생들은 사부로를 데리고 놀러 나가, 한 푼도 남김없이 써 버렸다. 오손 학교는 서서히 번창하기 시작했다. 소문을 들은 에도의 학생들은 젊은 선생한테 편지 쓰는 법을 몰래 배우고 싶은 속셈에서 오손에게 가르침을 청했다.

사부로는 곰곰이 생각했다. 이처럼 하루에 수십 명의 사람들에게 편지를 대필해 주거나 구술해 주는 건 성가시기 짝이 없는 노릇이다. 차라리 출판을 해 볼까? 어떻게 하면 부모님이 많은 돈을 송금해 주실까? 이것을 한 권의 책으로 출판하자고 생각했다. 하지만 막상 출판하려니 한 가지 걸리는 문제가 있음을 깨달았다. 그 책을 부모가 사서 찬찬히 읽는다면 어찌 될 것인가. 아무래도 죄스러운 결과가 예상되었다. 사부로는 이 책의 출판을 포기해야만 했다. 학생들의 필사적인 반대가 있었기 때문이기도 했다. 그럼에도 사부로는 저술을 하려는 결의만은 굽히지 않았다. 그 무렵 에도에서 유행한 풍속 소설을 출판하기로 했다. 허허, 삼가 말씀드리오니, 이런 투의 서두로 한껏 못된 장난질과 속임수를 적는 것이라, 사부로의 성격과 딱 맞아떨어졌다. 그가 스물두 살 때 주정꾼 엉망진창 선생이라는 필명으로 출판한 두세 권의 풍속 소설은 뜻밖에 잘 팔렸다. 어느 날 사부로는 아버지의 장서 가운데 그의 풍속 소설 중 걸작 『인간 만사 거짓은 진실』 한 권이 섞여 있는 걸 보고, 능청스레 오손에게 물었다. 엉망진창 선생의 책은 좋은 책입니까? 오손은 몹시 못마땅한 낯으로 대답했다. 좋지 않아. 사부로는 웃으면서 알려 주었다. 그건 제 필명입니다. 오손은 당황한 기색을 보이지 않으려 크게 헛기침을 두세 번 하고 나서, 주위를 꺼리는 듯 나직한 목소리로 물었다. 얼마 벌었냐?

걸작 『인간 만사 거짓은 진실』의 줄거리는 겐엔 선생이라는 괴팍한 젊은이가 우스꽝스럽게 세상을 살아가는 내력을 서술한 것으로, 이를테면 겐엔 선생은 화류계에서 놀아나면서도 때로는 배우라 속이고 때로는 큰 부자인 양 거들먹거리고 때로는 은밀히 숨어든 귀인인 척한다. 사기 치는 그 수법이 너무나 치밀한 탓에 거의 진짜와 다름없다 보니 게이샤들도 의심하지 않았고, 마침내 그 자신도 의심하지 않았다. 그것은 결코 꿈이 아니라 분명 현실이어서, 하룻밤 사이 백만장자가 되었다가 또 다음 날 눈뜨면 하루아침에 엄청 유명한 명배우가 되었다가 우스꽝스럽게 생애를 마친다. 죽는 그 순간, 옛날의 무일푼 겐엔 선생으로 돌아간다는 이야기가 쓰여 있었다. 이것은 이른바 사부로의 사소설(私小說)이었다. 스물두 살을 맞이했을 때 사부로의 거짓말은 이미 신의 경지에 이르러, 자신이 이러저러하다고 속일 때는 모든 게 진실의 황금으로 바뀌었다. 오손 앞에서는 어디까지나 내성적인 효자, 학교에 다니는 학생들 앞에서는 굉장한 풍류인, 화류계에서는 다름 아닌 인기 배우, 아무개 귀족님, 무슨 조직의 우두머리였고, 그 어디에도 사소한 부자연스러움이나 꾸밈조차 없었다.

그 이듬해 아버지 오손이 죽었다. 오손의 유서에는 이런 내용이 적혀 있었다. 나는 거짓말쟁이다. 위선자다. 중국 종교에서 마음이 멀어지면 멀어질수록, 그걸 추종했다. 그래도 살아 있을 수 있었던 건 어미 없는 내 자식에 대한 사랑 때문이었으리라. 나는 실패했어도 이 아이는 성공시키고 싶었는데, 이 아이도 실패할 것 같다. 나는 이 아이에게 내가 육십 년 동안 모은 잔돈 하나하나, 오백 푼 전부를 남김없이 주겠다. 사부로는 그 유서를 다 읽고 나서 창백해진 얼굴로 엷은 웃음을 띤 채 둘로 찢었다. 그걸 다시 넷으로 찢었다. 또 여덟으로 찢었다. 공복을 느끼지 않으려고 자식에 대한 훈계를 멈춘 오손, 자식의 명성보다도 인세에 온통 신경을 쏟는 오손, 이웃들로부터 주춧돌 밑에 황금이 가득 든 단지를 숨겨 놓았다는 수군거림을 듣던 오손이 오백 푼의 유산을 남기고 왕생했다. 거짓의 말로다. 사부로는 거짓의 마지막 방귀가 풍기는 참을 수 없는 악취를 맡은 느낌이었다.

사부로는 아버지의 장례식을 근처 니치렌슈(日蓮宗) 절에서 치렀다. 얼핏 듣기에 야만스러운 리듬으로 느껴지는, 스님이 마구 두드려 대는 북 소리도 귀 기울여 잠시 듣노라면, 그 리듬 속에서 어찌할 수 없는 분노와 초조, 그걸 얼버무리려는 자포자기의 광대 짓을 알아들을 수 있었다. 가문(家紋)이 들어간 예복 차림으로 염주를 들고 십여 명의 학생들 한가운데 구부정하게 앉아, 1미터쯤 앞 다다미 가장자리를 응시하면서 사부로는 생각한다. 거짓말은 범죄에서 발산되는 소리 없는 방귀다. 나의 거짓말도, 어릴 적 사람을 죽인 데서 출발했다. 아버지의 거짓말도, 자신이 신뢰할 수 없는 종교를 남에게 믿도록 한 대범죄에서 우러나왔다. 답답하기 짝이 없는 현실을 조금이라도 시원하게 만들려고 거짓말을 하지만, 거짓말은 술과 마찬가지로 점점 적당량이 늘어난다. 차츰차츰 심한 거짓말을 내뱉고 절차탁마하여, 마침내 진설의 빛을 발한다. 이건 나 혼자만의 경우에 해당되는 게 아닌 듯하다. 인간 만사 거짓은 진실. 문득 그 말이 이제 비로소 피부에 착 달라붙듯 떠올라, 쓴웃음을 지었다. 아아, 이건 코미디의 정점이다. 오손의 뼈를 정성껏 묻어 주고 나서 사부로는 오늘부터 한번 거짓 없는 생활을 해 보자고 마음 먹었다. 다들 비밀스런 범죄를 지니고 있잖아. 겁먹을 건 없어. 주눅 들 건 없어.

거짓 없는 생활. 그 말부터 이미 거짓이었다. 좋은 것을 좋다고 하고, 나쁜 것을 나쁘다고 한다. 그것도 거짓이었다. 무엇보다도 좋은 것을 좋다고 말하는 마음에 거짓이 있으리라. 저것도 더러워, 이것도 더러워, 하고 사부로는 매일 밤 잠 못 이루며 괴로워했다. 사부로는 드디어 한 가지 태도를 발견했다. 무의지 무감동, 백치의 태도였다. 바람처럼 사는 것이다. 사부로는 일상의 행동을 죄다 달력에 맡겼다. 달력 운세에 맡겼다. 즐거움은, 밤마다 꿈을 꾸는 일이었다. 푸른 풀밭 경치도 있고 가슴 설레는 소녀도 있었다.

어느 날 아침, 사부로는 혼자 아침을 먹다가 문득 고개를 저으며 생각하더니, 젓가락을 밥상 위에 탁 놓았다. 일어나 방을 빙글빙글 세 바퀴쯤 돌고 나서, 팔짱을 낀 채 밖으로 나갔다. 무의지 무감동의 태도가 의심스러워졌다. 이거야말로 거짓 지옥의 심심산속이다. 의식해서 노력한 백치가 어째서 거짓이 아니겠는가. 노력하면 할수록 나는 거짓에 거짓을 덧칠해 간다. 멋대로 해 버려! 무의식의 세계. 사부로는 냅다 이른 아침부터 주점을 찾아 나섰다.

포럼을 젖히고 안으로 들어가니, 이른 아침인데도 벌써 손님 둘이 있었다. 놀랍게도, 선술 다로와 싸움 지로베 두 사람이었다. 다로는 탁자의 동남쪽 구석에서 불룩하니 처진 매끈한 볼이 취기로 불그레 물든 채, 축 늘어뜨린 콧수염을 꼬아대며 술을 마시고 있었다. 지로베는 그 맞은편 서북쪽 구석에 자리 잡았는데, 부어오른 큼직한 얼굴이 기름기로 번들번들했다. 술잔을 든 왼손을 뒤로 크게 천천히 휘둘렀다가 입가로 가져가 한 모금 마시고는 술잔을 눈높이까지 들어 올린 채 잠시 멍하니 있었다. 사부로는 두 사람 가운데 앉아 술을 마시기 시작했다. 세 사람은 원래 전부터 알고 지낸 사이가 아니다. 다로는 실눈을 거슴츠레하게 뜨면서, 지로베는 일 분쯤 걸려 느릿느릿 고개를 돌리면서, 사부로는 두리번두리번 차분하지 못하게 여우 눈초리로 둘러보면서, 저마다 다른 두 사람의 모습을 훔쳐보고 있었다. 취기로 차츰 달아오르며, 세 사람은 조금씩 서로 다가갔다. 세 사람의 억누르고 억눌렸던 취기가 한꺼번에 폭발했을 때 사부로가 먼저 입을 열었다. 이렇게 함께 아침부터 술을 마시는 것도 어떤 인연이라고 생각합니다. 더구나 에도는 한 걸음 걸어 나가면 타향이라고 할 만치 북적대는 곳이건만, 이렇듯 좁은 주점에서 한날한시에 함께 만나다니, 참으로 신기합니다. 다로는 크게 하품하고 나서, 느릿느릿 대답했다. 난 술이 좋아서 마시는 거야. 그렇게 사람 얼굴을 보지 마. 말하고는 수건으로 얼굴을 폭 감쌌다. 지로베는 탁자를 탕 쳐서 지름 세 치, 깊이 한 치 정도 움푹 패게 하고 나서 대답했다. 그래. 인연이라면 인연이지. 난 방금 감옥에서 나왔어. 사부로는 물었다. 어째서 감옥에 들어간 겁니까? 그건 이렇다네. 지로베는 속내를 알 수 없는 나직한 목소리로 자신의 반생을 늘어놓았다. 이야기를 마치고 나서 눈물 한 방울, 술잔 속에 떨어뜨려 꿀꺽 다 마셨다. 사부로는 그걸 듣고 잠시 생각에 잠겼다가, 어쩐지 형님인 듯한 느낌이 든다고 서두를 꺼낸 다음, 자신의 반생을 거짓말이 되지 않게, 거짓말이 되지 않게 거듭 신경 쓰면서 한 구절씩 짤막하게 이야기했다. 그걸 한참 듣는 사이 지로베는, 난 도통 모르겠네, 하고 꾸벅꾸벅 졸기 시작했다. 하지만 다로는 그때까지는 지루한 듯 하품만 하고 있더니, 이윽고 실눈을 똑바로 뜨고 귀 기울여 듣기 시작했다. 이야기가 끝났을 때, 다로는 얼굴을 감싼 수건을 거추장스러운 듯 떼고, 사부로 씨라고 했던가요, 당신 심정을 잘 압니다. 나는 다로라는 쓰가루 사람입니다. 이 년 전부터 이렇게 에도로 나와서 빈둥거리고 있습니다. 들어 주시렵니까? 하고 역시나 졸리는 듯한 말투로 지금껏 자신이 겪어 온 일들을 자세히 들려주었다. 느닷없이 사부로가 외쳤다. 압니다, 알고말고요! 지로베는 그 외침 때문에 퍼뜩 잠이 깼다. 탁한 눈을 흐리멍덩하게 뜨고, 무슨 일입니까? 하고 사부로에게 물었다. 사부로는 자신이 지나치게 들뜬 걸 깨닫고 창피하게 여겼다. 지나친 흥분이야말로 거짓의 결정체다. 억누르려고 무리하게 애썼지만, 취기가 가만히 두지 않았다. 사부로의 어설픈 억제심이 되레 그 자신에게로 되튕겨 왔고, 그만 자포자기가 되

어, 될 대로 되라지, 하고 입에서 튀어나오는 대로 엄청난 거짓
말을 했다. 우리는 예술가다. 그런 거짓말을 하고 나니, 더욱더
거짓말에 열기가 더해졌다. 우리 세 사람은 형제다. 오늘 여기
서 만난 이상, 죽어도 헤어질 수 없다. 이제 곧 틀림없이 우리
세상이 온다. 나는 예술가다. 선술 다로 씨의 반생과 싸움 지
로베 씨의 반생, 그리고 외람되나마 나의 반생, 이 세 가지 삶
의 방식의 모범을 세상 사람들에게 써서 보내 주자. 뭐 어때?
거짓말 사부로의 거짓말 화염은 이쯤에서 그 극점에 달했다.
우리는 예술가다. 왕후라 한들 두렵지 않다. 금전 또한 우리에
겐 나뭇잎처럼 가볍다.

완구

어떻게든 된다. 어떻게든 되겠지, 하고 하루하루를 맞이해 그대로 보내면서 지내고 있지만, 그럼에도, 아무리 애써도, 도 저히 어떻게도 안 되는 경우가 있다. 그런 처지가 되면, 나는 실 끊어진 종이 연처럼 둥실둥실 고향 집으로 바람에 날려 돌 아온다. 평상복 차림으로 모자도 쓰지 않고 도쿄에서 2000리 떨어진 고향 집 현관으로 팔짱을 낀 채 조용히 들어간다. 부모 님 방의 맹장지 문을 드르륵 열고 문지방에 멈춰 서면, 돋보 기로 신문 정치면을 나직이 소리 내어 읽던 아버지도, 그 옆에 서 바느질을 하던 어머니도, 표정을 바꾸면서 일어선다. 때에 따라서 어머니는 히잇, 비단을 잡아 찢는 듯이 소리친다. 잠시 내 모습을 응시하다가 나에게 여드름도 있고 다리도 있어서 유령이 아니라는 걸 알면, 아버지는 분노하는 도깨비로 바뀌고 어머니는 엎드려 운다. 원래 나는 도쿄를 벗어난 순간부터, 죽은 척한다. 어떤 욕설을 아버지에게 듣더라도, 어떤 애원을 어머니에게 듣더라도, 나는 그저 불가해한 미소로 응답할 뿐이다. 바늘방석에 앉은 느낌이라고 흔히 사람들은 말하는데, 나는 구름방석에 앉은 느낌으로 그저 멍하니 있다.

올해 여름도 마찬가지였다. 나는 삼백 엔, 에누리 없이 이백칠십오 엔, 그것만 필요했다. 나는 가난이 싫다. 살아 있는 한, 남에게 음식을 대접하고 멋스러운 옷을 입고 싶다. 고향 집에는 현금이 오십 엔도 없다. 그것도 알고 있다. 하지만 나는 고향 집 광 안쪽 구석에 여전히 이삼십 개의 보물이 있다는 것도 알고 있다. 나는 그걸 훔친다. 나는 이미 세 번 거듭해서 훔쳤고, 올해 여름 네 번째다.

여기까지의 문장에 나는 확고한 자부심을 갖는다. 곤란한 건, 이제부터 나의 자세다.

나는 「완구」라는 제목의 이 소설에서 자세의 완벽성을 내보일까, 정념의 모범을 내보일까? 그러나 나는 추상적인 어투를 가능한 한, 간신히 삼가야만 한다. 어떻게도 결말이 나지 않아서다. 한마디 변명을 늘어놓기가 무섭게 연달아 자꾸자꾸 앞말을 뒤쫓아 가다, 결국은 1000만 단어의 주석. 그리고 뒤에 남는 것은 두통과 발열, 아아 바보 같은 이야기를 했다는 자책. 뒤이어 똥통에 빠져 익사하고 싶은 발작.

나를 믿으세요.

나는 지금 이런 소설을 쓰려고 생각한다. 나라는 한 남자가 있고, 그가 어떤 대수롭잖은 방법으로 자신의 세 살, 두 살,

한 살 때의 기억을 되살린다. 나는 그 남자의 세 살, 두 살, 한 살의 추억을 서술하지만, 이건 딱히 괴기 소설이 아니다. 갓난아기의 난해함에 다소 흥미를 느껴, 이걸 한번 써 볼까 싶어 원고지를 펼쳤을 뿐이다. 따라서 이 소설의 오장육부라면, 어떤 한 남자의 세 살, 두 살, 한 살의 추억이다. 그 외의 것은 쓰지 않아도 된다. 기억하건대 내가 세 살 때, 라는 식의 서두로 장황스레 추억담을 써 나가 두 살, 한 살, 마지막으로 자신이 태어나던 때의 기억을 서술하고 나서 천천히 펜을 놓으면 그걸로 충분하다. 하지만 여기에 자세의 완벽성을 내보일까, 정념의 모범을 내보일까, 라는 문제가 이미 존재한다. 자세의 완벽성이란, 교묘한 술책을 말한다. 상대를 어루꾀거나 달래고, 물론 은근슬쩍 으르기도 하면서 이야기를 진행시키다가, 아하 적당한 때다 싶으면 뭔가 의미심장한 한마디와 함께 자신의 모습을 훅 지워 없앤다. 아니, 완전히 지워 버리는 건 아니다. 잽싸게 장지문 뒤로 몸을 숨길 뿐이다. 이윽고 장지문 뒤에서 천진스레 미소 띤 얼굴을 내밀었을 때, 상대의 몸은 뜻대로 할 수 있는 상태가 되어 있으리라. 술책이란 이를테면 이런 식의 방법이며, 한 작가의 진지한 정진의 대상이다. 나 역시 그러한 술책이 싫지 않아, 이 갓난아기의 추억담에 한번 교묘한 술책을 써먹자고 계획했다.

이쯤에서 나는 내 태도를 분명히 해 둘 필요가 있다. 내 거짓말이 슬슬 허물어지기 시작한 걸 느끼기 때문이다. 나는 자세의 완벽성에서 점점 동떨어지듯 짐짓 내보이면서, 언제 다시 거기로 돌아가도 상처가 없도록 신중에 신중을 거듭하며 펜을 잡고 써 왔다. 서두의 몇 줄을 지우지 않은 채 그대로 둔 것만 봐도, 금세 그걸 알아챌 것이다. 게다가 그 몇 줄을, 확고한 자부심을 갖는다 따위 금빛 사슬로 독자의 가슴에 잡아매 둔 것, 이거야말로 상당한 술책이리라. 사실 나는 돌아갈 작정이었다. 처음에 조금 써 둔 그런 한 남자가 어째서 자신의 세 살, 두 살, 한 살 때의 기억을 되찾으려 마음먹었는가, 어떻게 해서 기억을 되찾을 수 있었는가, 또한 그 기억을 되찾은 탓에 남자는 어떤 일을 겪었는가. 나는 이 모든 걸 준비했다. 그것을 갓난아기의 추억담 앞뒤에 덧붙임으로써 자세의 완벽성과 정념의 모범, 이 두 가지를 고루 갖춘 이야기를 창작할 생각이었다.

이제 나를 경계할 필요는 없겠지.

나는 쓰고 싶지 않다.

쓸까? 나의 갓난아기 때 기억만으로도 괜찮다면, 하루에 단 대여섯 줄씩만 써 나가도 괜찮다면, 당신만이라도 정성껏 정성껏 읽어 준다면. 좋아! 언제 완성될지도 모르는 이 쓸모없는 일의 출발을 축하하며, 당신과 둘이서 조촐하게 건배하자. 일은 그다음이야.

나는 태어나서 처음 땅바닥에 섰을 때의 일을 기억한다. 비 그친 파란 하늘. 비 그친 검은 흙. 매화꽃. 그건 분명 뒤뜰이다. 여자의 부드러운 두 손이 내 몸을 그곳까지 데려가, 살포시 나를 땅바닥에 세웠다. 나는 아주 태연히 두 걸음, 세 걸음쯤 걸었다. 느닷없이 내 시각이 땅바닥의 무한한 전방 확장을 감지하고, 내 두 발바닥 촉각이 땅바닥의 무한한 깊이를 감지하자, 순식간에 온몸이 얼어붙어 엉덩방아를 찧었다. 나는 불에 덴 듯 자지러지게 울어 댔다. 참을 수 없는 공복감.

이건 깡그리 거짓말이다. 나는 단지 비 그친 파란 하늘에 걸려 있던 한 줄기 희미한 무지개를 기억할 뿐이다.

사물의 이름이란 그게 어울리는 이름이라면 굳이 묻지 않더라도 절로 알게 되는 법이다. 나는 내 피부로 들었다. 멍하니 물상을 응시하고 있노라면, 그 물상의 언어가 내 피부를 간지럽힌다. 예를 들면, 엉겅퀴. 나쁜 이름은 아무런 반응도 없다. 여러 번 들어도, 도무지 이해하기 힘들었던 이름도 있다. 예를 들면, 사람.

나는 두 살 때 겨울에, 한 번 미쳤다. 콩알만 한 불꽃이 양쪽 귀 깊숙이 타닥타닥 터지고 있는 느낌이 들어, 엉겁결에 좌우 귀를 두 손으로 가렸다. 그 후로 귀가 들리지 않게 되었다. 저 멀리 흐르는 물 소리만 이따금 들렸다. 눈물이 줄줄 흘러 마침내 눈알이 따끔따끔 아파 오면서 점차 주위 색깔이 변해 갔다. 나는 눈에 색유리 같은 거라도 끼었나 싶어, 그걸 떼어 내려고 몇 번이고 몇 번이고 눈꺼풀을 손가락으로 집었다. 나는 누군가의 품속에서, 화로의 불꽃을 바라보고 있었다. 불꽃은 삽시간에 새까매지고, 바닷속 다시마 숲이 일렁이는 듯 괴상하게 보였다. 초록 불꽃은 리본 같고, 노란 불꽃은 궁전 같았다. 하지만 나는 마지막으로 우유 같은 순백의 불꽃을 봤을 때, 거의 무아지경이었다. "어머, 얘는 또 쉬했네. 오줌 쌀 때마다 얘는 부들부들 떨어." 누군가가 그렇게 중얼거린 걸 기억한다. 나는 쑥스러워지고 가슴이 부풀었다. 이는 분명 제왕의 희열을 느낀 거다. "난 확실해. 아무도 몰라." 경멸은 아니었다.

비슷한 일이 두 번 있었다. 나는 때때로 장난감과 대화를 나누었다. 초겨울 바람이 세차게 부는 깊은 밤이었다. 나는 머리말 달마상 오뚝이에게 물었다. "달마, 안 추워?" 달마는 대답했다. "안 추워." 나는 다시 물었다. "정말 안 추워?" 달마는 대답했다. "안 추워." "정말?" "안 추워." 옆에 누운 누군가가 우리를 보며 웃었다. "이 아인 달마를 좋아하나 봐. 언제나 말없이 달마를 보고 있어."

어른들이 모두 잠들어 고요해지면, 온 집 안을 사오십 마리의 쥐가 뛰어다니는 걸 나는 안다. 드물게, 구렁이 네댓 마리가 다다미 위를 기어 다닌다. 어른들은 코를 골며 자느라, 이 광경을 알지 못한다. 쥐나 구렁이가 잠자리까지 들어가는데도, 어른들은 알지 못한다. 나는 밤에 항상 깨어 있다. 낮에 모두가 보는 앞에서, 조금 잔다.

완구

나는 아무도 모르게 미쳤고, 결국 아무도 모르게 나았다.

훨씬 더 어렸을 때의 일. 보리밭의 보리 이삭 물결을 볼 때마다 떠올린다. 나는 보리밭 깊숙한 곳의 두 마리 말을 지켜보고 있었다. 붉은 말과 검은 말. 분명히 애쓰고 있었다. 나는 힘을 느꼈기 때문에, 그 두 마리 말이 나를 바로 곁에 방치한 채 아예 문제 삼지 않는 무례함에 대해, 불만을 느낄 여유조차 없었다.

또 한 마리 붉은 말을 보았다. 어쩌면 똑같은 말이었는지도 모른다. 바느질을 하는 모양이었다. 잠시 뒤 일어나, 탁탁 기모노 앞을 두드린다. 실밥을 털어 내기 위해서였는지도 모른다. 몸을 비틀어 내 한쪽 볼에 바늘을 찔렀다. "아가, 아프니? 아프니?" 나는 아팠다.

내 할머니가 죽은 것은 이렇게 이리저리 손가락을 꼽아 가며 계산해 보니, 내가 생후 팔 개월째 되었을 즈음이다. 이때의 기억만은, 자욱한 안갯속 삼각형 틈새로 한낮의 투명한 하늘이 소중한 살결을 살짝 내비치는 정도로 또렷하다. 할머니는 얼굴도 몸집도 자그마했다. 머리 모양도 자그마했다. 깨알만 한 벚꽃 잎이 가득 흩뿌려진 비단 기모노를 입고 있었다.

나는 할머니에게 안겨 상큼한 향수 냄새에 취하면서, 하늘 높이 까마귀 싸움을 바라보았다. 할머니는 아아! 외치더니 나를 다다미 위에 내던졌다. 굴러떨어지면서 나는 할머니의 얼굴을 응시했다. 할머니는 아래턱을 와들와들 떨었고, 두 번 세 번 새하얀 이가 소리 나게 부딪쳤다. 급기야 하늘을 보고 벌렁 드러누웠다. 많은 사람들이 할머니 주변에 모여들어, 일제히 방울벌레처럼 가느다란 소리로 울기 시작했다. 나는 할머니와 나란히 드러누운 채, 죽은 사람 얼굴을 가만히 보았다. 기품 있는 할머니의 하얀 얼굴, 이마 양 끝에서 잔물결이 쪼글쪼글 일더니 얼굴 전체로 그 피부 물결이 퍼져 나가, 순식간에 할머니의 얼굴을 주름투성이로 만들어 버렸다. 사람은 죽고, 주름은 별안간 살아, 움직인다. 계속 움직였다. 주름의 목숨. 그만큼의 문장. 슬슬 견디기 힘든 악취가 할머니의 품 깊은 데서 기어 나왔다.

지금도 여전히 내 귓불을 간질이는 할머니의 자장가. "여우 시집가는데, 신랑님 없네." 그 외 말은 없느니만 못하다. (미완)

도깨비불

탄생

스물다섯 살 봄, 많은 희망자들 가운데 유독 허둥지둥 쩔쩔
매면서 신청한 신입생 한 명에게 마름모꼴의 그 유서 깊은 학
사모를 주어 버리고 귀향했다. 가문의 문장(紋章)인 매의 깃털
무늬가 박힌 가벼운 마차는 젊은 주인을 태우고, 정거장에서
30리 길을 쏜살같이 내달렸다. 딸각딸각 수레바퀴가 울리고
마구가 펄럭이고, 마부의 외침, 말편자의 둔탁한 울림. 이런 것
에 뒤섞여 종달새 소리가 간간이 들렸다.

북쪽 지방에는 봄이 되었는데도 눈이 있었다. 길만 한 줄기
검게 말라 있었다. 논의 눈도 조금씩 녹아들었다. 눈을 뒤집어
쓴 산맥의 완만한 기복도, 자줏빛으로 시들었다. 그 산맥의 기
슭, 노란 목재가 쌓여 있는 곳 부근에 나지막한 공장이 보이
기 시작했다. 굵은 굴뚝에서 청명한 하늘로 푸른 연기가 올라

가고 있었다. 그의 집이다. 갓 졸업한 그는 오랜만에 보는 고향 풍경에 께느른한 눈길을 슬쩍 던졌을 뿐, 자못 꾸민 것 같은 하품을 살짝 했다.

그리고 그해, 그는 주로 산책을 하며 지냈다. 그의 집 여러 방들을 하나하나 돌아다니고, 각각의 방이 지닌 냄새를 그리워했다. 서양식 방에서는 약초 냄새가 났다. 다실은 우유. 객실에서는 어쩐지 부끄러운 냄새가. 그는 앞채와 뒤채 2층, 별채로까지 나가 기웃거렸다. 맹장지 문을 하나씩 스르륵 열 때마다, 더러워진 그의 가슴이 희미하게 설레었다. 각각의 냄새가 그에게 분명 도회적인 것을 떠올리게 했기 때문이다.

그는 집 안뿐 아니라 들판이나 논길도 혼자 산책했다. 들판의 붉은 나뭇잎이며 논의 마름꽃은 그도 경멸하며 바라볼 수 있었지만, 귀를 스치고 지나는 봄바람과 나직이 수런거리는 가을날 시야 가득 펼쳐진 논은 그의 마음에 들었다.

잠자리에 누워서도 예전에 읽던 작은 시집이나 진홍색 표지에 검은 쇠망치가 그려진 서적을 머리맡에 두는 일은 좀체 없었다. 누운 채 전기스탠드를 끌어당겨, 양쪽 손바닥을 바라보았다. 손금에 푹 빠져 있었다. 손바닥에는 수많은 자잘한 주름이 겹겹이 나 있었다. 그중에 유난히 기다란 주름 세 가닥이 오글오글 옆으로 나란히 뻗어 있었다. 이 불그레한 세 가닥 사슬이 그의 운명을 상징하는 셈이었다. 이에 따르면 그는 감정과 지능이 발달해 있고, 생명은 짧다는 것이다. 늦어도 이십대에 죽게 된다.

그 이듬해, 결혼을 했다. 빠르다는 생각은 별로 하지 않았

도깨비불

다. 미인이기만 하면 돼, 라고 생각했다. 화려한 혼례를 올렸다. 신부는 근처 동네의 양조장집 딸이었다. 피부가 거무스름하고, 매끈한 뺨에는 솜털이 나 있었다. 뜨개질을 잘했다. 한 달 가량은 그도 새색시를 신기하게 여겼다.

그해 한겨울, 아버지가 쉰아홉에 죽었다. 아버지의 장례식은 눈이 금빛으로 빛나는 화창한 날에 치러졌다. 그는 하카마를 조금 올려 허리춤에 질러 넣고 짚신을 신고, 산 위의 절까지 꽤 먼 눈길을 터덜터덜 걸었다. 아버지의 관은 가마에 실려 그의 뒤를 따라왔다. 그 뒤로 그의 두 여동생이 새하얀 베일로 얼굴을 감싼 채 서 있었다. 행렬은 길게 이어졌다.

아버지가 죽고 그의 처지는 완전히 바뀌었다. 아버지의 지위가 고스란히 그에게 옮겨졌다. 그리고 명성도.

역시나 그는 그 명성에 조금 들떴다. 공장의 개혁을 꾀했다. 그리고 단박에 뻐근하니 버거웠다. 꼼짝달싹 못 하겠다며 단념했다. 지배인에게 모든 걸 맡겼다. 그의 대에 이르러 바뀐 것은 서양식 방의 조부 초상화가 양귀비꽃 유화로 바뀌어 내걸린 것, 또한 검은 철문 위에 프랑스풍 등불을 어슴푸레 밝힌 것이다.

모든 게 예전 그대로였다. 변화는 바깥에서 찾아왔다. 아버지가 돌아가신 지 이 년째 되던 여름의 일이었다. 그 동네의 은행 상태가 심상치 않았다. 여차하면 그의 집도 파산할 지경이었다.

구제받을 길이 가까스로 트였다. 하지만 지배인은 공장을 정리할 심산이었다. 그것이 일꾼들을 분노하게 했다. 오랫동안 그의 마음에 걸렸던 일이 뜻밖에 일찍 와 버린 느낌이었다. 녀석들의 요구를 들어줘. 그는 쓸쓸하다기보다 오히려 쾌씸한 심정으로 지배인에게 일렀다. 요구하는 건 준다. 그 이상은 주지 않아. 그럼 됐잖아? 그는 자신의 마음에 물었다. 소규모의 정리가 조촐하게 이루어졌다.

그즈음부터 절을 좋아하게 되었다. 절은 바로 뒷산 위에 있었고 함석지붕이 반짝거렸다. 그는 그곳의 주지와 친해졌다. 주지는 깡마른 체격에 늙은 사람이었다. 하지만 오른쪽 귓불이 찢겨 있고 시커먼 흉터가 남아, 더러는 흉악한 얼굴로도 보였다. 여름에 한창 더울 때도 그는 긴 돌계단을 터벅터벅 올라와 절에 다녔다. 주지 방의 마루 앞에는 여름풀이 높다랗게 우거져 있고, 맨드라미꽃이 네댓 송이 피어 있었다. 주지는 대개 낮잠을 자곤 했다. 그는 그 마루 앞에서, 계십니까? 하고 불렀다. 이따금 도마뱀이 마루 밑에서 파란 꼬리를 흔들며 나왔다.

그는 불경에서 말하는 의미에 대해 주지에게 물어보았다. 주지는 아는 게 하나도 없었다. 주지는 어찌할 바를 몰라 허둥대다가 아하하하, 크게 소리 내어 웃는다. 그도 쓸쓸히 웃어 보였다. 그걸로 족했다. 때때로 주지에게 괴담을 부탁했다. 주지는 꺼칠한 목소리로 이십여 가지 괴담을 잇달아 들려주었다. 이 절에도 괴담이 있을 테지요? 추궁하자, 주지는 전혀 없네, 라고 대답했다.

그 후 일 년 지나, 그의 어머니가 죽었다. 그의 어머니는 아버지가 돌아가시고, 그의 눈치만 살폈다. 흠칫흠칫 지나치게 겁먹은 탓에, 목숨을 앞당겼다. 어머니의 죽음과 함께 그는 절이 싫어졌다. 어머니가 돌아가시고 나서 비로소 깨달았지만, 그가 절에 열심이었던 데는 어머니에 대한 마음 씀씀이가 얼마간 반영되어 있었다.

어머니가 돌아가신 뒤로, 그는 소가족의 쓸쓸함을 느꼈다. 두 여동생 가운데 첫째는 이웃 동네의 큰 음식점으로 시집갔다. 둘째는 체조로 유명한 시내 어느 사립 여학교에 다니고 있어, 여름 방학과 겨울 방학 때만 고향에 돌아왔다. 까만색 셀룰로이드 안경을 썼다. 그들 세 남매 모두, 안경을 썼다. 그는 철테 안경을 썼다. 첫째 여동생은 가느다란 금테 안경이었다.

그는 이웃 동네로 나가서 놀았다. 자기 집 주변에서는 주눅이 들어 술이고 뭐고 마실 수 없었다. 이웃 동네에서 사소한 추문을 여럿 만들었다. 마침내 그것도 질렸다.

아이가 있었으면 싶었다. 하다못해, 아이가 아내와의 서먹서먹함을 덜어 주리라 생각했다. 그는 아내의 몸에서 나는 생선 비린내를 참을 수 없었다. 지긋지긋했다.

서른이 되어 조금 살쪘다. 매일 아침 세수할 때 두 손에 비누칠을 하고 거품을 내면, 손등이 여자 손처럼 미끌미끌 매끄러웠다. 손가락 끝이 담뱃진으로 노랗게 물들어 있었다. 아무리 씻어 내도 가시지 않았다. 흡연 양이 너무 많았다. 하루에 호프를 일곱 갑씩 피웠다.

그해 봄에, 아내가 딸을 낳았다. 이 년쯤 전에 아내는 시내 병원에 거의 한 달이나 비밀스러운 입원을 했다.

딸 이름은 유리였다. 부모를 닮지 않아 피부가 하얬다. 머리

숱이 적고 눈썹은 없는 거나 마찬가지였다. 팔과 다리가 기품
있게 길쭉했다. 생후 이 개월째에는 체중이 5킬로그램, 신장
이 58센티미터 정도로, 보통 아이들보다 발육이 좋았다.

태어난 지 120일째에 성대하게 생일을 축하했다.

종이학

"난 너와 달리, 아무래도 어수룩한가 보다. 나는 처녀가 아
닌 아내를 맞아, 삼 년 동안 이 사실을 모른 채 지냈지. 이런
일은 입 밖에 내지 말아야 하는지도 모르겠네. 지금은 행복
한 듯 뜨개질에 열중하는 아내에게도 참으로 딱한 일이지. 또
한 세상의 수많은 부부들도 듣기 싫어하는 말일 테지. 하지만
난, 말을 하겠어. 시치미 떼는 네 낯짝을 흠씬 후려갈기고 싶
기 때문이야.

난 발레리도 프루스트도 읽지 않아. 아마도 난 문학을 모르
는 거겠지. 몰라도 상관없어. 난 좀 더 특별한 진짜배기를 응
시하고 있지. 인간을. 인간이라는, 말하자면 시장의 똥파리를.
그러므로 나에겐 작가야말로 모든 것이지. 작품은 무(無)다.

그 어떤 걸작이라도 작가 이상은 아냐. 작가를 비약하고 초
월한 작품이란 독자의 현혹이지. 넌, 언짢은 표정을 지을 테
지. 독자에게 인스피레이션을 믿게 하고 싶은 넌, 내 말을 저
속하다거나 촌스럽다며 멸시할 게 틀림없어. 그렇다면 난, 좀
더 분명히 말해 두지. 난, 내 작품이 내게 도움이 될 때만 작

업을 해. 네가 참으로 총명하다면, 나의 이런 태도에 코웃음을 칠 테지. 비웃을 수 없다면, 앞으로 똑똑한 척 입을 놀리는 버릇은 집어치워.

나는 이제 너를 욕보이려는 의도로 이 소설을 쓰겠어. 이 소설의 소재는 내 망신거리를 드러내는 것인지도 몰라. 하지만 결코 네게 연민의 정을 구하지 않으리라. 너보다 높은 입장에서, 인간의 거짓 없는 고뇌라는 것을 너의 뺨에 후려쳐 줄 생각이야.

아내는 나 못지않은 거짓말쟁이였지. 올해 초가을, 난 소설한 편을 완성했어. 내 가정의 행복을 신께 자랑한 단편이야. 나는 아내에게도 그걸 읽게 했어. 아내는 그걸 나직이 소리 내어 읽고 나서, 좋아요, 라고 했어. 그러고는 내게 야릇한 자세를 취했지. 내가 아무리 아둔하다 한들, 이런 아내의 몸짓 뒤에 숨은 심상찮은 마음가짐을 간파하지 않을 수 없었지. 난, 아내의 그런 불안이 어디에서 온 것인지를 생각하며 사흘 밤을 허비했어. 내 의혹은 한 가지 후회스러운 사실로 굳어져 갔지. 나 역시, 열세 번째 의자에 앉을 사람처럼 오지랖 넓은 성격을 지녔어.

나는 아내를 다그쳤지. 이 일에도 다시 사흘 밤을 허비했어. 아내는 도리어 나를 비웃었어. 심지어 때론 화를 내기도 했지. 나는 마지막 간계를 부렸어. 그 단편에는 나 같은 남자에게 처녀가 선사한 환희마저도 적혀 있었는데, 나는 그 부분을 들먹이며 아내를 괴롭혔지. 난 머잖아 대작가가 될 것이니, 이 소설도 앞으로 백 년은 세상에 남겠지. 그러면 넌, 이 소설과 함께 백 년 후까지 거짓말쟁이로 세상에 알려지겠지, 하고 아내를 협박했어. 배움이 부족한 아내는 과연 겁을 먹었지. 잠시 생각하고 나서, 마침내 내게 속삭이더군. 딱 한 번, 하고 속삭였지. 난 웃으며 아내를 애무했어. 젊은 날의 상처이니까 그건 아무 일도 아냐, 하고 아내를 북돋아 주면서 나는 좀 더 상세히 말하게 만들었지. 아아, 아내는 잠시 뒤, 두 번, 하고 정정했어. 그다음엔 세 번, 이라고 했어. 나는 여전히 계속 웃으며, 어떤 남자야? 하고 상냥하게 물었지. 내가 모르는 이름이었어. 아내가 그 남자 이야기를 들려주는 동안 나는 수단으로서가 아니라, 아내를 포옹했지. 이건 비참한 애욕이야. 동시에 진실한 애정이지. 아내는 결국, 여섯 번쯤, 하고 털어놓으며 소리 내어 울더군.

그 이튿날 아침, 아내는 해맑은 표정이었어. 아침 식탁에 마주 앉았을 때 아내는 장난스럽게, 두 손 모아 내게 절을 했어. 나도 유쾌하게 아랫입술을 깨물어 보였지. 그러자 아내는 한층 느긋해진 모습으로, 괴로워요? 하며 내 얼굴을 들여다보는 게 아닌가! 난, 조금, 이라 대답했지.

난 네게 알려 주고 싶어. 그 어떤 영원한 모습일지라도, 분명 저속하고 촌스럽다는 사실을.

그날을 내가 어떻게 보냈는지, 이것도 네게 알려 주지.

이럴 땐 아내의 얼굴을, 아내가 벗어 던진 버선을, 아내와 관련된 모든 걸 봐서는 안 돼. 아내의 못된 과거를 떠올리기 때문만은 아냐. 나와 아내의 최근까지 안락했던 날들을 회상하게 되기 때문이지. 그날, 난 곧장 외출했어. 젊은 서양화가

한 사람을 찾아가기로 했지. 이 친구는 독신이었어. 아내를 둔 친구는 이런 경우에 어울리지 않지.

나는 길을 가면서, 내 머리가 텅 비지 않도록 경계했어. 간밤의 일이 비집고 들어올 틈이 없을 만큼, 나는 다른 문제에 대해 골똘히 생각했어. 인생이나 예술 문제는 다소 위험했지. 특히 문학은 즉각적으로 그 생생한 기억을 불러오지. 난 길가의 식물에 대해 머리를 쥐어짰어. 탱자나무는 관목이다. 늦봄에 하얀색 꽃을 피운다. 무슨 과에 속하는지는 모른다. 가을, 이제 좀 더 지나면 노란색 열매를 알알이 맺는다. 이 이상 더 골몰하다간 위험해. 나는 재빨리 다른 식물로 눈길을 돌린다. 참억새. 이건 화본과에 속한다. 틀림없이 화본과라고 배웠다. 이 하얀 이삭은 억새꽃이다. 일곱 가지 가을 풀의 하나다. 일곱 가지 가을 풀이란 싸리, 도라지, 솔새, 패랭이꽃, 그리고 억새꽃. 두 가지 부족한데, 무엇일까? 여섯 번쯤. 느닷없이 귓가에 속삭였다. 나는 거의 내달리듯 걸음을 재촉했다. 몇 번이고 걸려 넘어질 뻔했다. 이 낙엽은. 아니, 식물은 관두자. 좀 더 차가운 걸로. 비틀거리면서도 나는 진용을 가다듬었지.

난, A 플러스 B의 제곱 공식을 마음속으로 외웠어. 그다음엔 A 플러스 B 플러스 C의 제곱 공식에 대해 연구했어.

너는 신기한 표정을 가장한 채 내 이야기를 듣고 있지. 하지만 난 알아. 필시 너도 나처럼 재난을 당했을 때는, 아니, 훨씬 미적지근한 문제를 만나고서도 평소 너의 고상한 문학론을 감당 못 해 쩔쩔매고 수학은커녕 장수풍뎅이 한 마리에게조차 매달리려 하겠지.

나는 인체의 내장 기관 명칭을 하나하나 열거하면서, 친구가 사는 아파트에 발을 들여놓았어.

친구의 방문을 노크하고 나서 복도의 동남쪽 귀퉁이에 매달아 놓은 동그란 어항을 올려다보며, 헤엄치고 있는 금붕어 네 마리의 지느러미 숫자를 세었어. 친구는 아직 자고 있었지. 한쪽 눈만 찌무룩하게 뜨고 나오더군. 친구의 방에 들어가서야, 나는 겨우 마음을 놓았어.

가장 무서운 건 고독이지. 뭐든 수다를 떨고 있으면 도움이 돼. 상대가 여자라면 불안해. 남자가 좋아. 그중에서도 심지가 착한 남자가 좋아. 이 친구는 이런 조건에 딱 맞아.

나는 친구의 근작에 대해 한바탕 늘어놓았지. 그건 이십 호짜리 풍경화였어. 그의 작품으로는 대작에 속하는 편이지. 물이 맑은 늪 주변에 빨간 지붕 양옥집이 있는 그림이었어. 친구는 내성적인 성격답게 캔버스를 뒤집어 방 벽에 세워 놓았는데, 나는 망설임 없이 그걸 다시 되돌려 놓고 바라보았지. 나는 그때 어떤 비평을 했던가? 만약 너의 예술 비평이 훌륭한 것이라면, 그때의 내 비평도 그다지 나쁘진 않았던 것 같은데. 왜냐하면 나 또한 너처럼, 굳이 한마디 꼭 해야 한다는 식의 비평을 했으니까. 모티프에 대해, 색채에 대해, 구도에 대해, 나는 대충 트집을 잡을 수 있었지. 가능한 한 개념적인 단어로써.

친구는 내가 하는 말 하나하나를 인정했어. 아니, 아니, 나는 처음부터 친구에게 말참견할 여유조차 주지 않았을 정도로 신나게 떠들어 댔지.

하지만 이런 수다도, 진정으로 안전하진 않아. 나는 적당한 지점에서 그만두고, 이 젊은 친구와 장기 대결에 나섰지. 두 사람은 이부자리 위에 앉아 구불구불한 선이 그어진 판지에 말을 늘어놓고, 빠른 장기를 몇 판씩이나 두었어. 친구는 때때로 지나치게 오래 생각하다 내가 화를 내면, 갈팡질팡 어찌할 바를 모르더군. 설사 한순간일지라도, 나는 하릴없이 따분한 기분을 맛보고 싶지 않았어.

　이처럼 막다른 데로 내몰린 심정은 어차피 오래 지속되지 못하는 법이지. 나는 심지어 장기에도 위기를 느끼기 시작했어. 드디어 피로해졌지. 그만해, 하고 나는 장기 도구를 치우고 이부자리 안으로 파고들었어. 친구도 나와 나란히 똑바로 누운 채 담배를 피웠어. 나는 멍청이. 중단하는 건 내게 큰 적이지. 슬픈 그림자가 이미 몇 번이고 내 가슴을 스친다. 나는 자아, 자아, 하고 의미도 없이 중얼거리고는 그 커다란 그림자를 쫓아내고 있었어. 도저히 이대로는 안 돼. 난 움직여야만 해.

　너는 비웃으려나? 난 이부자리에 배를 깔고 엎드린 채, 머리맡에 흩어져 있던 휴지를 한 장 주워 종이접기를 시작했어.

　먼저 이 종이를 대각선을 따라 둘로 접고, 그걸 다시 둘로 접어, 이렇게 주머니를 만들고, 그다음엔 이쪽 끝을 접어, 이건 날개, 이쪽 끝을 접어, 이건 부리, 이런 식으로 잡아당겨, 여기 작은 구멍으로 후우, 숨을 불어넣는 거야. 이것은 학."

물레방아

다리 있는 곳까지 왔다. 남자는 여기서 되돌아갈까 생각했다. 여자는 조용히 다리를 건넜다. 남자도 건넜다.

여자 뒤를 따라 여기까지 걸어와야만 했던 까닭을, 남자는 이리저리 생각해 보았다. 미련은 아니었다. 여자의 몸에서 멀어진 그 순간, 남자의 정열은 텅 비어 버렸을 터였다. 여자가 말없이 돌아갈 채비를 시작했을 때, 남자는 담배에 불을 붙였다. 자신의 손이 떨리지도 않는 걸 깨닫고, 남자는 한층 천연덕스러워진 기분이었다. 그대로 내버려 두어도 좋았다. 남자는 여자와 함께 집을 나섰다.

두 사람은 좁다란 제방 길을 앞서거니 뒤서거니 하며 천천히 걸었다. 초여름 해 질 녘의 일이다. 별꽃이 길 양쪽으로 점점이 하얗게 피어 있었다.

죽도록 미운 이성에게만 관심을 갖는 한 무리의 불행한 사람들이 있다. 남자도 그랬다. 여자도 그랬다. 여자는 오늘도 교외에 있는 남자 집을 찾아가, 남자의 말 하나하나에 까닭 모를 조소를 퍼부었다. 남자는 여자의 집요한 모욕에 맞서, 이제야말로 완력을 써야겠다고 결심했다. 여자도 이를 눈치채고 대비했다. 이처럼 궁지에 몰린 떨림이, 두 사람의 뒤틀린 애욕을 한층 부추겼다. 남자의 힘은 다른 쓰임새로 나타났다. 각자의 몸으로 돌아왔을 때, 두 사람은 눈곱만큼도 서로 사랑하지 않는다는 사실을 분명히 깨달았다.

이렇듯 둘이서 나란히 걷고 있지만, 서로 타협을 허용하지 않는 반발심을 느끼고 있었다. 이전보다 더한 증오를.

제방 아래로 꽤 너른 강이 느릿느릿 흘러가고 있었다. 남자는 옅은 어둠 속에 희미하게 빛나는 수면을 응시하면서 또다시, 돌아갈까, 하고 생각했다. 여자는 고개를 숙인 채 길을 곧장 걷고 있었다. 남자는 여자의 뒤를 따라갔다.

미련은 아니다. 해결을 위해서다. 언짢은 말이지만, 뒷정리를 위해서다. 남자는 가까스로 변명을 찾아냈다. 남자는 여자에게서 열 걸음쯤 떨어져 걸으며, 지팡이를 휘둘러 길가의 여름풀을 후려쳐 넘어뜨렸다. 용서해 줘, 라고 나직이 여자에게 속삭이면 뭔가 진부한 해결을 볼 수 있을 것 같기도 하다. 남자는 그것도 파악했다. 하지만, 말할 수 없었다. 무엇보다 때가 늦었다. 이 말은 바로 직후에 효과를 발휘하는 듯하다. 두 사람이 다시 맞서기 시작한 지금, 이 말을 꺼내는 건 너무나 어리석지 않은가. 남자는 푸른 갈대 하나를 후려쳤다.

열차가 달려오는 소리가 바로 뒤쪽에서 들렸다. 여자는 휙 돌아보았다. 남자도 황급히 얼굴을 뒤로 틀었다. 열차는 강 아래 철교를 건너고 있었다. 불을 밝힌 객차가 다음, 다음, 다음, 다음, 잇달아 그들의 눈앞을 지나갔다. 남자는 자신의 등 뒤에 쏠려 있는 여자의 시선을 따갑도록 느꼈다. 열차는 이제 다 지나가 버렸고, 앞쪽 숲 그늘에서 차량의 울림이 들릴 뿐이었다. 남자는 단김에, 똑바로 돌아섰다. 만약 여자와 시선이 마주친다면, 그때는 코웃음 치며 이렇게 말하리라. 일본 기차도 쓸 만한걸.

하지만 여자는 꽤나 앞서서 총총걸음으로 가고 있었다. 새로 맞춘 하얀 물방울무늬 노란색 드레스가 땅거미를 통해 남자의 눈에 스몄다. 이대로 집으로 돌아갈 셈인가? 차라리 결혼해 버릴까? 아니, 정말로 결혼은 하지 않는데, 뒷정리를 위해 그런 의논을 꺼내 보는 거다.

남자는 지팡이를 겨드랑이에 꽉 끼운 채, 내달렸다. 여자에게 가까이 다가갈수록 남자의 결의가 풀리기 시작했다. 여자는 야윈 어깨를 다소 치켜올리고, 반듯한 걸음으로 걷고 있었다. 남자는 여자 뒤 바로 두세 걸음까지 달려와서는, 다시 느릿느릿 걸었다. 증오가 느껴질 뿐이었다. 여자의 몸 전체에서 참을 수 없이 역한 냄새가 흘러나오는 것 같았다.

두 사람은 말없이 계속 걸었다. 길 한복판에 버드나무 한 무더기가 불쑥 나타났다. 여자는 그 버드나무 왼쪽을 걸었다. 남자는 오른쪽을 선택했다.

도망치자. 해결이고 뭐고 필요 없어. 내가 여자의 마음에 느글거리는 악당으로서, 즉 평범한 남자로서 남은들 상관없어. 어차피 남자란 그런 거지. 도망치자.

버드나무 무더기를 지나자, 두 사람은 얼굴을 보지도 않고 다시 나란히 붙어서 걸었다. 딱 한마디 말해 줄까? 난 입 밖에 내지 않아, 라고. 남자는 한쪽 손으로 소맷자락의 담배를 더듬었다. 아니면, 이렇게 말해 줄까? 아가씨로 생애에 한 번, 부인으로 생애에 한 번, 그리고 어머니로 생애에 한 번, 누구에게나 있는 일입니다. 좋은 결혼을 하세요. 그러면 이 여자는 뭐라 대답하려나? 스트린드베리?[1] 하고 반문할 게 틀림없어. 남자는 성냥을 그었다. 여자의 검푸른 한쪽 뺨이 일그러진 채 남자의 코앞에 떠올랐다.

　마침내 남자는 멈춰 섰다. 여자도 멈춰 섰다. 서로 얼굴을 돌린 채, 잠시 그렇게 서 있었다. 남자는 여자가 울지도 않고 있음을 못마땅하게 여기며, 일부러 가볍게 주위를 둘러보았다. 바로 왼쪽에 남자가 산책하러 즐겨 찾던 물레방아 오두막이 있었다. 물레방아는 어둠 속에서 천천히, 천천히 돌고 있었다. 여자는 빙그르, 남자에게 등을 돌리고 다시 걷기 시작했다. 남자는 담배를 피우며 그 자리에 머물렀다. 불러 세우지도 않았다.

비구니

　9월 29일 한밤중의 일이었다. 하루만 더 참았다가 10월이 돼서 전당포에 가면 한 달 치 이자를 번다는 생각에, 나는 담배도 피우지 않고 그날 하루 종일 누워 뒹굴기만 했다. 낮에 잠을 많이 잔 벌로, 밤에는 잠을 설쳤다. 밤 11시 반경, 방의 맹장지 문이 달그락달그락 소리를 냈다. 바람이려니 싶었는데 잠시 뒤 다시 달그락달그락 소리가 났다. 응? 누가 왔나? 싶어, 이불 밖으로 상반신을 꿈틀꿈틀 드러내고 팔을 내뻗어 방문을 열어 보니, 젊은 비구니가 서 있었다.

---

1) 아우구스트 스트린드베리(August Strindberg, 1849~1912). 스웨덴의 작가, 화가.

적당히 살지고 몸집이 자그마한 비구니였다. 파르라니 깎은 머리에, 얼굴은 계란형으로 갸름했다. 뺨은 거무스름하니 파슬파슬한 느낌이었다. 눈썹은 지장보살의 초승달 눈썹에, 시원스레 크고 맑은 눈을 동그랗게 뜨고 있었다. 속눈썹이 굉장히 길었다. 코는 아담하게 붕긋 높고 입술은 발그레하니 좀 큰 편인데, 종이 한 장 두께만큼 벌어져 있어 그 틈새로 새하얀 치열이 보였다. 아랫입술이 윗입술보다 약간 튀어나왔다. 검은 승복은 풀을 먹인 듯 주름이 모두 빳빳이 잡혀 있고, 다소 짧아 보였다. 살짝 드러난 다리는 고무공처럼 불룩하니 부풀었고, 그 분홍빛 다리에는 옅은 솜털이 나 있었다. 너무 작은 흰 버선 때문에 발목이 꽉 조여 잘록해졌다. 오른손에는 청옥(靑玉)[2] 염주를, 왼손에는 붉은 표지에 길쭉한 책을 들고 있었다.

나는 아아, 여동생이네, 라는 생각에, 어서 들어와, 라고 말했다. 비구니는 내 방으로 들어와 조용히 뒤로 맹장지 문을 닫고, 바스락바스락 빳빳한 무명 옷 소리를 내면서 내 머리맡까지 걸어왔다. 그러고는 반듯하게 앉았다. 나는 이불 속으로 기어들어 똑바로 누운 채 비구니의 얼굴을 말똥말똥 바라보았다. 대뜸 공포가 엄습했다. 숨이 멎고 눈앞이 깜깜해졌다.

"빼닮긴 했어도 당신은 여동생이 아니지요?" 애당초 내겐 여동생이 없었잖아, 하고 그제야 비로소 깨달았다. "당신은, 누구신가요?"

비구니는 대답했다.

---

2) 사파이어. 푸르고 투명하며 다이아몬드 다음으로 단단하다.

"제가 집을 잘못 찾아온 것 같습니다. 도리 없습니다. 마찬가지인걸요."

공포가 조금씩 물러갔다. 나는 비구니의 손을 보았다. 손톱이 길게 자라나 있고, 손가락 마디는 검게 쭈글쭈글해졌다.

"당신 손은 어째서 그렇게 더러운가요? 이렇게 누워서 보면, 당신의 목이며 다른 데는 엄청 깨끗한데."

비구니는 대답했다.

"더러운 짓을 했기 때문입니다. 저도 알고 있습니다. 그래서 이렇게 염주와 불경 책으로 감추고 있지요. 저는 색깔의 배합을 위해 염주와 불경 책을 들고 다닙니다. 검은 옷에는 푸른빛과 붉은빛 두 색깔이 잘 어울려, 제 모습도 더 낫게 보이지요." 이렇게 말하며 불경 책의 페이지를 팔락팔락 넘겼다. "읽을까요?"

"예." 나는 눈을 감았다.

"오후미사마[3]입니다. 무릇 인간이 살아가는 양상을 유심히 살피건대, 대개 덧없는 일이니, 이 세상 처음부터 끝까지 환영 같은 일생이라, ― 이거 낯간지러워 읽을 수가 있나. 다른 걸 읽을까요? 무릇 여자의 몸은 오장삼종(五障三從)[4]이라 남자보다 더 깊은 죄 있으니, 이로써 모든 여자로 하여금, ― 웃기고 있네."

---

3) 승려 렌뇨(蓮如)가 정토신종의 교의를 알기 쉽게 적어 신도들에게 전한 편지를 엮은 것.

4) 여자는 아무리 도를 닦아도 범천, 제석, 마왕, 전륜성왕, 불신, 다섯 가지가 될 수 없으며, 평생 부모, 남편, 자식을 따라야 한다는 말.

"목소리가 좋은걸." 나는 눈을 감은 채 말했다. "좀 더 해 줘요. 난 하루하루, 참을 수 없이 지루합니다. 누군지도 모르는 사람의 방문을 놀라워하지도 않고 호기심도 일지 않고, 아무 것도 묻지 않고, 그저 이렇게 눈을 감고 편안하게 이야기 나눌 수 있다는 게, 나도 그런 남자가 되었다는 사실이 기쁩니다. 당신은 어떤가요?"

"아네요. 글쎄, 어쩔 수 없는걸요. 옛날이야기를 좋아하시나요?"

"좋아해요."

비구니는 이야기를 시작했다.

"게 이야기를 하지요. 달밤의 게가 야윈 것은, 모래사장에 비치는 자신의 못생긴 달그림자에 겁먹은 탓에 밤새 잠 못 들고 옆으로 기어가기 때문이지요. 달빛이 닿지 않는 깊은 바다, 한들한들하는 다시마 숲속에 곤히 잠들어 용궁의 꿈이라도 꾸는 모습이야말로 간절할 테지만, 게는 달빛에 화들짝 놀라 그저 모래사장으로, 모래사장으로 조바심을 칩니다. 모래사장으로 나오기 무섭게 자신의 못생긴 그림자를 발견하고는 깜짝 놀라고, 또한 겁먹습니다. 여기에 남자 있다. 여기에 남자 있다. 게는 거품을 내뿜으며 이렇게 중얼중얼 옆으로 기어 다닙니다. 게의 등딱지는 쉽게 찌부러집니다. 아니, 모양부터 찌부러지게끔 그렇게 생겼습니다. 게 등딱지가 찌부러질 때는 와그작, 하는 소리가 들린다고 합니다. 옛날, 영국의 어느 큼직한 게는 태어나면서부터 등딱지가 붉고 아름다웠지요. 이 게의 등딱지는 처참하게도 찌부러지기 시작했습니다. 이것은 민

중의 죄일까요? 아니면 그 큰 게가 자초한 응보일까요? 큰 게는 어느 날 그 하얀 살이 비어져 나온 등딱지를 애처로이 흔들, 흔들거리며 어느 카페로 들어갔습니다. 카페에는 수많은 작은 게들이 무리 지어, 담배를 피우며 여자 이야기를 하고 있었지요. 그 가운데 한 마리, 프랑스 태생 작은 게가 해맑은 눈으로 큰 게의 모습을 응시했습니다. 작은 게의 등딱지에는 동양적인 잿빛 줄무늬가 가득 그려져 있었습니다. 큰 게는 작은 게의 시선을 눈부신 듯 피하며 슬쩍 속삭였다지요. "이봐, 와 그 작 찌부러진 게를 괴롭히지 마." 아아, 그 큰 게와 비교하자면 너무나 작디작아 볼품도 없고 가난한 게가, 지금 북방의 너른 바다에서 부끄러움을 잊고 들뜬 마음으로 밖으로 나왔습니다. 달빛에 드러나고 말았습니다. 모래사장으로 나오고서야, 그 역시 깜짝 놀랐습니다. 이 그림자는, 이 납작하고 못생긴 그림자는 정말로 내 그림자일까? 나는 새로운 남자야. 하지만 내 그림자를 좀 봐. 이미 찌부러지기 시작했는걸. 내 등딱지는 이토록 보기 흉했던가. 이토록 여리기 짝이 없었던가. 작디작은 게는 이렇게 중얼거리며 옆으로 기어갔습니다. 내겐 재능이 있었을까? 아니, 아니, 있었다 한들, 그건 이상한 재능이지. 처세 재능이라는 거지. 넌 원고를 팔아넘기려고 편집자에게 어떤 추파를 던졌나? 이 방법, 저 방법. 눈물 작전이라면 안약을. 협박인가. 좋은 옷을 입자. 작품에 한마디도 주석을 달지 마. 심드렁한 듯 이렇게 말해. "혹시, 괜찮다면." 등딱지가 욱신거린다. 몸의 물기가 말랐나 보다. 오직 이 바닷물 냄새가 내 단 한 가지 장점이었는데. 바다 냄새가 가시면 아아, 나는

사라지련다. 한 번 더 바다로 들어갈까? 바다 저 깊디깊은 곳
으로 내려갈까? 그리워라, 다시마 숲. 이리저리 떠도는 물고기
떼. 작은 게는 헐떡거리며, 헐떡거리며 모래사장을 옆으로 기
어갔습니다. 포구의 뜸집 그늘에서 잠깐 휴식. 썩어 가는 고기
잡이배 그늘에서 잠깐 휴식. 이 게는 어디서 온 게인가? 쓰누
가〔角鹿〕의 게. 옆으로 가네, 어디에 닿으려나……." 입을 다물
었다.

"왜 그러세요?" 나는 감고 있던 눈을 떴다.

"아니에요." 비구니는 조용히 대답했다. "불경스럽네요. 이건
고지키〔古事記〕⁵⁾의, …… 벌받을 거예요. 뒷간은 어디인가요?"

"방을 나가서 복도 오른쪽으로 똑바로 가면 삼나무 덧문이
나옵니다. 그 문입니다."

"가을이 되면 여자 몸은 차가워지니까." 이렇게 말하고는
장난꾸러기처럼 목을 움츠리고 두 눈을 빙글빙글 돌렸다. 나
는 미소 지었다.

비구니는 내 방에서 나갔다. 나는 이불을 머리까지 뒤집어
쓰고 생각했다. 고매한 그 무엇을 생각한 게 아니다. 이거 뜻
밖의 횡재로군, 하고 악당처럼 혼자 싱글거렸을 뿐이다.

비구니는 조금 허둥거리며 돌아와 맹장지 문을 탁 닫고 나
서, 선 채로 말했다.

"저는 자야 됩니다. 벌써 12시네요. 괜찮은지요?"

나는 대답했다.

---

5) 일본에서 가장 오래된 역사서. 712년에 편찬되었다.

"괜찮습니다."

아무리 가난해도 이불만은 아름다운 걸 갖고 싶다고 나는 소년 시절부터 다짐한 터라, 이런 식으로 예상치 않은 숙박 손님이 있을 때라도 당황스럽지 않았다. 나는 몸을 일으켜, 내가 깔고 누웠던 세 장의 요 가운데 한 장을 빼서 내 이불과 나란히 깔았다.

"이 이불은 무늬가 신기하네요. 유리그림 같아요."

나는 내가 덮은 두 장의 이불 중 하나를 벗겼다.

"아니에요. 이불은 필요 없습니다. 저는 이대로 자거든요."

"그렇습니까?" 나는 곧장 내 이불 속으로 파고들었다.

비구니는 염주와 불경 책을 이불 아래로 살짝 밀어 넣고 나서, 옷을 입은 채로 욧잇 없는 이불 위에 드러누웠다.

"제 얼굴을 잘 보고 계세요. 순식간에 잠이 들어요. 그러고는 금세 빠드득빠드득 이를 갈 거예요. 그러면 부처님이 오시거든요."

"부처님이요?"

"네. 부처님이 밤놀이를 오십니다. 매일 밤. 당신이 무척 지루하게 지내신다 하니, 잘 보시길 바라요. 그걸 거절한 것도 이 때문이죠."

역시나, 이야기가 끝나자마자 곤히 잠든 숨소리가 들렸다. 빠드득빠드득 날카로운 소리가 들렸을 때, 방의 맹장지 문에서 달그락달그락 소리가 났다. 내가 이불 밖으로 상반신을 드러내고 팔을 내뻗어 방문을 열어 보니, 부처님이 서 있었다.

두 자 정도 높이의 하얀 코끼리에 올라타고 있었다. 하얀 코끼리에는 검게 녹슨 금빛 안장이 놓여 있었다. 부처님은 약간, 아니, 무척 깡말랐다. 갈비뼈 하나하나가 툭 튀어나와 있어, 미늘창 같았다. 너덜너덜한 갈색 천을 허리께에 두르고 있을 뿐, 알몸이었다. 사마귀처럼 앙상한 손과 발에는 거미집이며 그을음이 잔뜩 붙어 있었다. 피부는 온통 새카맣고, 짧은 머리카락은 빨갛게 곱슬곱슬했다. 얼굴은 주먹만 한 크기에 눈도 코도 알아볼 수 없고, 그저 쭈글쭈글 주름져 있었다.

"부처님이신가요?"

"그렇습니다." 부처님 목소리는 낮고 거칠했다. "이러지도 저러지도 못해, 나왔습니다."

"무슨 퀴퀴한 냄새가?" 나는 코를 킁킁거렸다. 냄새가 지독했다. 부처님의 출현과 동시에 뭔지 알 수 없는 악취가 내 방 가득 들어찼다.

"역시 그런가요? 이 코끼리는 죽었습니다. 장뇌를 넣어 두었습니다만, 역시나 냄새가 나는 모양입니다." 그러고는 한층 목소리를 낮추었다. "요즘 살아 있는 하얀 코끼리는 좀체 구하기가 어렵거든요."

"평범한 코끼리라도 상관없을 텐데요."

"아니지요. 부처의 체면상, 그렇게는 할 수 없습니다. 정말이지, 나는 이런 모습으로까지 중뿔나게 나서고 싶지 않습니다. 성가신 녀석들이 억지로 끌어냅니다. 불교가 번창한다는군요."

"아아! 부처님. 어서 어떻게든 좀 해 주세요. 전 아까부터 퀴퀴해서 숨이 막혀 죽을 것만 같습니다."

"딱하게 됐군요." 그러고는 잠시 말을 우물거렸다. "이봐요.

내가 여기 나타났을 때 우스꽝스럽진 않았나요? 부처님의 등
장치고는 다소 꼴사납다고 여기진 않았나요? 생각한 대로 이
야기해 주세요."

"아닙니다. 아주 괜찮았습니다. 훌륭하다고 생각한걸요."

"하하. 그렇습니까?" 부처님은 몸을 약간 앞으로 수그렸다.
"이제 안심이 됩니다. 나는 아까부터 오직 이것만 어찌나 신경
이 쓰였는지요. 내가 너무 거드름을 피우는지도 모르겠습니
다. 이젠 안심하고 돌아갈 수 있습니다. 어디 한번 당신에게,
더없이 부처다운 퇴장 모습을 보여 드리지요." 말이 끝났을 때
부처님은 에취! 재채기를 하고는, "아뿔싸!" 중얼거렸나 싶은
데 부처님도 하얀 코끼리도 종이가 물에 떨어졌을 때처럼 스
윽, 투명해지고 원소가 소리도 없이 자잘하게 분열하면서 구
름으로 흩어지고 안개로 사라졌다.

나는 또다시 이불 속으로 기어들어 비구니를 바라보았다.
비구니는 잠이 든 채 생글생글 웃고 있었다. 황홀한 웃음 같기
도 하고, 모멸의 웃음 같기도 하고, 무심한 웃음 같기도 하고,
배우의 웃음 같기도 하고, 아첨하는 웃음 같기도 하고, 희열의
웃음 같기도 하고, 울면서 짓는 웃음 같기도 했다. 비구니는
연신 생글생글 웃었다. 웃고, 웃고, 웃고 있는 사이, 비구니는
점점 작아지면서 졸졸 물 흐르는 듯한 소리와 함께 아주 자그
마한 인형이 되었다. 나는 한쪽 팔을 내뻗어 그 인형을 집어
들고, 꼼꼼히 살폈다. 거무스름한 뺨은 웃는 모습 그대로 응결
되었고, 빗방울만 한 입술은 여전히 불긋하고, 양귀비 씨앗만
한 하얀 치아는 빈틈없이 가지런히 나 있었다. 가랑눈만 한 양

증맞은 두 손은 거뭇하고, 솔잎처럼 가느다란 두 다리는 쌀알
만 한 하얀 버선을 신고 있었다. 나는 검은 옷자락을 살포시
불어 보기도 했다.

장님 이야기

아무것도 쓰지 마. 아무것도 읽지 마.
아무것도 생각하지 마. 오직, 살아만 있어!

태고의 모습, 그대로의 푸른 하늘. 여러분도 이 푸른 하늘에 속지 않는 게 좋아. 이것만큼 인간에게 무자비한 모습이 없어. 넌, 내게 동전 하나조차 준 적이 없어. 난 죽어도 네 앞에서 애원하지 않아. 양치질을 하고 세수한 다음, 툇마루의 등의자에 누워 집사람이 빨래하는 모습을 잠자코 지켜보았다. 대야의 물이 마당의 검은 흙 위로 넘쳐흐른다. 소리도 없이 땅바닥을 기어 흐른다. 물 흘러 개울 생기네. 이런 소설이 있다면, 천년만년 지나도 살아 있지. 인공의 극치라고 나는 부른다.

눈빛이 날카로운 주인공이 긴자로 나와, 한쪽 손을 들어 올리고 택시를 불러 세우는 장면에서부터 이야기가 시작된다. 더구나 이 주인공은 고매한 이상을 품고, 바로 이 이상 탓에 온갖 극심한 고난을 죄다 겪는데, 부끄러울 것 없는 그 아수라 같은 모습이 수많은 독자의 마음에 다가간다. 게다가 이 소설은 시작과 끝이 흔들림 없이 짜여 있고, ── 나 또한 이처럼 소설다운 소설을 쓸 생각이었다. 중학교 시절의 한 친구가 최근 양장 차림의 아내를 얻었는데, 그 여자는 여우다. 둔갑한 거다. 나는 그걸 잘 알고 있지만, 어쩐지 가엾어서 대놓고 말할 수가 없다. 여우는 그 친구를 좋아하거든. 짐승의 눈에 든 친구는 내 기분 탓인지, 하루하루 야위어 가는 듯하다. 나는 모르는 체하며 딱 부러지게 수미일관한 소설로 다듬어, 그 친구에게 넌지시 알려 주는 편이 좋을지도 모르겠다. 그 친구가 『인생은 마흔부터』라는 책을 책장에 꽂아 놓은 걸 나는 본 적이 있는데, 자신의 생활을 건강이라 이름 짓고 가까운 사람들 또한 그 친구가 건강하다고 믿는 것 같다. 만약 친구가 이 소설을 읽고 "난 너의 그 소설 덕분에 살아났어."라고 말한다면, 나 역시 꽤나 쓸모 있는 소설을 쓴 셈이 되지 않을까?

하지만 이젠 싫다. 물이 소리도 없이 기어, 퍼져 나가는 모습을 지금, 이 눈으로 보고 말았으니까, 이제 사기꾼은, 싫다. 소설. 백 편의 걸작을 써 봤자, 그게 대체 내게 뭐란 말인가? (약 세 시간) 난 잠을 자고 있었던 게 아냐. 그렇지. 네 표현을 빌려 말하자면, 난 생각에 잠겨 있었어.

나는 『마쿠라노소시(枕草紙)』[1]의 페이지를 넘긴다. "마음 설레는 것. ── 참새 새끼 돌보기. 아기들 놀 때 그 앞을 지난다. 좋은 향 피워 놓고 혼자 드러눕는다. 외국에서 건너온 거

---

1) 일본에서 가장 오래된 수필. 11세기에 궁녀 세이쇼나곤이 썼다.

울을 잠시 들여다본다 운운." 나 자신의 말을 엮어 본다. "눈에
는 어슴푸레, 귀에도 또렷하지 않고, 손아귀에 움켜잡으려 하
나 어느 틈에 손가락 사이로 빠져 흩어지는 모습, 아무도 모
르게 숨기고 숨긴, 허무한 것. 일부러 삼 엔 빚을 갚지 않는다.
(나는 귀족의 자식이므로) 여자의 새하얀 나신, 가로누워 있다.
(살아 있는 자의, 슬픔의 상징이므로) 비길 데 없는 내 용모, 아
깝고 늠름하다. 축제." 이제, 됐어. 내가 일곱 살 때, 우리 마을
의 경마 대회에서 우승한 말의 득의만면한 얼굴을 보았다. 나
는 저 꼴 좀 봐! 손가락질하며 비웃었다. 그때부터 나의 불행
이 시작되었다. 축제를 좋아하지만, 죽을 만치 좋아하지만, 나
는 감기에 걸렸다며 거짓말을 하고 그날 하루 종일 어둑한 방
에서 잔다.

아아, 그래서 몇 장이 됐지? (나는 올해 열여섯 살이 된 마쓰
코라는 이웃집 소녀에게, 나의 독백을 받아 적게 했다.) 마쓰코는
집게손가락 끝에 침을 묻히고 한 장 두 장 세 장 네 장, 그리
고 하나 둘 셋, 세 줄이에요, 라고 대답했다. 이제 그만, 됐어.
고맙구나. 마쓰코한테서 다섯 장의 원고지를 받아 들고, 한
장에 평균 서른 개씩의 오자나 틀린 맞춤법을 화내지 않고 정
성껏 고쳐 나가면서 나는 고작 다섯 장? 하고 갑자기 맥이 빠
졌다. 옛날 에도 시대 어느 동네에 접시 수를 세는 오기쿠라
는 유령이 있었다. 몇 번을 거듭 세고 또 세어 봐도 접시 수는
단 한 장, 딱 한 장, 모자랐다. 나는 그 유령의 조바심을 절실
하게 느꼈다.

이번엔 누운 채, 나 혼자서 펜을 들고 써 보았다.

지금 내가 누워 있는 등의자 바로 가까이 앉아, 옆에 놓인 책상에 살짝 기대어 《비망(非望)》이라는 문예 잡지를 이리저리 뒤적이며 읽고 있는 이 이웃집 소녀에 대해 조금 쓰련다.

내가 이곳으로 이사한 것은 1935년 7월 1일이다. 8월 중순경, 나는 이웃집 마당의 협죽도 세 그루에 흔들흔들 마음을 빼앗겼다. 갖고 싶다고 생각했다. 나는 집사람에게 일러, 어떤 것이든 상관없으니 한 그루 물려주십사 부탁해 보라고 이웃집으로 보냈다. 집사람은 옷을 갈아입으며, 돈은 실례이니 조만간 내가 도쿄로 나가 무슨 선물이라도 사서 드리는 게, 라고 했지만 나는, 돈을 드리는 게 낫지, 하며 이 엔을 집사람에게 건넸다.

집사람이 이웃집에 다녀와서 하는 말은 이렇다. 이웃집 주인은 나고야 지역의 사설 철도 역장인데 한 달에 한 번 집으로 올 뿐이다. 그래서 부인과 올해 열여섯 살이 된 딸, 단둘이 지내며 협죽도 이야기는 되레 송구한 마음이니 어느 것이든 마음에 드신 걸로, 라고 말씀하셨다. 인상이 좋은 사모님이에요. 바로 다음 날, 나는 이 동네의 정원사를 수소문하여 그를 데리고 이웃집을 찾아갔다. 윤기가 도는 자그마한 얼굴에 마흔 남짓한 부인이 나와서 인사했다. 통통한 체격에 붙임성이 있어, 나도 느낌이 좋았다. 세 그루 가운데 중간에 있는 협죽도를 물려받기로 하고, 나는 이웃집 툇마루에 걸터앉아 이야기를 했다. 아마도 다음과 같은 말을 한 걸로 기억한다.

"고향은 아오모리입니다. 협죽도를 보기 힘들지요. 저는 한여름의 꽃이 좋습니다. 자귀나무. 배롱나무. 접시꽃. 해바라기.

장님 이야기

협죽도. 연꽃. 그리고 참나리. 하국(夏菊). 삼백초. 모두 좋아하지요. 다만, 무궁화는 싫어합니다."

나는 내가 마구 들떠서 많은 꽃 이름을 하나하나 들먹인데에 화가 났다. 실수! 그러고는 뚝, 한마디도 하지 않았다. 돌아올 때, 부인의 등 뒤에 가만히 앉아 있는 자그마한 여자아이에게,

"놀러 오렴." 하고 말을 건넸다. 소녀는 "네." 대답하고 그길로 조용히 내 뒤를 따라와서는 내 방으로 들어와 앉았다. 분명히 이런 흐름이었던 것 같다. 나는 다소 가벼이 협죽도 따위에 마음이 끌려 버린 걸 속상해하고 있었기에 그 나무를 옮겨 심는 건 죄다 집사람에게 맡기고, 거실에서 마쓰코와 이야기했다. 나는 어쩐지 책의 이삼십 페이지 언저리를 읽고 있을 때처럼 at home 같은, 따스한 느낌으로 자신의 형편을 잊고 이야기를 했다.

이튿날 마쓰코는 우리 집 우편함에, 네 번 접은 쪽지를 던져 넣었다. 잠을 설친 나는 그날 아침, 집사람보다도 이르게 잠자리에서 빠져나와 양치질하면서 신문을 가지러 나갔다가, 그 쪽지를 발견했다. 쪽지에는 이렇게 적혀 있었다.

"당신은 귀한 분이세요. 죽으시면 안 돼요. 그걸 아무도 모르는걸요. 전 뭐든지 하겠어요. 언제든 죽을 수 있어요."

나는 아침 식사 때 집사람에게 그 쪽지를 내보이며, 그 소녀는 틀림없이 착한 아이니까 매일 우리 집으로 보내 놀게 하십사 이웃집에 부탁하고 오라고 일렀다. 마쓰코는 그 후 매일, 빠뜨리지 않고 우리 집에 왔다.

"마쓰코는 피부가 거뭇하니까 조산사가 되면 좋겠네." 어느날, 내가 다른 일로 화가 나 있을 때 이렇게 말했다. 그렇게 보기 싫을 정도로 검지 않았지만, 코도 나지막하고 아름다운 용모는 아니다. 다만 양쪽 입꼬리가 영리하게 위로 말려 올라가고, 검고 큼직한 눈이 매력이다. 맵시에 대해 집사람에게 물으니, "열여섯 살치고는 제법 큰 편일걸요?"라고 대답했다. 또한 옷차림에 대해서는 "언제나 말쑥한 차림인 것 같던데요? 사모님이 아주 빈틈이 없으시니까."라고 대답했다.

나는 마쓰코와 이야기하고 있으면, 간혹 시간을 잊는다.

"전, 열여덟 살이 되면 교토로 가서 요릿집에서 일할 거예요."

"그래? 벌써 결정했니?"

"어머니가 아는 분 가운데 큰 요릿집을 하시는 분이 있대요." 요릿집이란 아무래도 요정인 것 같다. 아버지가 역장인데도 그런 일을 해야 하나? 그런가? 하고 도무지 납득이 안 되는데,

"그럼 종업원이잖아?"

"네. 하지만 ― 교토에서는 유서 깊은 훌륭한 요릿집이래요."

"놀러 갈까?"

"꼭요!" 힘주어 말했다. 그러고는 먼 곳을 보는 듯한 눈길로, 멍하니 중얼거렸다. "혼자 오셔야 해요."

"그러는 게 좋아?"

"네." 소맷자락 끝을 만지작거리다 말고, 고개를 끄덕였다. "여러 사람이 오면, 제 저금이 훨씬 빨리 없어져 버리니까." 마쓰코는 나를 즐겁게 해 주려는 거다.

"저금이 그렇게 많아?"

"어머니가 제게 보험을 들어 주셨거든요. 제가 서른두 살이 되면 돈이 몇백 엔인가, 많이 받을 수 있어요."

또한 어느 날 밤 나는 마음이 여린 여자는 아비 없는 아이를 낳는다는 말을 문득 떠올리고, 저래 보여도 마쓰코는 어쩌면 여린 아이가 아닐까 염려되어, 어디 한번 마쓰코에게 물어보자 싶었다.

"마쓰코. 넌, 네 몸을 소중히 생각하니?"

마쓰코는 집사람의 일을 돕느라 옆방에서 옷 솔기를 뜯고 있었는데, 잠시 물을 끼얹은 듯 잠잠해졌다. 이윽고,

"네."

대답했다.

"그럼 됐다." 나는 몸을 뒤척이고 다시 눈을 감았다. 안심이 되었다.

얼마 전 나는 마쓰코가 있는 데서, 펄펄 끓는 쇠주전자를 집사람 쪽을 향해 집어 던졌다. 집사람이 가난한 내 친구 한 사람에게 몰래 돈을 부치려는 편지를 쓰고 있는 걸 내가 발견하고, 분수에 넘는 짓은 집어치워, 라고 했다. 집사람은, 이건 내 비상금이에요, 하고 태연한 얼굴로 대답했다. 나는 발끈 치밀어, "네 마음대로 하게 놔둘 수 없어!" 하고는 쇠주전자를 천장을 향해 힘껏 내던졌다. 나는 녹초가 되어 등의자에 드러누운 채, 마쓰코를 보았다. 마쓰코는 가위를 손에 쥐고 서 있었다. 나를 찌를 작정이었을까? 집사람을 찌를 작정이었을까? 나는 언제든지 찔려도 괜찮으니까 보고도 못 본 척했지만, 집사람은 알지 못한 것 같다.

마쓰코에 대해 더 이상 쓰는 건, 싫다. 쓰고 싶지 않다. 나는 이 아이를 목숨을 걸 만치 아낀다.

마쓰코는 이제 내 곁에 없다. 내가, 집으로, 돌려보냈다. 해가 저물었으니까.

밤이 왔다. 나는 잠을 자야만 한다. 꼬박 사흘 밤낮을, 나는 온갖 수단을 다 써 봐도 잠들지 못했고, 그럼에도 너무 졸려 종일토록 꾸벅꾸벅하고 있다. 이럴 때는 나보다도 집사람 쪽이 더 힘들어해서, 제 몸을 만져 주세요, 틀림없이 잠들 수 있어요, 말하고는 소리 내어 운 적이 있다. 나는 그렇게 해 보았지만, 되지 않았다. 그때의 내 눈에, 이웃 마을 숲 근처의 전등 불빛이 엉겅퀴 꽃을 닮았던 걸 기억한다.

나는, 지금, 잠을 자야만 한다. 하지만 쓰기 시작한 창작을 매듭지어야만 한다. 나는 침상의 머리맡에 원고지와 BBB 연필을 갖춰 놓고 누웠다.

매일 밤, 매일 밤, 수많은 꽃가지의 꽃처럼 하늘하늘 나의 미간 언저리를 어지러이 춤추는 저 무량무수 언어의 홍수가, 오늘 저녁은 또 어찌 된 일인지 눈이 뚝 그쳐 버린 하늘처럼 그저 휑하니 비어 나 홀로 남겨지고, 차라리 돌이 되어 버리고 싶은 수치심에 하릴없이 이리저리 뒤척인다. 손도 가 닿지 않는 저 멀리 하늘을 날고 있는 물빛 나비를 포충망으로 가까스로 덮쳐, 두 개 세 개, 그것이 헛된 단어인 줄 알면서도, 어쨌거나, 붙잡았다.

밤의 언어.

"단테, ── 보들레르, ── 나. 이 선(線)이 굵은 강철 직선인 듯 여겨졌다. 그 밖에 아무도 없다." "죽어, 더욱 나아간다." "오래 살기 위해 살아 있다." "차질(蹉跌)의 미." "Fact만 말한다. 내가 밤에 문밖을 돌아다니면, 몸에 안 좋은 것이 통쾌하게 몸에 느껴져 잘 알 수 있다. 대나무 지팡이. (이곳 사람들이 회초리라 부르는 걸, 나는 알고 있다.) 이게 없으면 산책의 재미, 반감된다. 어김없이 전신주를 들이받고, 수목 줄기를 후려갈기고, 발밑의 풀을 쳐서 넘어뜨린다. 금세 어촌이다. 벌써 잠들어 고요하다. 아침이 빠르니까. 진흙탕 바다. 게다 신은 채 바다에 들어간다. 이를 악문다. 죽을 생각뿐이다. 한 남자 큰 소리로 꾸짖는다, (칠칠맞지 못하기는! 정신 차려!) 나, 중얼거린다. (넌, 훨씬 칠칠맞지 못해서, 걱정돼.) 부교(浮橋)가 있는 동네는 개가 득실득실하다. 한 마리 한 마리, 나에게 짖는다. 게이샤가 검은 인력거를 타고 나를 앞지른다. 얇은 포장 안에서 뒤돌아본다. 유심히 보니까, 괜찮던걸. 8월 말, 피부가 지저분한 게이샤 둘이 나에 대해 이렇게 수군거리더라고 집사람이 목욕탕에서 듣고 와서는, (스물일고여덟 살짜리 게이샤들이 틀림없이 좋아할 얼굴이에요. 요담에 고향 형님께 부탁드려서 첩이라도 두시지 그래요? 진심으로.) 경대 앞에 앉아, 옅게 분을 바르며 말했다. (일 년만 더, 아니, 반년만 더 빨랐더라면!) 처마가 나직한 집의 괘종시계. 댕댕 울리기 시작했다. 나는 못 쓰는 왼쪽 다리를 질질 끌고 달린다. 아니, 이 남자는 도망쳤다. 정미소는 고생하며 돈을 번다. 온몸에 새하얀 쌀가루를 뒤집어쓴 채, 아내와 코흘리개 세 아들을 위해, 허리띠와 딱지를 위해 애쓰고 있다. 나, (나 역시 지금, 이래 보여도 현재 분발하고 있잖은가. 떳떳하지 못한 건, 없음.) 정미소 기계 소리." "사토 하루오가 말하길, 악취미의 극단. 따라서 여기선, 과장된 것의 아름다움이 의도되어 있다." ── "문사상경(文士相輕), 문사상중(文士相重). 왔다 갔다 서성이다. ── 수면제를 정밀하게 가늠하는 저울. 무표정한 간호사가 거칠게 저울을 다룬다."

첫 전차.

동이 트고 환히 밝아져도 나는 일어날 수가 없다. 이처럼 몸 상태가 안 좋은 아침에는 집사람에게 일러, 컵에 술을 조금 가져오게 한다. 이제 일어나 양치질해야 한다는 생각은, 이건 맨송맨송해서 슬프다. 그럴 때 아이는 '잠 깨는 과자'를 요구한다. 내겐 엄숙한 술을 홀짝거리며, 나는 마당을 바라보다 찌무룩한 눈을 휘둥그레 떴다. 마당 한가운데에, 한 평 남짓한 부채꼴 화단이 만들어졌다. 서서히 가을의 싸늘한 기운이 부담스러워졌을 무렵, "마당만이라도 활기차게 꾸며야지." 하고 언젠가 내가 집사람이 있는 데서 한마디, 중얼거린 적이 있다는 걸 떠올렸다. 이십여 종이나 되는 화초의 구근이 오늘 아침 내가 잠든 사이에 심겼고, 더욱이 그 부채꼴 화단에는 화초의 이름을 적은 하얀 판지 팻말이 눈부실 정도로 빽빽이 늘어서 있다.

'독일 은방울꽃', '연미붓꽃', '덩굴장미', '군자란', '화이트 아마릴리스', '서양 금풍(錦風)', '유성란(流星蘭)', '백합', '히아신스 그랜드메메', '류몬시스', '응달나리', '장생란(長生蘭)', '미스 안라스', '전광종(電光種) 장미', '사계절 모란', '미세스원 튤립', '서양 작약', '흑모란' ── 나는 하나하나, 머리맡의 원고지에 적어 나간다. 눈물이 났다. 눈물은 뺨을 타고 흘러, 맨살의 가슴 팍까지 흘러내린다. 태어나 처음으로 추한 꼴을 내보인다. 부채꼴 화단. 그리고 히아신스 그랜드메메. 꼴 좀 봐! 더 이상, 돌이킬 수가 없다. 이 화단을 바라보는 사람 모두, 내 가슴속 숨기고 숨긴 촌스러운 아둔함을 찾아낼 게 뻔하다. 부채꼴. 부채꼴. 아아, 바로 코앞에 들이밀어진, 어쩔 도리 없이 나를 닮은 잔학무도한 풍자 만화.

이웃집 마쓰코는 이 소설을 읽고 더 이상 우리 집으로 오지 않으리라. 나는 마쓰코에게 상처를 입혔으니까. 눈물은 그런 까닭에 더, 이토록, 그칠 줄 모르고 솟구치는 걸까.

아니지. 부채꼴, 내게 무엇일는가. 마쓰코도 필요 없어. 나는 이 소설을 당연한 존재로까지 이끌어 가기 위해 울었던 거다. 나는, 죽어도, 교언영색이어야만 한다. 철칙.

이제 독자와 헤어지는바, 이 열여덟 장의 소설에서 열 손가락이 넘도록 자연 초목의 명칭을 열거하면서 나는, 이들의 자태에 대해 마음에도 없는 느즈러진 묘사를 한 줄, 아니, 한마디조차 하지 않았음을, 깊은 자긍심을 지니고 말할 수 있다. 그렇다면, 가라!

"이 물은, 너의 그릇을 따를지니."

『만년』, 영원한 청춘 문학

"나는 이 단편집 한 권을 위해 십 년을 허비했다. 만 십 년, 보통 시민과 마찬가지로 산뜻한 아침 식사를 하지 못했다. 나는 이 책 한 권을 위해 몸 둘 곳을 잃은 채 끊임없이 자존심에 상처 입고 세상의 휘몰아치는 찬 바람을 맞으며, 이리저리 헤매고 다녔다. (……) 혀를 데고 가슴을 태우고, 내 몸을 도저히 회복되기 어려울 만치 일부러 망가뜨렸다. 백 편이 넘는 소설을 찢어 없앴다. 원고지 5만 매. 그리고 남은 건 겨우 이것뿐이다. 이것뿐. (……)

하지만 나는 믿는다. 이 단편집 『만년』은 해가 갈수록 더욱더 선명하게 그대의 눈에, 그대의 가슴에 침투해 갈 게 틀림없음을. 나는 오직 이 책 한 권을 쓰기 위해 태어났다. (……)

어찌 되었든 『만년』 한 권, 그대의 두 손때로 검게 빛날 때까지 몇 번이고 거듭 애독될 것을 생각하면, 아아, 나는 행복하다."

다자이는 『만년』을 세상에 내놓기 전 《문예잡지(文藝雜誌)》 (1936년 1월호)에 이렇게 썼다. 비교적 짧은 글임에도 뭔가 비장한 결의와 자부심이 묻어난다.

『만년』은 단편 열다섯 편이 수록되어 있는, 다자이 오사무의 첫 창작집이다. '만년'이라는 작품은 없다. 스물일곱 살의 청년이 자신의 첫 작품집에 '만년'이라는 제목을 단 이유. 작가의 말을 빌리면,

"나는 완성된 작품을 큼직한 종이봉투에 서너 편씩 채워 갔다. 차츰 작품 수도 늘었다. 나는 그 종이봉투에 붓으로 「만년」이라 썼다. 그 일련의 유서에 붙인 제목인 셈이었다. 이제, 이걸로, 끝이라는 의미였다."(「도쿄팔경(東京八景)」)

"죽을 생각이었다."

『만년』의 권두 단편 「잎」을 여는 첫 문장이다. 당시 다자이의 상념이 죽음으로 치닫게 된 원인으로, 우선 가마쿠라에서의 자살 시도로 인해 동반 여성만이 죽은 데 대한 죄의식, 고향 생가와의 불화, 첫 아내 하쓰요에게 다른 남자가 있었다는 사실을 알게 된 충격, 아오모리현 쓰가루 굴지의 부잣집 아들로 자란 그에게 부족한 생활인으로서의 생명력, 비합법 공산주의 운동 참가 후 탈퇴에서 오는 죄의식 등 여러 가지가 거론된다. 이러한 요인의 결합이 다자이를 절망으로 내몰고, 스

스로 삶의 무의미한 존재로 단정 짓게 했다고 추정한다.

　이처럼 작품의 배경은 상당히 우울하지만, 『만년』은 결코 어둡고 무겁기만 한 것은 아니다. '고뇌'하는 '청춘'이 녹아 있는 까닭이다. 난관 속에서 익숙함을 벗어나 새로운 뭔가를 찾아 내기 위해 악전고투하는 모습이 의외로 발랄하다.

　「『만년』에 대해」(1938)라는 다자이의 글.

　　"읽으면 재미있는 소설도 두셋 있으니, 짬 날 때 읽어 봐 주세요.

　　내 소설을 읽은들, 당신의 생활이 전혀 편해지지 않습니다. 전혀 훌륭해지지 않습니다. 아무것도 안 됩니다. 그러니, 나는 그다지 권할 수 없습니다.

　　「추억」을 읽으면 재미있지 않을까요. 분명 당신은 폭소를 터뜨리겠지요. 그걸로 됐습니다. 「로마네스크」도 우스꽝스러운 엉망진창으로 가득한데, 이건 좀 스산해서, 그다지 권할 수 없습니다."

　그럼에도 『만년』은 이후 전개되는 다자이 문학의 성과들을 일찌감치 싹 틔운 눈부신 집합체라는 점에서, 또한 당시 리얼리즘 지향적 문학과는 다른 새로운 현대 문학의 가능성을 탐색한 선구적 작품이라는 점에서 문학사적 의의를 인정받고 있다.

　'시대와 자신의 숙명, 자질에 가장 성실하게 살며 그것을 가장 절실하게 표현한 영원한 청춘 문학'(오쿠노 다케오)이라는 평가와 더불어 새삼 강조하고 싶은 것은 다자이의 문체가 지닌 힘이다. 그 힘의 원천을 평자들은 고향 쓰가루 '이타코'라 불리는 무당(무녀)의 말투, 혹은 다자이가 한때 푹 빠져 배우기도 한 '기다유(義太夫, 일본 전통 악기 샤미센을 반주로 해서 이야기한다.)', 그리고 익살스러운 이야기로 꾸며지는 만담 등에서 찾기도 한다. 이러한 요소들의 공통점은 '말하는' 언어에서 발견되는 음악적인 멜로디, 즉 리듬이다. 이뿐만 아니라 독자 한 사람 한 사람에게 직접 말을 건네는 듯한, 다자이 특유의 내레이션 기법은 세대를 뛰어넘어 새롭게 읽히는 힘을 지녔다.

근래 '소설 낭독' 오디오 북이 트렌드로 자리 잡았는데, 다자이 문학은 이러한 추세에 최적화되어 여타 작가에 비해 강점을 띤 것도 사실이다. 작가 탄생 110여 년을 맞는 지금도 다자이가 여전히 '현역'으로 남을 수 있는 것은, 그 문장이 품은 비밀스러운 흡인력에 독자들이 매혹당하기 때문이리라.

* * *

「잎」(1934)은 스토리가 없으나 아포리즘식으로 배열된 단편적인 문장들이 강한 인상을 남긴다. "선택된/ 황홀과 불안/ 이 두 가지 내게 있으니." 작품 모두에 실린 폴 베를렌의 이 시구는 애당초 다자이의 것인 양 의미가 남다르다. 쓰가루 아시노 공원에 세워진 아름다운 다자이 문학비의 날갯짓하는 금빛 불사조 아래에는 이 시구가 새겨져 있다.

「추억」(1933)은 작가의 유년기, 소년기가 그려진 자서전적 소설이다. 솔직하고 서정미가 넘치는 작품으로 특히 미요와 포도를 따는 장면, 빨간 실 이야기 등은 오래도록 여운을 남긴다.

「어복기」(1933)는 『만년』 가운데 단연 눈에 띄는 이색적인 소품이다. 괴담 소설집 『우게쓰 이야기(雨月物語)』의 영향이 지적되기도 하는데, 고독한 산골 소녀 스와가 용소에 뛰어들어 붕어로 변신하는 결말은 애잔하면서도 자유로운 해방감을 느끼게 한다.

「열차」(1933)는 다자이 오사무라는 필명으로 발표된 최초의 작품이다. 「지구도」는 문예지 《신조(新潮)》 1935년 12월호, 「원숭이 섬」은 《문학계(文學界)》 같은 해 9월호에 발표되었다.

「참새」(1935)는 고향 쓰가루 방언으로 쓰여 있다. '즈옹'으로 반복되어 끝나는 독특한 음색이 내용과 절묘하게 어우러진다. 그저 소리로만 들어도 충분히 좋을, 이국적이고 향토색을 물씬 풍기는 한 편의 시에 가깝다.

「어릿광대의 꽃」(1935)은 「추억」과 더불어 『만년』의 중심을 이루는 대표작이다. 여기에는 작가가 좌익 운동을 하다 술집 여성과 바다에 투신자살을 기도한 뒤, 혼자 살아남은 죄의식이 투영되어 있다. 오바 요조라는 주인공 이름은 『인간 실격』과 동일하지만, 서술 방식은 단순하지 않다. 주인공 외에 '나'라는 작가의 자의식이 직접 개입되어 작품 전체의 흐름을 간섭하고 비평한다. 이 이원적 방법에 의해 내면과 외부의 리얼리티를 동시에 추구하며 말하기 힘든 진실을 표현하려 했다는 점에서, 가장 전위적인 현대 소설이라는 평을 듣는다.

원래 이 작품은 「바다」라는 제목에 아주 소박한 형식이었던 것이, 거의 난도질이나 다름없는 작업을 거쳐 현재의 모습으로 바뀌었다고 작가 자신이 밝힌 바 있다. 물론 「바다」에는 작품 여기저기 출몰하는 '나'라는 남자의 독백도 없었다. 이렇듯 과감하게 탈바꿈시킨 작품을 두고 '일본에 아직 없는 소설'이라며 다자이는 패기에 넘쳤고, 사토 하루오나 가와바타 야스나리 등 당대 내로라하는 작가들도 제1회 아쿠타가와상 후보작인 「역행」(1935)보다 이 작품에 주목했다.

　「원숭이 얼굴을 한 젊은이」와 「그는 옛날의 그가 아니다」는 1934년 7월, 10월에 각각 발표되었다.

　「로마네스크」(1934)의 선술 다로, 싸움 지로베, 거짓말 사부로. 이름부터 삼형제라 해도 어색하지 않을 세 인물은 최선을 다하면 다할수록 오히려 실패와 좌절을 맛보는 희비극을 연출한다. 기상천외한 발상과 더불어 스토리텔러로서의 재능이 유감없이 발휘된 초기 걸작, 또는 평자에 따라서 『만년』 가운데 최고작이라 꼽기도 하는 이 작품의 매력은 이후 다자이의 중기 문학을 대표하는 『옛이야기』에서 화려하게 만개, 정점에 도달한다.

　「완구」는 1935년 7월호 《작품》에 「참새」와 함께 발표. 「도깨비불」은 1936년 4월호 《문예잡지》, 그리고 「장님 이야기」는 같은 해 1월호 《신조》에 발표되었다.

　아오모리 히로사키 고등학교 시절, 작가 아쿠타가와 류노스케의 자살 소식에 충격을 받은 다자이는 학업을 등한시하며 잠시 화류계에 발을 들여 놓기도 했지만, 1930년 도쿄 제국 대학 불문학과에 입학했다. 이후 자신이 존경해 온 작가 이부세 마스지를 만나 사사하게 된다. 이런저런 힘겨운 삶의 파고를 넘어야만 했던 이십 대는 다자이에게도 그야말로 질풍노도의 청춘기였음을 짐작하기란 어렵지 않다. 그런 가운데 그는 오직 글쓰기만은 게을리하지 않았고, 잇달아 단편을 발표했다. 서서히 일본 문단의 논자들이 그의 작품을 눈여겨보기 시작했다.

그렇게 차곡차곡 모인 작품들이 『만년』을 탄생시켰다. 1936년 6월 25일 간행되었지만, 수록작 대부분은 작가 나이 스물서너 살쯤 집필한 것으로 파악된다. 본문 341쪽. 가격은 이 엔. 7월 11일 우에노 세이요켄에서 출판 기념회가 열렸다. 『만년』 출간 무렵, 다자이는 파비날 중독이 심한 상태로 집에서 직접 주사를 놓을 정도였다. 이를 염려한 다자이의 은사 이부세와 사토 하루오는 의논 끝에 다자이를 병원에 입원시키기로 결정했다.

* * *

이번에 『만년』을 다시 읽고, 자꾸만 나를 따라다니는 문장이 있다.

"사물의 이름이란 그게 어울리는 이름이라면 굳이 묻지 않더라도 절로 알게 되는 법이다. 나는 내 피부로 들었다. 멍하니

작품 해설

물상을 응시하고 있노라면, 그 물상의 언어가 내 피부를 간지럽힌다. 예를 들면, 엉겅퀴. 나쁜 이름은 아무런 반응도 없다. 여러 번 들어도, 도무지 이해하기 힘들었던 이름도 있다. 예를 들면, 사람." (「완구」, 296쪽)

그러니까 다자이는 처음부터 '시인'이었던 거다. 무엇보다도, 그는 끊임없이 사람에게 다가가려 했다. 그 지난한 시도를 멈추지 않았던, 가슴 따뜻한 작가를 만날 수 있기를 갈망한다. '이 단편집 한 권'을 위해 태어났다고 한 다자이의 말은 결코 과장이 아니었음을 당신도 확인할 수 있기를! 다자이 문학의 쇼케이스, 혹은 종합 선물 세트 같은 참으로 다채로운 이 창작집은 인간 다자이 오사무와 그의 문학 세계를 이해하는 데 더없는 길잡이가 될 것이다.

사실 『만년』은 오래전 나의 번역 데뷔작이기도 했다. 그만큼 각별한 애정을 갖고 있다. 다만 그때 분량상 완역하지 못한 아쉬움이 길게 꼬리를 끌어 왔다. 이제야 마음에 화사한 볕이 든 것 같다. 『사양』에 이어 다자이의 『만년』을 선택해 주신 민음사 여러분께 깊이 감사드린다.

2021년 앵두기 즈음에
유숙자

작가 연보

1909년　6월 19일 일본 아오모리(靑森)현 쓰가루(津輕)군에서 신흥 상인이자 대지주인 부친 쓰시마 겐에몬과 모친 다네 사이에 열 번째 자녀, 여섯 번째 아들로 출생했다. 본명은 쓰시마 슈지(津島修治).

1912년　5월, 부친이 중의원(일본 국회의 하원) 의원에 당선되었다.

1916년　4월, 가나기(金木) 제일심상 소학교에 입학했다.

1922년　3월, 소학교를 졸업. 성적이 우수하여 육 년간 수석을 유지했다. 4월, 교외의 메이지 고등소학교에 입학해 일 년간 통학했다. 12월, 부친이 아오모리현 다액 납세 의원으로서 귀족원 의원이 되었다.

1923년　3월, 부친이 도쿄의 병원에서 별세(53세). 4월, 현립 아오모리 중학교에 입학했다.

1925년   아오모리 중학교《교우회지》에 작품을 발표하면서 작
가의 꿈을 키우기 시작했다. 8월, 친구들과 동인지《성
좌》를 창간해 희곡을 발표했으나 1호로 폐간. 11월, 남
동생이 동인으로 참가한《신기루》를 창간해 적극적으
로 편집을 맡으면서 소설, 에세이 등을 발표했다.

1927년   4월, 히로사키〔弘前〕 고등학교 문과에 입학했다. 7월,
작가 아쿠타가와 류노스케(芥川龍之介)의 자살에 충
격을 받고 학업을 소홀히 하게 되었다.

1928년   5월, 동인지《세포문예》창간. 생가의 치부를 고발한
장편 소설「무간나락」을 발표했다. 게이샤 베니코(紅子,
본명 오야마 하쓰요 小山初代)를 만났다.

1929년   1월, 남동생이 패혈증으로 돌연 사망(18세). 12월, 기말
시험 전날 밤, 다량의 칼모틴으로 하숙방에서 자살을
기도했다.

1930년   4월, 도쿄 제국 대학 불문과에 입학했다. 작가 이부세
마스지(井伏鱒二)에게 사사를 받았다. 고교 선배의 권
유로 비합법 좌익 운동에 참가했다. 11월, 도쿄 긴자
카페의 여급이었던 다나베 아쓰미와 가마쿠라 해안에
서 칼모틴으로 동반 자살 기도, 여성만 사망했다. 12월,
하쓰요와 간소한 혼례를 올렸다.

1932년   7월, 아오모리 경찰서에서 조사를 받고 비합법 활동과
의 절연을 서약했다. 단편「추억」을 집필. 이후「어복기
(魚服記)」,「잎」,「로마네스크」등『만년(晩年)』에 수록
될 작품들을 잇달아 발표했다.

1934년   동인지《푸른 꽃》을 발간했다.

1935년   3월, 도쿄 대학 낙제. 미야코(都) 신문 입사 시험에도
          낙방했다. 가마쿠라의 산에서 자살 기도. 맹장염 수술
          후 복막염을 일으켜 중태에 빠졌다. 입원 중, 진통제 파
          비날에 중독.『일본낭만파』5월호에「어릿광대의 꽃」을
          발표했다. 8월,「역행(逆行)」으로 제1회 아쿠타가와상
          후보에 오르지만 차석에 그친다. 작가 사토 하루오(佐
          藤春夫)를 방문, 이후 사사하게 된다.

1936년   6월, 첫 창작집『만년』을 간행. 7월, 우에노에서 출판
          기념회가 열렸다. 파비날 중독 증상이 극심해져 병원에
          입원, 한 달 후 완치되어 퇴원했다. 9월,「창생기(創生
          記)」,「교겐(狂言)의 신」발표.

1937년   3월, 아내 하쓰요의 부정을 알고 나서, 함께 칼모틴으로
          동반 자살을 기도했다. 4월,『HUMAN LOST』발표. 6월,
          하쓰요와 이별. 7월, 창작집『20세기 기수』를 간행했다.

1938년   9월, 야마나시〔山梨〕현 덴카차야로 가서 창작에 전념
          했다.

1939년   1월, 스승 이부세의 중매로 이시하라 미치코(石原美
          知子)와 결혼했다.「부악백경(富嶽百景)」,「여학생(女生
          徒)」, 단편집『사랑과 미에 대하여』를 간행했다. 9월,
          도쿄 미타카〔三鷹〕로 이사했다. 직후 제2차 세계 대전
          발발.「아, 가을」발표.

1940년   작가 다나카 히데미쓰(田中英光)가 소설을 들고 미타
          카로 찾아와서 다자이와 첫 대면을 한 이후 사사했다.

4월, 「달려라 메로스」 10월, 「여치」 발표.

1941년   「청빈담(淸貧譚)」, 「도쿄팔경(東京八景)」 등을 발표했
다. 6월, 장녀 소노코(園子)가 태어났다. 문인 징용령을
받았으나 흉부 질환으로 징용에서 면제되었다. 12월,
태평양 전쟁 발발.

1942년   장편 『정의와 미소(正義と微笑)』, 창작집 『여성』(「기다
리다」, 「여치」 수록)을 출간했다. 이 무렵부터 군사 교련
을 받았다. 10월, 모친이 위독하다는 소식을 듣고 가족
과 함께 귀향했다. 12월, 모친 별세(69세).

1943년   「고향」을 발표. 9월, 장편 『우다이진 사네토모(右大臣
實朝)』를 간행했다.

1944년   『쓰가루(津輕)』 집필을 의뢰받아 5월 중순부터 6월 초
순에 걸쳐 쓰가루 지방을 여행했다. 8월, 장남 출생. 창작
집 『가일(佳日)』을 출간하고 이것이 영화화되었다. 11월,
『쓰가루』 간행.

1945년   4월, 공습으로 자택이 파손되어 고후(甲府)의 처가로 소
개했다가 다시 7월 말, 고생 끝에 가나기의 생가에 도착
했다. 8월 15일, 일본 패전. 9월에 장편 『석별』, 10월에
『옛이야기(お伽草紙)』를 간행했다. 농지 개혁으로 지주
제도가 해체되면서 생가는 사양의 길에 접어들었다.

1946년   전후 첫 중의원 의원 선거에 큰형이 당선되었다. 「고뇌
의 연감」, 희곡 「겨울 불꽃」 발표. 『판도라의 상자』를
출간했다.

1947년   오타 시즈코(太田靜子)의 집을 방문하고 그녀의 일기

를 빌린다. 이 일기는 소설 「사양(斜陽)」에 반영되었다. 「비용의 아내」를 발표. 3월, 차녀 사토코(里子, 작가 쓰시마 유코 津島佑子)가 태어났다. 11월, 오타 시즈코와의 사이에 딸 하루코(治子, 작가 오타 하루코 太田治子)가 태어났다. 12월, 『사양』 출간. 몰락한 귀족을 지칭하는 '사양족'이라는 단어를 유행시키며 베스트셀러가 되었다. 다자이의 생가는 현재 '사양관'이라 이름 지어져 기념관으로 운영되고 있다.

1948년　『다자이 오사무 수상집』, 『다자이 오사무 전집』 간행. 이 무렵 자주 각혈했다. 5월, 「앵두」 발표. 「인간 실격」을 탈고한 뒤 아사히 신문의 연재 소설 「굿바이」 집필에 착수했다. 6월, 「인간 실격」 일부를 《전망》에 발표. 6월 13일 밤, 도쿄 미타카의 다마 강 수원지에 야마자키 도미에(山崎富榮)와 투신했다. 만 39세의 생일인 6월 19일, 시신이 발견되었다. 미타카의 젠린지〔禪林寺〕에 잠들다. 해마다 6월 19일이면 다자이를 기리는 모임 '앵두기(桜桃忌)'가 열리고, 다자이 문학의 애독자들이 참가한다. 6월, 7월, 유고 「굿바이」 발표. 7월, 『인간 실격』, 작품집 『앵두』(「미남자와 담배」 수록)가 출간되었다. 11월, 『여시아문(如是我聞)』 출간.

세계문학전집 **382**

만년

1판 1쇄 펴냄 2021년 7월 9일
1판 9쇄 펴냄 2024년 10월 11일

지은이 다자이 오사무
옮긴이 유숙자
발행인 박근섭, 박상준
펴낸곳 (주)민음사

출판등록 1966. 5. 19. (제 16-490호)
서울특별시 강남구 도산대로1길 62(신사동) 강남출판문화센터 5층 (우편번호 06027)
대표전화 02-515-2000 팩시밀리 02-515-2007
www.minumsa.com

ISBN 978-89-374-6382-2 04800
ISBN 978-89-374-6000-5 (세트)

* 잘못 만들어진 책은 구입처에서 교환해 드립니다.

세계문학전집 목록

세계문학전집은 계속 간행됩니다.